在千年黄州仰望东坡

李青松◎著

中国文联出版社

图书在版编目（CIP）数据

在千年黄州仰望东坡 / 李青松著 . -- 北京：中国
文联出版社，2025. 1. -- ISBN 978 - 7 - 5190 - 5640 - 7

Ⅰ . I267

中国国家版本馆 CIP 数据核字第 2024PL4030 号

著　　者　李青松
责任编辑　李　民　周　欣
责任校对　秀　点
装帧设计　中联华文

出版发行　中国文联出版社
社　　址　北京市朝阳区农展馆南里 10 号　　　　　邮编　100125
电　　话　010 - 85923025（发行部）　　　　85923091（总编室）
经　　销　全国新华书店等
印　　刷　三河市华东印刷有限公司

开　　本　710 毫米 × 1000 毫米　　1/16
印　　张　22
字　　数　357 千字
版　　次　2025 年 1 月第 1 版第 1 次印刷
定　　价　95.00 元

谨以此书

献给

我生活过的平凡岁月

和平凡世界

自序　走进散文

写散文之于我，是一种倾诉。

人是需要倾诉的高级动物。每个声音都值得被听见。倾诉是打开心灵之门的钥匙，没有人可以是一座与世隔绝的孤岛。倾诉也是一面照见自己与他人的镜子，是发酵人际感情最直接的"培养皿"。但现如今这个忙碌而繁杂的社会，倾诉并不是一件容易的事情。你的经历、你的感受、你的心事和你的隐痛，在你与人倾诉的时候，未必能真正引起多少人心灵的共鸣，甚至包括你最要好的朋友，乃至你的亲人，他们也未必能真正有耐心听下去。

人在本质上是孤独的，却又不甘寂寞。于是我走进散文，常常在夜深人静时，独自坐在电脑前，用键盘来敲击我的内心世界。

散文不同于小说和诗歌。作家冯骥才曾这样趣说散文：一个人平平常常地走在路上，就像散文；这个人忽然被推到水里，就成了小说；他给大地弹射到月亮里，那就是诗歌。小说要构筑比较完整的故事，讲究表现形式、主题、手法和技巧，这就需要谋划，需要大脑高度紧张的劳动。而诗有别才，那些千古绝唱，又好像根本没用大脑，如黄河之水天上来。散文则不同，它无须绞尽脑汁、搜索枯肠，生活中一点情境、一点意趣、一点滋味，几乎在你有所感的时候，它已经如片片白云，很直观、很形象地呈现在你面前了。而且，在文体观念越来越开放的当下，传统意义上以抒情、记叙、议论、感悟为特征，崇尚优美典雅制式的"美文"的"权威性"与"合法性"，面临着巨大的挑战，无视文体边界与法则，想怎么写就怎么写的"越界破体"散文，成为一种创作趋势，散文范式的束缚性被打破。

写作是心灵的舞蹈，散文尤其是表现心灵的场所。写散文的人，要用心观察生活，从从容容地品味生活，内心要敏感、平和，要有悟性，能一触即发，而且眼含热泪，面带笑容。一篇文章，心平气和地写下去，不刻意，不矫情，不离不弃，不急不徐，任凭真实情感自然地流淌。偶尔有地方能出彩，就已经可以出炉了。如果说，小说是"想"出来的，诗歌是"蹦"出来的，那么，散文应该是"悟"出来的。"悟"无须冥思苦想，但需要"一点"心性和才情。

小的散文往往只写"一点"，当然这"一点"要有真情实感，要令人深切难忘。大散文则要有时代性，境界要大，表现一些能够真正反映时代的东西。从这种意义上讲，小说可以是黄钟大吕，诗歌可以是风花雪月，而散文则可以是潺潺流水和滔滔大河。

因为写"一点"，而生活中这"一点"又无处不在，无时不有，因此，每一个人都是潜在的散文家。所以，我才可以用散文来进行倾诉。因为这"一点"令人难忘，并且给人以思考、教益和启迪，加上它篇幅短小，结构自由，行文灵活，与生活的距离较近，不同于艺术虚构的小说，所以在生活节奏越来越快的今天，读散文不失为一种很好的心灵交流的方式。而且，对于业余作者来说，散文发表也要相对容易一些。全国上万家报刊，散文的需求量很大，只要有一定成色的散文作品，东方不亮西方亮，不至于有太多的废品。

易于写作而便于发表，于是就有了散文的勃兴。一大批当代名家如王蒙、刘心武、贾平凹、梁晓声、乔叶、毕淑敏等，纷纷加入散文作家的行列，成为时下文坛上一道亮丽的风景线。

散文是一切作家的通行证，也是推动人类生生不息的精神圣火。好的散文总有一种令人心动的东西，使人觉得这个世界充满浓浓的情义和温暖的亮光。走进散文，就是走进爱的苍穹和美的境界。

写散文有一种魔力，只要你一跨进去，就不想再退出来。这些年来，走进散文，使我不断地发现生活中的真善美，不断地审视自己走过的每一天。我的一篇篇散文，是一首首平凡人、普通事，小芝麻、大精神的颂歌，更是一次次灵魂的自我拷问。

心之所向，素履以往。走进散文，其实就是走进我们自己。

目 录
CONTENTS

江流有声

岁月屐痕

列车在鄂东大地上飞快地奔驰。

儿子扒在座位旁的窗口处，指着远处的山峦，兴奋地喊："爸爸，快看，就要到老家了！"

儿子才十二三岁，正沉浸在现代快捷便利的交通所带来的喜悦里，却不知作为父亲的我，曾经因交通不便而饱尝种种艰辛。

我的老家位于鄂豫皖边陲，大别山腹地，黄麻起义的策源地——湖北麻城市的一个小山村，祖祖辈辈都是勤扒苦做、土里刨食的本分农民。恢复高考的第三年，16岁的我顺利地考取了麻城师范学校，家里也算出了一个读书人。上学的那一天，全家人半夜起来为我送行。山道弯弯，星光点点，父亲打着手电筒，两位兄长轮换担着我的行囊，和我一同走过长夜，走向那个属于我的黎明。

那时候，村里人进趟城极不容易，要先走十多公里的山路到达公社汽车站，然后才能坐上到县里的班车，而且每天只有一班车，过了这个村，就没这个店。公社到县城尽管只有六十公里，由于坡陡、弯急，路面像酒窝，坐在上面颠来颠去，很少有人不晕车的。遇上人多，车在上坡途中熄了火，乘客还得下车推着走，没有三四个小时到不了县城。第一学期放寒假时，我挤不上班车没法回家，在街头碰到一辆邻近大队的拖拉机，就拼命地往上扒，车上的人一个劲地把我往下赶，我掉在车屁股后面紧追不舍，好说歹说，人家才总算把我捎了回去。

师范毕业后，我回到家乡，当上了一名中学教师。这时公社已经改为区，从家里到区上虽然通了公路，但没有通客车。入职报到的第一天，我背着沉重的行李，翻过一道道山梁，"走"上了工作岗位。路上，偶尔看见有人骑自行车，我心里煞是羡慕，渴望有一天能有一辆属于自己的自行车。可我当时每月的工资才二三十元，就是一分不花，买一辆自行车，也得攒上一年半载。

我的愿望迟迟没有实现。在那崎岖的公路上，我"脚踏实地"地奔走了四个春秋。

1985年，当全国第一个教师节来临时，学校给每名老师发了一百元钱。这笔钱对我来说，意义非同小可——它终于圆了我的骑行梦，结束了我那段艰辛的步行史。

就在同年秋天，我被调往团风中学。在那座离家三百里远的江边小城里，回家又成了一大难题。从团风开往老家的客车每天也只有一趟，每次回家总是人满为患，遇上春运高峰期，一连排上几天的队，也难买到回家的车票。有一年寒假因带毕业班补课，一直到腊月二十六才放假，我知道搭车回家是没指望了，索性冒着严寒，骑自行车回家。

家，是一个温馨的字眼，回家的路却艰辛而漫长。在一百五十公里的长途上，我一直在想：什么时候才能轻轻松松地回趟家呢？

1993年，我告别讲台，被调到古城黄州的黄冈地区广播电视局工作，多年来有家难回的局面，终于随着交通业的发展而大为改观。以前是人等车，现在是车等人。以前坐车回家需大半天时间，上车如同进了跳舞厅，回到家人也几乎累瘫了。现在由于道路和车况的改善，回家只需两三个小时，而且不再受颠簸劳顿之苦。以前逢年过节搭车回家，大包小包的行李不便带，现在随着收入的增加，叫一辆的士即可潇洒走一回。特别是1996年9月1日，中国铁路史上规模最大、投资最多、一次性建成里程最长的铁路大干线——京九铁路，在香港回归祖国前全线通车，且一次又一次提速，既安全舒适，又省时省钱。

"嘟——"火车进站了，一阵悠长的汽笛声把我从记忆的长河中拉了回来。时隔二十载，当年连公路都不通的小山村，如今铁路修到了家门口。

走出火车站，开往老家村子里的中巴车师傅热情地迎了上来，公路客运与铁路运输实现无缝对接，换乘很是方便。二十年改革开放使神州大地发生了深刻的巨变，我的家乡也正像飞奔的列车，一日千里，高歌向前……

（《湖北日报》1998年12月13日）

借　书

　　又逢周末。晚饭后，我正躺在沙发上收看湖北卫视的一档电视交友节目《今夜情缘》，多日不见的牌友海子登门来访，我以为又是约我去搓麻将、"斗地主"，心里正在犯嘀咕，他却说是来借书的。听海子说明来意，我感到既意外又兴奋，赶紧请他进书房。

　　面对林林总总的书籍，我不由得回忆起我的藏书史。

　　从小我就是一个小书迷。在那个食不果腹的年代，我靠上山采药、下河摸鱼、到麦田拾穗挣钱，先后买了上百本"小人书"，装了满满的两木箱子。从那些尚不能称作"书籍"的连环画中，我如饥似渴地汲取着营养，受到了最原始的文学熏陶，尝到了读书、藏书的乐趣。常有些同学和大人向我借书，我都尽量满足他们的要求，临走时总忘不了补上一句"有借有还，再借不难"之类的话，借出的书都能如期归还，不曾有过丢失的烦恼。我也因此从小赢得不少好口碑，结下不少好人缘，一旦有什么急事、难事，人人都行侠仗义，个个都是好帮手。

　　我真正藏书是从20世纪80年代初参加工作后开始的。那时我有了固定的收入，我执教的小镇有了正规的书店，书的品种虽然不多，但价格很合算，逛书店成了我生活中一项不可或缺的重要内容。每当我将从日常生活中省下来的、带着体温的"铜板"交给书店的女营业员，换回一本本心仪已久的新书和营业员的笑脸时，我的心头无不漾起一种幸福感。

　　几年下来，我积累了一千多册装帧精良的文学名著，从古典文学到当代文学，从外国文学到港台小说，放在卧室里形成一面书墙，蔚为大观，很是抢眼、夺目。这些传承人类文明的经典之作，令从小在大山里长大的我变得视野开阔，叫年轻气盛的我变得宁静谦和，让我单调的岁月之河流淌着愉快的时光，并将各种信念注入我的脑海，使我的大脑充满崇高而欢乐的思想。

在真正的文学艺术作品的浸润下，我时常入神忘情，灵魂得以升华。为了善待这些给我精神滋养的宝物，我给它们都一一地包上了封皮，整整齐齐地摆放在书架上。

有道是"书非借不能读也"。同事和学生知道我藏书多，纷纷向我借阅，我担心有去无回，欲拒不能，欲借不忍。每当借出一本好书，我的心几乎都提到了嗓子眼，还不时地祈祷："书兮，归来！"经历过几次丢书的痛苦，我情愿别人向我借钱，也不愿别人向我借书！为了不使我的家珍遭受厄运，情急之下，我写了一张"私家藏书，概不外借"的纸条，贴在书架上，挂起了"免借牌"。

进入20世纪90年代，社会上买书的人日渐多了起来。七年前，我调换了工作岗位，告别讲台时，我的藏书已增加到近三千册，成了小有名气的"书香之家"。

时光流转，世事变迁。这些年，随着人们文化生活方式的多元化，现在已经很少有人再认真地读上几本好书了，我书柜上的"免借牌"也早已消失。受社会上不良风气的影响，曾经嗜书如命的我，也移情别恋，沉迷在牌桌上。因为居住条件的改善，我的住所几经搬迁，这些书搬来搬去，成为一个沉重的负担。每次搬家尘埃落定后，所有的书都封存在书柜里，平时没有人来借，我自己也很少翻动，那些曾使我魂牵梦绕的鸿篇巨制，沦落为仅供装潢门面的饰物……

知识改变命运，好书照亮人生。人类需要精神圣火的烛照，书籍则是承载精神圣火的火炬。而今，难得有人乐意读书。今夜，更难得有人登门借书。今夜书缘，使我寻找回了失落的自己，也给行走在人世间的灵魂一些生命的启示。

送走海子，夜色阑珊。回到书房，我感慨良久，禁不住取出毛笔，欣然写下一幅条幅贴在书柜上：

"私家藏书，欢迎借阅！"

（《长江日报》2000年6月11日）

家的变奏曲

参观了朋友装潢得富丽堂皇的新居后，回到家里，他一直闷闷不乐。

妻子不解地问："你今天是怎么啦？谁招惹你了？"

他环顾了一眼家里，沉思良久，皱起眉头说："得想办法筹措一笔资金，把房子再给拾掇拾掇。"

"房子不是挺好的吗？才搬进来一年，你又想翻什么新花样？买房的钱都还没还清呢，又想心思瞎折腾，别吃饱了撑的！"妻子放起了连珠炮。

见妻子这么说，他顿时也有些激动，加大了嗓门说："你是没看见，别人的家里像宫殿一般，相比之下，我们家像个什么样子！"妻子还想说什么，被他一个动作挡了回去。

其实他心里当然知道，这个家也越来越像个家。三房两厅，一百二十多平方米的新房，装修虽说不上富丽，也还算得上低调的奢华。新颖别致的名贵家具，高档舒适的真皮沙发，入时新潮的家用电器，这些都是他们欠了不少债经营起来的新家。然而，面对这一切，他却感到失落和茫然。

三年前，他和妻子两只人生的航船，穿过重重迷雾，终于驶向一个宁静的港湾。在一间临时租来的十几平方米的小屋子里，一张双人床，一台电脑，一张餐桌，几把椅子，筑起了他们温暖的爱巢。因为没有人来串门，他们也不用回访，日子过得清静自在。除了工作，他把大部分时间都用在读书和写作上，倾心而执着地用文字搭建人生的平台。小屋几天难得打扫一次，他并不觉得脏；屋子里到处堆的是书籍，他也不觉得乱。精神上的追求填补了物质上的空缺，他觉得除了没有的他们都有。那时的家，是冬日的阳光，是长夜的灯塔，是他们拼搏奋斗的最初动力，也是他们快乐的起点和幸福的终点。

过了半年，单位上给他们分配了住房，不过是两家合住在一套三房一厅的房子里，戏称"团结户"。"团结户"虽团结，但毕竟有诸多不便。做饭时共用的厨房炊烟四起，有限的空间里容不下"第三者"。卫生间更是必争之地，早晚洗漱，要么从大到小，要么从小到大，轮流排着队，遇上情况紧急时，还真是急煞人。共用的客厅常常人满为患，往往是一家的客，结果成了两家的宾。每逢双休日，家里更是人声鼎沸、热闹非凡，哪里还容得下他静下心来看书习字写文章？特别是遇上打麻将、"斗地主""二缺一""三缺一"时，他非被拽上场不可。这样一来，他们家俨然成了俱乐部，能有一套属于自己的房子成了他最大的向往。

后来单位盖了新房，他顺利分到了一套。虽然为了凑齐购房款，他和妻子说了不少好话，碰了不少壁，但总算告别了"团结户"，独立了门户。搬进新房后，居住条件大为改善，亲朋好友也纷至沓来，他和妻子喜滋滋地过着小日子，家成了他们安身立命的归宿，是他们生活中最大的满足和快乐。

家是漂泊者的避风港，是爱的栖息地，更是人生的加油站。原先打算换了好的环境，重新开始写点东西来充实一下生活，然而一颗浮躁的心怎么也安静不下来。特别是他看到别人的家更气派时，总觉得自己的家有些寒酸，于是不断买回一些名贵家具和大电器，可越是这样折腾，他越觉得贫乏，越是觉得除了有的他们都没有。

生活太安逸，人容易为生活所累。新家不仅没有给他带来快乐，反而给他带来了苦恼：家是什么？是人生旅途的驿站，还是一道永远也填不满的沟壑？是生命中最强的盔甲，还是最柔的软肋？

"这不是你的家吗？"当他扪心自问的时候，他似乎明白了一点什么……

（《山西工人日报》2001年8月11日）

老屋沧桑

转眼间，离开家乡已经二十多年了，老屋仍深深地刻在我的记忆中。

我家祖上为佃农，靠租种地主的土地度日，在旧社会是典型的上无片瓦、下无寸土的人家。土改时，我家分得了两间地主的老屋。就是那两间老屋，撑起了我家遮风挡雨的生活空间，和一家人患难与共的人生信念。

我小时候，一家七口之众，人多屋窄住不下，姐姐只得长年到本湾贤英姐家借宿。含辛茹苦的姐姐，是吸着母亲的乳汁，借居在别人家的屋檐下长大的，一直到出阁都没有自己的闺房。我永远都不会忘记，姐姐出嫁的那一天，我们两家人噙着热泪、依依送别姐姐走向另一个家庭的情景。从那时起，我的心中就埋下了一粒种子，发誓长大以后，一定要建一栋新房。

后来，我的两个哥哥相继初中毕业，家中接连添了两个劳动力，父亲及时发出了建房的号令。工暇之余，父亲带领两个尚未成年的哥哥挖泥打坯，砍柴烧瓦，我和妹妹出不上力，便自觉加入母亲缩食的行列——每天只吃两顿饭，吃晚饭时悄悄离开。经过几年的艰辛准备，我家终于在两间老屋前盖起了一间新房做伙房，这在全湾不啻一个惊人之举。

新房给我家带来了喜悦，同时也带来了烦恼。

原来，土改时和我家一同分得地主房屋的还有一家邻居，邻居进出都要从我家的伙房穿过，两家都很尴尬和不便。

随着两个哥哥的力气日增，挣来的工分渐长，我家也由缺粮户变为余粮户，日子一天天好起来。刚刚缓过气来的父亲，又带领全家第二次创业，准备着手再盖一间新房给大哥成亲用。

首先是选择屋基。生性耿直且有几分倔劲的父亲不愿求人，更怕占用耕地，便决定在老屋旁边的山咀上挖出一块屋基来。由于地质坚硬，加之土方又多，父亲的决定遭到了全家人的反对。

然而，反对归反对，每当生产队收工后，父亲仍喘着粗气，扛着镐子、锄头走向山咀时，一家人都挑着箢箕、拿着铁锹默默地跟在后边。工余时间毕竟有限，于是我们全家就在月夜摆开战场，硬是用蚂蚁啃骨头的办法挖掉了半边山，终于挖出一块两间房大小的屋基。

不久，大哥的新房落成了。大嫂被我家"愚公移山"的精神感动，大胆地抛弃当时农村婚嫁的许多繁文缛节，和大哥成了亲，满湾都羡慕新房给我家带来的好运气。

推行责任制的头一年，我家的粮食获得了丰收，年终时谷满囤、粮满仓，第二年家里就有了足够盖几间新房的积累。父亲提议把另一间屋基也盖起来，这一回哥俩说服了父亲，父亲同意另行选址，在湾子外面一举建了五间新房分给大哥，让大哥另立门户。

这次建房的巨大成功，让父亲造就了一个宏大的计划，他要在有生之年为二哥和我再各建一栋新房。这个计划极大地鼓舞了全家人的士气。

父亲很快为二哥建了一栋新房，二哥走出老屋，过起了成家立业的日子。我高中毕业后，考取了一所师范院校，被分配到城里工作，也离开了父母身边。妹妹出嫁后，哥俩都要求把父母接到一块生活，可二老仍守着老屋不肯挪窝，还不时念叨着为我建新房的那一档子事。

几年前，我单位上实行房改，我轮上了一套三居室的住房，正在着急筹款的时候，父母毅然卖掉他们怎么也舍不得离开的老屋，帮我凑齐了购房款。我将父母接到城里，住了半年有余，二老终因思家心切执意回到了乡下，和大哥、二哥生活在一起。

说实在的，我对老屋之所以刻骨铭心，主要是缘于它的种种缺陷。

土改时分得的那两间房早已风烛残年、摇摇欲坠，我担心哪一天它会突然塌下来。前面的一间伙房挡住了邻居家的出路，邻居家抬马桶也须从我家伙房进出，碰上吃饭或是来客的时候甚是难堪。旁边的那一间靠近陡坡，年深日久，那陡坡随时都有滑坡的危险。而且房子既不通风又不采光，既阴暗又潮湿。我曾经为未能让父母住上宽敞明亮的新房、实现我儿时的梦想而深感内疚，然而，就是这样一处老屋，竟卖了一个不贱的价钱。

老屋的买主是湾下的一位身体不大好的侄子。用他的话说，我家的老屋风水好，人丁兴旺，家运顺当，又出读书人。再说，我家为挖屋基付出了太多的代价，他出的价一点也不贵。

听了这番话，我心里久久不能平静：哪里是我家的老屋风水好，是我们逢上了好时代啊！

我不禁想起了一首歌，歌中唱道："我们唱着东方红，当家做主站起来。我们讲着春天的故事，改革开放富起来……"我不忍心捅破侄子编织的憧憬，只是在心里默默为他祝福。

侄子搬进我家老屋后，果然运气不错。也许是心理因素起了作用，他原来病恹恹的身体一天比一天好转，家境也一天比一天殷实。前不久他还专程进城来，兴冲冲地告诉我，他决定拆掉旧房盖楼房，邻居家也准备搬迁。听到这个好消息，我打心眼里为他高兴，我没有实现的夙愿，他即将变为现实了。临别时，我对侄子说，下个双休日，我将带上妻子、领着孩子回趟老家，看看老母，告别老屋，进城不忘父母恩，聊慰平生老屋情。

时光飞逝，岁月沧桑。回首写在住房上的变化，我看到了家乡的变迁，看到了百年老屋在完成自身使命后，即将退出生活舞台时的一抹微笑……

（《新疆日报》2002年9月27日）

母亲的教诲

我的母亲张荣香是一位普通的农村妇女，她虽然没进过学堂门，没有上过一天学，不能教我识文断字，却教给了我做人的准则。

吃苦吃亏是母亲教给我的第一门功课。

母亲出生于1923年11月15日（癸亥猪年农历十月初八），大半辈子生活在艰苦的岁月里。在我的记忆中，父亲生性本分，母亲把大部分精力用在拉扯我们长大成人上。为了我们这个清贫的家，母亲含辛茹苦。

从我记事时起，母亲总是天不亮就起床，好像有总也做不完的家务事。在母亲的辛勤张罗下，我们家虽然贫寒，但始终充满生机、欢乐和温馨。

母亲常常在昏暗的油灯下，一针一线地为我们做"千层底"布鞋，或者就着火塘微弱的光亮，纺线织布到深夜。我怎么也不会忘记，当睡意袭来时，母亲边唱着古老的民谣边纺线，纺车的嗡嗡声和母亲轻声细语的吟唱声，交织成人间最动人的乐曲。我记得母亲常唱的歌谣有《大月亮细月亮》和《想起往日苦》，让我很早接触到了民间文艺并受到音乐的熏陶。我们常常责怪母亲太不爱惜自己的身体，母亲总是温和地笑笑，说："不吃苦中苦，难做人上人呢！"

正是在母亲的言传身教下，从小我就继承了母亲吃苦耐劳的秉性，懂得用幼小的双肩去分担家庭的重担。上小学时，我每天早上都要先去山上打一篮猪草回家，然后再去上学。我12岁那年，家里盖房需要石料，每次放学回来，我都要顺便从采石场挑回两块不小的石头，从开春一直挑到寒冬，稚嫩的肩膀上磨出一层厚厚的老茧。这种吃苦精神伴我度过了十年寒窗，走向一个又一个工作岗位。

在团风中学工作期间，有一次我咽喉炎顽症发作，导致失声，恰逢临近高考，为了引导学生复习，我一边治疗，一边以板书和手势坚持上课。十多年过去了，忆及当年课堂上的特殊情景，许多学生仍感动不已。

我兄弟姊妹五人，母亲常常教导我们："吃亏是福，人与人相处，宁可自己多吃些亏，也不占人家半点便宜。"母亲是这样说的，也是这样做的。听年长者讲，1959年吃"大锅饭"，母亲在生产队当炊事员，那年头，一锅稀粥能照得见人影。开饭时，母亲总是先把稀的分给我们家，再把稠的分给其他人。母亲这种亲者严、疏者宽的品格还体现在许多方面。

农村实行责任制的那一年，我家的田地获得了丰收，邻居家因生产经营不善，第二年春天粮食接不上趟，一群孩子嗷嗷待哺。无奈之中，邻居从我家偷走了几升大米。母亲得知情况后，不但没有责怪他，反而主动接济，帮助他家度过了饥荒。

心稳口稳是母亲留给我的又一笔财富。

我们家是土改时的"移居户"，虽然只是简单地从一个村子的上湾搬到了下湾，两湾仅距几百步，这在如今早已不是什么事情，更不会有"欺生"的情况发生，但在当时那个物资极度匮乏的年代，处理好与下湾的关系，却是一件了不起的大事。

与上湾人的厚道与和睦相比，下湾人则显得精明和强悍。我们家分得下湾的房屋、土地，从下湾的水井里挑水吃，盖房的时候占下湾的屋基，难免使一些人家产生怨气，认为我家挤占了下湾的资源，因此在处理田地边界、灌溉水路和孩子之间的打架等纠纷时，母亲往往都要做出一些重大让步。母亲常说，住在一方，打在一邦，我们要主动和下湾人家搞好关系，不要斤斤计较，这样才像一湾人。于是，我们家很快融入了下湾这个大集体，在下湾生活的几十年，母亲从来没和哪一家红过脸、吵过嘴，和每家每户的关系都十分融洽。

母亲常说："心稳口稳，到处好安身。"这是母亲用言行教给我的人生箴言。

我理解，"口稳"就是谨言、慎言，不多事、不生事，静坐常思己过、闲谈不论人非。而"心稳"则是永远保持一颗向上的进取心，不在任何困难和挫折面前动摇退缩；永远逐光而行、向阳而生，不让任何私念、恶念、邪念占据欲念上风；永远心存善念、尚善而为，成人之美、乐见其成，不让个人恩怨成为沉重的行囊阻碍自己前行的步履。

母亲的为人处世一直深深地影响着我。几年前，我调入机关工作，收入较原单位有所减少，一开始我心里有些不平衡。母亲开导我："人活着不能只为了钱。当干部就要吃苦在前，享受在后。"母亲的话常常回响在我的耳边。

我下派到英山农村锻炼那年，年终向所在村贫困户捐赠衣物时，我翻开一些半新不旧的衣服，无意中看到父亲的那身旧布衣，我有些犹豫不决。母亲在一旁看出了我的心事："这些衣裳你都拿去，我和你爹的衣服就将就点穿呗。"

母亲就是这样，以她的言行不断地教诲着我。从母亲身上学到的吃苦吃亏的精神和心稳口稳的品格，成为我的人生信条。

2002年6月24日（壬午马年农历五月十四），母亲走完她79岁的人生历程，平静地离开人世。母亲的教诲，是她留给我今生的最大财富，无疑将影响着我的一生。而且，我还要告诫我的儿孙，我的母亲树立的优良家风，永远是我们家的传家之宝，要代代传承，生生不息……

（《党风建设》2003年第1期）

大哥的人生

大哥李成排是大别山腹地麻城市木子店镇上马石村的一个普通农民。

大哥出生于1951年9月11日（辛卯兔年农历八月十一），从小患有羊痫风，发作时经常意识丧失，突然倒地，全身抽搐，没少吃过苦头。幸运的是，在大哥上学的时候，乡下的医生用家传秘方治好了他的病，使他有了一个健康的体魄。

大哥读书很聪明，上小学时数学从来都是考满分，并以全镇第一名的成绩考入麻城一中，被老师和同学们誉为东义洲（木子店的旧称）的"华罗庚"。大哥念初二的时候，席卷全国的"文化大革命"开始了，他和"红卫兵"一道到全国各地进行大串联，曾到北京受到毛主席的接见。父亲说："这年头读书有啥用，不如在家做个帮手。"就这样，身为长子的大哥，含泪从麻城一中转学到乡下的麻城四中，勉强读完了初中，之后再也没有上过学。病魔没有中断大哥的学业，十年浩劫却让他失去了继续上学的机会，成为家里的一个重要劳动力。

回乡后，大哥当过生产队记分员、会计、生产队长和大队团支部书记，参加过毛泽东思想宣传队，当过演员，吹过笛子，拉过二胡，上过各种专班，修过水利，参加过"三线"建设，修过襄渝铁路，搞过新闻报道，不论做什么都有模有样，称得上是个"好把式"。

20世纪70年代末，农村开始允许搞副业，大哥是全村第一个走出去搞副业的人。那时粮食已不太紧张，大哥选择了做爆米花的行当，趁冬季农闲走村串户，挑担上门，很受老人和小孩的欢迎。大山深处，旮旮旯旯，哪里有村庄，哪里就有大哥的身影。

清晨，大哥沐浴着朝霞满怀希望地出发。傍晚，大哥披着暮色带着喜悦归来。晚饭后，一家人围坐在一起，听大哥讲一天的见闻，与大哥一起清点一天的收成。大哥掏出一个布袋子，里面除了硬币和纸币，还有布票、粮票等票证和鸡蛋、花生等实物。大哥把这些东西如数交给母亲，让全家人一起分享他的快乐。

改革开放后，大哥做起了服装生意。当时我被分配到城里工作，常托熟人从服装厂批发些衣服，让大哥带回去推销。由于大哥进城的机会多，眼界开阔了，大姑娘爱穿哪些款式，小媳妇喜欢什么颜色，他都心中有数，因此批来的衣服很快就能脱手。

农村生活条件改善了，年轻人结婚，孩子满月、周岁也时兴拍照留念。大哥用卖服装的积蓄盖起两间平房，买来摄影器材和书籍，自学摄影，开了家照相馆。大哥除了坐店经营，还上门服务。热情周到的服务和良好的信誉，使大哥生意兴隆，方圆几十里外出务工人员办理各种证件的登记照，以及附近中小学生的毕业照，大哥大都包揽了下来。

随着外出务工人员的增多，农村接打电话、收发信件颇费周折。大哥在照相馆的基础上，增开了电信和邮政代办业务，极大地方便了群众，也拓展了自己的经营门路。

由于高山阻隔，家乡一直无法收看电视节目。从未做过广电技术工作的大哥争取到麻城市广电局的支持，架卫星天线，扯电缆，建起了小片有线电视网，把电视信号送到方圆十几里的村子，实现了乡亲们多年来看电视的愿望，如今用户已发展到几百户。随着网络的发展，大哥创建的小片网络即将与麻城市里的光纤网并网，乡亲们将看上由光纤传送的高清的电视节目。

山一程，水一程；风一更，雪一更。未能完成学业的大哥，赶上改革开放的好时代，凭着自己的勤劳和胆识，换来了丰收的人生。大哥的奋斗经历，不仅改善了自身的生活，为乡亲们提供了服务，也让他周围的人们看到，成功的路不只一条，只要肯动脑筋、肯下功夫，日子就会越过越好。

（《天津工人报》2004年10月12日）

又见望春花开

春天，遗爱湖畔，木兰花或含苞如盏，或绽放如莲，艳丽怡人，芳香淡雅。穿梭花丛间，恍惚有歌声在耳边萦绕："木兰开，陌上听风来，风不干的回忆终不止息……"

木兰花，别名玉兰花、辛夷花，在老家人们都叫它望春花，为我国特有植物，分布在湖北、福建、四川和云南等地，树形美观，枝繁花茂，是优良的庭园、街道绿化树种。自古以来，木兰花备受文人雅士喜爱，唐代诗人白居易曾专门作《戏题木兰花》，赞美木兰花的色彩、形态和随风而来的香味。

木兰花是一种奇特的花卉。很多花都是先长叶子后开花，而小的木兰树是只长叶不开花，长大的木兰树则是在开完花之后，再长出嫩绿的叶子。每逢农历二月初，乍暖还寒时节，满枝丫开出或素净、或艳丽硕大的花朵，那份绚丽令人神往。

然而，老家春天的望春花长期是孤寂落寞的。

望春花蕾奇香无比，干燥后可入药，有通肺经、除燥之功效，主治风寒感冒，是名贵的中药材。一棵长大的望春树，算得上是一棵"摇钱树"。

我家菜地边就有两棵这样的"摇钱树"，亲手栽下这两棵树的父亲，曾经是村里脱贫致富的带头人。

父亲出生于1929年5月18日（己巳蛇年农历四月初十），是解放初期入伍的退伍军人，参加过抗美援朝战争，复员后在家乡担任鄂皖交界处的长岭关吊桥沟林场场长。20世纪60年代初，正是国家最困难的时期，大别山区更是贫瘠，山上能吃、能变钱的东西都被采光，只有集体的林木一棵没被砍，得益于父亲和林场职工的精心看护。而如今，吊桥沟林场正在被开发成一个热门的景区。

童年的记忆里，父亲爱树就像爱惜自己的生命，待树就像待亲人、待子孙。也许是父亲与望春花有缘，我出生的头一年秋天，父亲起早贪黑上山挖药材补贴家用，在丛林中发现一棵高大的野生望春树，树下有几株望春幼树，第二年春天，父亲进山挖回两棵树苗栽在自家菜地边，一来为我降临人世作个纪念，二来盼着望春树长大将来能供我上学。

天道酬勤。望春树苗在父亲的期盼中成活，又在父亲的呵护中茁壮成长。

我上小学一年级那年，我家的望春树也正好开了花。第二年春节刚过，父亲不等开花，便格外小心地摘下花蕾晾干，卖了个好价钱，还真的交了我当年的学费钱。从此，我的小学和中学时代，与同学相比有了一种明显的优越感，从未被老师催过书钱，家里的日子也比许多人家要宽裕一些。

20世纪80年代改革开放，国家还很不富裕，农民负担较重，好在望春树越发长大，结的花蕾越来越多，价格也不断见长，两棵望春树不仅能应付我外出求学的日常开支，就连上缴农业税也能挤出一部分，大大缓解了家里的经济压力。

那时候，望春树成了我们家重要的经济来源，兄长成家，姐姐出嫁，我和妹妹上学，还有亲朋好友礼尚往来，遇上要用钱时，全家都把无限的希望寄托在那两棵神奇的望春树上。春天，采下花蕾后，盼望它能早点发芽抽叶；冬天，树叶落尽，又盼望它能多结一些花蕾。到了收获花蕾的季节，全家人起早贪黑，小心翼翼，生怕折断了树枝影响来年的收成。

到了20世纪90年代，我早已参加工作，家里的条件也日益改善，父亲却仍不肯闲着，每年过完正月十五，便带着一家老小，抢在春暖花开前采摘花蕾，而摘了花蕾的望春树便不再开花。每当这个时候，我望着光秃秃的树干，心中充满了深深的敬意和愧疚。望春树似乎无怨无悔，年复一年地牺牲花季，奉献着花蕾。

我常想：望春树，既如我善良无私的母亲，面对嗷嗷待哺的孩子，慷慨地撩开衣襟，用甘甜的乳汁喂养我们，哪里会在乎容颜老去、身材干枯？更如我坚毅执着的父亲，埋头苦干，默默付出，寒来暑往，辛勤劳作，耸立成山坡上一座永恒的丰碑！

父亲种的望春树从最初的两株发展到十几株、几十株、上百株。望春树不仅改变了我们一家的命运，也改变了全村人的命运。父亲发动全村人广栽"摇钱树",并向大家提供树种,传授栽培技术。在父亲的带动下,全村有一百多个农户共栽望春树一千多棵,不出几年工夫,望春树栽遍全村湾前屋后、田头地边,花蕾成熟时满山飘香,一片繁忙景象。

1994年4月23日,我在地区党报《黄冈日报》上发表了一篇名为《广栽"摇钱树" 带头奔小康》的文章,让父亲和一起种树的乡亲们受到外界的关注。是的,父亲是全村植树致富的带头人,他致富不忘村里人,一生在大山里挥汗如雨,把自己育苗种树的经验毫无保留地传授给乡亲,用心血浇灌致富之花。

这篇报道刊发两年后的冬天,1996年12月4日(丙子鼠年农历十月二十四),辛劳了一辈子的父亲,最终也成为一株望春树,长眠在山坡上。送父亲上山的那一天,在呜咽的北风中,全村的乡亲们念叨着父亲的好,那满山的望春花蕾簌簌下落,顿时化作倾盆泪雨。

进入21世纪以后,村民外出务工的多了,采摘和收购望春花蕾的人少了,没有被采摘的望春花蕾,春天开出灿烂的花朵,吸引众多游客前来观赏,成为老家发展乡村旅游、带动乡村振兴的一道亮丽风景线。

父亲走了,树还在,花正开。望春花的花语是报恩,也象征着一往无前的决心和英勇高贵的品行。我坚信,父亲有着望春花般的品格。

怀念父亲的日子,我从老家移来一株望春树苗,栽在安居小区的绿化带里。或许是水土不服,树苗弱不禁风,杂草相侵,还被园丁剪成个秃子,我看了心疼不已。全家为了护树,采取了一系列的行动:用砖头砌成一个圆圈把树苗围起来;有空常拔杂草,用木棍把树干捆绑起来;找修剪草坪的园丁师傅论理打招呼……过了两三年光景,望春树苗终于长高了、长壮了,能够抵御风雨,开始孕育花苞。

乔迁之时,望春树长势很好,令人难以割舍。搬到御澜岸新居第二年春天,我再次从老家捎来一株望春树苗,精心种植在楼下。今年开春,笔挺的树干上冒出了叶芽,让人倍感欣慰。每每路过,忍不住凑近打量一番,仿佛看到了满枝丫的花朵,听见了那动人的歌声:"繁华十里,一点丹青烬落,一如初见悠然木兰开……"

望春花,恰似父爱恩重如山!清明还乡,除了给父母亲扫墓,还该去拜谒望春树。多年心头挥之不去的不仅是一份情愫与思念，更有饱含着以仁为根、以勤为本的优良家风。

望春花，英雄的花，父亲一般的花！

（《鄂东晚报》2019年4月1日）

多吃了三元钱

二十多年前，我师范毕业在大别山乡下老家的一所中学任教，每月能按时领到三十多块钱的薪水。

那时候，学校吃的粮食是由国家供应的，价格比较便宜，菜是老师自己种的。即便如此，每月的伙食费差不多占到工资的一半，另一半薪水我省下来交给母亲。那一年姐姐要出嫁，母亲全力为姐姐准备着嫁妆。按说，姐姐早就到了出嫁的年龄，只因兄长成家后独立门户，父母年事已高，我又在念书，家里缺少劳动力，姐姐的婚期才被拖延了下来。

学校每隔一周加一次餐，所谓加餐，也就是吃上一顿豆腐烧肉之类的，可进餐费由平时的每餐两毛钱增加到一块五毛钱，刚好是两斤肉的价钱。有的老师觉得不划算，遇上加餐就自己开伙。因此，食堂工友在加餐前需挨个上门询问做计划。我一向身体单薄，平时吃的油水又少，难得开荤，每次加餐自然从不例外。

一天，邻近学校的两位老师来学校公干，因为熟识，我热情地邀请他们到宿舍叙旧。那天我们谈兴甚浓，不知不觉快到了吃午饭的时间。按照惯例，该由学校出面留客人就餐。我一边陪他们聊天，一边期待着校方来人，可不见谁来打照面，倒听见工友在吆喝开饭。若是平时，我会毫不犹豫地招呼他们吃饭，但那天是加餐，一人一块五，三人就是四块五。这多出的三块钱，对我来说，几乎相当于一周的伙食费，对母亲来说，得卖多少个鸡蛋啊！

民以食为天。已到吃饭的时间，如果让客人饿着，未免太小家子气，也太不够人情味。不就三块钱，下个月勒紧裤带省出来就是。我不好意思地对客人说："你们看，光顾着聊天，连吃饭都忘了。"

来到食堂，见是加餐，客人便提出要走，我说什么也不同意。一位客人压低声音说："我们是来办公事的，怎好让你私人请客呢？""请朋友吃顿饭还论什么公私！"我话虽这么说，心里却觉得学校领导太势利，大概认为他俩只是普通老师，不够招待的级别吧。"可这一顿开销太大，要不就买两份，够咱仨人吃的。再说，你事先也没多做计划。"另一位客人说出一个折中的办法，但我坚持买了三份。那餐香喷喷的饭菜，我却没有吃出啥滋味，用工友的话说，吃的钱响呢！

那个月，我向母亲少交了三元钱。父亲有些闷闷不乐，说："你该要向校长反映一下，让校长报销那顿饭钱，不要打肿脸充胖子，你姐正等着花钱呢。"母亲说："这三块钱我们认了，孩子初出来工作，应该多结交人，家里省着点就是。"见母亲面有难色，我说："后两个月加餐我不吃了，省下钱来给姐姐置点东西。"姐姐知道后，连声责怪我："弟弟别说傻话，只要你把身体搞好，工作顺心，姐就高兴。"

二十载沧海桑田。而今，我早已离开家乡，离开讲台，成为一名国家公务员，因工作应酬，曾参加过不少公款消费的盛宴，每逢那种场合，往往吃在嘴里，疼在心里。后来，我也有了一点公款请客的权限，每当我做东时，我尽量节俭行事，不敢攀比铺张。而且我始终守住一个原则，决不用公款为私客埋单。

（《文学故事报》2004年第23期）

碗里沧桑

步行街新开张的肯德基餐厅食客盈门，中午妻子带着儿子美餐了一顿，晚上四菜一汤全摆上了桌，儿子猴似的蹲在椅子上，屁股不肯落座，冲他妈妈嚷："怎么没有我喜欢吃的菜呀？"

见孩子挑食，我没好声气地说："那你就少吃点呗！"

小家伙讨了个没趣，但不肯就此罢休，他大概记起自己的生日快到了，又说："爸爸，我过生日的时候带我去吃肯德基吧。"

"还有十多天，远着呢！"

"那你们小时候过生日有什么好吃的？"

孩子的话顿时勾起了我心酸的记忆。

"儿子，爸爸小的时候苦着呢，连肚子都填不饱，哪里有什么好吃的？爸爸像你这么大的时候，家里盖房子，粮食格外紧张，晚餐一碗稀粥，一喝千重浪，再喝九条沟，还高兴得不得了。"

孩子不知什么时候端起了碗，他停下筷子不解地问："那有什么好高兴的？"

"因为那时候小孩子不吃晚餐，大人们劳累了一天，稀粥要留给大人，小孩子在大人吃饭时被哄到外面耍去，说是吃了稀饭晚上尿床，天擦黑就被赶去睡觉，睡到半夜里，肚子饿得疼，肚子越疼越睡不着，越是睡不着，肚子就越觉得疼。孩子，那种滋味可真不好受啊！记得那年年三十，因为没有肉吃，我们吃过年饭后，你奶奶在我和你姑姑的嘴上抹上一些菜油，怕人家笑话我们家没肉吃呢。"

孩子再也不吭声了，妻子接过话茬儿说："听你外婆讲，她们小时候没有吃的便吃麸和糠。1954年发大水，长江溃了堤，我外祖父从汉口的亲戚家借了一担糠糊口。因为长江停航，沿途的路都被淹没了，到处一片汪洋，我外祖父挑着担子迂回半个多月，才回到家里。第一顿全家喜滋滋地吃着糠粑。

为了省着吃，从那以后我外祖母就只做糠糊了。过了些日子，糠糊也没得吃了，我最小的舅舅那时才两岁多，他成天端着盛饭的空竹筒，边敲边喊：'糠糊吃呀！糠糊吃呀……'嗓子喊哑了，叫人见了直落泪。"

妻子说到这时，声音似乎有些哽咽，我想，其实她心里早已落泪了。是啊，那一段饥饿岁月，见证了几代人生存的艰辛，深深地刻在我的记忆里。

母亲健在时常念叨我幼年夭折的大姐。大姐八岁那年全国闹饥荒，山上的野菜都被挖光了，能吃的树皮也被村民剥下来，舂成粉当粮食。那一天，母亲烙了一些树皮饼，一连饿了几天的大姐吃了还吵着要吃。母亲见孩子饿得慌，就多给她吃了两个。谁知半夜里，大姐喊了一阵肚子痛，再也没有醒来，事后才知道，大姐是被肠道阻塞夺去了幼小的生命。从此，我们对大姐的记忆，永远被定格在那个食不果腹的年代里。

六十年风雨繁衍，六十年生生不息，六十年沧海桑田。如今，吃着各种营养食品的孩子们，也许永远体会不到麸、糠和树皮的味道，也很难明白在那个特殊年代里，它们曾是食物的代名词，是老一辈人生命的维系品。

食物是有记忆的。当孩子享受着西餐带来的高脂肪、高热量和高消费时，我希望他铭记昨日的苦楚与穷困，珍惜今天的幸福与甜美，也希望那样的日子永远成为历史，永不再来。

（《黄冈周刊》2009年7月10日）

感受友谊

  我的书柜里珍藏着一套《古文观止》，全二册，竖排版，繁体字，中华书局1959年9月出版，1981年7月第9次印刷，下册封底盖有"麻城县木子店公社供销社图书发行专用章"，上册空白扉页用小楷行书竖行写着："乾乾终日（《易经》），漫漫求索（《楚辞》），满损谦益（《尚书》），任重致远（《孟子》）。"落款为"岁次壬戌孟夏月杉林河中心小学邓延寿题赠青松老师"。我在书的第3页空白处留有"1982年5月21日收藏"字样。

  这套珍贵的《古文观止》，记录着我和邓延寿的一段忘年之交。

  1981年9月，18岁的我从湖北省麻城师范学校毕业，被分配到大别山腹地一所偏僻的农村学校——木子店公社杉林河中心小学任教。学校一共八名老师，其中有五名是既要在家里种责任田，又要在学校教学的民办教师，校长邓延寿就是这样一位老民办。在当时那个山高路远、"野鸡不下蛋"的地方，是老校长的那份友谊濡养了我孤寂的岁月。

  邓延寿，字海南，生于1922年，湖北省立联合中学毕业，后取得中华大学文凭，解放初在武昌中学任教，曾任黄冈地区胜利县教导组辅导员，20世纪60年代初响应政府号召回原籍当农民，70年代初在村小学当上民办教师。

  那年头教师待遇低，日子清苦。老校长把刚走出校门的我当作自家人，总是隔三岔五地把我请到他家里改善伙食，我不仅常常可以一饱口福，品尝到老校长老伴儿不错的厨艺，还能时时感受到那种家庭特有的温馨。

  老校长是旧式的读书人，有着深厚的古文功底，知道我对古文感兴趣，教学之余，便经常和我谈起"子曰诗云"，使我的业余时间充满了难得的乐趣。

  由于经济困难和交通不便等原因，山里的孩子辍学的多。为了不让孩子失学，老校长经常带我翻山越岭，挨家挨户动员学生返校上课。记得那个风雪交加的夜晚，在家访回来的路上，我不小心摔伤了膝盖，老校长搀扶着我，一步一滑地好不容易回到了学校。我躺下后，老校长对我的伤势仍放心不下，又连夜和另外一位老师一道，冒雪从几里外找来了赤脚医生。那一夜，我没有因伤痛而失眠，却因感动而辗转反侧到天明。

人生是一粒种，落地就要生根。在老校长的深情厚谊和敬业精神的感召下，我放弃了一个个"逝将去女，适彼乐土"的行动计划，决定扎根山沟，安心工作。可是一学期后，我被调往木子店中学。

1982年2月，带着依依惜别的深情，我走出深山，来到了镇上的学校。事后我得知，是老校长暗中奔走，使我走进了一方人生的新天地。

三个多月后的一天，老校长接到退休通知，于是步行30多公里，专门购买了一套《古文观止》，送给我作为分别留念。接过书的那一刻，一股幸福的暖流蓦地涌上我的心头。

从那以后，我和老校长再也没有见过面。然而，与老校长的忘年之谊，就像长在心田的作物，深深地扎根在我的记忆里，比山高，比水长！

人生最美好的东西，莫过于和他人真挚而深厚的友谊。

在我人生的旅途中，老校长给予我无私的友谊，是我精神充实的保障，是我快乐与激情的源泉，是我陶冶情操的砺石，更是我战胜困难的武器和锐意进取的动力。特别是老校长题赠给我的那一席话，时时回响在我的耳边，成为我自强不息、砥砺前行的座右铭。我常常想，如果没有老校长的鼓励和鞭策，也许就没有我走过的那些深深浅浅的脚印。

时光流转，事过境迁。当年的老校长如今已经不在人世了，我也因工作几经变动，结识了不少新朋友，建立了不少新的友谊。就是在一次次友谊的深刻感受中，我不断发现，自己深交的是些什么样的人，自己就能成为什么样的人。正如一位名人所说，"以好人为友者，自己也能成为好人"。

人很大程度上是为友谊而活着的，使朋友不后悔与自己友谊一场。

友谊也是一种缘分，我在哪里相遇友谊，便在哪里获得新生。

（《上海老年报》2001年12月21日）

想起老邱

老邱名雪山，是我十八年前的同事。

那时我在大别山腹地，鄂豫皖三省交界处的鄂东麻城乡下，一所新成立的学校做教师。

学校地处巴水源头木子店区的一座大桥头，因而得名"大桥中学"，老师和学生们则戏称为"桥头堡中学"。

学校校名虽然气派，其实规模很小，条件很差。第一年只设初一、初二两个年级，第二年才设有初三，每个年级也只有一个班，每班不足三十人，而且老师和学生都是经区中学挑选过的。学校不通系统电，又没有发电机，晚上备课、改作业和上晚自习，都得靠点煤油灯。我一向视力不大好，师范毕业后在区中学工作了两年，习惯了用电灯，学生反映还算不错，被区教育组认为是青年"骨干"教师，从区中学调去把关，担任初二年级班主任和语文老师。

刚走上讲台的我，从区中学被"骨干"了出来，平生第一次遭遇挫败感，精神上多少受了一点打击，颇感有些委屈，一时情绪比较低落。

在人生的"下坡"阶段，是"右派"平反复职后，在学校负责敲钟、发报（纸）、做饭、种菜、养猪兼保管，且与我隔墙而居的老邱，温暖和慰藉了我，改变了那所学校的一角天空。

那时候，山里的教师待遇低，在社会上也不太受待见，计划供应的粮油、食品和煤油等物资常常不够用，我经常白天吃不饱肚子，夜晚因缺少灯油而不得不提前就寝。

为了改善老师们的伙食，老邱一有空，就到学校旁边的那条大河——巴水河里捕鱼捞虾，冬天也不例外。记得那个阴冷的下午，呼呼的大风刮个不停，老邱提着一串活鱼回来，尽管他浑身冻得直发抖，脸上却是笑呵呵的，像战场上得胜归来的战士。在老邱的坚持下，老师们不花钱也能隔三岔五地打打牙祭，大家对老邱充满了好感。

我对老邱的好感，除了源于他给我们改善伙食，还由于他给我送来了"光明"。他见我晚上有时要工作、学习到深夜，煤油不够用，于是将自己的灯油省下一些来分给我，解决了我的"燃油之急"。老邱是一个平凡的人，可他事事处处想着别人，甘于吃苦，乐于助人，从这一点来看，他实在是平凡之中一个不平凡的人。

然而，最使我难忘的，还是老邱的愚公精神。

学校后面有一块荒丘，面积有一两亩地大小，不仅长满了荆棘和杂草，还堆放了许多垃圾，老邱主动把它开垦出来，种上蔬菜、油料和小麦，补充老师食堂的粮食缺口。一天夜里，看到窗外明晃晃的月光，老邱以为天亮了，连忙起来开荒，可一看闹钟，才凌晨两点多，老邱挥汗劳动了好半天，还不见东方发白。等全校师生在老邱的敲钟声中醒来的时候，大家发现，那荒丘上又新开出一片疏松的土地，地边照明的篝火还跳动着火苗。我当即提出，剩下的部分由学生利用课余时间来完成，老邱却说："学生学习紧张，力气又小，还是我自己来吧！"

一个被错划成"右派"近二十年的人，在阴霾散尽、阳光来临的日子，不去计较历史的沉冤，而是在最艰苦的工作岗位上恪尽职守，生生不息地付出，老邱的敬业、吃苦和奉献精神，深深地震撼着全校师生们的心。

想起老邱，我良心发现，幡然醒悟，与命运多舛、饱经磨难的老邱相比，我这点小小的"挫折"又算得了什么呢？老邱用他的经历告诉我，人生之路从来不是笔直的大街，每一个有意义的人生都是一场艰难的远征，有时甚至要走过一片又一片"草地"，翻越一座又一座"雪山"！

人一旦找到了身边的楷模，就会汲取前进的力量。那两年，我和老邱一道迎接黎明，又和老邱一道点亮黄昏，终于带领学生打了一个漂亮的翻身仗。大桥中学首届毕业生中考成绩不亚于区中学，我带的毕业班"一炮打响"。与此同时，我也考入了华中师范大学中文系，实现了我上大学的梦想，走进了我人生旅途中的又一方新天地。

此后，我调入一所省级重点中学。在那所远近闻名的学校里，老邱始终走在我的目光中。是他，有形无形中，引领着我走好人生每一步，越过事业每道杆，一步步成长为一名合格的人民教师。

而今，我又走上了新的岗位。每当我坐在巍峨的、丰碑般的现代化写字楼里，开始新的一天工作的时候，我总会想起他：

我心中的另一座丰碑——老邱！

（《燕赵都市报》2001 年 10 月 6 日）

老师的目光

教师节前夕，我高中毕业班的语文老师——熊心照从麻城乡下打来电话，告诉我他已告别讲台退休，有时间读一些学生的文章，他知道我坚持写点文字，最近出版了一部散文集，特地向我"索书"。

听到这个消息，我深为感动，也深感惭愧。忆及恩师，我仿佛看到了他深邃、睿智的目光。

老师的目光是放飞我的翅膀，我的心中珍藏着老师的凝眸。

我出生于20世纪60年代初期，小学和初中是在"文化大革命"期间度过的，那时的语文课非常简单，没学过拼音，也没上过语法，更没见过字典和词典，课堂上大都是读一些毛主席语录和报纸上的大批判文章。有的老师也是"文化大革命"期间的初、高中毕业生，时常把字念错，长字认一半，短字认一边，完全不认识就读"某"。在解释成语的时候，往往是望文生义，令人啼笑皆非。偶尔读点"鲁迅"，碰到像《庆祝沪宁克复的那一边》，怎么也说不清"那一边"到底是"哪一边"……这种局面一直到熊心照教我们的时候才得以改变。

1978年秋季，我进入高二毕业年级，熊心照从麻城四中调到我家门口的祠堂铺高中来把关。那时"文化大革命"结束不久，国家尚未完全走上正轨，农村学校教学质量还很差，纪律也很差，一些学生在课堂上常常叽叽喳喳，像是初出窠的麻雀，令老师们头痛不已。可是上语文课时，只要熊老师往讲台上一站，用他那敏锐的目光在教室里扫瞄几下，用不着多说话，班上很快就会安静下来。现在回想起来，老师的目光里，准是写满了严厉、关爱和拳拳的期待。

熊老师身材魁梧，声音洪亮，谈吐幽默，知识丰富，字写得漂亮，尤其擅长讲课，每一节语文课，行云流水般的讲述，总能把我们的心抓得紧紧的。

特别是他那像磁力线一样的目光，总是不停地在教室里来回扫射，使我们想开小差也开不了。

记得有一次，趁熊老师写板书之机，我悄悄拿出好不容易才借来的《水浒传》，用语文课本蒙住，偷偷地看了起来。虽然我并没有坐在老师的眼皮子底下，可老师转过身来，还是一眼就识破了我的"阴谋"，我顿时有种"大难临头"的感觉。可是放学后，老师把我叫到他的房间，一字一顿地说，粉碎"四人帮"都两年了，高考制度也恢复了，要多读书、读好书、好读书，把"文化大革命"造成的损失夺回来，但要处理好课堂学习和课外阅读的关系，不能喧宾夺主，顾此失彼。令我怎么也想不到的是，老师不仅将课堂上没收的《水浒传》退还给了我，还借给我一本《现代汉语成语小词典》、一本《中学生优秀作文选》和一本《当代散文选》。接过书的那一刻，看到老师殷切的目光，我眼里分明有点点泪光在闪动。

那本《现代汉语成语小词典》，我仅用了一个月的课余时间，就原原本本地抄写了一遍，几大本手抄本，至今仍然保存在我的书柜里。那本《中学生优秀作文选》，每天上晚自习之前，都由我在班上大声朗读一篇，当作同学们写作的范文，大部分文章的开头、结尾、过度和名言警句，我几乎都背了下来。而那本《当代散文选》，我如饥似渴地看了又看，成为我文学之路上的真正启蒙读物。凑巧的是，《当代散文选》中收入的散文家何为于1956年12月26日发表在《人民日报》上的、堪称那个时代富于典型意义的优秀作品《第二次考试》，作为作文材料，出现在1979年全国高等学校统一招生考试语文试卷上，那年高考的作文题目是，将《第二次考试》改写成一篇"陈伊玲的故事"，我感觉写得特别顺手。

高二阶段，沐浴着老师不倦的目光，我的语文成绩不断见长，基础知识、阅读理解、作文和书写都有了很大进步，从而奠定了我现在主要从事文字工作的基础。而且，语文成绩的提高，也极大地提振了我学习的信心，当年高考，终于录取到一所师范学校学习。我常想，不是老师的谆谆教诲，我就不会走出深山沟，也就不会有我这些牙牙学语的文字。是老师带领我走过流金岁月，走进知识的殿堂，也是老师培养了我接近文字和爱好文学的初心和萌动。

　　师范毕业后，我被分配到麻城县木子店中学任教，和熊老师成为同事，并有幸同他带一个年级的语文课。刚走上讲台，我驾驭教材的能力和课堂教学经验明显不足，我不但时时向老师请教，经常听他讲公开课、示范课、实验课，他也不断地提点我，经常深入我的课堂上听课指导，对我进行"传帮带"，手把手地将我"扶上马，送一程"。

　　不久，我调往黄冈县团风中学。两地虽相距遥远，但我一直和熊老师保持着联系，每次回家都要去看看他。老师也时时关注着我走过的每一步，为我的点滴进步而高兴。

　　后来，我又几次调动工作单位，不断变换工作岗位，但无论我走到哪里，我都会感觉到，我的背上始终系着两根长长的带子——那是老师关切的目光！

　　20多年过去了，回望过往，我打心眼里说，因为有了和熊老师共同走过的岁月，我的中学时代才弥足珍贵，我的职业生涯也才有了一个良好的开局。

　　而今，老师退休了，但老师的目光仍然像两眼不息的清泉，永远在我心底流淌……

（《教师报》2002年3月13日）

房东老沈

老沈名伯怡，"文化大革命"前的老牌初中生，地地道道的农民，五十来岁，认死理，世世代代住在英山一个叫作父子岭的山旮旯里。父子岭山高路远，交通不便，在他两个儿子的鼓捣下，老沈几经周折，好不容易买下四十里外的一栋两层楼房，举家搬到了乡政府所在地。

于是老沈成为我几年前下派锻炼时的房东。

搬家对于老沈一家来说是一个了不起的壮举。这一壮举，不仅使他的两个儿子多年在外打工的积蓄和他与老伴儿积攒半辈子的家底顷刻间倾囊而尽，还欠下了一笔不小的债务。而且新来乍到，人地两生，又没有赖以生存的土地可以耕种，这一家人靠什么过日子呢？我钦佩老沈"移民"的见识和勇气，也不免为他今后的生活担忧。

老沈在父子岭一带算个人物，不仅田地种得老到，还开过加工厂、铁匠铺，摆过修理摊。我原以为，老沈历尽艰辛杀进"皇城"脚下，会很快做起他的拿手生意，维持一家的生计，可是日子一天天过去了，他仍按兵不动，只是在街头巷尾不停地转悠。看到老沈一家的钱款只出不进，作为下派锻炼的我，深感有责任帮助他寻找谋生和发展之计。

一天，经过慎重考虑，我郑重其事地鼓动老沈重操旧业，并分析了其中的诸多有利因素。老沈说，他决定搬迁的时候也有这个打算，后来发现街上搞那些行当的人不少，生意却不多，他无意到别人的碗里抢饭吃，这是他做人的准则，因此他想另起炉灶，找点合适的事做做。

听了老沈的介绍，我不禁一阵面红耳热，颇感羞愧。我本想为他出出主意，结果他却给我上了一课。老沈不一定知道"己所不欲，勿施于人"的古训，但他却固守着"己所欲之，勿争于人"的品格，在市场经济的今天，老沈的这种思想境界实在难能可贵。

　　又过了一些日子，老沈的项目仍未定下来，我建议他利用靠近乡政府的地理优势开一家餐馆，搞饮食业，并说，我们住在乡里，乡政府自然会照顾他的生意，准能赚钱。我满以为这个建议会得到老沈的赞同，没想到，他却动情地对我说，农民最怕看到干部大吃大喝，他不忍心开餐馆助长公款吃喝风，加重农民负担，赚农民土里刨食的血汗钱，背后遭人戳脊梁骨。

　　我的心底猛地一阵震颤，这位对我的生活起居照顾得周到而细致的农民老哥，对某些基层干部身上的不正之风表现出如此鲜明的态度，我再一次为自己出了一个"馊"主意而感到深深的自责。

　　此后，我不再贸然向老沈建言，但心里一直在打鼓，现在都什么年头了，老沈的观念是不是也该改一改？

　　时间像英山百里西河下游的流水，平静而缓缓地流淌着。终于有一天，老沈兴冲冲地告诉我，他已选好了经营项目，决定开一家豆腐店。我顿时感到有些诧异，认为这活儿出力多，来钱少，恐怕难以维持他一家人的开销。老沈却不这么看。他坚持说，街上没有一家豆腐店，豆腐的销路肯定不成问题。至于利润低，他可以多做些，实行薄利多销，也能挣到钱。

　　就这样，老沈很快开起了一家豆腐店。开始几天生意冷清，但老沈做事勤勉，与人方便，起早贪黑，挑担上街，加之豆腐鲜嫩，价钱合理，竟也慢慢地火了起来，不出数日，日有进项，月有积累，老沈的脸上写满了笑容。

　　下派锻炼的那两年，我做的实际工作并不多，发挥的作用也不大，但在思想上收获不小。这段经历使我真正认识到，实践是最好的课堂，农民是最好的老师，特别是从房东老沈的身上，我学到了人生应该如何面对舍弃，如何面对选择。

（《南方周末》2001年5月31日）

老沈开餐馆

老沈开了一年多豆腐店，销路一天天好起来，而街上的几家餐馆却因欠账过多，无法维持正常运转，不得不关门歇业了。

他刚从父子岭里搬到乡上时，之所以没有采纳我的建议搞餐饮业，主要是因为不忍心为腐败行为推波助澜。想起他当初的决定，我不仅佩服他的思想境界，而且佩服他的智慧和眼力。

就在我为老沈深感庆幸的时候，老沈告诉我，他决定还是开一家餐馆。见我有些不解，老沈连忙解释道："别人关门是由于乡里和村里困难，公家的进餐费难以收回。我打算开一家现金结账的餐馆，这样既不会助长公款吃喝风，也不至于亏损。"

老沈物色到一处理想的门面，投入一大笔资金进行装修，原本一幢不起眼的两层小楼很快被装饰一新，格外引人注目。餐馆的名字是我给取的，叫"九月九酒楼"。开业的那天，老沈让我写下"薄利经营，恕不赊欠"的广告语，以对联的形式贴在大门两边。我不赞成这么做，担心这样的措辞会将顾客拒之门外。老沈却坚持认为，这叫"干鱼煎蛋，有盐（言）在先"，属于诚信经营。由于老沈广结人缘，加上烹饪手艺好，尽管是现金买单，酒楼开张不久，生意就做开了，常常是门庭若市，宾客满座。

可是，一种不曾料到的情况不久又困扰着老沈。

问题出在现金买单上。乡里的头头脑脑、七站八所负责人和村干部每回进餐虽然是现金支付，但经办人大都要求多开发票，说是有些开支不好处理，只好开在进餐费里。老沈感到两头犯难。不开吧，得罪了他们，生意肯定要差得多；开吧，会给人造成消费高的印象，也影响到他的生意和声誉。而且多开发票会产生腐败，无疑是给腐败者当帮凶。他情绪激动地对我说："腐败现象人人切齿，个个痛恨，遏制腐败不光是纪检部门和领导的事情，也是全社会的事情，每一个公民都有义务和责任！况且，普通老百姓参与遏制腐败的机会其实并不少。你帮我想想点子吧！"

老沈的这席话再次让我感到震惊！

我曾在许多场合听到过各种关于反腐败的论述，然而没有哪一次是像老沈这样现身说法，让人刻骨铭心的。我也曾遇到过许多提起腐败同仇敌忾，大加挞伐的人，然而一有机会就沆瀣一气，助纣为虐。此时此刻，从一个普通农民老沈身上，我不仅悟出了人生应该如何面对舍弃和选择，而且学到了做人应该如何坚守自己的良知！

为了帮助老沈摆脱两难处境，我终于想出了一个招数，到工商和税务部门办理定税手续，开一家无发票酒楼。老沈觉得这个办法好，并进一步说，索性把酒楼更名为"无发票酒楼"，宁愿自己少赚钱，也不丧失做人的准则，让搞腐败的有机可乘！

没过几天，老沈摘下"九月九酒楼"的招牌，将"无发票酒楼"的匾牌高悬在酒楼门楣正中，大门两边的广告语也换成了："薄利经营概不赊欠，公款消费恕不接待。"

两年下派期满，我告别乡下回到了城里，心中时常惦记着房东老沈的"无发票酒楼"。不过凭老沈的为人和经营之道，我相信他的生意一定会不错的。

（《中国医药报》2022年5月19日）

老沈纳税

　　前些天，一家报社的副刊编辑打电话给我，说准备编发我的那篇《老沈开餐馆》，约我将老沈的"无发票酒楼"的匾牌拍照下来寄给他，配一个插图，于是我又见到了昔日的房东老沈。

　　由于老沈的餐馆价廉味美，正如当初我所预料的那样，随着当地经济的发展、干部群众收入的提高，自己掏腰包下馆子，慢慢成为一种时尚，老沈的"无发票酒楼"，生意果然红火，东家有个红白喜事，西家来了亲朋好友，大都喜欢上老沈的餐馆。老沈不接待公款消费，街上开餐馆的又仅此一家，这样一来，乡直各单位和附近的几个村，招待费便大大减少，原来关门歇业的几家餐馆，也都先后收回了欠款。

　　作为一个普通农民，老沈为遏制公款吃喝和多开发票等腐败行为，尽到了自己的义务和责任。县纪委、监察局充分肯定了他的做法，县电台、电视台播出了他的专访，我也写了《房东老沈》等文章，老沈一时成了当地的红人、能人、名人。

　　都说树大招风，出名后的老沈，又面临着新的挑战和考验。

　　一天，乡国税所的两个年轻人找上门来。他们得知老沈为人厚道，出手大方，也不懂多少税收政策，便以凡商业行为，都必须缴纳增值税为由，向老沈征税，并暗示老沈，也有免税的，让他看着办，言下之意是请他们白吃。老沈将情况反映到县国税局，很快得到回复，按税法规定，从事餐饮、娱乐、理发等服务行业，不向国税部门缴纳增值税，但须向地税部门缴纳营业税和其他附加税，那两人的企图才没有得逞。

　　可是没过多久，乡地税所一名负责人，带着一拨人马来找老沈，开门见山地说，地税所客人多，总是吃食堂不大合适，他们来和老沈商量，有些客人定在老沈家的餐馆招待，抵他的税收。老沈在地税所办了定税手续，每月交五百元的税款，地税所按这个标准招待客人，老沈不再纳税，也不用出具发票，地税所不报销进餐费。他们说，等于是把老沈的餐馆当作地税所的内部食堂，也是出于对老沈的照顾。那位负责人反复强调，这叫"两全其美"。

吃喝抵税！老沈明白了他们的用意。"这个要求我当然不会接受。"老沈说，"当时我感到非常气愤。我纳税是尽一个公民的义务，为国家做一份微薄的贡献，税收理应交给国家，怎能让他们挥霍掉，肥他们的肠子？因此我没有同他们合作做那笔交易。事后他们通知我去地税所，以开展税收清查为名，要根据我餐馆的营业状况，重新确定我的税款基数，每月需增加三百元。经我好说歹说，他们总算开了恩，同意增加一百元。"

老沈的这一席话，又一次使我的心灵受到深刻洗礼和强烈震撼！在与身边的不正之风和腐败行为做斗争面前，深明大义的老沈，不仅敢于斗争，而且善于斗争，再一次坚守了自己公正无私的品格，并不惜为此付出代价。

离开老沈之前，我告诉他我此行的目的，老沈欣然应允。他还高兴地告诉我，他的"无发票酒楼"，得到了越来越多的人的理解和支持，前不久，县地税局给他评了一个"纳税模范"，还戴上了大红花，原来关于他的这种做法的一些争议也都风平浪静了。

告别老沈，我的心中不禁对他又平添了几分深深的敬意。

（《经理日报》2002年9月26日）

信念与人生

　　看完由中国大陆梁晓声编剧、韩刚执导，中国和乌克兰合作拍摄，根据苏联著名作家奥斯特洛夫斯基的"一部超越国界的伟大作品"——《钢铁是怎样炼成的》改编的20集同名电视连续剧后，"保尔"的形象再一次深深地刻在我的脑海里。

　　筑路的艰辛，伤寒的折磨，眼前已是漆黑一片，生命像游丝、像浮云、像风中的枯叶……这个出身于社会底层，备受虐待与凌辱，在革命的烈火和熔炉中锤炼出来的具有坚定信念和坚强意志的钢铁战士，使我想起了大别山深处一位历经苦难的普通农民——春生。

　　那是1996年的夏天，我和吕涛、郑斌、陈绍艺一起下派到英山农村基层锻炼，住在房东沈伯怡家里。当时那里正遭受严重的洪涝灾害。到达乡下的第二天，我们决定去看望灾民。据乡里介绍，春生家属重灾户之一，1995年的一场大洪水，摧毁了他家的房屋，他和妻子十几年来含辛茹苦营造起来的家，顷刻之间变成了一片废墟。在乡里的关怀下，春生一家住进村里腾出的两间公房，日子过得很是艰难。一年之后，春生家刚刚有点转机，又一场大水冲毁了他家的栖身之所，使得这个本来就不幸的家庭雪上加霜。于是，一家三口只得住进救灾帐篷。

　　走进春生的"家"时，我发现来时想好的一些安慰的话，其实根本用不着。春生不像其他灾民那样神情沮丧，情绪低落，他妻子也不像别的女人那样一把眼泪一把鼻涕地哭诉，夫妻俩的言语里，饱含对政府的由衷感激，充满对战胜困难的坚定信心。

　　尽管如此，我们还是鼓励和安慰了他一番。临别时，我将我们每人凑的两百元钱硬性塞给春生，春生见推辞不掉，激动地说："李同志，这八百元钱，就当是你们借给我出去打工的路费，等挣了钱一定还你们。"

我没把春生的话当真，春生却没有忘记他的话，到了年底，春生就上房东老沈家还钱来了。我们说什么也不肯收，春生却非还不可。他说："这大半年在外面苦是苦了点，但汗水没白流，这不，挣回将近一万块钱，加上我老婆起早贪黑攒下的两三千块，开春我就着手建新房。"看着春生那快意劲儿，我们也替他高兴。

可是，屋漏偏遭连阴雨，灾难再一次降临了。

开年后不久，春生的妻子因积劳成疾病倒了。这一病，几乎花光了春生家所有的积蓄。因为要照顾体弱的妻子，春生不能外出务工，就在家里发展养殖业。然而，下半年的一场猪瘟，不仅使春生辛苦了大半年，眼看就要到手的几千元收入泡了汤，而且连当初买猪仔的钱也搭了进去。

我以为春生这回肯定是被击倒了，于是再次上门准备安慰他几句。在从乡亲那里借来的住处里，春生平静地对我说："放心吧，李同志，没有我春生迈不过去的坎。我相信，老天爷不会让我活不下去！"说着，脸上露出刚毅的神情。

两年下派期满，我们都回到了城里。从那以后，我再也没有见到春生。但他的坚强不屈一直深深地感动和感染着我，我心里也一直在默默地为他祈祷：祝愿他早日重建家园，祝福好人一生平安……

世事无常，人一旦不经意来到这个世上，往往祸福难定，人生之路，难免坎坷不平。在我遇到的不幸者中，几乎听到的都是哀叹和抱怨，不是怪老天不公，就是叹命运不济，甚至有些生活在顺境中的人，遇上点小小的挫折就牢骚满腹，怨天尤人，而春生在接连而至的灾难和不幸面前，仍信心十足，百折不回——这种人生态度，在今人身上，真像高山上的氧气，越来越珍贵了。难怪一部重塑保尔形象的电视连续剧，使越来越多的人感动不已。

前些时候，乡下房东老沈进城托我办事，我向他打听春生的情况。老沈告诉我，春生最近圆了新房梦，村里为他重新选择宅基地，在一处相对安全的地方盖了五间红砖大瓦房，他妻子的身体也好多了，日子又重新开始红火了起来。我心里的牵挂总算落地了！

有什么样的信念，就有什么样的人生。春生虽然是一个普普通通的山村农民，但是他有着保尔般的坚强品格，纵然生活的道路坎坷不平，也真的如他所说，没有他迈不过去的沟沟坎坎。

《钢铁是怎样炼成的》在央视播放，与时代"共振"。从保尔的成长和人生经历中，我们可以深切地感受到，所有坚强的人格，都源于生活的伤痛。春生虽然比不上保尔，也并非天生强大，但依然能够笑对凄风苦雨，不负此生，绽放生命的芳华，他不正是我们身边的"保尔"吗？

（《中国文化报》2002 年 4 月 13 日）

你能走多远

瑶歌春节来看我，送给我一本他刚刚出版的散文集，并且告诉我，他最近还收到了省作协的通知，成为一名几年前他连想都不曾想过的省作协会员。

接过那本沉甸甸的、散发着浓郁生活气息和油墨清香的作品集，我的心头感到无比欣慰。

瑶歌小我七八岁，是我的远房表亲，和我一样，从小都是长在苦藤上的瓜。

7岁那年，一场意外事故夺去了瑶歌父亲的生命，正值上学年龄的他，由于要照顾三个年幼的弟妹，加上交不起当时五毛钱的报名费，三年后，他才不顾母亲的反对和同龄人的讥笑，捏着自己挣来的一元钱，毅然走进了课堂。

开始识得一些字时，老师向瑶歌推荐了一本自传体小说《高玉宝》。正是在书中主人公"我要读书"精神的感召下，瑶歌边帮母亲劳动边读书，终于顺利念到了高中。毕竟，生活的压力消耗了瑶歌太多的精力，在高考的激烈竞争中，他无可挽回地失败了。

带着大学梦破灭的深深遗憾和对新生活的无限憧憬，瑶歌背起行囊，如一滴无根之水，汇入了打工的人潮。半年之后，他满身风尘地出现在我的面前。在省城武汉，他什么重活儿、脏活儿都干过，现在一时找不到工作，经人介绍，找我来了。"我的字写得还不坏，你要是不嫌弃，我帮你抄抄书吧，只要有顿饭吃就行。"瑶歌说。

当时我在离省城不远的一所省级重点中学担任高中语文教师，手头正好有一部《黄冈秘卷》教辅丛书，需要誊清后交出版社出版。望着瑶歌消瘦、疲惫而不乏真诚的脸，我毫不犹豫地答应了。

安顿好瑶歌后，我很快就发现，瑶歌不仅吃苦、认真，而且文化基础也很好，他除了将书稿抄得工整、美观，还将我的一些笔误和差错一一改正了过来。

几天后，我特意向他谈起，我班上有一位学生，参加过三次高考，每一次增长了一百多分，今年看来考取不成问题，他眼里闪动着激动的光芒。经过慎重考虑，他说，他也想继续上学，在我班上复读，请我帮忙跟学校领导说说看。就这样，在校长的支持下，瑶歌又重新回到教室，坐在我那位屡败屡战的学生身边。

苦心人，天不负。在接下来的千军万马过独木桥的高考角逐中，瑶歌的同桌以超出重点分数线一大截的优异成绩，被北京一所"985"大学录取，瑶歌也考入省里的一所民办本科高校。四年里，瑶歌边打工边上学，用劳动的汗水顽强地撑起了象牙塔的天空。

毕业后，为了找到一份工作，瑶歌揣着一纸文凭，奔波于都市的楼丛之间，在钢筋和水泥构筑的灰色森林里，执着地寻找着自己的理想。当一次次的希望化为一次次的失望之后，瑶歌又一次拨通了我的电话："我想到你那儿看看，有没有合适的事情。"

此时我已离开讲台，在一个不大的机关里做着公务员。我无力给他介绍一份正式的工作，只好将他推荐到一位朋友主办的杂志社当实习记者。朋友是名颇有成就的青年诗人，十六年前以几分之差高考落榜回到农村，出于对文学的迷恋，他一手握锄，一手握笔，白天在田畈上劳动，夜晚在油灯下读书写作，执着地拥抱他的文学之梦，终于成为一名专业作家，我嘱咐瑶歌好好跟他学习写作。

没有出乎我的意料，瑶歌的写作水平很快有了长进，在不到一年的时间里，他一共写了几十篇像样的文章，其中见诸报刊的就达二十多篇，计十余万字。当他的第一篇作品在省级刊物上公开发表的时候，他激动地告诉我，"想不到我的文章也能在大刊物上露一露脸哩！"

瑶歌在杂志社任实习记者的第二年，我生活的城市要招收一批公务员，瑶歌符合报名条件，经过严格的考试和筛选，他终于从一千多个报名者中脱颖而出，被正式录用为国家干部。吃上"皇粮"的瑶歌工作繁忙，仍刻苦学习，笔耕不止，我们经常在一起切磋文章，交流技艺，彼此都获益匪浅。

翻开瑶歌的集子，我读到这样一段文字："人不管处在什么样的境地，其实都没有什么好抱怨的。活着总要折腾。只要向着光折腾，你就不枉此生。这些年来，我虽然步履蹒跚，满身伤痕，但是仍痴心不改，无怨无悔，因为我始终在与跋涉者同行，每一步都迈向太阳。"

是的，在人生的旅途中，总有一些或熟悉或陌生的人与你同行，这些人往往会改变你的命运，甚至会影响你的一生。

瑶歌的成长经历告诉我，你能走多远，在于你与谁同行。

（《新晚报》2001 年 5 月 28 日）

扛沙袋的女人

春节前夕的一个下午，因为装修新居，我从江边沙料场买回两车黄沙。

跟车一道来了四个搬沙的民工，三个上了年纪的男人，一个40来岁的女人。他们每人带着一个编织袋，把沙装进袋子里再扛上楼去。

我家的新居在七楼，空手上楼且有点费劲，扛沙袋上去，可不是个轻松的活儿。我心里盘算着，搬完这些沙，几个人得平均扛上三四十个来回，他们能坚持得住吗？我说了出自己的顾虑，他们表态说没问题，保证在天黑之前完成任务。

刚在楼梯口卸下黄沙，忽然淅淅沥沥地下起雨来，淋湿的沙不仅增加了重量，装进袋子里还直往外渗水。这下可糟了，我得多出些工钱不说，这湿沙怎么扛啊？民工们说不要紧，干他们这行的什么苦都吃过。我见顾虑被打消了，心里暗自庆幸。

大伙儿开始热火朝天地往楼上扛沙。那个女人也一样，尽管看上去身体并不结实，可是干起活儿来一点也不落后。我先以为她是专门负责往袋子里装沙的，可装满一袋沙后，只见她一手握紧袋口，一手用力将沙袋往肩上一顶，顺势迈开双腿，"噔噔噔"地上楼了。

一个女人干这种重活，哪里吃得消啊？我不禁动了恻隐之心。当她下楼来时，我说："怎么能要你扛呢？你就负责装沙吧，不要累坏了！"她笑着回答说："你放心，这个活我干得了！"我想，她大概是为了和男民工挣一样多工钱，才硬撑着扛沙袋，便连忙补充道："你不用扛了吧，如果他们少算你工钱，我给你补上。"她一边装沙，一边感动地说："谢谢你的好意！工钱刚才说好了的，哪能让你多付？再说，我就是专门装沙，他们也不会少给工钱。"说完，她擦了擦脸上的汗水，很是麻利地扛起了沙袋。

眼看天色不早了，我主动提出来帮他们装沙。轮到给那女人装沙时，我有意少装两锹，她发觉后赶忙催我补上。我说："你毕竟是个女同志，不能和男人比。"她却说："他们都比我年长，我少扛，他们得多扛，不能让大家吃亏。"她还告诉我，他们合伙干搬运已有三年时间，起初确实有些吃不消，后来也就习惯了。我不解地问："你干吗不找一份轻一点的活路呢？"她叹了一口气，说："干轻活的人多，也难挣几个钱，儿子上中学，他爸又常年生病，家里缺钱呗。"

原来，这个普通的女人是家里的顶梁柱，用她柔弱的肩膀，支撑着一个不幸的家！

冬天的夜说来就来。在大家的共同努力下，沙子总算在天黑时全都搬上了楼。我提出给他们增加一点报酬，一位领头的民工说："不用了，你还按说好的给吧！"我说："沙子进了水，你们扛起来费劲，衣服又都打湿了，不加点工钱可不行。""下雨怪不得你呢，"他说，"虽然我们是干粗活的，可也得说话算数，也得讲信誉，多的钱一分也不能收。"

付完工钱，我转身对那女人说："大嫂，你家有困难，这二十元钱你就收下，就当是我的一份爱心吧！"领头的民工也劝她收下我的这份心意，没想到她还是执意不收。她说，家里虽然全靠她一人挣钱，可是只有花自己劳动挣来的钱，她心里才踏实。

雨越下越大，我拦下一辆出租车，并预付了车费，让司机把他们分别送往住处，这回他们没再推辞，只是不停地向我表达谢意。

出租车很快消失在雨雾里，而扛沙袋的女人的身影，却在我的眼前久久挥之不去。以前常与民工打交道，我认为他们不够诚信，有些唯利是图，甚至偷奸耍滑，打心眼里提防着他们，有时还要为难他们，然而，从这位扛沙袋的女人身上，我深刻地领悟到，劳动还真的没有贵贱之分，也许只有劳动和不劳动才分出了贵贱。

（《现代家庭报》2002年8月13日）

农民的房子

最近有机会回了一趟乡下的老家。在大别山腹地，看到道路两旁、小河岸边、山坡脚下一排排崭新的农舍，十分眼热，不禁为这些年中央和各级政府的惠农政策给农村带来的深刻变化而感到欣喜。

对于大多数农民来说，盖房子是一生中最大的事情之一，很多人辛苦劳作一辈子，就是为了盖一幢新房。让农民住上宽敞漂亮的新房子，这是可喜的事情，也是建设社会主义新农村的题中应有之义。

但到农村走一走，不难发现，农村新房多了，楼房多了，一般新建的房子都是三层，有的甚至是四层、五层，很少有两层的，从外观上看，齐刷刷的，高大气派，走进里面再看，很多新房空空荡荡，几乎没有什么家当，家具和电器都是老的，日常用具也很简陋。

我问一些乡亲，国家出台一系列政策启动农村市场，送家电下乡，补贴农民购买家电，实际效果怎么样？乡亲们告诉我，国家的政策确实是好，他们也有消费意愿，可钱都花在了盖房上，不要说添新电器，就是照明电也得省着用。

由于农村要有摆放农资农具和堆放粮食蔬菜的地方，不少人家还要饲养家禽畜，农民的房子盖得应该大一些。但是，房子也不是越大越好。我就这个问题与村干部们探讨，他们说，现在的家庭一般几口人，三间两层也就完全够住了，大致需要十万元，与盖三层的相比，可以省下五六万元，节约三分之一的成本。

其实，农民的房子可以适当小一点，既可以节约土地，又可以省下钱来更新一些家具，购买一些必要的电器，或是把室内好好装修一下，住得更舒适，不要把所有的积蓄一股脑儿全用在盖房上。

（《黄冈日报》2009年3月7日）

路

2012年10月8日，国庆长假后的第一个工作日。上午八时，我供职的黄冈人民广播电台三十六名员工整体搬迁到新装修的市广电大楼新楼层上班。看到全新的工作环境和时尚的办公设施，同事们的脸上写满了笑容，我的心里也感到无比欣慰。

2008年汶川地震期间，我从黄冈电视台副台长任上调任黄冈人民广播电台台长。当时的电台处在一个非常困难的时期，债务沉重，设备匮乏，人员膨胀，工作条件艰苦，覆盖范围有限，事业发展艰难。记得我刚到台里的那阵子，整天被讨债的人堵在办公室里，几乎出不了门。更有甚者，你走到哪儿他跟到哪儿，让我尝足了欠债的滋味。这年下半年，没钱给职工发工资，是局里借资帮我们渡过难关。到年底的时候，情况虽有些好转，但是运行还很困难，为了改善大家的待遇，我说服妻子，从家里拿来几万元，用于台里运行周转。

比资金紧缺更让人揪心的，是大家对电台摆脱困境信心不足，一些人甚至发出这样的疑问：电台——路在何方？

广播是传统主流媒体，有着辉煌的历史，但随着新技术的不断涌现，媒体形态在20世纪的后二十年发生了革命性的变化，电台在媒体的进化中逐渐边缘化，传统广播业在电视和互联网媒体的夹击下节节败退，广播的受众如"滚滚长江东逝水，浪花淘尽英雄"。

成立于1996年的黄冈人民广播电台，一开始就遭遇新技术、新媒体的挑战，因此走过了一段艰难曲折的办台历程。我刚到电台工作时的困难局面，正是当时全国很多地方电台，尤其是经济欠发达地区电台共同面对的残酷现实。

随着汽车时代的来临，新环境和新技术的作用，广播的复兴在加快，黄冈人民广播电台也开启了振兴崛起的新征程。

带着组织和群众的重托，五年来，在市广播电影电视局党组的坚强领导和社会各界的大力支持下，我和台领导一班人，团结和带领全台员工，认真贯彻落实科学发展观，正确处理"吃饭"、建设和还债的关系，正确处理个人利益和集体利益、局部利益和整体利益、眼前利益和长远利益的关系，夙兴夜寐，栉风沐雨，聚精会神搞建设，一心一意谋发展，黄冈人民广播电台终于经过阵痛和裂变，有如凤凰涅槃，浴火重生。

2009年，在时任市长刘雪荣的亲切关怀下，黄冈人民广播电台增加了十四名编制，并从2010年起纳入全额拨款事业单位。最近市政府又出台文件，从2010年1月1日起，给包括电台在内的其他事业单位实施绩效工资，这一系列的利好政策，从根本上解决了电台的生存问题。与此同时，我们狠抓经营创收，广开创收门路，自身的造血功能也在一天天增强，事业建设步伐也在不断加快。

2010年，我们在武穴市九龙城建立了差转台，开通了黄冈广播网，使黄冈人民广播电台的有效覆盖范围扩大到蕲春、武穴、黄梅大部分地区，实现了黄冈人民广播电台、黄冈交通广播两套节目网上同步直播，标志着黄冈人民广播电台的信号覆盖迈出了决定性的步伐。为适应户外直播的需求，从2009年起，我们先后购置了四套车载电台发射设备，因陋就简开办随行广播，出色地完成了全省县域经济工作会议、省委省政府大别山红色旅游公路现场办公会、全国农村公路建设与管理养护现场会等大型会议直播任务，受到省委、省政府、交通运输部主要领导的好评。

去年和今年，我们在保证正常播出的前提下，对节目制作、播出、控制、发射机房和所有办公用房进行整体装修，对采录编播设备进行全面更新和提档升级，台容台貌发生了可喜的变化，节目播出质量也大大提高。

这几年，我们还配备了新闻采访车、职工通勤车，还清了一百多万元的债务，职工收入也以每年百分之二十以上的幅度递增。

山一程，水一程，风一更，雪一更。回望这五年电台的发展道路，我们最大的感受是，不经历风雨，怎能见彩虹？阳光总在风雨后！

党的十八大即将召开，党将带领全国人民开启新一个五年征程，黄冈人民广播电台也将站上一个新起点。我相信，只要我们不动摇、不懈怠、不折腾，先干不争论，先试不议论，先做不评论，一天一天地干事，一桩一桩地干成，一件一件地干好，一步一步地朝前走，电台之路一定会越走越宽广。

　　路，在我们全台每个人的脚下！

（《鄂东晚报》2012年10月25日）

外地人眼中的黄州

党的十六大以来的十年，是我国经济社会发展又好又快的十年，也是黄冈城乡面貌发生沧桑巨变的十年。

由于工作关系，这十年，我接待和接触了不少外地来黄冈的朋友和领导，从他们的眼里，我也感受到了黄州的历史性嬗变。

2006年9月，湖北援疆单位新疆博州电视台的同行一行五人，到黄冈电视台接受为期一个月的对口培训，我负责安排接待工作，休息时间常陪他们参观市容及市内的一些景区景点。行期结束时，我问他们对黄冈的印象如何，市区哪个地方最漂亮？博州一位姓董的美女副台长告诉我说，对黄冈的印象很好，黄州最漂亮的地方当数奥康商业步行街。

当时我有些诧异，黄州漂亮的地方还多着呢，她独独提到奥康步行街，也许是内地的商业比新疆发达，开业不久的商业步行街正好满足了他们的购物需求。

这使我想起刘雪荣市长刚来黄冈工作时说过一句有趣的话："站在八一路步行街口，向前看像欧洲，向左看像非洲，向右看是黄州。""像欧洲"指的就是2005年建成开业的奥康商业步行街；"像非洲"指的是八一路到十字街一带，两边的房子都很破旧。这是当时黄冈市黄州区的真实写照。

2007年7月我到过博州。看到博尔塔拉这个蒙古语称作"青色的草原"的地方，城市建设得非常漂亮，街道宽阔整洁。尤其是在降雨量与我们根本不可比的西部边陲，绿化比我们搞得好，一年四季，花开不败，瓜果飘香，美景赛江南。谈到城市建设时，博州广电局的张局长调侃，在黄冈那样插根筷子都长竹的地方，有的整条街上竟然连一棵树都看不到，真是不可思议。现在想来，博州电视台的朋友当时对黄州的评价，也许多少有点揶揄的成分。

2007年8月，根据时任黄冈市委常委、宣传部部长刘树生的指示，受黄冈电视台台长王炼指派，我和黄冈电视台文艺部的同志一起，几下长沙，邀请湖南卫视新闻中心刘主任为我们策划2008年黄冈市春节文艺晚会。记得刘主任第一次来黄冈的时候，进入市区后，街上还没有一条好走的路，几乎所有的道路路面都严重破损，车子颠簸得十分厉害。刘主任问，市区到了吗？怎么感觉是在乡镇？说者无心，听者有意，当时我心里怪不是滋味，为我们城市建设的差距深感汗颜。

五年弹指一挥间。黄冈城市面貌的改观，城市形象的提升，与其说是这十年的变化，不如说是近五年创下的奇迹。

从2008年起，市区在每年夏季分期对城市道路进行刷黑改造。截至今年9月，市区主要道路和人口密集的老城区主次干道全部刷黑改造完成，黄州的大街小巷及两边的非机动车道、人行道，路面黑亮平整，标线清晰，与之配套的绿化带和行道树生机勃勃、赏心悦目，公汽停靠点也建得科学合理，既具有美感，又充满人性关怀。

也是近五年，紫金城、保利一号、宇济一号、翡翠一品、艳阳御澜岸等一个个大型高档、高层住宅小区先后开盘，黄冈第一家五星级酒店东湖华都酒店和黄冈博物馆等一批标志性工程相继建成，以及城东新区建设大幕开启，黄冈城市建设揭开了高标准规划、高起点启动的新篇章，改写了黄冈的城市天际线，改变了人们对黄州的落后印象。

特别值得一提的是，这五年市政府每年投入三个多亿，用于遗爱湖的治理，建设遗爱湖公园。这个黄州城区最大的民生项目，提升了黄冈人的幸福指数，令所有的黄冈人引以为豪，更令外地游人对黄冈刮目相看。

今年9月20日，第三届东坡文化节开幕的前一天，市委、市政府在市职工活动中心举办2012黄冈讲坛龙永图专场，亚洲论坛国际咨询委员会委员、原外经贸部副部长、中国入世首席谈判代表、博鳌亚洲论坛秘书长龙永图对黄冈有一段精彩的点评。他说："黄冈搞了几十年，和发达地区相比，还有不小的差距。看了老城区，还有些破破烂烂的样子。但是，走了十几分钟，进入赤壁大道，来到遗爱湖公园，一下子像是穿越时空，来到了美丽的杭州。"他进而赞叹道，"遗爱湖的美不亚于杭州西湖。"

是啊，遗爱湖公园在黄州市民眼里如诗如画，但是能赢得这样一位顶级

专家的赞叹，着实不简单。我想，这既是对苏东坡当年吟诵"江山如画"的
千年黄州的由衷赞美，也是对黄冈革命老区这十年科学发展辉煌成就的最好
评价。

（《黄冈日报》2012月10月10日）

我家的三次车改

2008年5月29日，市委安排我到黄冈人民广播电台任职。履新前，我在黄冈电视台任副台长。说心里话，当时我还真有点舍不得离开。因为我知道，电台的工作要比电视台难做，我肩上的担子也要比在电视台重得多。

正如当初我想象的一样，电台确实有很多具体困难。别的不说，用车就没电视台方便。电视台为每个副台长配备了专车和专职司机，出门办事高效快捷。电台没有领导专车，职工通勤车也很破旧，冬天常熄火，夏天怕起火，我因交通不便没少影响工作。

随着形势的好转，2009年7月17日，电台购买了一台东风本田思域小汽车，既是领导公务用车，也是新闻采访车、工程车，还是大家办事的交通车。2010年清明节前夕，电台更换了职工上下班通勤车，基本解决了全台同志的交通问题。

2011年下半年，我家从八一路坤泰名居七楼搬到西湖安居小区二楼，我上下班坐电台的通勤车倒是方便，正在胜利街市实验小学上学的孩子的接送却成了新问题。这年9月19日，黄冈电视台在遗爱湖公园东坡文化广场举办"健康新生活，低碳新黄冈"金秋嘉年华大型车房展，我带着电台广告部的同志到现场学习取经，在销售人员的鼓动下，本来没购车计划的我，不禁动了心，于是打电话给妻子说，我选中了一款很好的车，价格也便宜，让她前来看车。妻子当真风尘仆仆地赶来，当场买下一辆售价53900元的比亚迪F3R小汽车。从此，我家开始走进汽车时代。

自家有了小汽车，这是我家的第一次车改。上班坐公车，下班开私车，公私两分明，落得个清闲自在。可是，由于爬楼和走路减少，麻烦也接踵而至。

今年3月11日，我应楚天交通广播总监陈前之约，到丹江口参加2012南水北调中线工程水源地丹江口市全民植树活动"同饮一江水、共护生命源"联合直播。第二天，我和台里几位同志到十堰电台调研学习，顺道考察了道教名山武当山。从金顶下来，我们没有坐缆车，同行的几位如谢琦、董念松、邹俊边走路边观景，兴致勃勃，很是开心，而我没走多远，双腿像灌了铅，怎么也抬不起来，几乎是连滚带爬，花了几个小时才到达停车场。

无独有偶。今年4月20日，武汉铁路局麻城车务段组织黄冈市新闻媒体负责人考察江西三清山，21日下午从三清山西海岸高空栈道下山，我腿痛难忍，举步维艰，还不时被带队的市委宣传部副部长柳长青等人开涮，真是既有乐趣，又有苦趣。

今年8月6日至10日，省广告协会广播委员会第二十五次会议在恩施召开，我和电台广告部副主任王琪参加会议。8月9日，会议安排考察恩施大峡谷。有了前两次的教训，上山时我特别注意保存体力，下山时又特别小心保护双腿，可无论如何，我还是拖了整个团队的后腿，多亏最后一段路程坐上观光电梯，我才得以安全下山。

以前我登过许多名山，从小在大山里长大的我，从未有过如此遭遇。痛定思痛，一是年龄增长，岁月不饶人，二是出门坐车多，双腿缺少运动。今年8月12日，伦敦奥运会闭幕的第二天，我花了四百八十元，买回一辆老式凤凰牌自行车，开始骑自行车上下班，久违的交通工具又重新回到我的生活中。

伦敦奥运会闭幕了，我的奥运才开始。开车改为骑自行车，这是我家的第二次车改。由于骑自行车不能载人，每天下班回家后，我还得开车接孩子。放学的时候，胜利街、考棚街一带越来越拥堵，很难找到停车位。就在前几天，妻子花费一千七百元，从网上购买了一台红鑫鸽电动车，专门用来接送孩子，终于解决了停车的烦恼。

"健康新生活，低碳新黄冈。"我家的三次车改，历时十三个月，共耗资五万六千零八十元，也正好体现了科学发展的时代理念和要求。

（《黄冈日报》2012年11月13日）

沧海一粟

先把帽子扔过墙

最近，媒体报道了这样一则消息：日本去年自杀的人数高达三万一千九百七十五人，几乎平均每天都有一百人自杀。究其原因，是他们无法承受生活的压力。

一位朋友看了报道后，也抱怨工作压力过大，苦于难以摆脱。我告诉朋友，日本传统上是一个推崇"面子就是一切"的国家，在这样的国家出现如此之高的自杀率，有其深刻的社会思想根源。为摆脱压力选择轻生，日本人的做法绝不可取。工作上有压力并非完全是坏事。压力往往与希望同在，常常会转变成动力。摆脱压力，有可能也摆脱了成功的希望。

一个执教不久的年轻人兴致勃勃地给学生上课，不料，学生并未被他"高山流水"般的讲述吸引，注意力纷纷开了小差，有的还公然看起了课外书籍。年轻人一再警告无效，便大为光火，当场收缴了几本流行杂志，并对杂志的内容加以贬斥："这些杂志有什么好看的？课本上的文章都是千里挑一的名篇佳作，你们不好好学习，却捡个砖头当个宝，真是有眼无珠，不识好歹！"有个学生不服，当场较劲："杂志上的文章不好看，老师的文章上过杂志吗？"年轻人一下子被怔住了，顿时语塞。

作为一名中学语文教师，年轻人还真的未曾公开发表过像样的作品。一个缺少写作经历和体验的老师，怎能教会学生写作，又怎能让学生信服？也许是学生戳中了他的软肋，他当即承诺："老师无论如何也得写篇像样的文章，在杂志上露露脸，不然还镇不住你们这帮调皮的家伙！"

为了出这口"恶气"，年轻人自加压力，刻苦磨炼，每次作文课前他都事先写好"下水文"作为示范，文字功夫日渐见长，思路越来越敏捷，笔力越来越遒劲。一学期过去了，年轻人果真捧着载有自己作品的杂志，站到了讲台上，学生们因此由衷地敬佩他。并且，这个一心只想教书育人，并不曾做过文学梦的年轻人，从此与文学结下了不解之缘，凡是中学语文课本上出现过的文章体裁，他几乎都有作品发表在大大小小的报刊上，以至于后来走上了职业写作的道路，用文字构筑自己的人生平台。

不用说，那个年轻人就是我。

在工作、生活和学习中，人们难免会遇到种种压力。有很多人都试图摆脱压力，但终归是徒劳的。科学家们认为，人需要激情、紧张和压力。大量事实也表明，人往往是在某种压力的驱使下，才能超越自己的生理极限，创造生命的奇迹。美国一位旅行者在乡间遇到了泥石流，情急之下，他的奔跑速度居然打破了世界纪录。英国一位冒险家遇到了地震，被埋在了混凝土中，他竟用自己的血肉之躯，将一块半吨重的混凝土从身上成功移开。

成功不仅仅需要智慧，有时还需要给自己施加压力。有人用废报纸练毛笔字，练了许久仍不见长进。后来听了一位书法家的话，改用最好的宣纸练习，进步很快。其秘诀是，因为废报纸随处可得，所以不足为惜，要写好字的决心也就不那么强烈。而上等的宣纸很贵，他在潜意识里逼迫自己写好每一笔，久而久之，字自然便写好了。这就是逼出来的效果。

国外有这样一则谚语："如果你想翻过墙，请先把帽子扔过去。"所以，一个人想要成就一番事业，不妨主动给自己施加一些压力，或许正是在压力的逼迫下，人才能最大限度地发掘自身的潜能，取得普通人难以取得的成绩。

（《文学故事报》2002年3月25日）

做事与做人

有这样一则故事：一位美国老板准备给打工的日本、越南、韩国、中国四个组的工人加薪，每组只加一人，具体加给谁，由各组民主讨论后决定。工作布置下去后，前三个组很快就报上名单。日本组是老板意料中的人选，技术最高、速度最快，老板很是满意；越南组是一个技术中等、工资最低的可怜人；韩国组则是一个技术最差、人缘特好的和事佬。对此，老板摇了摇头，颇感意外却又无可奈何。而中国组却迟迟未报，并为此争得面红耳赤，互不相让："要么平均分配，要么大家都不加！"结果，老板生气地取消了中国组的加薪计划。

这个故事发生在美国，其真实性我不敢妄断，但它说的是中国人爱窝里斗，几个人在一起就会内讧，在一定程度上引起我的共鸣。我和朋友谈起这个故事，朋友却不以为然。朋友说："如果是在国内，恐怕还是由投票来决定。其结果，很可能会出现韩国组那样的情形，让人缘好的坐收渔利。在我们身边，这样的例子还少吗？"

的确，中国是一个崇尚"谦谦君子"的国度，情商高的人常常没有多少敌人，而智商高的人则往往没有多少朋友。在这样的文化背景下，谦逊的平庸者通常会比有个性的能人得到更多的好评和实惠，因此，"做人"成为不少人最大的追求，"做事"反倒成为其次。一些人苦心修炼，不是一心琢磨事，而是专心琢磨人，会看脸色，会说话，并不惜用别人所欣赏的方式来改变自己，甚至刻意粉饰自己，去迎合别人，投其所好，人生的宝贵时光，大都消耗在怎样为人处世和搞好关系上。

诚然，人际交往能力是一个人必备而重要的生存能力。交往能力强的人，往往更容易实现自己的目标和愿望，获得更多的认可和欣赏，从而更容易获得幸福感。但是，"做人"实在没有一个统一的标准，一个人想要真正做到让别人无可挑剔，几乎是不可能的。你逢人就打招呼，可能有人说你会来事儿；你见人躲着走，可能有人说你最近是不是干了什么见不得人的事；你努力工作，可能有人说你是为了升迁；你得过且过，可能有人说你只想"躺平"，不思进取；你即便好不容易博得一个"会办事""会做人"的口碑，也只不过是说你圆滑乖巧、城府世故，仍然是一个亦褒亦贬的评价。人活在世上，并不是一味地活给别人看，我们大可不必过于在意别人的看法，只要把握好做人的准则和底线，尽可能宽容、友善地对待别人，清清白白地做人，干干净净地做事，并用心、用情、用力把一件事情做好，才是至关重要的。

"做人"是一种人生，"做事"则是另一种人生，或许才是真正的人生。如何评价一个人，古人告诉我们，"听其言而观其行"，从这种意义上说，"做事"就是最大的"做人"，也是对一个人顶级的评价。现今社会，溜须拍马、投机钻营的人太多了，老老实实干活的人太少了。随着人类的进步和时代的发展，社会越来越像日本组那样推崇有真才实学和过硬本领的人。与其挖空心思、绞尽脑汁"做人"，不如在这个问题上采取豁达、简约和高瞻远瞩的态度，集中精力、埋头苦干"做事"。一位名人说得好："走自己的路，让别人去说吧！"谁都不能否认，脚印才是最好的证明。

自己的人生，才是自信的脊梁。一个人即便有再强的交往能力，还应当自强，应当有真正属于自己的、领先他人的东西，只有这样，才是真正的会"做人"，别人也才能真正看得起你。当然，不是每一个人都能成就一番大事业，但只要我们始终把"做事"摆在第一位，时刻在努力着、奋斗着，总会赢得掌声和机遇的垂青。

（《年轻人》2001年第10期）

要做一头"狼"

常常听到这样的议论：一个单位的工作没有搞上去，效益不景气，员工大都把账算到领导头上，认为是领导指挥不当、管理无方造成的，很少有人从自身的素质、能力及敬业精神上找原因。有一句大家耳熟能详的谚语，可为这种观点佐证："一头狮子带领的一群羊，可以打败一只羊带领的一群狼。"

其实，这是为了强调领导人的重要性而故意夸大其词，并非真的是那么回事。如果组织人事部门站在这样的高度，选好人、用好人，当然是好事，如果老百姓也这样认为，不努力去做"狼"，以为有了狮子的带领就能打胜仗，则难免要吃亏上当。

如今社会，任何一个单位、一个地方，领导固然重要，然而决定事业兴衰成败的主要原因，归根到底，是看队伍是一群"羊"，还是一群"狼"。群众是真正的英雄，高手在民间，说的也都是这个道理。

我曾经在一所中学执教多年，这所学校对师资的挑选极为严格，任何一只"羊"休想进入教师队伍，因此，学校始终保持着非常高的升学率。其间我经历了几任校长，有大家公认领导能力强的，也有普遍认为领导能力一般的，学校工作未见受到多大的影响。老师们一个个能吃苦、能战斗，拉得上、打得响，都兢兢业业地教书育人，并不把希望寄托在校长一人身上，管你领头的是"狮子"还是"羊"呢！

后来我受聘外地一家社报，担任过一阵子的编辑记者。那家报社的社长精明强干，很富于领导才能和开拓精神。可手下的员工大都是近亲繁殖，以及通过各种关系安排进来的，社长使尽浑身的招数，再好的设想都落不了实，报纸的质量、发行量和广告收入怎么也上不去。在激烈的市场竞争中，报社未能逃脱亏损的厄运，不得不关门大吉。在这种情形下，社长成了"罪魁祸首"，员工们纷纷拿他开涮，觉得是他不够"狮子"，才砸了大家的饭碗。我自打进报社的那一天起，就给自己定位做一头"狼"，在报社最困难的时候，各方面的任务仍完成得不错，个人的收入并不见少，而且还有大量的文章发表在全国各地报刊上，小报停刊后，我也很快谋到了新的职位。

前几天参加市里的一个会议，一位副市长在讲到内地与沿海的差别时指出，在沿海地区，睡草席的人都想着做老板，想着做"狼"，而不愿意做"羊"，这是他们经济发达的一个重要原因。而在我们内地，人们的思想观念较为保守，思路不够开阔，缺乏开拓创新意识，许多人甘愿做"羊"，任人牵引，却从未想过要跳出"羊群"，做一头烈性的"狼"。做"羊"，终究逃脱不了被动挨打的命运，只有做"狼"，才能纵横驰骋在激烈的战场上。

美国有一支与众不同的乐队——俄耳甫斯室内乐队，其与众不同之处在于，乐队前没有指挥的位置。这支没有指挥的乐队，是建立在每个成员都具有娴熟、老到的演奏技艺，都可以成为专家、指挥的基础之上，它的成功演奏需要发挥每个成员的创造性、责任感及合作精神。该乐队引起了企业管理者的浓厚兴趣，成为国际知名企业和大学的教材。

诚然，队伍需要"狮子"来带领，"兵熊熊一个，将熊熊一窝""一将无能，累死三军"。然而，成为"狮子"的只是少数，而成为"狼"，则是每个人都能做到的。因为一个人几乎可以在他任何怀有热忱的事业上获得成功。在各行各业、各个岗位上工作的人们，只要努力提高自身素质，促进自身的全面发展，就一定能出类拔萃，"与狼共舞"，从而立于不败之地。

（《柳州日报》2001年12月19日）

做一只狼群边的羚羊

朋友经营化妆品，前些时销售额急剧下降，其原因是他的门店附近又增加了一家卖化妆品的，顾客被分流了。朋友说："实体店本来就难以维持，竞争太激烈，实在不行只好关门，总不能眼睁睁地看着赔本。"我批评他："你也太消极了不是？怎么只想退就不想进？"

我的话果然起了作用。时隔不久，朋友的生意不但大为好转，而且胜过以往。原来，面对更多的竞争对手，朋友改变了经营策略，专销精品名牌，线下加线上，以优质的服务和良好的信誉，不仅赢得老顾客，还吸引了许多新买主。朋友终于懂得，竞争固然有些残酷，但更能催人奋进。

我认识一个孩子，从小在大别山里长大，三年前随打工的父亲进黄州城读书。这个被全家寄予厚望的孩子，来到市里的学校学习颇感吃力，打算第二学期依然回山里就读。一天，孩子逛城里的龙王山公园，无意中发现公园里的树木普遍要比家乡山坡上的树木长得高大挺拔，枝繁叶茂，已上高中的他很快理解了这种自然现象：公园里的树密密匝匝，生存的空间很狭小，它们只有努力向上，才能争取到更大的生存空间，得到更多的阳光，结果长成参天大树。而家乡山坡上的树生长得稀疏，枝条可以任意向四周伸展，树干因此低矮弯曲，最终只能做些小家什，派不上什么大用场。

这种生态现象使孩子悟出一个深刻的道理：竞争是进步的动力，更容易激发自身潜能，发现自身差距和不足，从而找到追赶的目标和努力的方向。于是他打消了返乡上学的念头，将压力转化为动力，学习中愈挫愈奋，愈战愈勇，成绩连连进步，今年终于如愿以偿地考上心仪的大学。

生活中，我们常常面临着各种各样的竞争与挑战。受新冠疫情的影响，许多行业遭受严重冲击，服务业特别是文旅行业首当其冲，竞争加剧明显。要重拾对未来的信心，走向星辰大海，拥抱诗和远方，更要敢于竞争，善于竞争，保持战略定力，坚定地做好自己的事情。

　　竞争并非坏事，一个充满竞争的环境，就像一团烈火，不仅能使干柴熊熊燃烧，就是丢进一根湿木也能释放出热量。许多在内地业绩平平的人，一旦到了沿海发达地区，通过不懈奋斗，事业颇有建树，这正是竞争带来的效应。

　　由此，我想起下面这个故事。

　　一位动物学家在对非洲奥兰治河两岸的动物考察时发现，河东岸的羚羊比河西岸的羚羊的繁殖能力要强，奔跑的速度也要快。两岸羚羊的生存环境和食物都相同，为什么会有如此差异？通过进一步考察，动物学家终于揭开了谜底：东岸的羚羊之所以强健，是因为它们附近出没着一群狼，羚羊长期在一种求生存的竞争氛围中，优胜劣汰，增强了生存的能力。而西岸的羚羊之所以弱小，是因为它们缺少天敌，没有生存压力。物竞天择，适者生存。人和自然相通，只有敢于竞争，不断竞争，才能最大限度地发挥自身潜能，增强适应环境的力量。

　　当今社会，竞争无处不在，无时不有，而且会越来越激烈。有的人在竞争面前往往失去信心，甚至一筹莫展，怨天尤人，不战自溃。其实，竞争并不可怕，可怕的是没有勇气面对竞争。如果每个人都能像狼群边的羚羊那样，以积极的心态直面竞争，迎接挑战，那么竞争带给我们的，必将是无比丰厚的回报。

（《黄冈日报》2022年8月31日）

蹲下身子

国庆节休假带儿子到了省城姑妈家。姑妈家去年搬进了一套四室两厅的新房，住得很是宽敞。晚饭后，乐颠颠地玩了一整天的儿子嚷着要睡觉。姑妈却面有难色地说："我送你和爸爸到宾馆去睡好不好？"

听说住宾馆，儿子一蹦老高，说："好，我还没住过宾馆呢！"

姑父是一位级别不低的领导干部，家里大概很少留宿客人。听姑妈这么一说，我很快反应过来，决定马上自己带儿子去住宾馆。

不久，老家的叔叔来市里做趟小生意，需要在我家住一晚上。我家就一个70多平方米的小套，住宿自然成了问题。以往每逢家里来客，总得动员儿子和客人睡，或者让儿子跟大人睡，把他那六平方米的半室腾出来。

可这回说什么儿子也不同意。

"送爷爷去住宾馆呗。上次我们去姑奶奶家，不也是去住的宾馆吗？"儿子摇晃着小脑袋，振振有词地说。

叔叔很少出门，或许还从来没住过宾馆呢。见说服不了儿子，我觉得儿子的话又不无道理，于是到附近一家服务较好、价格也比较合理的酒店登记了房间。

晚上我和叔叔促膝长谈。夜深时，我见叔叔有些倦意，提出送他去酒店休息。叔叔却执意不肯，连声说道："就在家里睡呗，如果孙子不乐意，我睡沙发也行！"

"这哪儿成呢？您是长辈，大老远的很少来，怎能让您睡沙发呀？再说，房间我都已经订好了。"

叔叔一听，顿时来了气。"何必冤枉花钱呢？你们是嫌我把家里弄脏了是不是？"

我向叔叔解释了半天，好说歹说，他才极不情愿地跟着我去了宾馆。

　　前些时回老家去，我满以为花钱让叔叔享受了一回都市生活，叔叔会对我格外亲热，谁知他竟一脸的不高兴。

　　原来，按照我们乡下老家的规矩，凡是有血缘关系的亲人相互走动，百十里之外都得留家歇着，感受亲情，而我却把叔叔往宾馆里送，显得生分。叔叔窝着气回来，逢人便说住宾馆不自在，一晚上都没怎么合眼，简直是花钱买罪受。还说我变了，开始摆谱，不喜欢老家来人，下回再不敢到我家里去，弄得村里许多人对我有看法。

　　听到这些负面"舆情"，开始我心里有些难以接受，觉得自己花钱不讨好，实在是冤枉。可转念一想，叔叔是个地地道道的庄稼人，他从乡下来，本来就承受着城乡差距的无形压力，再让他住进宾馆里，身边没有一个熟悉的人，他显然感到孤独、不适与怠慢，只有住在家里，才是对他老人家最大的尊重和礼遇，难怪他心里窝着气呢！

　　生活中时时需要设身处地为他人着想。由此，我想起了下面这则故事。

　　很多大人都喜欢带孩子逛商场，而三四岁的小孩子不愿意待在商场里。这让大人们很不理解。为什么商场里琳琅满目的商品不能吸引小宝宝们呢？许多专家都无法解释。有一位儿童心理学家轻而易举地解答了这个问题。他的方法是：蹲下来，处在和小孩子同样的高度环视四周，结果看到的都是大人的腿。这位儿童心理学家只是换了一个角度看问题，便找到了问题的答案。

　　是啊，站在自己的位置上看别人，得出的结论往往是糟糕的。站在别人的角度思考，才能感受到别人的难处，体谅到别人的不易。难怪拿破仑说："懂得换位思考，能真正站在他人的立场上看待问题，考虑问题，这个世界就是你的。"

　　在人生的道路上，每个人都有自己的诗和远方。生活不仅需要我们站直身子看风景，还需要我们爬上屋顶看风景，有时也需要我们蹲下身子看风景。生活中多一点换位思考，人与人之间才能多一分理解、宽容与和谐。

　　　　　　　　　　　　　　　　　　　　（《辽宁老年报》2002年1月29日）

站直身子

前不久听一位领导同志做报告，说他先前在乡下当小学教师时，见到县教育局的一位股长，不禁说话哆嗦，双腿打战。这位领导，是在用他的亲身经历告诫我们的年轻干部，要珍惜自己的职位，不要嫌"官"小。因为就算很小的一个官，在普通老百姓眼里，也是很当一回事的。

这番话虽然很有道理，但我却听出了个中的悲哀。

记得国外有一句名言："伟人之所以看起来伟大，只是因为我们自己在跪着。"这句名言，非常精辟地道出了伟人看上去之所以伟大的真正原因——"我们自己在跪着"。

还记得有人模仿鲁迅先生的口吻写了下面一段话，说先生在《灯下漫笔》中写道："一个跪久了的民族，连站起来都有恐高症。一说钱权，立刻放大瞳孔；一说男女性事，马上兴奋；说到道德、民生、人性、良知，个个噤若寒蝉，不关我事，不感兴趣。一个个精到骨头的个体组成了一个奇葩的族群，所有的屈辱和灾难都是自酿的。"我虽然无法查到这段话的真正出处和作者的真实用意，但我对"一个跪久了的民族，连站起来都有恐高症"的说法还是有一定的认同感的。

一位从医三十年的医生给一位主管文化教育卫生的副市长治脚伤，他仔细看了患部，让其拍了 X 片，诊断结果是肌腱扭伤。这种病本来只需做常规治疗，但是他没有把看医生的人当成病人，而是当成了副市长，于是增加了一服昂贵的进口药。可副市长根本不适合服用，结果险些要了性命。这位医生由此得出一条重要经验：看医生的人都是病号。

跪着看人，自己自然矮了半截，难免造成工作失误。站起来做人，情形就大不一样。

德国著名医生罗伯特·科赫被召到皇宫看病，国王说："你给我看病，不能像看别的病人那样！"科赫非常平静地说："请原谅，陛下，在我的眼里，病人都是国王！"正是科赫这种在权势面前让自己站起来的精神，使他身上闪耀着追求科学真理、坚守灵魂是非、高扬职业信念的人格光辉，因而赢得了人们长久的尊敬。

英国建筑设计师克里斯托·莱伊恩，在三百多年前巧妙设计了只用一根柱子支撑天花板的温泽市政府的大厅，市政府权威人士进行工程验收时，却说只用一根柱子保障不了大厅的安全，责令莱伊恩多加几根柱子。莱伊恩据理力争，不料惹怒了市政府官员，险些被送上法庭。莱伊恩为应付这些"权威人士"，只好在大厅内增加了四根柱子。不过，这四根柱子并未与天花板接触，只是装装样子而已。直到前几年，市政府准备修缮大厅的天花板时，才发现其中的秘密。这座大厅，也就成了一座嘲笑"伟人"、引导人们崇尚科学的建筑。

我们电视台曾经有一位资深记者，经常采访市里的头头脑脑，报道各种会议和领导活动。这类地方电视台不太容易做出新意的电视节目，他却常做常新，得到了领导的认可和观众的好评。他的做法是，始终掌握采访的主动权，根据工作需要、新闻价值和社会效果决定是否报道，凡是摄入镜头的画面和采访录音，都必须以讲究宣传效果为最高原则。比如，要求会场坐得紧凑，与会人员精神饱满，不能摆放瓜子、水果，更不能抽烟，接受采访的领导要讲普通话，表达要简明、准确、利索，要讲"干货"，不讲大话、空话、套话，严格控制报道的数量、字数和时长……他的成功之处在于，尊重新闻传播的自身规律，坚持以人民为中心的工作导向，让自己站直身子，不至于在领导面前让脊梁骨变弯，失去新闻工作的底气和话语权。

站直身子是一种品质，一种能力，一种态度。人是应该站直的，因为站着毕竟比跪着更合乎人的本性，也只有站起来才能拥有人的尊严、人的独立思考和人的独特价值，才能拥有旺盛、坚强的生命质量，才能创造事业和人生的辉煌。

在人生的星辰大海中，也许你不必仰望别人，自己就是一道亮丽的风景线。当你站起来的时候，一定是你最美丽的时候。当你站直身子时，你不仅会获得他人真正的尊重，而且也会看到一个你并不认识的自己——你会惊喜地发现，其实，你也是很高大、很伟岸、很壮丽的。

（《中国医药报》2002年8月8日）

用最好的餐具准备晚餐

最近从电视上看到这样一则新闻：

某位地方政府官员向前来考察投资项目的外地民营企业家表示，政府及有关部门将全程为他们提供全方位解决、全流程跟踪、一站式、"保姆"式的服务。这位官员的表态，信誓旦旦、言之凿凿，其心之诚、其情之切，溢于言表，我却别有一番滋味在心头。

一个地方的发展，短期靠项目，中期靠政策，长期靠环境。为外来投资者提供优质服务，本是政府及相关部门应尽的职责，许多地方也正是通过改善投资环境，促进招商引资，才带动了当地经济的发展。问题是，政府及其部门在对待当地企业，尤其是在对待当地民营企业的态度上，也如同对待外来企业那样，提供全方位服务和种种优惠吗？答案却不尽然。

用那位政府官员的话来说就是，一个当地企业可能办不到的事，外来企业或许可以轻而易举地办到；一个当地企业需要很长时间办到的事，外来企业或许在最短的时间内就可以办到。发展地方经济，当然离不开吸引外来投资，但更重要的是应该鼓励当地的人民群众创新、创业，用心、用情、用力帮当地企业想点子、铺路子、办实事、破瓶颈。政府及其部门的首要职责是全心全意为当地的人民群众服务，最大限度地激发大众创业、万众创新的热情，不应该仅仅向外来企业抛出"橄榄枝"，而忽视对本地企业的培养、扶持和全方位服务。难怪在一些地方，本土企业为了享受和招商引资企业同样的优惠待遇，不惜到市外、省外、境外注册公司，再回来投资，既满足了当地政府招商引资的需求，助其完成招商引资任务，又可以得到更多的优惠政策。而招商引资这种"饥不择食""慌不择路"的冲动，也往往成为骗子的温床。据报载，近年来一些商人跑到香港等地注册皮包公司，再回到内地以外资身份骗取土地和钱财的人不在少数。

　　这种恭外而倨内的情形其实很普遍。在我们国家，本国的公民不如外国人那样受到礼遇和尊重的情况也很常见，购物、乘车、登机、逛公园，甚至如厕，处处都得让着外国人。一个刚从国外回来的朋友告诉我，人家外国可不一样。在日本的空港，本国国民进港的通道有几十个，给外国人的只有一个，很多外国人都是等日本人全部走完后才能进去。在美国，所有场合也都是本国公民最优先，外国人靠后。在他们看来，自己的国家主要靠自己的公民建设，国家的作用首先体现在对本国公民的保护上，因此尊重自己人比照顾外国人更重要。

　　由此我想起一个故事。一个非常爱家的家庭主妇，每天都拿出最好的餐具准备晚餐，邻居问她家里是不是总有客人，她笑笑回答说："家人是我最想善待的客人。"这位主妇的话让我们有醍醐灌顶之感。不是吗？我们每天都小心翼翼地对待上司、同事和朋友，常常对别人给予的小恩小惠感激不尽，对亲人长久的恩情却视而不见，忘记用心呵护最应该珍惜的感情。

　　一位名人说过，天下最苦恼的事情莫过于看不起自己的家，最愚蠢的事情莫过于看不起自己的家人。中国自古崇尚礼让、克己，认为自己家的事再大也是小事，别人家的事再小也是大事，这种观念在过去如果是一种美德，而今也许就是愚昧了。一个家庭，一个城市，乃至一个国家，总会有宴请别人的时候，但是我们不要忘记，每天该用最好的餐具为家人准备晚餐。

（《中国建设报》2004年1月9日）

缺陷的力量

在纽约这个最具现代化的大都市，历史上曾多次发生过大规模的停电事故。在其中的一次事故中，一群人被困在漆黑的地铁车站的地道里，因找不到通向地面的通道口而极度恐慌，乱作一团。然而有一个女人，却镇定自若地把几百人引出了地道。到了地面，人们惊奇地发现，这个女人竟是一个盲人。

黑暗中，盲女人凭着自己的经验，终于带领人们走出了困境。

日本一个在车祸中失去左臂的十岁小男孩，向一位柔道大师学习柔道，师傅只教了他一招。几个月后，师傅第一次带小男孩参加比赛，小男孩轻轻松松地赢了前三轮。进入决赛时，面对高大、强壮和富有比赛经验的对手，小男孩有点招架不住，裁判担心他会受伤，打算终止比赛。在师傅的坚持下，比赛重新开始，而对手放松了戒备，小男孩立刻使出他的那招，终于制伏对手，赢得了比赛。

原来，小男孩熟练掌握了柔道中最难的一招，而对付这一招的办法是对手必须抓住他的左手。竞技场上，小男孩的最大劣势，变成了他的最大优势。

动物界也有这样的情形。在众多的海洋生物中，鲨鱼是一种独特的存在。它没有鱼类所共有的能够自由沉浮、呼吸、感觉以及发声的器官——鳔，仅仅依靠肌肉运动，不停地游弋，一刻也不放松，所以肌肉变得十分发达，尾部强健有力，能够向猎物发起闪电般的袭击，不但没有沉到水底，因缺氧导致死亡，反而成为海洋霸主。对于鲨鱼来说，没有鳔是不幸的，正是这种先天的缺陷，成就了鲨鱼的霸业。

缺陷会变成一种力量，这在医学上也得到了证明。一位名叫阿费烈德的外科医生在解剖尸体时发现，那些患病器官在与疾病的抗争中，为了抵御病变，往往要比正常的器官机能更强。他在给美术学院的学生治病时发现，那些搞艺术的学生视力大不如人，有的甚至还是色盲。他还通过调查发现，一些颇有成就的艺术院校教授，之所以走上艺术的道路，大都是受了生理缺陷的影响。

奇迹多是在厄运中出现的，人最出色的工作常常是在身处绝境的情况下做出的。贝多芬的听觉从小就存在问题，20岁开始影响正常生活，28岁已聋得十分厉害。但他从小喜欢音乐，创作力最辉煌的时期，也就是他的听力慢慢丧失的时期。听觉全部丧失的时候，他接连写出了《月光奏鸣曲》和《第五交响曲》等不朽的作品。

从美学的角度看，缺陷也是一种美丽，叫残缺美，断臂维纳斯就是明证。有了缺陷不仅更真实，而且更能激发人的联想，更能使人感觉到追求完美、追求进步的力量，从而更具有积极的意义。

有人把人生比喻成一个被上帝咬过的苹果，而上帝对于偏爱的人，往往会多咬上一口。意思是说，人都是有缺陷的，只是缺陷的程度不同。诚然，缺陷是人生道路上的障碍，但并非完全是坏事。对于一些有明显生理缺陷的人，缺陷恰恰是上苍给予他们的成功的信息——因为缺陷不但没有阻止他们，反而促进他们走上了成功的道路。张海迪高位截瘫，自学多种外语，并翻译出大量的文学作品。双腿残疾的史铁生，再大的困难也阻挡不住他向文学高峰迈进的步伐。长期坐在轮椅上的科学家霍金，目光却穿越宇宙，到达神秘莫测的黑洞。

那些被上帝"偏爱"过的人，不要埋怨上帝不公，不要因缺陷桎梏灵魂的升华，只要具备健全的思想和不屈的意志，从缺陷中就可以获得无可比拟的力量，甚至创造出正常人所未及的辉煌。

（《微型世界》2004年第8期）

公正的力量

在纪念中国人民抗日战争暨世界反法西斯战争胜利七十周年阅兵中，联合国秘书长潘基文应邀来华观礼，引起日本外务省质疑。潘基文驳斥日方错误地认为联合国秘书长都是中立的，实际上并不是所谓的"中立"，而是"公平公正"，并重申中国在"二战"中做出的贡献和牺牲，应该被世界认可和感激。

正如潘基文所说的那样，联合国应该站在公平公正的立场说话，主持公平正义才是联合国应有的样子。

人世间有许多美好的品质，唯有公正最难能可贵。

日本著名律师尾山宏，1994年起担任"中国人战争受害者索赔要求日本律师团"团长。在长达十多年的时间里，他抛家舍业，跨越国家和民族的界限，承受着巨大的压力，帮助中国人和自己的国家打官司，被人们称为"一个为正义而同那些丧失记忆的人进行抗争的斗士"。

尾山宏是正义的代言人。他不因为爱国而极力否认、设法掩盖国家的罪责，而是用自己的不懈努力修补历史的伤痕。他始终坚持，勇于忏悔自己国家的罪行，才是真正的爱国者，一个有良心的国家应该正视历史、进行道歉、做出赔偿。

尾山宏以公正感动中国。他的坦诚、远见、无私和勇气，为公正做出了最好的诠释。

公正是超越国界的。一个伟大的爱国者，同时也能在国际上主持公道。法国著名作家雨果深深热爱自己的祖国，但同时也是一个很有良知、主持公道的作家，他曾经强烈谴责英法联军入侵中国的野蛮暴行，为世人树立了公正的典范。

公正是一种能够让社会凝聚起来的力量。历史上许多伟大领袖和英雄人物都是公正的追求者，他们用自己的勇气和智慧，带领人民走向繁荣和自由。

美国第十六任总统林肯说："因为我不愿意当奴隶，所以我也不愿意做奴隶主。这表达了我的民主思想。任何与此不同的想法都不是民主的。"林肯一生追求公平正义，他不像有的统治者，推翻一个罪恶的制度，又建立起一个新的罪恶制度。因此，林肯成为美国历史上最杰出、最伟大的总统之一，受到美国人民的长久怀念。

任何事物都有它的本质属性。事物的客观性决定着事物的性质，判断事物不应该有双重标准。中国人向来习惯于"到什么山上唱什么歌""脑袋跟着屁股转"，在这种世界观和方法论的影响下，一些人难免会有失公正。

一个弟子问法学教授，怎样才能当一个公正的法官？教授说要做一套衣服，叫弟子先去布店给撕块布料，并告诉弟子老板很刁，最爱缺尺短寸，不要让老板量尺寸，而让老板看着弟子量，等弟子回来后再回答他的问题。弟子很快把事情办妥，将布料递给教授，教授用尺子一量，发现多出三寸。教授问是不是多买了，弟子说没有多买，是怕教授吃亏，量的时候把布扯得很松。教授严肃地说："这就是答案！如果被告是你的熟人，你不是个好法官！"

公正是社会的基石。在法律领域，公正的力量起着至关重要的作用，它赋予我们平等、尊严和希望，就像阳光，关怀一切，抚摸一切，温馨一切，推动社会向着更加和谐、美好的方向发展。

世界商战中有这样一则经典案例：美国美孚石油公司犹太人洛克菲勒想在巴容县铺一条与竞争对手平行的油管，但对手已让县议会通过了一项议案："除了已经铺好的油管外，不许其他油管路经巴容县。"洛克菲勒决心挑战这项显失公正的决议，他调集大量人力，在一夜之间铺管完毕。第二天，他来到巴容县议会，告诉议员们："请大家到现场参观一下，以判定美孚石油公司的油管是否已铺好。"

犹太人认为，商业的本质是不公正的，利润就是最大的不公正，真正的公正应该是没有利润。正是基于公正的这种理解，至今没有一个民族像犹太人那样善于经商，并且利达四海。

公正是一把尺子，一种美德，更是一种智慧，一种力量。生活中，我们的地位可以很卑微，身份可以很渺小，但是我们依然可以选择做一个公正的人，成为这个世界的光点，让人看到善良与正直所散发出的光芒。

予人公正，予己公正。公正是长在心田的一株作物，只有提供生长的空间，才能开出美丽的花朵。

（《鄂东晚报》2015年9月7日）

死要面子

和同事一道在早点摊上"过早"，掏钱的往往是我；一道"打的"、坐公汽上下班，掏钱的往往也是我。外地的朋友到黄冈来，掏钱请客的往往是我；我到外地和朋友吃饭，掏钱结账的往往还是我。

为什么掏钱的总是我？

究其原因，有时是出于诚意，但更多的时候是出于好面子，觉得自己掏钱大方、潇洒、够朋友，这样做才被人看得起，否则就会被人小瞧；有时甚至是出于无奈，本意并不想"请"别人的"客"，装作友好、阔绰、大度。掏了钱以后才感到自己又做了一回"冤大头"，心里老大不快不说，一家人几天的鱼肉荤腥也"告吹"了。

相信与我有同样经历和感受的人不在少数。这大概是我们国家一种特有的现象，国外则不然。

美国人在一起吃饭，结账的时候，侍者会将账单分别递给每位进餐者，因为美国人吃饭是各付各的账。即使是热恋中的男孩刻意邀请女朋友吃饭，也是各点各的菜，各买各的单。一位不了解美国习俗的中国姑娘，起初与美国男孩谈恋爱时遇到这种情况，还以为人家小家子气，没有人情味，后来她发现，这正是美国人自由坦率，不讲面子、不虚伪的表现。

日本人与陌生人交往时，常常会说"初次见面，请多多关照"，显得谦和有礼，但请人吃饭时，请谁谁入席，不请谁谁走人，一点都不含糊。中国人遇上饭局，随遇随吃，谁遇谁吃，来客与主人不相识也没关系，主人会给足他面子，"添客不杀鸡"，不过加双筷子而已。日本人却全然不顾那个"面子"，不随便加"筷子"，入席之前要"验明正身"，如果发现客人当中有他没请的人，他会礼貌地对他说："对不起，今天没有请你吃饭，请自便。"而不速之客也会微笑着起身告辞，丝毫不觉得难为情，没有任何尴尬之态。

　　我们中国是礼仪之邦，中国人向来以讲礼节和重情义著称于世，这无疑是"中国的月亮比外国圆"。同时，中国人也热衷于做一些违心的事，"打肿脸充胖子""踮起脚做长子"，甚至是死爱面子活受罪，为了自己虚荣的面子，做一些自己并不想做的事，吃一些"哑巴亏"。是不是越穷的地方越讲礼，越穷的地方人情味越浓，我不敢妄言。但是，在讲礼节和重情义的背后多少带有几分好胜、逞能、摆谱抑或虚伪和矫情，我看这是谁都否认不掉的事实。

　　待人接物，要讲"礼"，更需要讲"理"。一伙人一块吃饭由一人买单，看似讲"礼"，实则是忘了"理"。而像国外那样谁吃饭谁掏钱，看似缺少人情味，实则是既公平，又合理，才是真正的既讲"礼"，又讲"理"。

　　有人从经济学的角度来探讨这个问题，说是外国人的流动性强，一个人请别人，说不定被请的人这一辈子再也碰不到一块了，为了大家都不吃亏，彼此分摊餐费便是最好的办法。中国人的流动性差，今天我请你，完全可以预期到日后你请我，时间一长，谁都不吃亏。如此说来，外国人是把"不让人吃亏"作为处事的出发点，中国人则是把"我不会吃亏"作为处事的归宿。说白了，中国人的"礼"后面还带有某种功利性，以"礼"沽"礼"，谓之"礼尚往来"。

　　天下没有免费的午餐，当然也没有免费的早餐。是流动性的差异也好，还是文化背景的不同也罢，什么时候我们中国的餐馆也为每个人准备了一份账单，公共汽车上的售票员把谢绝乘客为同行的人买票视为一种职业规范，掏钱的不再总是"我"，不应该说是中国人崇洋媚外，更不应该说是世风日下、人心不古，而恰恰应该说是我们社会文明与进步的表现。

（《长江日报》2001 年 7 月 21 日）

喇叭不响掉头吹

朋友海子下海后经营花卉业，通过不断摸索，发明了一种双层中空、底侧打孔的"盆栽花木的花盆"，获得国家知识产权局颁发的实用新型类专利证书。

这种花盆的好处是，水浇多了，可以渗到底层，不至于让花木泽死，更不至于让水流到地面；较长时间不浇水，花木的根须照样可以从底层吸上水，也不至于被干死。

起初，海子打算将专利经营权转让出去，卖它个好价钱。由于挑来拣去，一次次与机遇擦肩而过。在一些专家、企业家的建议和帮助下，海子四处奔走寻求合作，希望以专利技术入股与厂商联合开发，又因各种原因无功而返。海子看准了这项科技含量虽然不高，但克服了传统花盆诸多弊端，极具市场潜力和前景的换代产品，决定挑战全省首例个人专利权抵押贷款，通过银行融资自行组织生产，也因存在风险而未能如愿。

就在"山重水复疑无路"的时候，天资聪颖且向来不服输的海子，运用逆向思维方式，使事情获得了新的转机。

海子的做法是，带上他的专利证书和试制的样品走南闯北，与一些花卉企业签订了大量的新型花盆购销合同。凭借这些合同和专利证书，朋友重新叩开银行的大门，终于赢得银行的信任，争取到一笔数额不小的贷款，助他走上成功之路。

这使我想起了下面的故事。

三国时期待价而沽的隐士庞统，原本是周瑜的部下，本想投奔曹操，因为当时曹操势力最大，只要他从旁献计，天下必归曹操。哪知曹操店大欺客，不认为他有什么韬略，庞统难有用武之地，于是南渡长江投奔刘备，临行前还给曹操出了个坏主意，把众多战船用铁链连在一起，导致了后来的火烧赤壁，曹操败走华容道。而他辅佐刘备入蜀得川，与诸葛亮一同拜为军师中郎将。年轻时庞统不光长得丑，而且性格木讷，好像还有点口吃，没人看得上。

说话结巴的人，往往第一个字说不出来，越是着急，越会被憋住。大明星、大导演姜文也曾经有点口吃，但他有着过人之处，不从第一个字说起，而从第三个字开始说。比如，问"酱油多少钱一斤"，"酱"字半天卡了壳，就从中间切入，变成了"多少钱一斤酱油？"这样就比较容易说下去。

海子、庞统和姜文的故事，就像汽车司机行车时遇到交通阻塞，往往会掉转车头绕道行驶，不在一条道上走到黑。遇事过不去，就从中间切开走，这样就能突破障碍，找到解决问题的途径。现实生活中，运用创新思维打穿插、走迂回，灵活解决各种难题的例子也并不鲜见。

市里要建一座大型体育馆，由于资金不足，市政府通过预售体育馆的座位票，筹集到大笔资金。房地产开发商也是用预售期房的办法来缓解资金紧张的压力。时下流行的订单农业，改变了农民先种后卖的思维模式，为农民解决了"谁来告诉我，明年种什么？"这个难题。甚至在国际谈判桌上，前面的问题无法谈下去，就从中间谈起，以求取得新的突破和进展。

中国有句俗话："喇叭不响掉头吹。"《红楼梦》里也有句名言："眼前无路便回头。"在大众创业、万众创新的今天，当我们面临困难、身处逆境时，有时硬顶在那儿往往动弹不了，想方设法寻找新的路径，定会迎来柳暗花明的新景象，开辟事业和人生的新天地。

（《生活·创造》2003年第3期）

挡住诱惑

一个百货公司的新雇员，向一个前来打听附近可有药店，好为他的夫人买一瓶治头痛的阿司匹林的人，卖出五万八千三百三十四美元的商品，创下非凡的销售业绩，得以继续受聘。

这个新雇员的办法是，告诉顾客头痛除了服药外，还应该注意放松，周末快到了，建议他的夫人去钓鱼，结果先卖给他一个鱼钩，然后再卖给他鱼竿和鱼线。接着问他在哪儿钓鱼，他说在海滨，于是向他推销小艇，他就买了一条二十米长的快艇。当他说无法带走时，新雇员带他到动力部，卖给他一辆福特卡车。

企业追求利润的最大化，新雇员的做法无可厚非。能够说服一个买头痛药的顾客购买自己的渔需品，然后从卖一枚小小的鱼钩到福特卡车，作为推销员是十分成功的，而作为顾客却太缺乏理性。

虽然头痛需要放松，但放松的方式有很多。钓鱼不一定就能医好头痛，头痛去钓鱼甚至还有些危险。即使在海滨钓鱼，也不一定非得买小艇，可以租用或在岸边钓。就算买小艇，也未必非要自己买卡车运回去，应该要求公司送货上门。

这个故事令人感慨。日常生活中，人们应当理性消费，否则，一不留神就会掉进别人设下的陷阱里。君不见，每逢节假日，许多商家大搞促销活动，什么"二折起售""买一赠一""购物中大奖"，还有"购物送购物券"等，其目的是首先把你吸引过来，激起你的购买欲，然后让你跟着感觉走，又是打折，又是送券，让你欲罢不能，直到囊中空空，回到家才知道又被商家温柔地宰了一刀。

春节期间，某商场推出"满一百元送一百元购物券"活动，我打算给自己买套内衣，然后用购物券为上中学的儿子再买一套。我在内衣柜转悠了半天，见标价都在一百七八十元，我想再买点小商品，凑足两百元，这样可以领到两百元的购物券。也就是说，另一套内衣只需花二三十元钱。可当我来到另一个不送购物券的内衣柜时，发现同一品牌的内衣，标价只有九十多元。至此，我方明白其中之诈。

不仅商家如此出招，就连某些医院也唯利是图，不放过病人。本来给人看病应该对症下药，可有的医生偏偏跟病人兜圈子，把小病说成大病，把一病说成多病，把轻症说成重症，不是针对病情用药，而是专开价格贵、利润大的药。前些时，某报报道了患者家属把医院告上法庭，缘由是他两岁的小孩生病，医生给开了一千多元钱的药，结果吃了一个多月未见好。后来家长带小孩上别的医院检查，诊断为区区几元钱就能治好的感冒。原来，这家医院除了给医生底薪外，还按处方给医生提成。

生活中充满了形形色色的诱惑，其实就是一个个预设的陷阱，如果不及时擦亮眼睛，以正确的心态面对诱惑，增强识别和抵御诱惑的能力，就难免钻进别人事先设计的圈套而不能自拔。这几年一些落马的官员，大都出身贫寒，开始还算清廉，后来经不住或钱或色的诱惑，甘于被围猎，以致贪赃枉法，滥用职权，最终酿成一个个人生悲剧。

鱼，因经不住香饵的诱惑，成为人们的盘中餐。飞蛾，因经不住亮光的诱惑，便扑火自焚。一个人，如果经不住巧言令色和物质利益的诱惑，最终会因小失大，甚至自取灭亡。

挡住诱惑，从拒绝一枚鱼钩开始。

（《十堰广播电视报》2004年3月11日）

宽容失败

近期看了一则新闻，一位39岁的副研究员，是农科院作为特殊人才从西北引进的甜瓜专家，在湘园瓜果种苗分公司从事甜瓜研究和育种工作，先后开发出十多个甜瓜新品种，由于没有完成创收任务受到分公司总经理的当众奚落，于是打开家里液化气自杀，最后爬到五楼并跳下。

科研应该面向市场，但让科研人员去做生意，可能钱赚不到，科研也做不好。人不是万能的，不是在所有行当都能取得成功，即使是在熟悉的领域，有时也会遭到失败。失败并不可怕，可怕的是社会不能宽容失败，自己不能以正常的心态对待失败。

其实，只要奋斗过，失败了同样是英雄。

1911年10月，奥地利人阿蒙森和英国人斯科特为了各自祖国的荣誉，为使自己成为世界上第一批到达南极的人，各自率领一支探险队向南极进发。结果阿蒙森队捷足先登，于1911年12月14日率先到达南极并安全返回，斯科特队则比阿蒙森队晚了一个月零四天才到达极地。在返程途中，极圈寒季提前到来，斯科特等五人饥寒交迫，最后长眠在零下四十摄氏度的茫茫冰雪之中。探险队员殉难的消息传到国内，英国国王率众在国家主教堂下跪，悼念这几位失败的英雄。令人深思的是，奥地利著名作家斯蒂芬·茨威格并没有为胜利者阿蒙森作传，却以生动的笔触记述了斯科特与死神搏斗的悲壮一幕。

中国自古不以成败论英雄，体现了对失败的宽容和对失败者的尊重。但现今时代，人们的功利意识、目标意识过于强烈，只许成功、不许失败，只看结果、不看过程，赢得起、输不起，反而导致很多人安于现状、墨守成规，因怕失败不敢承担风险，很大程度上制约了中国人创造力的发挥。

美国则不同。

美国社会尊重冒险，尊重那些渴望成功、努力挑战困难的人，即使他们输得蓬头垢面、一塌糊涂。美国人知道，对于那些优秀而又雄心勃勃的计划，即使失败了，也不以为耻。正是在这种文化环境下，美国人敢于探索，因而美国科学取得了举世瞩目的辉煌成就。对中国经济发展和科学进步而言，美国一位著名科学家曾经坦言："最重要的是要达成这样一个共识，尝试非常困难的事情时，个人要能接受失败，社会要宽容失败。"

宽容失败不光在科研领域非常重要，在商业领域、教育领域也同样如此。在市场竞争日益激烈的条件下，商场如战场，胜败乃商家常事，一个新开张的企业，要屡经失败才能在市场上站稳脚跟，或几年后倒闭破产甚至彻底消失，都是很正常的事情。在犹太人家庭教育中，家长不会因为孩子没考高分就加以指责，而是帮他们分析原因，鼓励他们取得进步。在"双创"领域，如果因害怕失败而不敢大胆地试、大胆地闯，就不可能成为市场经济的弄潮儿。

社会尊崇成功，但也要宽容失败。宽容失败是创新的基石和创新文化的基础，是对客观规律的尊重，更是对生命的珍爱。在认真落实以人为本、全面协调可持续发展的科学发展观的今天，任何生意上的成功在生命面前都是微不足道的。

副研究员的自杀是一个悲剧，但愿这样的悲剧不再重演。

（《经理日报》2004 年 11 月 22 日）

会结苹果的树

农民在插田的时候，往往把一丘田分成若干厢，厢与厢之间留下较宽的行距，以便施肥、喷药时在田间行走。有一种分厢的办法是，在一边田埂上量一个宽度，并插上标记，再到对面的田埂上量同样的宽度，然后瞄准那边田埂上的标记，跨一步插一棵，径直插过去，秧苗便插成了一条直线，不用牵线也能把厢划得很直。农民懂得，要走成一条直线，最有效的方法是不要看着脚，而要直视前方的目标。

人生也有同样情形。一个出身贫寒、目标远大的年轻人到一家电器工厂求职，工厂人事主管见他衣着肮脏，身体瘦小，信口说："我们暂时不用人，你一个月以后再来吧。"一个月后年轻人真的来了，那位负责人又推脱说："过几天再说吧。"隔了几天，年轻人又来了，如此反复了多次，主管不得不说："你这样脏兮兮的，进不了我们工厂。"于是年轻人借钱买来一身整齐的衣服再次面试，负责人只好说："关于电器方面的知识，你知道得太少，我们不能要你。"两个月后，年轻人再次出现在人事主管面前："我已学会了不少电器知识，您看我哪方面还有差距，我一项项来弥补。"人事主管终于被年轻人的执着打动了，再也找不出拒绝的理由。于是年轻人得到了一份工作，并通过努力成为这个行业的非凡人物。这个年轻人就是日本松下电器公司掌门人松下幸之助。

在人生的道路上，有时候你必须注视着自己的脚步，但更多时候你必须知道自己要往哪里去——眼睛要始终注视着前方的目标。有目标的人，知道自己处于什么位置，从哪里出发，要到达哪里，想成为什么样的人；明白自己该做什么，不需要做什么，并应如何去做；清楚未来的方向，对成局成竹在胸，不走弯路，不半途而废，因而能够直达心中目的地。

人生好比旅行，目标就是旅行的路线。有了目标，就意味着要有所作为，有所创造。人的才能往往和他的目标成正比，"一个人追求的目标越高，他的才能发展得越快，对社会就越有益"。没有目标，就会迷失前进的方向。有的人一生碌碌无为，不是因为缺少才智，而是因为没有目标，以至有能量没有释放出来。

我有一位同事，年轻时定下一个目标，要进入文学评论专业领域，因为工作和家庭的双重压力，退休前几乎没见他写什么作品。然而退休后，卸下了工作的重担，子女也都出息了，他的创作进入爆发期，几年间发表了数百万字的文学评论，出版了多部文学评论集，成为一个远近闻名的文学评论家。

你的目标是什么，你就能成为什么样的人。没有目标的力量推动，一切就都变得艰难。美国耶鲁大学曾做过一项跟踪调查，在开始的时候，研究人员问参与调查的学生："你们有目标吗？"有百分之十的学生肯定他们有目标。研究人员又问："你们是否把自己的目标写下来了呢？"这次只有百分之四的学生的回答是肯定的。二十年后，研究人员在世界各地追访参与调查的学生时发现，当年把自己的人生目标写下来的那些人所拥有的财富居然超过了其他人的总和，这百分之四的人无论从事业还是生活质量上说，都远远超过那些没有这样做的人。

目标是心灵的灯塔，成功的向导。一种目标就是一种力量。一个有目标的人就像一棵会结果的树，经过春的洗礼和夏的历练，定会迎来一个硕果满枝的秋天。

（《浙江工人日报》2004年11月5日）

认真是优良的人生质地

最近读到一则故事：退休后到美国加州和儿子生活在一起的黄国西老师，接到老家学校的电话，让她在加州为母校物色两个外籍教师。黄国西去了一些学校，得到当地师生的尊重，并慎重地找到了合适的人选。当她电话告知家乡学校时，老校长却说不需要了。黄国西给学校打了很多电话，请求老校长不要食言，并两次回国交涉，在校方坚持不需要的情况下，强烈要求老家教育局给加州发了一份公开道歉函，证实发生过此事。

当今流行"谁认真谁倒霉"，这句话反映了一些人明哲保身、做人标准丧失、极度消极的人生态度。诚然，黄国西是一个认真的人，她为不轻易破坏与别人建立的诚信与和谐，确实付出了很大的代价。殊不知，认真固然会付出时间和价值上更大的成本，但那是吃小亏占大便宜，经过岁月的积淀和磨洗，最终会受益无穷。

认真的人讲诚信，慎言笃行，不轻易答应人，也不轻易失信于人，决不做说话的君子，行动的小人。家在南方的陈世旭去北京开会时抽空逛家具市场，打算买藤制品，一同与会的上海的王安忆因上海的藤沙发样子很多，建议他在上海买，至于式样，她可以让丈夫拍了照片寄去，陈世旭挑中后他们再代买代运。因为上海卖沙发的那家商厦不允许拍照，王安忆便站在一个不为人注意的角度，专心地、仔细地、力求逼真地一笔一笔地画下弯弯曲曲的沙发草图，寄给陈世旭，留下一段文坛佳话。

认真不仅仅是对信誉的珍视，也是一种可贵的品质，一种优良的人生质地。

认真的人做事一丝不苟，容不得半点马虎。日本北海道文化使节访问团来我国演出，我方工作人员把舞台擦得一尘不染，因为日本的演员在表演舞台剧时一般赤足或仅穿一层薄袜。演出快要开始时，该团团长光着脚来来回回一寸寸地摩擦着舞台的每一个角落。他说："这是我个人的一个习惯。舞蹈的韵律出自双足的优美表演，万一有什么东西硌了脚，那就太对不起艺术，太对不起观众了，我不想一个偶尔的不慎，破坏艺术的完美和在观众心里的形象。"结果，他还真的在地上找到了一个纽扣和一个小木片。

认真的人富有责任心和职业精神，甚至不怕流血牺牲。清华大学教授刘文典在西南联大任教期间，每次上课都须从市郊步行到学校，虽然路途较远，他却从不迟到、缺课。他说："国难当头，宁可被飞机炸死，也不能缺课。"新中国成立后，刘文典年事渐高，云南大学为了让他集中精力进行学术研究，一度没有安排他的课，但他坚持要上课，并声色俱厉地说："教授不教书就是失职！"

认真的人目标执着，忘我追求。大庆晚报记者刘为强在拍摄《青藏铁路为野生动物开辟生命通道》这幅摄影作品时，因为藏羚羊生性特别胆小，即使人离得很远，它也早已跑掉，为了遇上火车和藏羚羊同时出现这种千载难逢的好机会，他在海拔五千米的无人区挖了一个掩体，潜在掩体中，上面再盖上东西，在掩体里等了八天八夜，终于记录下一列火车飞驰在青藏铁路大桥上，底下有一群羚羊横穿而过这个历史性的镜头。事后，虽然证实刘为强的作品有造假行为，取消了其获大奖的资格，但是他的那份执着忘我的精神还是长留在人们的记忆里。

认真的人懂得"非知之难，惟行之难"，深谙行胜于言。中央戏剧学院院长金山执导《屈原》，排《雷电颂》一场时，看到演屈原的演员一边吟诵着一边慢慢地走上高台。金山说："这算什么事？怎么可以这样慢悠悠的？应该一下子跳到高台上去。"那位演员说："这么高怎么跳得上去？"金山一下子就跳上了高台。那时金山已经70多岁，演员佩服得五体投地。

认真的人一诺千金，值得交往、信赖和托付。认真的人注重过程，知道成功源自细节、细节决定品质。认真的人心无旁骛，神情专注，聚精会神搞建设，一心一意谋发展。认真的人公正无私，坚持真理，贫贱不能移，富贵不能淫，威武不能屈。

认真是一种性格，更是一种财富，一种能力，一种生存、发展、成功的力量。

（《浙江工人日报》2008年1月11日）

中年人生

中年是人生收获、奉献、幸福的季节。

中年人历经苦难、沧桑，在困苦中磨炼品质，学会坚韧，积累财富，开始走向成熟、见识、自由。

中年人知识广博，眼光深刻，掌握了履行职位所需要知道的东西，不必为学习基本技能而让灯光漂白四壁。中年人事业上了一个台阶，进可以攻，退可以守，即使不加官晋级，也不怨天尤人。中年人会生活，善于自我调节，自我平衡，知足而常乐，知不足而后勇。许多老年人后悔年轻时努力不够，以致事业无成，中年人发奋如亡羊补牢，犹未为晚。中年人坚信，人生是一口深不见底的井，只要不停地挖呀挖呀挖，就能不断地开发自身的潜能，创造意外，创造奇迹，创造惊喜。

中年人目标明确，态度专一，既知道小心地注视着自己的脚步，脚踏实地地奋斗，又知道自己应该往哪里去，始终不放弃自己的目标。中年人努力争取成功，但不奢望一定就能成功。因为中年人明白，成功受很多因素的制约，有些事是很难成功的。中年人有自知之明，承认有些事情做不好，并不事事要强。中年人清楚自己的长处和短板，知道自己擅长什么，选择什么，需要什么，不需要什么，有所为而有所不为。

中年人内心丰富，精神活跃，心态平和，不嫉妒，不虚伪，不矫情。中年人有定力，能容忍，不浮躁，不摇摆，安然坦荡，处变不惊，很少担心与生气。中年人领会快乐的要义，学会了尊重他人，理解他人，关心他人，善待他人，宽容他人，正所谓予人快乐，予己快乐。中年人讲信义，对人真诚，认为开明比精明更重要，不以暗地伤人爬到事业的高处，而以忠诚刚直赢得口碑。中年人懂得事以密成、语以泄败，言多必失、沉默是金，知道什么时候三缄其口，不讲别人的闲话，不谈论自己的大计，心系一处，守口如瓶，避免因说话不小心而自毁前程。中年人有耐心，注重与人合作，待人有分寸，与人相处中，能够保持冷静，做出理智的思考，从而增加对方善待自己的可能，提高事业成功的概率。

中年人的世界很宽广，拥有很多的朋友。但中年人固守君子之交，不轻易答应人，也不轻易拒绝人，更不图在人际关系中捞取什么。中年人懂得储蓄友谊，播种善良，对于关系要好的朋友，中年人宁可把他作为不动产，让经年岁月酿出芬芳绝世的好酒，也不为一点蝇头小利而影响弥足珍贵的友谊。

中年人悉心呵护亲情，为养家糊口而讨生活，在感情方面要求稳定，因此中年人深知自己肩上的责任，并开始感到力量、道义和教养，为自己可以奉献给亲人一些东西而感到幸福、安宁和满足。中年人明白，人不是为自己而活，而是为了家人而活，为了全家的老小而活，甚至为了全家族而活，宁愿自己受十分的苦，也不能让父母和儿女受一星半点的委屈。中年人的奋斗是人性美的高光时刻，逆流而上，逆光而行，难行却能行，无怨且无悔。

中年人养成了自己的风格，建立了自己的品牌，能把名字变成金钱。中年人有一定的经济实力，甚至储备了去职另谋生路的资金，当感到才能无法施展而不得不另起炉灶自己干时，便有了坚实的后盾。而且，中年人心理防御机制随着年龄的增长，变得越来越健康，因而更坚强、更潇洒。

中年是一道幸福的港湾。人生的航船在这里泊憩、补给，又从这里启航。

（《协商新报》2004年11月12日）

幸福的能力

我曾经在鄂州到黄州的轮渡上偶遇一对特殊的青年男女，女的俊俏靓丽、光彩照人，男的面部也许是被烧伤，脸上满是疤痕。尽管如此，那位女青年却没有半点嫌弃之意，依然小鸟般地依偎着他，脸上满是幸福的笑容。

看得出，这是一对倾心相恋的伴侣。

在喧闹的尘嚣中，在旁人异样目光的打量下，他们陶醉在两人世界里，那般温存，那般甜蜜。

一阵短暂的怜香惜玉之情掠过心头之后，很快，我被他们那幸福的神情深深地打动了。

人们往往习惯于以物质条件的丰厚程度，配偶外表的潇洒漂亮，来衡量一个人幸福与否，也许是走入了认识上的误区。幸福实际上是一种个人感受，无法以某种标准来衡量。幸福的理由很简单：是两颗平常心的交融，是患难中感受到的那份温馨与快乐。

在我家楼下住着一对恩爱夫妻，男的在一家小报社当记者，女的则是一名下岗工人。由于小报经营惨淡，记者的收入捉襟见肘，他们一家三口只得蜗居在一间进出都得弯腰的小屋子里。屋内阴暗潮湿，春天地面渗出水，夏天闷热得透不过气来。也就在这样一间屋子里，经常传来他们夫妻俩爽朗的笑声。

起初听到笑声时，我以为他们家有什么喜事，要么是丈夫加薪了，要么是妻子找到工作了。后来我发觉，虽然他们生活环境差，日子过得拮据，可脸上看不到半点忧愁，两口子一天到晚乐呵呵的，不时还听到他们会心地唱着黄梅戏。站在阳台上满怀同情地俯视他们家的我，不禁以羡慕的眼光仰视起他们家的那份幸福。

相比较而言，我家的条件也许比他们家要好得多，而我却总是以批判的眼光来审视自己的生活，站在权势、地位、财富、名誉、孩子的聪明程度、妻子的颜值等角度，将幸福拒之门外。原来，生活没有标准答案，人生没有固定套路，作为人的幸福都差不多，知足开心就是幸福，潇洒如意就是精彩。

有钱就幸福吗？其实有钱不等于有福气，有福气跟钱没关系。很多有钱的人并不幸福，很多没钱的人却很幸福。

英国有个老太太，一辈子都不快乐，即便是她一下子中了一个五百万英镑的大奖，她快乐了不到一个月，又整天生活在抑郁之中。孔子的弟子颜回，"一箪食，一瓢饮，在陋巷，人不堪其忧"，但"回也不改其乐"，其幸福指数远远超过英国老太太。难怪马云说："百分之九十的福气跟钱没关系，但百分之九十的不幸都跟钱有关。"

健康总是幸福吧？很多健康的人一点都感觉不到幸福，很多不健康的残疾人偏偏很幸福。

丹麦有一个快乐的小青年，后来遭遇一场车祸，不幸截了肢，他也就是半年不快乐，半年之后，他又推着轮椅，见到谁都笑嘻嘻的，重新回到了从前的快乐时光。

金钱乃至健康与幸福之间没有直接的关系，没有钱，甚至没有健康，也可以拥有属于自己的幸福，你过得是否幸福，完全取决于你自己的选择。

一个残疾人到天堂找到上帝，抱怨上帝没有给他健全的四肢，上帝给残疾人介绍了一位朋友，这个人因死后不久才升入天堂，他对残疾人说："珍惜吧！至少你还活着。"

一个官场失意的人找到上帝，抱怨上帝没有给他高官厚禄，上帝将残疾人介绍给他，残疾人对他说："珍惜吧！至少你还健康。"

一个年轻人找到上帝，抱怨上帝没有让人重视他，上帝把那位官场失意的人介绍给他，那人对年轻人说："珍惜吧！至少你还年轻。"

原来，生活中往往不是缺少幸福，而是缺少珍惜。

国学大师季羡林在《不完满才是人生》中说过这样一段话："根据我个人的观察，对世界上绝大多数人来说，人生一无意义，二无价值。"如果孤立地看待这段话，这话肯定欠妥。其实，这段话并非文章的主旨，而是为证明文章的主旨埋下的铺垫。

在季羡林看来，平凡是人生的常态，绝大部分人终将成为一个普通人，普通人也可以有幸福精彩的一生。人生都不完美，不完美才是人生。芸芸众生与其觉得人生没有意义，不如承认、接受自己普通平凡的事实，赋予人生一些别样的意义，从不快的泥潭里解脱出来，珍惜生命给予的馈赠，把握好生活的分分秒秒，自在怡然地度过一生。

托尔斯泰有句名言："幸福的家庭是相似的，不幸的家庭各有各的不幸。"我说，不幸的人生是相似的，幸福的人生各有各的幸福。富贵有富贵的窘迫，清贫有清贫的俊逸，显赫有显赫的苍凉，平凡有平凡的志趣。"谁的需要越小，谁的幸福越大。"

幸福和快乐是一种能力。既然来都来了，那就要好好地活着。这个目标不难实现。人是自己幸福的工匠，只要心存幸福，路过人间，破颜一笑，幸福就生长在我们自己家里。

（《新华日报》2006年4月1日）

幸福的源泉

京城供职的朋友发来一条微信:"幸福是简单的满足,向外追逐越多,离目标越远。但多数人都是在走过弯路、耗费时间精力,直至年岁愈迈、无力折腾,甚至身陷囹圄、失去自由之后,才明白这个道理。"

朋友的话切中现实时弊,也引起我的深思。

生命是幸福的载体,人生无疑是一个追求幸福的过程。可怎样获得幸福,在物欲横流的社会,很多人常常不能做出正确的回答。

欲望是人生奋斗的动力和进步的阶梯,也是人遭受磨难的根源。"罪莫大于可欲,祸莫大于不知足,咎莫大于欲得。""嗜欲者,逐祸之马也。"许多落马贪官本该拥有幸福的人生,却不断上演一幕幕人生悲剧,无一不是放纵欲望招致的苦果。

美国经济学家萨缪尔森有一个快乐方程式:快乐 = 物质 / 欲望。从经济学的观点看,物质消费越大,欲望越小,快乐就越大,这正应了中国人的一句古话:"知足常乐。"随着社会生产力的发展,人们的物质消费在不断增加,但如果欲望不加节制,快乐值反而会下降。那些因贪腐受到惩处的官员,没有一个是因为物质消费不能满足正常需求,而是因为欲望的膨胀导致走上不归路。

幸福真的很简单,谁的欲望越小,谁的幸福越大。

从不给人题字的老一辈革命家万里,1962年9月6日,为了鼓励被他送到河南农村工作的长子万伯翱在农村扎下根,写下了"一遇动摇,立即坚持"的临别赠言,教育子女不搞特殊,与人民在一起。万伯翱在西化县黄泛区一干就是十年,甚至连春节也不能回家,"红色家风"成为他们家永不褪色的传家宝。

女作家、文学翻译家杨绛先生,一生始终坚守着一份与世无争的淡泊与宁静，她一百零四岁生日的当天，一位网友在微博上留言：是她告诉我们人生的哲学，"一切快乐的享受都属于精神。这种快乐把忍受变为享受，是精神对物质的胜利"。

是的，人是要有一点精神，不能做物质的奴隶。一旦心为物役，就会迷失人生的航向。研究廉政建设的学者提出一个幸福养廉理论：通过控制自己的物质消费欲望，心里保持知足感、快乐感、幸福感，可以让人不想贪、不愿贪、不必贪，进而保持其自身廉洁。这个理论破译了幸福的密码——修身是通往幸福的桥梁，也是人类真正幸福的源泉。

人的一生是一个修己安人的过程。"自天子以至庶人，一是皆以修身为本。""身修而后家齐，家齐而后国治，国治而后天下平。""其本乱而末治者否矣。"说的就是这个道理。

修身可以使人幸福吗？是的，修身是一种"为己之学"，是提高道德学问，到达理想人生境界的必由之路，可以医治人的焦虑症、狂躁症、抑郁症、攀比症，是幸福的一剂良方。道德修好了，心结打开了，幸福自然来了。它不受贫富影响，"一箪食，一瓢饮，在陋巷，人不堪其忧，回也不改其乐"，就是一个例证。

心开福自来。修身就是修心、修德、修性、修学，就是陶冶身心、涵养德性、保持身性，本质上是一个长期与自己的贪欲恶习和薄弱意志做斗争的过程，也是一个终身学习的过程。

修身是做人之"本"，修学则是修身的起点。"读一本好书，就是和许多高尚的人谈话。"杨绛先生曾说："你的问题主要在于读书太少，而想得太多。"读书是治愈一切的良药，那些读过的书，都会融化在血液里，转化成气质的一部分。因此，"腹有诗书气自华"，阅读是人间最美的修行。

"仁者不忧，智者不惑，勇者不惧。"人越是沐浴在道德的光辉下，就越能远离一切烦恼，越能增加幸福的砝码。幸福的境界是主观向上的，他全靠自己的努力。高尚的品格要严"修"、常"修"、苦"修"、静"修"。

修身以养性，做官先做人。修炼品行要修剪欲火，自觉远离低级趣味，自觉抵制歪风邪气，时时检束自己的身心言行，用崇高的信仰来祛除掉心中的杂质，耐得住寂寞，经得起诱惑，受得了挫折，"不以物喜，不以己悲"，

"宠辱不惊，看庭前花开花落；去留无意，望天上云卷云舒"，任何时候都能保持豁达淡泊的心态。

"严以修身"是各级领导干部安身立命之本。"欲修其身者，先正其心。""心如水之源，源清则流清，心正则事正。"心有信念，胸有理想，内有定力，外有防线，方能不为物欲，不为利诱，守得住根本，经得起风浪，练就金刚不坏之身，达到"竹影扫阶尘不动，月穿潭底水无痕"的人生境界。

（《检察日报》2015年9月15日）

人生的压舱石

朋友在微信群中说："当一棵树不再炫耀自己枝繁叶茂，而是深深扎根泥土时，它才真正地拥有深度；不再攀比自己与天空的距离，而是强大自己的内径时，它才真正地拥有高度。"

朋友是一位成功的企业家，这段话是他数十年潜心创业的经验总结，也是他严于律己的人生写照。

树的生长需要深度和高度，人的成长同样需要深度和高度。洗尽铅华、扎根泥土，远比虚浮其表令人受益，务实谋事、低调做人，可使人生之舟从容地驶过激流纵横、暗礁密布的航程。

人最大的敌人是自己，最大的成功是战胜自己。人的欲望、贪婪、狂妄、傲慢、偏见，都来自自己的内心，一旦被这些迷惑，就会迷失自我。人可以毁灭自己，也可以拯救自己。"胜人者有力，自胜者强。"律己是战胜自己最有力的武器。有人说，自己是人生的唯一高墙，越过去，世界将看到你的光亮。常怀敬畏之心，常葆知止之品，手握戒尺，勤于自省，方可保持内心的纯洁，守住心灵的家园。

古人云："善禁者，先禁身而后人；不善禁者，先禁人而后身。"领导干部带头用纪律和法律来约束自己，以身作则，严于律己，既是一种为政之德，也是一种领导方法，更是一种智慧。

"人非圣贤，孰能无过。""知人者智，自知者明。"人难得有自知之明，人最难了解的正是自己。"人心未易知，灯台不自照。"人总是更容易发现别人的缺点，即使是再愚笨的人，对于别人的是非过失，都能看得清、说得明，对自己的问题缺失却是糊里糊涂，不是轻易看得见。"人之生，不幸不闻过，大不幸无耻。""终日不见己过，便绝圣贤之路。"一个人成熟的标志，就是能时常反省自己，坦然面对自己的缺点和错误，以责人之心责己，以恕己之心恕人，经常反躬自省，拿别人的长处比自己的短处，把别人的缺点当成自己的缺点，帮助认识自身的不足，补齐自己的短板。

人最大的失败是被自己打败。在人生的旅途中，要不摔跤、不翻船，胜利到达"立马昆仑、浮舟沧海"的境界，固然要靠许多外力，但归根结底要靠自律。律己是防身的金盾牌。只有顶得住金钱美色的诱惑，挡得住糖衣炮弹的攻击，灯红酒绿不动心，花香袭人不旁骛，才能保持金刚不坏之身，"任凭风浪起，稳坐钓鱼船"。

生活处处多险滩，律己是人生的"压舱石"。在全面从严治党的新形势下，领导干部作为"关键少数"，面临的执政的考验、改革开放的考验、市场经济的考验和外部环境的考验更加凸显，"严以律己"是应对和经受住各种考验的重要法宝。

"律己足以服人""避祸不如省身"。责任在肩，不仅威信来自律己，要交一份合格的人生答卷，更要用"严以律己"筑牢自己的"压舱石"。周永康、薄熙来、郭伯雄、徐才厚、令计划、苏荣等反面教材，之所以走上严重违纪违法的道路，根本原因是丧失了理想信念"主心骨"，丢掉了人生"压舱石"。

严以律己，当慎言，慎行，慎微，慎独，慎交，慎友，慎始，慎终。静坐常思己过，闲谈莫论人非，"以言人不善为至戒"。知行合一，三思而行，遇事守纪律、讲规矩，清廉为官，事业有为。树立"千里之堤，溃于蚁穴"的忧患意识，"苟非吾之所有，虽一毫而莫取""勿以恶小而为之，勿以善小而不为""公烛之下不展家书"。切记"手莫伸，伸手必被捉"，若要人不知，除非己莫为。保持"亲""清"的新型政商关系，善交益友，乐交净友，不交损友。谨记"万恶莫不有其始"，杜绝与腐败沾边的"第一次"和"下不为例"，系好人生第一粒扣子，迈好人生每一步，活到老，学到老，改造到老，常在河边走，方能不湿鞋，小心驶得万年船。

律己方能律人。严以律己既是道德境界，也是福祉颐养，应该成为每一个人，尤其是"关键少数"自省自修的人生习惯。

（《中国组织人事报》) 2015年9月16日）

人品的试金石

全国人大华侨委员会副主任委员任上退休的黄华华在几年前出版的诗集《山河颂》后记中这样描述他卸任广东省省长时的心情："当我把办公室收拾干净时，大脑中紧绷的弦终于松弛下来，一种前所未有的轻松感涌上心头。新的生活开始了。"

这段话道出了一位高级领导干部的从政感受，也道出了权力的本质。

人类所有的力量都集中于权力。一切物质的力量都是权力的工具。权力是什么？权力是更大的责任，更重的劳动，更多的付出。领导干部和普通群众的最大不同在于手中有权、肩上有责，权力越大、责任越大。难怪查·科尔顿说："要想知道掌权的痛苦，就去问那些当权者，要想知道它的乐趣，就应该去问他的追求者。"

权力是一把双刃剑。正当追求权力是有担当的表现，过分热衷权力，非但不能把它当作为人民服务的平台，反而会当成满足一己私欲的工具。如何对待权力，怎么使用权力，是"严以用权"的重要内容。

权力是人民赋予的，只能用来为人民谋利益。知道权力来源，就要用之以公，私用即盗；用之以敬，不敬即贪；用之以规，滥用即祸；用之以畏，慎用即福。

有人做过一个假设，如果对官员作一个问卷调查，你有没有偷过别人的东西？肯定回答没有偷过。如果问你有没有以职务之便谋过私利？那就很难回答了。"居官守职以公正为先，公则不为私所惑，正则不为邪所媚。"公权私用本质上和盗窃没有区别，都是占有本不应属于自己的利益，只是方法手段不同而已。

人有人品，官有官德。人品决定官德，官德折射人品。权力的使用，最能检验掌权者的人品。

公元前212年，居住在咸阳的秦始皇下了一道命令，以举国之力在渭河南岸为他修建新的宫殿——阿房宫。为了修建这项工程，帝国先后征发了七十多万人，耗费了大量人力物力。然而，几年之后，这座巨大的宫殿还没有完工，农民起义的烈火就吞噬了秦王朝这个中国历史上第一个统一的大帝国，这座宫殿因此成为中国历史上奢侈浪费的耻辱代表，也是封建王朝用权挥霍无度无所至极的深切表现。

公元643年，唐太宗李世民去看望病重的魏徵，发现一生清廉节俭的魏徵，家里的住宅竟然没有正厅，就下令用给自己修宫殿的建筑材料为魏徵盖一个正厅。可是房子刚刚盖好，魏徵就去世了。太宗感到十分悲痛和惋惜，感慨地说："以铜为镜，可以正衣冠；以古为镜，可以知兴替；以人为镜，可以明得失。今魏徵已死，吾亡一面镜矣。"唐朝作为我国历史上法律体系相对完整的封建王朝，皇帝率先垂范，官吏安守本分，贪腐和滥用职权的现象比较少见。在李世民、魏徵等人共同努力下，一个中国历史上空前的盛世——"贞观之治"出现在中国大地上。

历史是最好的老师。自古以来，大凡清廉的官员，都把以权谋私看作极大的耻辱，悚然自惕。

南宋一李氏家族有一人为官，一天正在烛光下办理公务，有人送来一封家书，他当即灭掉公家的蜡烛，点燃自家的蜡烛，留下"公烛之下不展家书"的千古佳话。

清朝康熙年间，文华殿大学士、礼部尚书张英，老宅与吴家为邻，吴家建房要占用两家府邸之间的空地，他用一首"千里来书只为墙，让他三尺又何妨？万里长城今犹在，不见当年秦始皇"的打油诗，让两家主动让出三尺空地，这便是如今桐城的六尺巷。

用权是人品的试金石，清官无私，好官无畏，昏官无信，贪官无耻。时下一些官员为了自己的安全，用权便不敢太"用劲"，只要不出事，宁可不做事，占着茅坑不拉屎，满足于做"太平官"，空耗国家公饷，浪费稀缺资源，坐失发展良机。懒政怠政与贪无异，既是官德丧失的表现，也反映出人品的低下。

权力就是责任，干部就是公仆。为官和发财，应当两道，权力和乐趣，两者不能兼得。不忘初心、方得始终。黄华华转岗到全国人大后，年近七旬开始写诗，捧出一部滚烫的《山河颂》。各级领导干部只有严以修身、严以律己、严以用权，时时自警、处处自省、事事自律，用高尚的人品筑牢为政的根基，坚持用权为民，心存敬畏，手握戒尺，按规则、按制度行使权力，任何时候都不搞特权、不以权谋私，方能永葆清廉为官、事业有为。

（《黄冈日报》2023年6月28日）

梦想的力量

2002年11月28日，美国芝加哥中年男子赛尼·史密斯向当地法院递交了一份诉状，要求赎回自己去埃及旅行的权利。经联邦法院审定，那个梦想价值三千万美元，赛尼·史密斯要赎回去，就必须倾家荡产。

原来，四十年前，赛尼·史密斯六岁，在威灵顿读一年级，老师让他们各说出一个自己的梦想，全班同学都非常踊跃，尤其是赛尼，一口气说出了两个。老师问一个叫杰米的男孩时，他竟然一下子没有了梦想。老师建议杰米向同学购买一个，于是杰米用三美分向拥有两个梦想的赛尼买了一个去埃及旅行的梦想。

四十年过去了，赛尼·史密斯在商界小有成就，也去过很多地方，唯独没有去过埃及。作为一个虔诚的基督徒和一个诚信的商人，他必须把那个卖掉的梦想赎回来，才能坦然地踏上那片土地。

然而杰米在答辩状中称："从小我是个穷孩子，穷到不敢有自己的梦想。我能考上华盛顿大学，能认识我美丽贤惠的妻子，能在芝加哥拥有六家超市，总价值两千五百万美元，完全得益于这个梦想。这个梦想改变了我的心迹，融入我的生命，与我的命运紧密相连，是我的无价之宝。"

是的，梦想一旦照进现实，所有的努力终有回报。

2014年9月19日，阿里巴巴登陆纽约证券交易所，十五年的坚持成就了中国最大的网络公司和网上交易平台，马云将带有阿里巴巴公司 logo 的 T 恤赠送给在场参加上市仪式的嘉宾，上面印着他亲自选定的一句话："梦想还是要有的，万一实现了呢？"

梦想是什么？

梦想是人生的罗盘。人生如大海，在这一人航行的浩瀚的海洋上，梦想是指引方向的罗盘针。人生在世，有梦想才有希望，有希望才有远方。有什么样的梦想，才有什么样的人生。岳飞立志精忠报国，为了挽救国家的危亡，离妻别母，转战疆场，成为一代名将；孙中山从1895年发动广州起义失败，到1911年武昌起义成功，经过长达十六年的努力奋斗，终于推翻了两千多年的封建帝制。一个没有梦想的人，就像船只失去了罗盘，必然会在前进的道路上迷失自己。

梦想是隐形的翅膀。一个人追求的目标越高，他的才力就发展得越快，对社会就越有益。伟大的梦想，造就伟大的人物。青年时代的李大钊，深怀对祖国的忧患，发誓以"青春之我"创造"青春之中华"；16岁的毛泽东走出韶山冲时，写下"孩儿立志出乡关，学不成名誓不还。埋骨何须桑梓地，人生无处不青山"的豪迈诗篇；周恩来在中学时代，立下要使"中华腾飞"的梦想，发愤"为中华之崛起而读书"，崇高的梦想点燃了他追求国家富强、民族振兴、人民幸福的满腔热情，激发了他的奋斗精神和献身精神。

梦想是战胜困难的武器。人只要有梦想、有追求，什么艰苦都能忍受，什么环境都能适应。一种梦想就是一种力量。在战争年代，许多战士和人民群众在强大的敌人面前，在极端困难的环境下坚持斗争，无数革命先烈在敌人的屠刀下视死如归，靠的是共产主义的崇高理想和远大目标在鼓舞着他们。在现实生活中，有梦想的人会充分估计到人生道路上的艰难困苦和坎坷曲折，从而正视它，想办法克服它，人生就在与困难做斗争的过程中体会到成就梦想的乐趣。

梦想是成功的催化剂。心有多大，舞台就有多大。梦想有多远，就能走多远。古今中外，凡在事业上有所成就的杰出人物，都是怀揣梦想的人。爱迪生一生追求揭示大自然的奥秘，并以此为人类造福，这一梦想激励着他一生有两千多项发明；雷锋"把有限的生命投入到无限的为人民服务之中去"，成为伟大的共产主义战士；焦裕禄心里装着全体人民，唯独没有自己，成为县委书记的楷模。

有梦想，就要努力去实现。只把它当一朵花别在衣襟上，不把它当一根鞭策励自己奋进，只把它当作口头禅挂在嘴边，却不让它飞翔，梦想只能是"水中月""镜中花"。只有以梦为马，不负韶华，像夸父追日一样，用生命追赶太阳，追逐翱翔天际的希望，才能梦想成真。

杰米向赛尼购买的一个去埃及旅行的梦想，让他找到了前进的方向，为他插上了飞翔的翅膀，使他获得了强大的力量，你说，他怎能让赛尼"赎"回去呢？

（《黄冈日报》2015年8月21日）

只要有梦想

记得十几年前，在中央电视台看到过这样一则新闻——一个小男孩在山坡上放羊，记者问他，放羊干什么？挣钱。挣钱干什么？娶媳妇。娶媳妇干什么？生孩子。生孩子干什么？放羊。记者和放羊娃的一问一答，引起人们的思索。

节目的本意是反映边远地区的孩子，由于受环境的影响和条件的限制，从小缺乏远大的理想，令人感到震惊和同情，希望引起社会的关注。然而有人看到这个采访，感觉人生毫无意义，居然选择了自杀。也有人认为，在天地之间牧羊，充实富足，自由自在，且远离尘嚣，难道有什么不好吗？人生不管怎样折腾，都逃脱不了这个怪圈。这是媒体所没有预料到的。

人生其实就是一个不断破圈的过程，思维的深度决定人生的高度。在岁月的远行中，我们总要经历许多苦难，只有主动赋予人生以积极的意义，超越现实的束缚去寻找梦想，在远行中体现对生命的尊重，人生才会在梦想的照耀下实现螺旋式上升。即使同样是放羊，也不是简单重复的劳动。

最近有媒体报道，在重庆市云阳县新县城捡拾垃圾卖废品的"棒棒军"老熊，为了让在家做农活的60多岁的妻子开心，觉得嫁给他值得，没有选错男人，放弃政府为他们提供的五元钱一天的"棒棒军公寓"，穴居桥洞，想每天节约五元钱的住宿费，为妻子买钻戒。

人大都生活在梦想之中。有了梦想，人生才充满希望，日子才有奔头。省钱买钻戒，正是"棒棒军"老熊的梦想。

一个人可以清贫、困顿、低微，但是不可以没有梦想。真正的穷人并不是那些像穴居桥洞的"棒棒军"老熊一样的人，而是那些像放羊娃一样没有梦想的人。在人生的行囊里，梦想是最大的财富。只要有梦想，贫贱夫妻一样会有恩爱、温馨和幸福；只要插上梦想的翅膀，放羊娃一样能够在人生辽阔的天空自由地飞翔。

同样是在重庆，79岁的老人万德顺，去年在公园锻炼时发现，从山脚到公园的路很难走，今年三月起坚持每天铺路，历经四个多月，搬运了重达三万斤砖块，把原本陡峭的山路变为整齐干净的步道，方便市民去山顶健身。老人说，他铺路是要告诉人们，只要活着，就要尽责，希望自己的行为能够影响更多的身边人，鼓励他们"说一千道一万，不如认真干一件"。

用行动传递正能量，是万德顺老人的梦想。有了梦想，才能激发责任、激励担当、激扬勇气，生活才有意义，人生才会精彩。

梦想是一粒种子，落地就会生根。梦想一旦萌芽滋长，就会破土而出，沐浴阳光和雨露，奋斗就会变成壮举，生命就会创造奇迹。

在愚公的故乡河南省，今年70岁的退休工人郭池善，从1994年起，在家乡辉县市张村乡平岭村，独自一人花十四年时间，凿平了半座石头小山，用大小六万余块石头，为乡亲们修了一座跨高十三米，长四十米，宽六米，高十二米的单拱石桥"一人桥"，打通了从村口到山边的公路。

让村里四五十口人，进出少绕几百米崎岖的山路，是郭池善的梦想。"一年修不成就五年，五年修不成就十年，我这辈子修了一座桥，留给后人，也算没白活！"梦想从不抛弃苦心追求的人，有梦者事竟成。在梦想的照耀下，郭池善书写了当代愚公新传奇。

有人说，上帝没有给我们翅膀，却给了我们一颗会飞的心。其实，我们每个人都拥有一双"隐形的翅膀"——梦想正是指引我们飞翔的翅膀。

"人生因梦想而高飞，人性因梦想而伟大。"只要有梦想，谁都可以送一枚钻戒给患难与共的妻子；只要有梦想，谁都可以铺一条路、架一座桥、移一座山！

"梦想还是要有的，万一实现了呢？"

（《黄冈日报》2015年9月15日）

让梦想开花

2008年12月7日，一个令湖北黄冈人难忘和振奋的日子。

市民纷纷涌向位于市中心的奥康商业步行街，在寒风中满怀喜悦地排着两条长龙似的队伍，翘首期待香港金马影帝谢君豪、大陆影视明星韦力率领电影《黎明行动》剧组主创人员，踏上猩红地毯铺设的星光大道。

《黎明行动》是黄冈自主投资拍摄的第一部胶片电影，被中宣部确定为向中华人民共和国成立六十周年献礼的重点主旋律故事片，将在这里举行盛大的首映式。中央和湖北省有关领导、黄冈市政要出席首映式，《人民日报》、新华社和中央电视台等国内各大新闻媒体以及香港凤凰卫视等海外媒体聚焦黄冈，向海内外报道首映式盛况。这从未有过的热闹与喜庆，这从未上演过的壮观与凝聚，表达了全社会和黄冈父老乡亲对电影《黎明行动》的关注与肯定。

电影的出品单位是黄冈市广播电影电视局，出品人是黄冈市广播电影电视局局长、党组书记范从政。电影的成功不仅是黄冈广电史、文化史上的一件盛事，也是黄冈历史上的一件大事。而这份喜悦与荣耀，不仅仅属于出品人，也不仅仅属于黄冈广电人、文化人，更属于700多万黄冈人民。

《黎明行动》根据黑龙江省佳木斯市原市长段宝坤的真实经历改编，由包福明执导，谢君豪、韦力主演，讲述抗日战争刚结束，解放军某部为营救一名掌握东北煤炭资源状况的专家，派出一支小分队与敌特、日本奸细开展殊死搏斗的传奇故事。有幸观看首场放映，我同许多观众一样，被影片感人的情节、深刻的主题、真实的场景和演员精湛的演技深深地打动了。

特别值得一提的是，拍摄雪景是在四月末的长春。

人间四月天，在江南已是春暖花开，草长莺飞。北方的春天虽然来得迟些，但四月绝非下雪的季节。当《黎明行动》的导演为无法拍到真实的雪景发愁时，天道酬勤，天公作美，四月的长春居然一连下了3天的大雪。剧组人员在这3天里抢着拍戏，几乎没有合过眼，终于成就了这部与《集结号》有一拼、被权威影评家誉为中国版的《拯救大兵瑞恩》的大片。

自然界中有一种果树，雌雄异花，花隐藏在囊状的花托内，外观只见果而不见花，人们以为它无花，故名无花果。其实，无花果是将自己的美丽与矜持隐藏起来，奉献给人们实实在在的果实，这种品质叫质朴。

自然界也有一种昆虫，不满足于安逸的生活现状，怀着自由飞翔的美好梦想，作茧自缚，忍受着等待的寂寞与涅槃的痛苦，最终蜕变成美丽的蝴蝶，这种精神叫执着。

电影《黎明行动》的诞生，使我不由得联想到那谦虚质朴而遭人误解甚至鄙夷的无花果，也使我由此联想到那一只只在花丛中翩翩飞舞的蝴蝶。其共同之处在于，知难而上，勇于挑战，最大限度地去实现生命的价值。

是的，黄冈市广电局作为电影出品方，乍听让人觉得好像是有些角色错位。黄冈虽然有着极其深厚的文化底蕴，可拍电影还是头一遭。再说拍一部电影可是一项极为复杂的系统工程，不仅需要专业的班底，在市场经济条件下，更需要雄厚的经济实力。就这些而言，黄冈市广电局似乎不具备其中任何一项。正在不少人等着看笑话或者淡忘时，《黎明行动》剧组横空出世，转战南北，一气呵成。于是，更多的人同我一样期待着它的上映。

看到一枚果实，人们赞美它香甜可口。看到一只蝴蝶，人们迷恋它的美丽。成功的结局是精彩的，但孕育成功的过程往往是漫长而艰辛的。

作为电影出品人的范从政，不仅要顶着精神上巨大的压力，还要四下里张罗拍摄资金，他的辛劳是没法从影片中反映出来的，他的身影也不曾在荧幕上出现，他的功绩却永远载入黄冈的史册。当人们问他为什么要拍这部电影时，他回答说："这或许是缘于一个梦想，我所有的努力就是一步步将梦想变为现实，把不可能变成可能。"

是的，只要有梦想，谁都了不起，梦想在望，一切皆有可能。

《黎明行动》正在全国上映，正在实现它应有的社会效益和票房价值。它的成功告诉我们：超越梦想，不是梦想！

愿所有的人生都有梦想，愿所有的梦想都开花！

（《声屏瞭望》2009年第2期）

月色东坡

坚实的脚步

2011年5月18日，是黄冈撤地建市十五周年纪念日，也是黄冈人民广播电台建台十五周年的喜庆日子。

声音记录时代，电波见证"城长"。我们热烈庆祝黄冈建市十五周年，热烈庆祝黄冈人民广播电台建台十五周年，重温艰苦创业的峥嵘岁月，总结健康发展的成功经验，展望催人奋进的美好前景，吹响振兴崛起的前进号角。

十五载光阴荏苒，抚今追昔，我们感慨万千。

十五年前，沐浴着黄冈建市的春风，紧跟着时代跳动的脉搏，黄冈人民广播电台应运而生，从此翻开黄冈市人民广播事业发展史上的新篇章。

十五年来，在黄冈市委、市政府、市委宣传部和市广播电影电视局的正确领导下，黄冈人民广播电台坚持以邓小平理论和"三个代表"重要思想为指导，认真贯彻落实科学发展观，紧紧围绕市委、市政府的中心工作，充分发挥主流媒体的喉舌功能和桥梁纽带作用，主导舆论方向，坚守宣传阵地，始终遵循"新闻立台、服务兴台、经营强台"的办台理念，媒体影响力不断扩大，综合实力不断增强，成为黄冈市宣传思想战线一支重要的生力军。特别是近几年来，全台员工抢抓机遇，顽强奋斗，聚精会神搞建设，一心一意谋发展，各项工作都取得了新的可喜进展。

黄冈人民广播电台定编四十人，下设办公室、新闻部、记者部、评论部、专题部、科教部、文艺部、技术部、广告部九个部室，大专以上学历人数达百分之百，本科学历人数达百分之九十，中、高级职称人数达二十七人，形成了一支思想新、业务精、干劲足、作风正的广播团队。

黄冈人民广播电台自办新闻综合广播（FM91.4）和交通广播音乐（FM107.6）两套频率，全天播音三十六小时，辐射黄冈全市及武汉、黄石、鄂州、九江等地区，覆盖人口两千多万。现开设栏目三十多个，新闻类栏目有《黄冈新闻联播》《直播黄冈》《黄冈新闻网》《新闻前线》《一周要闻》和《故事三十分》，交通类栏目有《方向盘红绿灯》《交通新干线》《交广资讯》《汽车天天汇》和《爱车时间》，科教类栏目《走近科学》《直播119》和《校园风景线》，文艺类栏目有《经典进行时》《音乐流行风》《娱乐无极限》《城市K歌王》《我的地盘你作主》和《戏曲时空》，生活类栏目有《经济生活》《健康零距离》等。我们的声音通过空中电波，传到千家万户，装点着人们五彩缤纷的生活。

十五年来，黄冈人民广播电台先后有三百多件作品获全国、全省好新闻奖和播音奖，有八人获全省、全市宣传战线和广电系统"十佳编辑记者""十佳播音员主持人"荣誉称号，《行风热线》节目被评为2009年度湖北省广播电视"十佳栏目"。这些成绩的取得，凝聚着各级领导、各界朋友和全台干部职工的心血和汗水。我代表黄冈人民广播电台，对一直关心、支持黄冈电台成长的各级领导、各界同人和广大听众朋友表示衷心的感谢，向默默奉献、忘我工作的全台员工致以崇高的敬意！

十五载沧海桑田。黄冈广播人迈着坚实的脚步，走过了十五年的风雨历程，终于站到了一个新的历史起点上。

回首创业之路，成绩来之不易，经验弥足珍贵。黄冈人民广播电台从无到有，从小到大，从弱到强，关键是围绕了科学发展这个主题，贯穿了转变经济发展方式这个主线，突出了宣传这个中心，服务了经济建设这个大局，抓住了以人为本这个根本。

雄关漫道真如铁，而今迈步从头越。总结过去，我们豪情满怀；展望未来，我们深感任重道远。我们要继续坚持正确的舆论导向，牢牢把握新闻宣传的主动权，及时传播信息，主动引导舆论，注重新闻价值，提高节目质量，增强宣传效果，全面、深刻、生动地反映黄冈人民推动社会全面进步和人的全面发展的伟大实践，唱响改革发展稳定、全面建设小康的时代主旋律。继续坚持"三贴近"原则，倾听群众呼声，不断改进宣传报道的方法和手段，提高广播宣传的时效性、针对性，增强广播宣传的吸引力和感染力，办出特色，办出风格，办出品牌，为广大听众提供更多更好的各类节目、栏目，不断满足人民群众对精神文化产品的多方面多层次需求。要继续坚持以改革的精神办广播，大胆探索，推动改革向纵深发展，创新运行机制，改进管理方法，搭建合作平台，实现资源共享，整合优势资源，形成发展合力，努力把黄冈人民广播电台做强、做大、做优，使黄冈人民广播电台真正成为黄冈新闻战线的一个新亮点。

我们的十五年，我们的新起点。我们相信，有黄冈市委、市政府、市委宣传部和市广播电影电视局的坚强领导，有社会各界的大力支持，有广大听众朋友的悉心呵护，有全台员工的共同努力，黄冈人民广播电台一定会以十五周年台庆为新的契机，团结奋斗，再展宏图，为建设富裕、文明、和谐黄冈做出新的更大的贡献！

（《黄冈日报》2011年5月19日）

在新征程上砥砺前行

　　广播是传统主流媒体，有着辉煌的历史。1940年12月30日，我国第一座人民的广播电台——延安新华广播电台庄严、自豪的声音，从中国人民革命圣地延安的一个偏远山村的窑洞里，飞向辽阔的天空，响遍神州大地，为苦难深重的中国人民送去了真理和希望。这一天，成为中国人民广播事业的诞生日。

　　1949年12月5日，新华广播电台改名为中央人民广播电台，成为中国共产党、中国政府和中国人民的喉舌。20世纪六七十年代，广播得到飞速发展，不仅收音机成了重要时尚的家用电器，而且全国农村建起了有线广播网，广播成了党和政府联系群众、组织群众、动员群众、宣传群众、教育群众、服务群众最有效、最方便、最快捷的工具。

　　随着新技术的不断涌现，媒体形态在20世纪的后二十年发生了革命性的变化，连电视都被互联网赶下了神坛，电台更是没落贵族，在媒体的进化中逐渐边缘化。因此，广播一度被认为是媒体中的弱者，传统广播业在电视和互联网媒体的夹击下节节败退。

　　黄冈人民广播电台成立于1996年，是地改市的产物，遭遇新技术、新媒体的挑战，走过了一段艰难曲折的办台历程。正如广播没有在滚滚向前的历史车轮下消亡一样，随着汽车时代的来临，新环境和新技术的作用，正在推动广播的复兴，黄冈人民广播电台在振兴崛起的新征程上砥砺前行。

　　实施新闻立台战略，发挥喉舌作用。广播具有快捷、经济、简便、互动性强的特点，加之广播的接收终端体积小，携带方便，于是就又有了其自身的伴随性、私密性，成为当今交通运输中最广泛使用的随行媒介。由于生活节奏的加快，人们的流动性在增加，户外活动的时间在增加，而且堵车越来越厉害，收听广播便成为人们获取新闻资讯最便捷的实现形式。近年来，我们推进新闻立台战略，强化主流喉舌意识，将FM91.4定位为新闻综合频率，自办新闻有《黄冈新闻联播》《黄冈新闻网》《直播黄冈》《黄冈风采》《新闻前线》《武汉城市圈见闻》；舆论监督节目有《行风热线》；转播新闻节目有中国之声《新闻和报纸摘要》、湖北之声《湖北新闻》、央视《新闻联播》；引进外来新闻节目有中国百家广播电台协作体《纪实六十分》。去年，我们自办新闻发稿近万篇，其中县市台用稿七千多篇，自采稿件两千多篇，在湖北之声的用稿数跃居全省第二位，进入第一方阵。今年前四个月，我市仍然保持了全省第二的好势头。在办好固定新闻节目的同时，我们还组织了一些主题直播活动。去年治庸问责，《行风热线》增加了常委上线，市委常委、纪委书记马萍，市委常委、组织部部长雷邦贵等市委领导亲临我台直播间，与广大听众进行在线交流。从今年开始，《行风热线》增加了县市区长上线。今年，我们还计划与央广合作，邀请市政府主要领导，走进我台直播间，就推进大别山试验区建设、实现黄冈跨越发展，在中国之声做一期时长六十分钟的《政务直通》高端访谈节目，向全球直播。此外，我们还承担了一些重要的随行广播任务。今年3月，我们服务全国农村公路建设与养护管理现场会，受到交通运输部、省委、省政府主要领导的充分肯定和与会代表的一致好评。

实施服务活台战略，发挥桥梁纽带作用。随着汽车时代的来临，交通频率在广播市场中成为新宠。我们第二套频率FM107.6定位为交通广播，主打交通服务和音乐伴随两类节目，主要栏目有《方向盘红绿灯》《交通新干线》《交广资讯》《快乐黄冈行》《汽车天天汇》《1076在路上》《流行音乐风》《经典进行时》《飞扬音乐秀》《娱乐新榜样》，受到听众好评。在电台两套节目中，还有一些栏目也受到听众的青睐，如《走近科学》《校园风景线》《夜色书香》《故事三十分》等。我们针对主流受众群体的需求进行广播适位化、窄播化改革，调整节目设置，强化节目策划，落实"三贴近"原则和"走转改"要求，满足了受众的收听需求。一些品牌节目深入人心，越来越成为人们工作中的伙伴，生活中的知音。继《行风热线》前年被评为全省"十佳栏目"之后，去年《方向盘红绿灯》被评为全省优秀栏目，今年《直播黄冈》也获此殊荣。

实施科技强台战略，发挥主阵地作用。实践证明，直接制约媒体发展的是其背后的技术因素，互联网能占据今天的王者地位，也是因为其技术的发展。互联网技术发展到今天，也为广播这个处于弱势地位的媒体找到了新的发展契机。电台与新媒体的结合日趋紧密，大多数电台都可以即时在线收听，还有相匹配的听众论坛，拥有稳定的粉丝群体，再辅以声讯电话参与、手机短信平台，其覆盖的广度和深度已经大大提升。科技创新为广播重振雄风注入了活力。广播的数字化、互动化、网络化、多频化，成为时下广播科技创新的主流。近年来，为扩大有效覆盖，我们在武穴台的大力支持下，在九龙城建立了差转台，使用 FM107.3 转播交通广播节目，结束了黄冈市东部地区听不到黄冈人民广播电台的历史。在市网络公司的支持下，我们开通了数字广播，实现了打开电视听广播。特别是我们通过互联网实现了网上播出、在线收听、即时回放和数字点播，打破了市级电台时空限制的瓶颈。从今年3月起，每天的《黄冈新闻联播》文字稿，我们及时上传黄冈广播网，获得了二次传播效果。

实施人才兴台战略，发挥生力军作用。各行各业的竞争，归根到底是人才的竞争。近年来，我们大力加强队伍建设，把培养人才、凝聚人才、使用人才摆在突出的位置，坚持开展青年读书活动、全员读书活动、主题征文活动、主题采访活动、技术比武活动、岗位练兵活动、优秀青年节目主持人大奖赛活动、听友见面会活动等，构筑适应发展要求的人才高地，培养和造就名编辑、名记者、名主持人、名策划人才、名技术人才，建设高素质广播队伍。去年通过招考，我们录用了一名重点大学的职前研究生，最近又配齐了领导班子，改善了人才结构，加强了领导力量。黄冈人民广播电台正在发挥并将更好地发挥黄冈市宣传思想战线重要生力军的作用。

实施经营壮台战略，发挥主流媒体作用。这几年，我们以节目为依托，做大广告蛋糕，调整收入结构，增强了造血功能和自我发展能力，使电台开始摆脱困境，步入良性发展轨道。在各级领导的亲切关怀和社会各界的大力支持下，我们更新了采编录播设备，启动了数字化改造，装修了制作播出机房，改善了工作条件，提高了播出质量。黄冈人民广播电台正朝着规范化的地市级中型电台的目标迈进。

（《黄冈日报》2012年5月22日）

满怀信心开新局

新年的钟声即将敲响。我们就要告别充满挑战、奋发有为的2012，迎来充满希望、奋发进取的2013！

在这辞旧迎新的美好时刻，我们向全市各行各业、各条战线的干部群众致以新年的祝福，向一直关心支持我市广播事业发展的各级领导、各界朋友和广大听友表示衷心的感谢！

回顾过去的一年，黄冈市改革发展任务艰巨繁重，市委、市政府团结带领全市人民迎难而上、开拓进取，在全面建设小康社会进程中，写下浓墨重彩的新篇章。

全市经济持续健康发展，综合实力跃上了新台阶。改革开放纵深推进，招商引资和项目建设实现新突破。城乡统筹协调发展，鄂东面貌发生了新变化。注重社会保障和改善民生，社会建设取得新进展。精神文明建设成效显著，文化软实力得到新提升。党的建设全面加强，党建工作开创了新局面。

2013年是全面贯彻落实党的十八大精神的开局之年，是实施"十二五"规划承前启后的关键一年，也是黄冈市大力实施开创战略，奋力推进跨越发展，加快建设富裕文明和谐新黄冈的重要一年。

新的一年，黄冈市进入全面建成小康社会的关键时期，面临重大战略机遇叠加期、优势区位叠加期和利好政策叠加期。特别是国家和省委、省政府关于建设大别山革命老区经济社会发展试验区的重大战略决策，给黄冈老区带来了十分难得的发展机遇。作为市委市政府和全市人民的喉舌，我们将切实履行"围绕中心、服务大局"的职能，按照"内聚人心、外树形象"的思路，唱响主旋律、打好主动仗，凝聚正能量、提振精气神，全力做好全市上下深入学习贯彻党的十八大精神，以科学发展为主题，以加快转变经济发展方式为主线，以改革开放为动力，以保障和改善民生为出发点和落脚点，大力推进新型工业化、新型城镇化、农业现代化，全力打造红色黄冈、绿色黄冈、发展黄冈、富裕黄冈，奋力推进跨越发展，提升人民幸福指数的战役式宣传，为黄冈的改革发展擂鼓助威、加油鼓劲。

时间将成绩留给历史，也将希望带给未来。过去的一年，全市人民在沧桑岁月中收获喜悦；新的一年，革命老区将意气风发、继往开来。让我们紧密团结在以习近平同志为核心的党中央周围，在市委、市政府的坚强领导下，解放思想，与时俱进，攻坚克难，满怀信心，开好头、起好步，奋力开创中国特色社会主义新局面。

（《黄冈周刊》2012年12月27日）

说实干

　　党的十八大发出了全面建成小康社会的总动员令，全国各地兴起了全面贯彻落实党的十八大精神的热潮。正如"中国梦"凝聚起中华儿女走向伟大复兴的强大精神能量一样，实现全面建成小康社会的宏伟目标，建设富裕文明和谐美丽的新黄冈，成为七百四十万老区人民的共同期盼和行动指南。

　　空谈误国，实干兴邦。实现中华民族的伟大复兴，是中华民族近代以来最伟大的梦想。托起"中国梦"，没有旁观者，大家都是主人翁。建设新黄冈，没有评论员，人人须当实干家。实干精神已成为社会的主旋律、时代的最强音。

　　"实干"干什么？实干是干自己的事，干本职的事，干正确的事，干必须干且必须干好的事，干打基础、管长远的事。实干不是好大喜功，不是另辟蹊径，不是投机取巧，不是越权越位，不是跑偏打横炮，不是种了别人的田荒了自己的地，不是急功近利，不是弄虚作假，不是搞形象政绩工程，不是在沙滩上建金字塔。实干是为了国家富强、民族复兴尽职尽责、尽心尽力、鞠躬尽瘁、死而后已。

　　"实干"谁来干？黄冈老区在建设年代和改革开放新时期形成的"三苦精神"做了最好的回答：领导带头苦干，带领群众苦干，坚持长期苦干。领导带头苦干、实干是共产党人的实践品质和先进本色，是战胜一切困难的法宝。"一把手"要实干，要冲锋在前、率先垂范，变"给我上"为"跟我上"，变"站"着指挥为"干"着指挥，以鼓舞干部群众的士气和斗志。领导班子要实干，占位不缺位，补台不拆台，成事不败事。干部群众要实干，在实干中检验干部，在实干中历练人生，在实干中创造历史。

　　"实干"怎么干？实干是工作作风问题，也是工作方式、方法问题。实干是实事求是地干、实实在在地干。实干要从实际出发，尊重自然，尊重市场，尊重规律，尊重群众，一切按科学发展观办事，不能换一个领导换一个思路、领导的兴趣在哪里工作的重心就放在哪里，更不能干只为捞个好位子、全然不管留下个烂摊子的事。实干，要脚踏实地，不能花拳绣腿，不能雷声大雨点小、只见楼梯响不见人下来，更不能以文件贯彻文件、以会议落实会议，开空头支票、做表面文章。

"实干"要干到什么样？想干事是德，会干事是能，肯干事是勤，干成事是绩。实干要一干到底、不胜不休，干就干成、干就干好，要做实功、求实效，不能半途而废、功亏一篑。要力争干一件事成一件事，件件有着落；定一个项目落实一个项目，项项出成果。

黄冈有很多实干的经验，如知行合一、孤往精神；从"一"抓起、实干兴市；一级干给一级看、一级带着一级干、一任接着一任干；先干不争论、先试不议论、干成有公论、时间作结论……经验是最宝贵的财富，也是承前启后、继往开来的巨大动力。当前，我们正处于实施开创战略、推进跨越发展的大好时期，将宏伟蓝图变为美好现实，必须把想干事作为第一追求，会干事作为第一标准，干成事作为第一目标，闻风而动、雷厉风行地干，咬定青山、求真务实地干，迎难而上、不遗余力地干……大道至简，实干在先，说一千、道一万，两横一竖是关键！

（《黄冈日报》2013年2月4日）

也说"比喻"

近读《人民日报》，在《大地》副刊读到一篇短文《说"比喻"》。文章通过分析"苍蝇老虎一起打""燕雀安知鸿鹄之志""黄猫、黑猫，只要捉住老鼠就是好猫"等几则"借动物为喻"的比喻，说好的比喻"可以把话和文章，说得或写得更生动、更形象、更有说服力"。诚哉斯言！但比喻的作用不仅仅如此。

比喻是一种古老而又长青的修辞方式。苏轼擅长用比喻，他常常在诗词作品中，运用巧妙的比喻，表现自己潇洒自如的气度、乐观豁达的胸怀和对美好生活的追求与向往。

《饮湖上初晴雨后》中，苏轼把杭州西湖比作西子，说西湖像西施一样美丽，这样的比喻，只有热爱生活、热爱自然的人才能想得出。这一比喻广为流传，所以西湖又被称为西子湖，成为天下最美湖泊。不经意间，苏轼为杭州西湖做了最好的广告。

《浣溪沙·游蕲水清泉寺》中，苏轼即景取喻，用"白发""黄鸡""流水"比喻世事匆促，人生短暂，以富有情韵的语言，描写有关人生的哲理"谁道人生无再少？门前流水尚能西！休将白发唱黄鸡"，洋溢着一种昂扬向上的人生态度。"人生长恨水长东"，这是不可抗拒的自然规律。谁说青春不能回来呢？门前的流水不也可以向西流吗？老当益壮、自强不息的精神，往往能焕发出青春的光彩。"坡公韵高，故浅浅语亦自不凡"，一组比喻，发出了青春的动员令。

市委书记刘雪荣是善用比喻的高手。他曾以车为喻，阐释市委、市政府的重大决策部署。市委四届一次全会提出的开创战略，是开放先导、创新驱动、一区两带、试验跨越的集合体。这话听起来有些深奥。为了使深奥的道理通俗易懂，刘雪荣用开汽车来打比方："开放先导"是方向盘（方向），"创新驱动"是发动机（动力），"一区两带"是车身（载体），"试验跨越"是高速公路（路径）。三拳两下，把艰深难懂的理论阐释得明白透彻，全市上下家喻户晓、深入人心。

在论述金融发展对经济发展的作用机制时，刘雪荣说得更加直观形象：金融是经济发展的助推器，不用，我们就是开汽车，再快也就一百多公里；用了，我们就是开飞机，时速可达八九百公里。做好金融工作的重要性不言而喻。

在日常工作中，我们少不了要和金融系统打交道，但很多人对金融部门各自的职责往往说不清、道不明。刘雪荣用体育比赛来设喻：市政府金融办是领队，人民银行是教练，银监局是裁判，工农中建交等商业银行是运动员。一组比喻化平为奇，加深了我们对复杂事物本质的理解。

比喻不仅是语言中的盐，耐人寻味，也是工作中的魔杖，使理论之树常青。

（《黄冈日报》2013年11月1日）

解读《遗爱亭记》

2013年6月15日，湖北黄冈市委书记刘雪荣在《黄冈讲坛》以《东坡逸事说遗爱》为题，做了一场精彩讲座。为了弘扬东坡文化，彰显遗爱精神，6月29日，黄冈日报《新周末》全文发表了刘雪荣同志的讲座整理稿，并在报眼显要位置刊登了苏轼《遗爱亭记代巢元修》（以下简称《遗爱亭记》）原文和题解，供广大市民学习参考。

苏轼一生著有《东坡全集》一百多卷，遗留二千七百多首诗，三百多首词和许多优美的散文，仅在黄州生活的四年又四个月（宋神宗元丰三年至元丰七年，含两个闰月，公元1080年1月至1084年3月），共作诗二百二十首，词六十六首，赋三篇，文一百六十九篇，书信二百八十八封，共计七百四十六篇。《遗爱亭记》在苏轼的整个创作中地位并不十分突出，由于遗爱湖公园的建设，黄冈人对这篇短文却情有独钟。

《遗爱亭记》正文一百七十四字，一般选本分为一段或两段，为便于理解和记忆，我们分为六段，抄录如下：

> 何武所至，无赫赫名，去而人思之，此之谓"遗爱"。
>
> 夫君子循理而动，理穷而止，应物而作，物去而复，夫何赫赫名之有哉！
>
> 东海徐公君猷，以朝散郎为黄州。未尝怒也，而民不犯；未尝察也，而吏不欺；终日无事，啸咏而已。
>
> 每岁之春，与眉阳子瞻游于安国寺，饮酒于竹间亭，撷亭下之茶，烹而饮之。
>
> 公既去郡，寺僧继连请名。子瞻名之曰"遗爱"。
>
> 时谷自蜀来，客于子瞻，因子瞻以见公。公命谷记之。谷愚朴，羁

旅人也，何足以知公？采道路之言，质之于子瞻，以为之记。

《遗爱亭记》开篇设问，引出文眼。"武"是脚步、足迹的意思（一说：何武，人名，西汉大臣）。这段文字有人解释为竹间亭很平凡，游而去之，思而得名为"遗爱"。也有人解释为有才华的人无论到何处，虽然没有显赫的名声，但他离去之后老百姓都会思念他，这就是所谓的"留下仁爱"。刘雪荣同志在讲座中做了很好的解读：一个施仁政、施德政的领导干部调走了，尽管没有很大名气，老百姓还怀念他，这就叫"遗爱"，应该最符合原意。

徐君猷是个不折腾、不扰民的好官。他遵循事理而行动，事理穷尽行动就终止，应对客观事物而作为，事情完毕就回到常态。就是这样一个奉行顺应自然、清静无为执政理念的黄州知府，从不迁怒百姓，而百姓也不会违背他的意愿，从不苛责官吏，而官吏也没有欺瞒他，终日无事，就喜欢吟诗作赋而已。寥寥数语，一个深得百姓拥戴的地方官员为官一方的吏治作风跃然纸上。

苏东坡因"乌台诗案"谪居黄州，与徐君猷很快成为好朋友，接连三年春天，徐君猷都与苏东坡一起去安国寺游玩，在竹林间的亭子里喝酒品茶，其乐融融。

《遗爱亭记》的写作时间，丁永淮、梅大圣先生认为写于元丰五年（1082）四月，饶学刚先生则认为写于元丰六年（1083）十一月。从文中记载的事件看，文章应该写于黄州太守（知府的别称）徐君猷离任之后且赴湖南上任之前这段时间，而且亭名都是"公既去郡，寺僧继连请名。子瞻名之"。徐君猷是什么时候离任的呢？元丰五年重阳节，苏东坡与徐君猷游栖霞楼后作《醉蓬莱·重九上君猷》词送别："余谪居黄，三见重九，每岁与太守陈君式会于栖霞。今年公将去，乞郡湖南。念此惘然，故作此词。"徐君猷不久于湖南任上去世，元丰六年十一月，徐君猷丧过黄州，苏轼悲恸地写下《祭徐君猷文》。徐君猷赴湖南之前，"客于子瞻"的巢谷（字元修）"因子瞻以见公，公命谷记之"。所以《遗爱亭记》的写作时间不会在徐君猷去世之后，也不会是元丰五年的四月，而是在元丰五年重阳节前后。

下面，我们按时间顺序叙述一下这篇记文。

北宋神宗元丰五年（1082）重阳节前后，徐君猷要离开黄州赴湖南上任，安国寺僧首继连怀念太守，特请苏东坡为他们常聚坐的安国寺竹间亭取个名字，并题额留念。苏东坡觉得遭贬谪来到黄州后，时时得到太守照顾，先借给他临皋亭安身，又拨给他土地养家，还经常请他喝酒品茶，而且太守为官清廉，有益乡间，政声人去后，民意闲谈中，苏轼便给竹间亭取名为"遗爱亭"。当时苏东坡的同乡好友巢谷来黄州探望，住在苏东坡家里，于雪堂作馆，教授他的两个儿子苏迈和苏过，苏东坡便把巢谷介绍给太守，太守嘱巢谷给遗爱亭写一篇记。苏东坡体察到太守的意思，认为巢谷少文采，又是个漂泊在外的人，对徐太守不很了解，于是代巢谷写了这篇《遗爱亭记》。

我曾与一位学者交流《遗爱亭记》的学习体会，学者提出"谷愚朴，羁旅人也，何足以知公"似乎为巢谷所加，巢谷认为自己愚钝，担当不起徐君猷的赏识。是不是巢谷所加不好断言，但至少可以理解为这是巢谷对自己的评价，于是他收集了一些百姓的言谈，向东坡先生咨询，苏东坡代他写下了这篇记。

关于第一个提出写这篇记的人，饶学刚先生在《苏东坡黄州诗文正误之十二》中认为，徐君猷已离黄州去湖南，苏东坡与巢谷照旧去安国寺，与继连饮酒于竹间亭，畅叙友情，为了颂扬徐太守的功德，感谢他给黄州人民的厚爱，应继连之请，苏东坡将竹间亭命名为"遗爱亭"。继连又请巢谷作文纪念，由于巢谷不善文笔，苏东坡只得代劳，作《遗爱亭记》。其他地方也看到过这样的说法。这个问题归结到对原文中"公"的理解。"公"均指徐君猷，怎么又指继连和尚呢？

苏轼的思想比较复杂，儒家思想和佛老思想在他的世界观的各个方面既矛盾又统一。他终身从政，多次遭贬，历任地方官吏，对人民生计颇为关怀，卓有政绩，但对为官清静、无为而治的黄老思想又心向往之。他重视文学的社会功用，但作品往往流露达观放任、忘情得失的消极思想。他在政治上虽屡屡受挫，但在文艺创作上始终孜孜不倦，没有走向消极颓废的道路。这篇短文以亭记人，太守与亭浑然一体，作者与笔下的人物交相辉映，见亭见人见自己，是苏轼世界观、人生观、价值观的真实写照，也是苏轼留给黄冈人民的一笔宝贵的精神财富。

（《黄冈日报》2013年8月17日）

下功夫办好广播新闻

黄冈人民广播电台是黄冈市委、市政府的喉舌，具有强大的宣传功能、导向功能、教育功能和服务功能。这些功能靠众多的节目来实现，但主要体现在新闻栏目里。《黄冈新闻联播》是黄冈人民广播电台的主打新闻栏目，每年播发稿件近万条，是全市人民了解党的路线、方针、政策，了解市委、市政府的重大工作部署，了解全市经济、政治、文化、社会、生态和党的建设等各方面大事的重要窗口。因此，办好黄冈人民广播电台的《黄冈新闻联播》节目尤为重要。

黄冈人民广播电台建台不到二十年，自办新闻节目不断成长，外宣工作也取得了长足的进步，在省台、中央台用稿进入全省前列，得到了领导和听众的认可。新形势下，黄冈人民广播电台要高举旗帜、围绕大局、服务人民、改革创新，坚持正确舆论导向，提高舆论引导能力，营造良好舆论环境，更好地发挥宣传党的主张、弘扬社会正气、通达社情民意、引导社会热点、疏导公众情绪、搞好舆论监督的重要作用，努力使新闻节目特别是《黄冈新闻联播》内容更丰富、形式更活泼、服务更主动、反应更快捷、特色更鲜明、指导更有力、群众更欢迎。要实现这个目标，需要在以下几个方面下功夫。

在增强新闻的敏锐性和判断力上下功夫。办好广播新闻，必须依靠记者、编辑。记者和编辑的新闻敏感性和判断力是最重要的基本功。要善于见微知著，善于在事物处于萌芽状态时发现其意义，在事物的变化中把握其发展趋势和规律，增强新闻的敏锐性和判断力。这就要求记者、编辑必须加强学习，与时俱进，解放思想，更新观念，尤其要懂理论、懂政策，既要掌握马克思主义基本原理，又要善于用这些原理来分析问题、解决问题；既要了解重大政策的内容内涵，又要了解出台政策的背景目的；既要努力使自己成为新闻工作的专家，又要广泛涉猎，成为博学多识的杂家。当前，要深入学习十八大精神，深入学习中国特色社会主义理论体系，对于党的基本政治路线、重大原则问题、重要方针政策，要有正确的立场、鲜明的观点和坚定的态度，进一步引导全市人民群众增强道路自信、理论自信、制度自信。特别是要认真学习、深刻领会中央政治局关于改进工作作风、密切联系群众的八项规定，改进全市性重大会议、重大活动和领导同志调研等活动的新闻报道，善于从会议中挖掘有新闻价值的重要内容，从活动中提炼有新闻价值的报道素材，突出新闻性、指导性和导向性，防止把新闻节目办成工作简报。

在增强新闻的深刻性和说服力上下功夫。新闻节目要有较强的思想性和说服力，这是广播媒体发挥宣传、导向、教育、服务功能的必然要求。广播节目稍纵即逝，要使听众对广播新闻入耳、入脑、入心，受启发、受教益、受鼓舞，必须善于了解听众的心理和需要，必须在新闻节目的思想性、深刻性上下功夫。这就要求记者、编辑必须勤于思考，首先要准确判断某一新闻的"内核""新闻眼"在哪里，然后围绕"内核""新闻眼"对获取的信息资料进行去伪存真、去粗取精的筛选和由表及里、由浅入深的分析，通过典型解剖、点面结合，摆事实、讲道理，提示本质、提取精华，使听众心服口服，增强说服力。提高舆论引导能力，必须树立问题意识，善于发现问题、提出问题、直面问题、研究问题、回答问题，积极推动问题解决。黄冈是革命老区，也是全国集中连片的贫困地区，黄冈干部群众在全面建成小康社会的伟大实践中，后发赶超的信心有没有、劲头足不足、办法多不多，与媒体的影响力和说服力息息相关。当前，要注重巩固和壮大我市积极健康向上的主流思想舆论，把市委、市政府的声音传播好，把黄冈社会的主流展示好，把全市人民群众的心声反映好，集聚推动发展的正能量。

在增强新闻的导向性和推动力上下功夫。广播新闻要充分发挥动员群众、宣传群众、教育群众、鼓舞群众、推广典型、推动工作的重要作用，必须紧扣中心、紧跟重心、紧贴民心。紧扣中心，就是紧紧围绕市委、市政府的中心工作来开展新闻宣传；紧跟重心，就是全力服务市委、市政府各个不同时期的重要工作、重大活动、重点工程；紧贴民心，就是反映人民群众在贯彻落实市委、市政府重大工作部署中在干什么、盼什么、思什么、想什么。广播新闻必须在"中心""重心"和"民心"上找结合点、着力点、切入点。偏离"中心"是失职，离开"重心"是失责，脱离"民心"是失败。因此，必须精心策划、精心组织、精心实施，了解上情、研究市情、吃透下情，一个时期一个主题，一个阶段一个重点，一期节目一个亮点，采取专栏、专访、系列报道、连续报道等多种形式，集中火力，形成声势，把市委、市政府的中心工作和各个时期的工作重点聚焦、升温、炒热、放大，推动黄冈市全面建成小康社会的伟大历史进程。今年是全面贯彻落实十八大精神的开局之年，是实施"十二五"规划承前启后的关键一年，也是黄冈市大力实施开创战略，奋力推进跨越发展，加快建设富裕文明新黄冈的重要一年。黄冈人民广播电台要深入宣传黄冈市全面实施开创战略，大力推进新型工业化、新型城镇化、农业现代化，全力打造红色黄冈、绿色黄冈、富裕黄冈，奋力推进跨越式发展，努力实现"三个跨越""三个崛起""三个提升"的奋斗目标和重大战略部署，为继续解放思想、坚持改革开放、推动科学发展、促进社会和谐营造良好舆论氛围。

在增强新闻的纪实性和震撼力上下功夫。真实是新闻的生命，声音记录时代。纪实性是广播新闻的优势，也是市级广播新闻工作者在采访、制作过程中经常碰到的一个难点。随着科技的进步、工作条件的改善和生活节奏的加快，传统的"新闻是新近发生的事实的报道"的定义已发展成为"新闻是正在发生的事实的报道"，甚至是"新闻是即将发生的事实的报道"。《黄冈新闻联播》记录黄冈声音、传递时代脉动，应尽可能地借鉴电视新闻的手法，学习中国百家城市广播电台协作体《纪实六十分》的表现形式，尽可能地把新闻的全过程和各个细节展现出来，多用录音报道，多用现场报道，让听众有一种身临其境的感受，增强节目的可听性和震撼力。这就要求我们深入开展"三项学习教育"活动，扎实推进"走基层、转作风、改文风"活动，认真落实"三贴近"原则，弘扬职业精神，恪守职业道德，努力提高记者、编辑的执业水平。要不断创新机制，最大限度地调动采编人员深入基层、深入生活、深入群众发掘新闻"捉活鱼"的积极性。

在增强新闻的艺术性和感染力上下功夫。广播新闻和其他媒体新闻一样，内容必须客观真实，但在表现形式上要讲求艺术性，精心制作，体现听觉艺术的独特魅力。要注重声音的丰富性，记者要坚持"出声"，经常听到记者的声音，避免播音员单一念稿。要多用采访录音，增强新闻的真实性。要注重音效，增强现场感和感染力、穿透力。

（《黄冈日报》2013年1月17日）

推进走基层、转作风、改文风

　　基层，是新闻报道的源头活水。为深入开展"走基层、转作风、改文风"活动，根据市委宣传部指示精神，黄冈人民广播电台最近派出十多人的采访报道团，分五个采访报道组，深入武穴市刊江办事处，以"访民生、问民情"为主题，开展了为期两天的"2013记者走基层"大型主题采访活动。

　　采访团由台主要领导带队，进村入户访农情，与农民同吃、同住、同劳动，深入了解农村基层干部和农民群众当前工作和生产生活情况，把话筒对准基层、对准群众，让农民成为报道的主角，采用体验式、跟进式、记录体等报道形式，抓细节、找故事，用群众看得见的事实和真实感受，关注发生在老百姓身边、与他们生活息息相关的事件，真实反映农村的生产生活状况和农民心中的"中国梦"，采制了一批有分量、有深度、真实鲜活的广播新闻作品。

　　走基层、转作风、改文风，是新的历史条件下贯彻党的群众路线的生动实践，是坚持新闻"三贴近"原则的有效载体，也是贯彻中央"八项规定"的具体举措。坚持"走转改"，有利于坚守新闻宣传的职业道德和专业精神，有利于发现和利用新闻富矿，有利于创作出更多的新闻精品，有利于锻炼新闻从业人员队伍。黄冈人民广播电台是市委市政府和全市人民的喉舌，"记录黄冈声音、传递时代脉动"是办台的根本宗旨。为了更好地担当起党和人民赋予广播电台的神圣职责，必须深入推进走基层、转作风、改文风。

　　走基层、转作风、改文风，贵在走、难在转、重在改。"走"是前提、路径，"转"是观念、态度，"改"是目的、落脚点。黄冈电台将认真总结这次"访民生问民情——2013记者走基层"大型主题采访活动的经验，建立深入走、不断走、长期走的长效机制，切实转作风、改文风，努力提高新闻报道的吸引力、感染力，更好地发挥广播电台的喉舌功能和桥梁纽带作用，服务红色、绿色、发展、富裕"四个大别山"建设，推进我市强工兴城、强农兴文"双强双兴"战略。

（《黄冈日报》2013年4月15日）

改进广播新闻报道文风

    2012年12月4日，中央政治局会议审议的关于改进工作作风、密切联系群众的八项规定，对改进新闻报道文风提出明确要求。2012年12月16日，中共黄冈市委出台了贯彻落实中央八项规定的意见，市委办公室、市政府办公室制定了实施细则。今年以来，市委书记刘雪荣大力倡导"八简两风"，也涵盖了改进新闻报道文风的要求。近半年来，我市各地各新闻单位认真贯彻落实中央和市委的要求，把改进新闻报道文风作为宣传贯彻党的十八大精神、深入推进全面实施"开创"战略、突出"双强双兴"重点、开展"三大行动"、建设"四个大别山"的一项重要任务，新闻宣传出现了可喜的变化。

    广播是听觉的艺术，用声音记录时代、传递信息，具有传播速度的即时性、传播范围的广泛性、收听方式的随意性、受众层次的多样性、制作播出的灵活性等许多优点，但稍纵即逝，看不见、摸不着，一听而过，不能留存，在媒介业态高度发达的今天，往往容易被弱势化。因此，作为黄冈市主流媒体的黄冈人民广播电台，如何重振广播雄风，增强新闻节目的影响力、推动力，让广大听众爱听、常听，听得懂、记得住，入耳、入脑、入心，在切实改进新闻报道文风方面，比其他媒体面临着更为艰巨的任务。

    文风问题是一个历史问题。从汉代的辞赋，到魏晋六朝的骈文、明清时期的八股文，再到延安时期的党八股，文风问题是横跨中国文学史、思想史、政治史的一个问题，而且周期性不断地出现，成为一个社会纠结的常态问题。毛泽东当年曾对"华而不实""大而空"等党八股进行了痛斥，并对五四新文化运动以来的知识分子的文风进行了批判性的审视，号召作家、艺术家改变思想方式、情感方式和话语方式，走向民间，用人民大众喜闻乐见的文学艺术作品推动实现中华民族的全员动员。毛泽东的精辟论述，仍有很强的现实意义。

    文风问题是一个现实问题。文风是个人话语风格和信仰的体现。现实生活中，跟风是我们社会的一大顽症。在话语体系和表达方式上跟风，使文风问题现在成了一个大问题——常说的大话多，正确的废话多，严谨的套话多，漂亮的空话多，违心的假话多。表现在我们的新闻节目里，长而空的稿件多，空话连篇，言之无物，"西瓜大的壳、芝麻大的核""高度重视""亲自过问""积极应对""全力确保"等官话、套话不绝于耳，听众感到不可亲甚至反感。一些过于书面化的语言如"竞进提质"和一些同音字、同音词、音近词如"政治清明""正直亲民"，群众很难听懂，也拉大了与听众的距离。

文风问题是一个政治问题。文风问题不单纯是一个学术问题、社会问题，文风反映党风，不好的文风影响党的理论和路线方针政策在群众中的宣传贯彻。黄冈人民广播电台是市委、市政府的喉舌，要及时记录黄冈声音、传递时代脉动，黄冈人民广播电台的新闻如果群众都不爱听，也直接影响市委、市政府的形象。我们在报道全市性重要会议和主要领导的活动时，要聚焦主题、精心策划，充分运用同期声和现场声响等手段，多做录音报道、深度报道、新闻特写和现场连线，开展全方位、多角度、立体化的深度宣传，引导全市上下深刻理解和准确把握黄冈的发展旗帜、发展重点、发展布局、发展导向，把市委的决策转变为各级干部的自觉行动，激发全市人民加快发展的巨大热情。

"走转改"的落脚点是解决文风问题。基层，是新闻报道的源头活水。走基层、转作风、改文风，是当前我们广播新闻工作者面临的一个重要课题。"走转改"贵在走、难在转、重在改。"走"是前提、路径，"转"是观念、态度，"改"是归宿、目的。没有清新的文风，不出精品力作，"走"和"转"就走了过场、落了空。为切实改进新闻报道文风，今年黄冈人民广播电台先后派出数十人的采访报道团，深入武穴市刊江办事处和城东新区，以"访民生、问民情"和"与建设者同行"为主题，开展了"2013记者走基层"大型主题采访活动，把话筒对准基层、对准群众，采用体验式、跟进式、记录体等报道形式，采制了一批有分量、有深度、真实鲜活的广播新闻作品，播出后受到听众的广泛好评。实践证明，走基层、转作风、改文风，是坚持新闻"三贴近"原则、贯彻中央"八项规定"、切实改进广播新闻报道文风的有效举措。

改文风不是改变我们的话语体系。语言是交流思想的工具，不同的思想体系形成不同的话语体系。我们党在长期的革命、建设、改革实践中，形成了中国特色、中国气派、中国风格的话语体系，它承载着我们的价值观念和党的路线方针政策，体现了全党的统一和全国人民的共同意志。改进文风不是要改变甚至抛弃这种话语体系，而是改进它的表达方式，增强它的表现能力，提升它的传播力和影响力。广播新闻要以通俗、鲜活、生动的语言吸引听众，要既讲上级要求的"普通话"，又讲黄冈实际的"地方话"，既讲媒体通行的"流行语"，又讲广播独家的"客家语"，这是广播媒体对语体风格的特殊要求。

改文风要"四改""五要"。改文风的本质要求是求真务实，不光是解决怎么写、怎么说的问题，还要解决写什么、说什么的问题。改文风改什么？当前突出的是要改虚华之风、冗长之风、浅表之风、媚俗之风。改文风怎么改？一要"短"，多写短文章、小文章，多播短中见深、小中见大的好新闻。二要"实"，坚持说实话、写实情，注重实用性、指导性，杜绝大话、套话、空话、假话，不播内容空洞的稿子，不发一般工作性报道。三要"新"，善于发现新情况、新成就、新经验、新典型，提出新问题、新思路、新见解、新办法，充分发挥广播反应快捷的优势，第一时间到达新闻现场，第一时间发布权威信息，先入为主，"鲜"声夺人。四要"深"，深入生活、深入基层、深入群众，采制的作品有思想深度、有理论高度、有生活厚度、有推动力度。五要"活"，鲜活、生动、活泼，有情节、有故事、有现场感，说真话、说新话、说老百姓的话。

广播记者改文风要在两个方面下功夫。一是语体风格上相对于其他媒体，更应本土化、生活化、口语化。黄冈人民广播电台要坚持走基层、访群众、接地气，建立深入走、不断走、长期走的长效机制，切实转作风、改文风，努力提高新闻报道的吸引力、感染力，更好地发挥喉舌功能和桥梁纽带作用。二是要切实改进新闻报道形式。要大力推进新闻改革，改文字播报为录音报道，改一种声音为多种声音，改被动记录为主动发问，用最适合广播新闻的结构形式，记录好、反映好、宣传好、传播好黄冈推进新一轮科学发展跨越式发展的主旋律，努力使电台新闻办成"鄂东报道、黄冈声音"的黄冈新闻第一声。

（《黄冈日报》2013年5月3日）

持之以恒转作风

　　新闻工作是党的工作的重要组成部分。广播媒体是全面建成小康社会、实现中华民族伟大复兴中国梦的重要新闻手段、宣传工具和舆论机关。当前，黄冈市正处在"黄金十年"重要战略机遇期，市委四届七次全体扩大会议确立了黄冈发展的整体思路，黄冈人民广播电台以对党的事业高度负责的精神，迅速跟进，上下联动，走基层、转作风、改文风，深入宣传贯彻党的十八大精神，深入宣传贯彻省委、市委的重大决策战略部署，聚集正能量，提振精气神，为我市全面实施开创战略、突出"双强双兴"发展重点、开展"三大行动"、建设"四个大别山"，营造了良好的舆论氛围。

　　"走转改"贵在走、难在转、重在改。之所以难在转，是因为作风问题具有顽固性和反复性，容易陷入"转过来又退回去"的怪圈。思想是行动的先导，转作风是走基层、改文风的总闸门、总开关。要巩固和扩大黄冈人民广播电台"走转改"的积极成果，善始善终、善作善成，广播新闻工作者要持之以恒转作风。

　　深入开展马克思主义新闻观全员培训，持之以恒转变思想作风。近五年来，我们按照中央的统一部署和市委宣传部的具体安排，紧紧围绕党和国家的工作大局以及市委、市政府的中心工作，紧密结合新闻队伍的思想和工作实际，深入开展了中国特色社会主义理论体系、马克思主义新闻观、职业精神职业道德"三项学习教育"活动，全台从业人员在坚持用中国特色社会主义理论体系武装头脑的自觉性上有了新增强，在坚持党性原则、把握正确导向上有了新进步，在弘扬职业精神、恪守职业道德上有了新变化，在加强和改进新闻宣传工作上有了新成效，有力地推动了新闻队伍建设和新闻事业的健康发展。

　　最近，为贯彻落实党的十八大精神，全面加强马克思主义新闻观教育，不断提升新闻队伍整体素质，中宣部、中央外宣办、国家新闻出版广电总局、中国记协等部门决定在全国新闻战线深入开展马克思主义新闻观全员培训，并分别举办师资培训班。按照"分级分类、各负其责、不留死角、务求实效"的要求，我们组织全台采编人员认真学习马克思主义经典作家关于新闻工作的重要论述，重点学习党的十八大以来中央和省委、市委领导同志关于做好新闻报道和舆论引导工作的重要讲话，掌握马克思主义新闻观党性论、喉舌论、真实论、导向论、效益论、人本论、规律论和执政资源论等主要观点，掌握当前新闻宣传工作的方针原则、重点任务，引导新闻从业人员充分认识自媒体时代意识形态领域的复杂形势，认识坚持马克思主义新闻观是社会主义新闻事业健康发展的必然要求，是做好新时期新闻工作的重要基础，是党的新闻工作者科学正确世界观、人生观、价值观的具体体现，正确认识马克思主义新闻观与西方新闻观的本质区别，从而更加自觉地将马克思主义新闻观的要求落实到具体采编工作中。

深入开展马克思主义新闻观培训，持之以恒转变思想作风，核心立场是树立实事求是的作风。实事求是是党的思想路线，也是新闻工作者思想作风的灵魂。真实是新闻的生命，党的新闻事业通过真实、客观、全面的报道，帮助人们正确认识世界，进而有效改造世界。树立实事求是的作风，才能避免零碎地、孤立地反映局部真实、事件真实，做到全面地、系统地反映整体真实和本质真实，促使事物向着有利于中国特色社会主义的方向发展。我们广播新闻工作者一定要坚持从实际出发，到实地、报实情、讲实话、求实效，切不可作风漂浮、闭门造车、泡会议、抄材料、念报纸稿件、转电视录音，更不可作风浮躁、哗众取宠、求虚名、招实祸，坚决杜绝新闻报道"不沾边、不靠谱"。当下，在干部队伍中确实有一些人虚报浮夸、夸大政绩、掩盖问题，广播新闻工作者要增强免疫力和判断力，自觉抵制不良思想作风的侵蚀，维护新闻的真实性原则。

努力实践"三贴近"，持之以恒转变工作作风。贴近实际、贴近生活、贴近群众，是新闻宣传工作的重要指导原则，体现了实践第一的观点，贯穿着马克思主义的新闻观、世界观和方法论，凝结着党的新闻事业的优良传统和求真务实的科学精神。我们多年的办台经验证明，贴近实际才能采制出鲜活的新闻作品，贴近生活才能选择正确的报道角度，贴近群众才能提高节目的收听率。深入基层、深入生活、深入群众，是贯彻落实党的十八大精神和中央关于改进工作作风密切联系群众的"八项规定"、开展党的群众路线教育实践活动的必然要求，也是新闻宣传工作增强针对性、实效性和吸引力、感染力的根本实现途径。在黄冈市全面建成小康社会、实现科学发展跨越式发展黄冈梦的伟大历史进程中，新闻媒体必须大力倡导"三贴近"，积极鼓励"三贴近"，努力实践"三贴近"，切实担负起动员群众、服务群众、推广典型、推动工作的重要作用。

努力实践"三贴近"，持之以恒转变工作作风，根本要求是树立密切联系群众的作风。密切联系群众是我们党的优良传统和政治优势，是党的生命线和根本工作路线。广播新闻工作者树立密切联系群众的作风，首先要回答好"我是谁、为了谁、依靠谁"的问题。近年来，我们认真开展了"三谁"和"我是建设者"大讨论，全台员工明确了自己既是历史的记录者，又是先进文化的生产者、传播者，更是经济发展的建设者的角色与职责，不以无冕之王自居，一切为了群众，一切依靠群众，为人民服务，替人民负责，让人民满意。其次要深入推进走基层。要深入火热的现实生活和群众的日常生活中，多反映群众的利益要求，多宣传群众中涌现的先进典型，多报道群众的工作生活，从生活中挖掘生动事例，汲取新鲜营养，反映客观现实，把握社会主流。今年以来，我们连续开展了"记者走基层·访民情、问民生""聆听城东新区""与建设者同行""走进滨江新区·感受浠水速度""聚焦小池开放开发"等大型主题采访活动，有力地配合了市委、市政府的中心工作。6月下旬，我们与中央人民广播电台中国之声联合组织了以"践行中国梦·传递正能量"为主题的"记者走基层·挺进大别山"大型连线直播活动，利用中央权威媒体全面展现"四个大别山"的美丽风貌，向海内外隆重宣传推介大别山老区经济社会发展的重大成就，营造了强大的发展气场。最后要注重在报道新闻事实中体现正确导向。坚持用事实说话，用典型说话，用数字说话，在同群众交流互动中形成社会共识，在加强信息服务中开展思想教育，增强广播媒体的公信力和权威性。

大兴学习、调研之风，持之以恒转变学习作风。列宁曾经指出，新闻事业"应该成为社会主义建设的工具""不能是个人或集团的赚钱工具"。小平同志也告诫我们，新闻工作者"应当是人类灵魂的工程师，而不应该成为唯利是图的商人"。理论上的成熟和较宽的知识面是新闻工作者尽职履责的前提和保证。正如毛泽东所言，"一个人的知识面要宽一些，有了学问好比站在山上，可以看到很远很多东西。没有学问，如在暗沟里走路，摸索不着，那会苦煞人"。在信息爆炸式增长、形势飞速发展变化的时代，新思想、新事物不断涌现，广播新闻工作者处在意识形态领域的前沿，要以科学的理论武装人，以正确的舆论引导人，以高尚的精神塑造人，以优秀的作品鼓舞人，必须大兴学习之风，让学习成为一种生活方式、一种精神追求、一种政治责任，唯其如此，才能跟上时代脚步，才能在复杂多变的形势面前保持清醒的头脑和正确的舆论导向，才能适应"政治家办台"的要求。

新闻工作是一项实践性很强的工作，广播新闻工作者每天面临着繁重的采写、编辑、制作、播出任务，往往长于实践疏于理论，根据这种现状，多年来，我们坚持按照"干什么学什么、缺什么补什么、爱什么读什么"的原则，开办青年读书班和职工夜校，开展职工生日送书和有奖知识竞赛，组织新闻采编人员学习中国特色社会主义理论体系，学习党的路线和方针政策以及国家法律法规，学习党史国史，学习经济、文化和广播新闻采编播专业知识，学习省委、市委的重大决策和战略部署，努力建设学习型单位、学习型媒体，推动了事业和产业的发展。

随着现代通信技术飞速发展，信息不断涌现，新闻写作的条件比过去大为改善，成本也大大降低，在这种形势下，新闻工作者要把调查研究作为培育和弘扬良好学风的重要途径，大兴调查研究之风。调查研究实际上是一个向实践学习、向群众学习的过程。"没有调查研究就没有发言权。"广播媒体具有方便快捷的独特优势，广播新闻工作者随时随地都在发言，更要深入基层调查研究，第一时间到达第一现场，掌握第一手材料，采访第一人物，发出第一声音，还原第一真相，不能只当"二传手""搬运工"。我们要坚持开展蹲点调研和寻找最美人物、最美乡村、最美社区活动，采用体验式、跟进式、记录式等报道形式，采制有分量、有深度、真实鲜活的蹲点日记和新闻作品，小切口大主题，小故事大道理，小变化大成就，小人物大精神，聚集推动黄冈发展的正能量。

大兴学习之风、调研之风，持之以恒转变学习作风，基本方法是树立理论联系实际的作风。要坚决克服理论与实践相脱节、学习与运用"两张皮"的错误倾向，树立问题意识，找准理论与实践的结合点，用辩证的态度对待问题，用科学的方法分析问题，用正确的理论指导解决新闻实践问题，努力提高广播新闻宣传的理论含量，提高节目质量和办台水平。

（《黄冈日报》2013年8月8日）

加快建立应急广播体系

2013年4月20日8时02分，四川省雅安市芦山县发生7.0级地震，雅安人民广播电台、芦山广播电视台第一时间启动应急救援报道工作。4月22日，"国家应急广播·芦山抗震救灾应急电台"开播，中央、四川省、雅安市、芦山县四级广播电台联手协作、互相支撑，以调频和短波两种方式三个频率，面向芦山等几个受灾最重的县，实行全天二十四小时滚动播出。这是国家在发生重大灾害时，首次以"国家应急广播"为呼号，对灾区定向播出的应急广播，为灾区群众提供权威信息、行动指导、科普知识、沟通渠道和心理抚慰。由于广播方式多样、信息全面、及时准确，对芦山地区抗震救灾、稳定民心起到了巨大作用。黄冈是一个自然灾害、事故灾难等突发事件易发多发地区，应急广播体系的建立势在必行。

建立黄冈应急广播体系具有重大现实意义。

建立黄冈应急广播体系，是贯彻落实十八大精神的重要任务。应急广播体系是公共广播体系的重要组成部分，体现一个国家和地区在应对突发事件、重大灾害时的动员能力以及信息处理能力，是一个国家和地区、社会发展的重要标志。我国应急广播是国家在经历汶川和玉树等重大地震灾害后做出的重大决定，在电力、通信、信息传播被破坏和中断的情势下，广播电台发挥了主力军作用，因此应急广播成为国家应急体制中的重要组成部分。党的十七届六中全会提出，"建立统一联动、安全可靠的国家应急广播体系"，随后应急广播体系纳入国家"十二五"规划，要求统筹协调全国从中央到地方各级电台，建立与各种应急信息渠道的联通机制。十八大报告指出，"加强重大公共文化工程和文化项目建设，完善公共文化服务体系，提高服务效能"。建立应急广播体系，是黄冈市广电及相关部门贯彻落实十八大精神的一项重要任务，也是学习贯彻十八大、争创发展新业绩的一项具体举措。

建立黄冈应急广播体系，是保持社会和谐稳定、促进科学发展跨越式发展的重要工具。21世纪以来，我们经历了"非典""禽流感"等重大疫情事件，也经历了"三聚氰胺毒奶粉""瘦肉精"等重大食品安全事件，更经历了重大污染排放引起的群体疾病事件。当重大疫情发生时，应急广播系统如果及时准确地发布疫情的发展趋势，引导民众采取科学的应对手段，就能缓解社会对疫情的恐慌，阻击谣言传播，不会发生诸如碘盐可以防止核辐射而遭疯狂抢购的闹剧。当前，黄冈市进入"黄金十年"重要战略机遇期和全面建成小康社会决定性阶段，面临着空前难得的发展机遇。全市上下要凝神聚气谋发展，建立覆盖广泛的应急广播体系，有利于把握突发事件舆论主动权，确保黄冈市社会和谐稳定，促进经济持续快速健康发展。

建立黄冈应急广播体系，是完善公共文化服务体系的重要抓手。建立应急广播体系，要以完善公共广播体系为前提。公共广播体系是公共文化服务体系的重要组成部分。黄冈地处大别山南麓，长江中游北岸，独特的地域文化，为黄冈市广播事业的发展提供了丰厚的文化积淀。然而，全市东西狭长，除沿江丘陵平原外，有三分之二的面积为山区，而作为黄冈政治、经济、文化中心的黄州又处在全市的西部沿江地区，这样的地形地貌，不利于广播信号的覆盖，极大地制约了黄冈广播事业的发展。加上电视和互联网的冲击，传统的广播逐渐变成了"弱势媒体"。目前，在拥有七百四十万人口的黄冈市，就广播节目的信号覆盖而言，广播覆盖不如电视覆盖，本级覆盖不如上级覆盖，市级覆盖不如县级覆盖，中、短波覆盖不如调频覆盖，黄冈市公共广播体系建设仍面临艰巨任务。黄冈人民广播电台要借助建立应急广播体系的有利机遇，大力推进信号覆盖工程，尽快让全市范围内都能听到广播、听好广播。

建立黄冈应急广播体系，是防灾减灾避灾的重要平台。黄冈土地面积辽阔，地形地貌复杂，地质形态多样，气候复杂多变，自然灾害频发多发，给广大人民群众生命和财产安全造成严重威胁。因此，建立覆盖全市的应急广播体系，是人民群众防灾、减灾、避灾和政府组织抗灾、救灾的重要信息平台。

建立黄冈应急广播体系拥有充分有利条件。

党委、政府和应急救援部门高度重视信息发布和应急宣传是建立黄冈应急广播体系的根本前提。市、县（市、区）突发公共事件应急委员会，市、县（市、区）人民政府应急管理办公室，市、县（市、区）公安、消防、交警、卫生、地震、气象、环保、交通、国土、人防、水利、林业、农业、民政、财政、住建、商务、城管、安监、广电、经信等部门和供电、石油等企业应急救援成员单位，高度重视应急救援信息发布、应急救援知识和政策法规的宣传。根据省政府统一要求，针对一些市民防灾减灾意识淡薄、应急和自救互救知识缺乏的现状，黄冈人民广播电台与市应急办联合开办了《应急之声》专栏，自今年5月1日起正式开播，宣传防灾减灾知识，提高全社会防灾避险和自救互救能力，并建立了应急信息快速发布绿色通道，实时滚动插播应急公告信息，得到了各应急救援成员单位的大力支持与配合，受到了听众的广泛欢迎。

广播媒体影响力回升是建立黄冈应急广播体系的重要基础。广播是传统主流媒体，有着辉煌的历史。20世纪六七十年代，广播得到飞速发展，黄冈各地建起了有线广播网，为传达各级党委、政府的声音和丰富人民群众的精神文化生活起到了重要作用。80年代以后，由于重电视、轻广播，原有的广播系统遭到严重冲击。到90年代，那些过去随时可以响起来、到处可以听得见的农村广播基本上荡然无存。21世纪以来，随着汽车时代的来临，新环境和新技术的作用，广播的复兴在加快，黄冈广播媒体也开启了振兴崛起的新征程。黄冈人民广播电台开始走出困境，影响日益扩大，市区规模较大的超市、社区和奥康商业步行街、遗爱湖公园等人员密集场所，可以随时接入黄冈人民广播电台节目信号。一些停播、半停播的县市人民广播电台如麻城、武穴、浠水、蕲春、黄梅、罗田、英山等地先后恢复播出，重振了人们的收听习惯和信心，发挥了其他媒体不可替代的作用。

关键时刻用得上、靠得住是建立黄冈应急广播体系的必然选择。当发生重大自然灾害、突发事件、公共卫生与社会安全等突发公共危机时，只有应急广播才能提供快捷的信息传输通道，第一时间把灾害消息或灾害可能造成的危害告诉给人民群众，让人们在第一时间知道发生了什么事情，应该怎么撤离、避险，并有效组织救援，将生命财产损失降到最低。其他媒体无法像应急广播这样反应迅速、传输可靠、接收方便。

建立黄冈应急广播体系具备主要现实路径。

加强市、县人民广播电台标准化、正规化建设。应急广播具有公共性、普遍性、免费性的特点。通常情况下，公共广播体系只是作为一种公共文化信息的传输通道。当环境发生改变，出现重大自然灾害、突发事件等情况时，这一信息传输通道即可变成应急广播体系，二者相辅相成。由于自身造血功能不足，财政投入有限，黄冈市、县两级人民广播电台事业建设明显滞后于同级电视台，离标准化、正规化办台要求，还存在较大差距。如普遍没有应急电源，没有备份发射机，一旦断电和发射机出现故障，就无法播出，市、县（市）电台要尽快解决这些问题。

建立黄冈市广播电视发射基地。黄冈人民广播电台目前仍在市广电大楼楼顶发射，仅在武穴九龙城建立了一个差转站，市直也没有理想的广播电视综合发射塔。建立应急广播体系，当务之急是选择地理位置比较适中、海拔较高的山头建立广播电视发射基地，从根本上解决黄冈人民广播电台覆盖范围不广的问题。

配备黄冈市应急广播直播车。黄冈人民广播电台是地级中型台，要积极争取配备广播直播车，平时用于直播和随行广播，服务市委、市政府的中心工作，应急情况下，增强指挥机关机动快速反应能力和与中央、省、县三级广播电台协同作战的能力。

加快全市城乡广播信号接收终端建设。全市城区街道、广场、公园要架设音箱，接入广播电台节目信号，建立村级广播室，恢复农村广播网，保证全市城乡在发生突发事件时，能够及时收听应急广播。

（《黄冈日报》2013年5月9日）

传递黄冈好声音

市委书记刘雪荣同志10月10日在全市宣传思想工作会议上的重要讲话，贯穿了习近平总书记在全国宣传思想工作会议上提出的一系列新思想、新观点、新论断，明确了新形势下我市宣传思想工作的方针原则、目标任务和工作要求。深入贯彻全市宣传思想工作会议精神，为我市经济社会发展提供强大的舆论支撑，凝聚发展正能量，传递黄冈好声音，是摆在我们面前的一项十分光荣而紧迫的任务。

深入开展马克思主义新闻观全员培训，打牢做好新闻宣传工作的理论根基。马克思主义新闻观是马克思主义理论在新闻领域的集中体现，是中国特色社会主义新闻事业的根本指针。今年以来，我们通过职工夜校、青年读书班、专题报告会和知识竞赛等多种形式，组织全台采编人员认真学习马克思主义经典作家关于新闻工作的重要论述，重点学习党的十八大以来中央和省委、市委领导同志关于做好新闻报道和舆论引导工作的重要讲话，学习全国、全省、全市宣传思想工作会议精神，掌握马克思主义新闻观党性论、喉舌论、真实论、导向论、效益论、人本论、规律论和执政资源论等主要观点，引导新闻从业人员充分认识坚持马克思主义新闻观是社会主义新闻事业健康发展的必然要求，是做好新时期新闻工作的重要基础，是党的新闻工作者科学正确世界观、人生观、价值观的具体体现。我们要深入持久地开展马克思主义新闻观学习教育，打牢做好新闻宣传工作的理论根基，始终坚持团结稳定鼓劲、正面宣传为主的方针，牢牢把握正确的舆论导向，唱响主旋律，传播正能量，充分发挥正面宣传鼓舞人、激励人的作用，提高舆论引导水平。特别是听众参与的服务类和舆论监督类栏目，如《方向盘红绿灯》《行风热线》等，要始终坚持用心倾听、用心解答、用心沟通、用心办理、用心反馈，听百姓说话，为群众解难，做到件件有着落，事事有回音，更好地发挥桥梁纽带和正面引导的作用。

深入推进"走转改"，努力实践"三贴近"。基层是新闻报道的源头活水。走基层、转作风、改文风，是新的历史条件下贯彻党的群众路线的生动实践，是坚持新闻"三贴近"原则的有效载体，也是贯彻中央"八项规定"的具体举措。"走转改"，贵在走、难在转、重在改。今年以来，我们连续开展了"记者走基层·访民情、问民生""聆听城东新区""与建设者同行""走进滨江新区·感受浠水速度""聚焦小池开放开发"等大型主题采访活动，把话筒对准基层、对准群众，让群众成为报道的主角，采用体验式、跟进式、记录体等报道形式，抓细节、找故事，用群众看得见的事实和真实感受，关注发生在老百姓身边、与他们生活息息相关的事件，采制了一批有分量、有深度、真实鲜活的广播新闻作品，并结集公开出版，有力地配合了市委、市政府的中心工作。我们还与中央人民广播电台中国之声联合组织了以"践行中国梦·传递正能量"为主题的"记者走基层·挺进大别山"大型连线直播活动，利用中央权威媒体全面展现"四个大别山"的美丽风貌，向海内外隆重宣传推介大别山老区经济社会发展的重大成就，营造了强大的发展气场。坚持"走转改"，有利于坚守新闻宣传的职业道德和专业精神，有利于发现和利用新闻富矿，有利于创作出更多的新闻精品，有利于锻炼新闻从业人员队伍。我们要不断总结"走转改"的成功经验，加强薄弱环节，建立深入走、不断走、长期走的长效机制，切实转作风、改文风，努力提高新闻报道的吸引力、感染力，更好地服务我市"强工兴城、强农兴文"发展战略。

深入开展"我是谁、为了谁、依靠谁"大讨论，当好社会主义建设者。"三谁"的讨论我们从前几年就开始了，着重解决摆正位子、明确职责和动力源泉问题。从今年3月下旬起，根据市委宣传部的统一部署，我们在全台开展了"我是建设者"大讨论，进一步弄清"我是谁、为了谁、依靠谁"，牢固树立社会主义事业建设者、时代记录者、优秀文化生产者和传播者的角色意识。这次大讨论，我们没有把讨论成果停留在认识层面上，而是同新闻宣传工作具体实践紧密结合，以宣传效果看讨论成果，全台新闻采编人员摘下"无冕之王"的高帽，戴上"建设者"的草帽，脱去办公室的皮鞋，穿上田间地头的套鞋，用激情燃烧自己，用理性奉献社会，以建设者的心态、姿态、形态记录黄冈声音，传递时代脉动。针对黄冈人民广播电台新闻宣传工作存在的突出问题，如主题宣传上一般性报道多、深度报道少，对领导机关的会议和活动报道多、服务基层和群众的报道少，简单传达上级精神的报道多、反映基层和群众创造的报道少，各县市和各部门的报道多、全市性综合性报道少，口播报道多、录音报道少，要认真贯彻全市宣传思想工作会议和这次座谈会精神，学习借鉴《黄冈日报》、《鄂东晚报》、黄冈电视台等媒体的经验，巩固和扩大"走转改"成果，以"短、实、新、深、活"的文风增强宣传效果，用实实在在的贡献赢得属于建设者的荣光。

（《黄冈日报》2013年11月21日）

打造有思想的广播新闻媒体

2014年1月20日，国家新闻出版广电总局发文，同意黄冈人民广播电台开办一套新闻综合广播，播出时呼"黄冈人民广播电台新闻综合广播"，同时批准了频率等相关技术参数，并要求落实规范管理，确保广播节目质量，做好有效覆盖，切实服务于当地经济社会发展，满足人民群众的精神文化需求。

黄冈市新闻综合广播呼号、频率获得国家新闻出版广电总局的批准和正式开播，这是黄冈市广播电视事业建设取得的又一重大历史性突破，更是黄冈人民广播电台发展史上具有里程碑意义的标志性事件。当今媒体竞争日益激烈，广播媒体面临新的机遇和挑战。我们要以此为契机，紧紧围绕市委市政府的中心工作，全力办好新闻综合广播，使新闻宣传内容更丰富、形式更活泼、反应更迅速、特色更鲜明、指导更有力、听众更欢迎。

党的十八大以来，黄冈市广播新闻宣传工作者深入学习贯彻党的十八大和十八届二中、三中全会精神，学习贯彻习近平总书记系列讲话精神，学习贯彻全国、全省、全市宣传思想工作会议精神，紧紧围绕党和国家工作大局，围绕市委、市政府中心工作，大力推动新闻宣传工作改进创新，新闻文风展现新气象，报道方式呈现新亮点，热点引导开辟新途径，广播新闻宣传取得了新进展、新成效。

时政报道简洁活泼。认真贯彻中央八项规定、省委六条意见和市委实施细则，根据工作需要、新闻价值和社会效果改进时政报道，在数量、篇幅、时长上做"减法"，在内容上做"加法"，既体现了市委"八简两风"的要求，使报道更加简练，又注重现场描写，充分利用现场音响和同期声增强表现力，挖掘生动细节，丰富信息量，增强了报道的现场感、纪实性和吸引力、感染力。

主题宣传生动鲜活。紧紧围绕市委、市政府重大决策部署、重要会议活动、重大发展成就精心组织策划，主题鲜明、基调昂扬、声势浩大。去年，我们与各县市联合组织了八次大型主题采访，特别是在市委宣传部的重视、指导和支持下，我们与中国之声和各县市宣传部、广播电台联合组织了两次大型主题采访连线直播，利用中央权威媒体全面展现"四个大别山"的美丽风貌，向海内外隆重宣传推介大别山老区经济社会发展的重大成就，营造了推进"双强双兴"的强大发展气场。

典型宣传质朴感人。集中宣传了田晶晶、汪新民、朱金中等黄冈市第二届道德模范，段金寅、刘锦秀、程志芳等"农行杯"感动黄冈十大人物，王金初、田祥生、龚太林等优秀基层党员干部的代表，以及全市各地、各行各业、各条战线的先进典型，积聚了践行社会主义核心价值观、践行中国梦、践行党的群众路线的强大正能量。

评论力度不断加大。针对群众关心的社会现实问题和热点难点问题，发挥主流媒体的评论优势，开办《每周评论》《广播杂谈》等专栏，以微言见大义，启心智、发新声，正面回应、正确引导，既讲清"怎么看"，又回答"怎么办"，倡导主流价值，打造思想高地，提升了舆论引导能力。

媒体融合步伐加快。全面改版黄冈广播网，打造鄂东第一信息发布平台，实施"台网互动—台网联动—台网一体""三步走"战略，加快传统媒体向新兴媒体扩展延伸，加强与《黄冈日报》、《鄂东晚报》、《黄冈周刊》、黄冈电视台、黄冈新闻网、黄冈新视窗的互动融合，实现了音频节目多渠道、多平台呈现，拓展了广播业态。

当然，黄冈市广播新闻宣传也还存在着浅、露、偏等一些突出问题。"浅"，就是缺少思考，就事论事，没有思想深度、理论高度和生活厚度；"露"，就是穿靴戴帽，过于显形，生硬地说教；"偏"，就是抓不住要领，遗漏了珍珠，题不及义，甚至打了横炮。也就是说，广播新闻的含金量还不高，主要是思想理论含量不高。

提高广播新闻宣传的思想理论含量，是当前提高黄冈市广播新闻宣传整体质量的关键。从我们的自采稿件和各县市台的供稿来看，我们对"一元多层次"发展战略体系的宣传、开创战略的宣传、突出"双强双兴"发展重点的宣传、高举"四个大别山"发展旗帜的宣传，处理好"老"与"新"的关系的宣传，坚持市场、绿色、民生三维纲要的宣传，实施分类指导推动县域经济跨越发展的宣传，很多道理没讲清、没讲深、没讲全、没讲透，甚至没讲对，很难让省委、市委的决策部署入脑入耳入心。比如讲"四个大别山"，讲红色资源多，讲红色精神少；讲绿色资源多，讲绿色理念少；讲发展速度多，讲发展质量少；讲物质富裕多，讲精神富裕少，而后者恰恰是我们应该大力传承的宝贵精神财富和需要树立的现代理念。广播新闻的思想理论含量不高，说到底是我们采编人员的理论功底不足，理论修养上缺"钙"。

提高广播新闻宣传的思想理论含量，是政治家办台的客观要求。我们采制一条新闻，必须站在政治家的高度，引导听众进行理性的思考和分析，让听众领会我们为什么要做这条新闻，这条新闻有什么价值，有什么指导作用和借鉴意义，从而更好地统一人们的思想，引导人们更加坚定地坚持和发展中国特色社会主义。在如今自媒体时代，提高广播新闻宣传的思想理论含量，也是弘扬主旋律的现实抉择。

提高广播新闻宣传的思想理论含量，必须提高广播新闻工作者的理论水平。江泽民在视察人民日报社时的讲话中指出，新闻战线的同志要打好"五个根底"，第一就是打好理论路线根底。黄冈市广播新闻工作者，往往长于工作、疏于学习，长于新闻、疏于理论，长于实践、疏于研究，这种现象要努力加以改变。以其昏昏，不能使人昭昭。从事广播新闻宣传工作的同志，要老老实实地下一番真功夫、苦功夫，切实打好理论路线根底、政策法规纪律根底、群众观点根底、知识根底、新闻业务根底。人民出版社出版的《新闻记者培训教材2013》上、下册，内容包括中国特色社会主义、马克思主义新闻观、新闻伦理、新闻法规、新闻采编规范、防止虚假新闻等培训课程，以及有关法律、法规、规章等学习参考资料和新闻单位采编规范，是我们基层广播新闻工作者一部难得的教科书，要系统学、反复学、深入学，不断把我们新闻采编工作提高到一个新水平。

提高广播新闻宣传的思想理论含量，必须尊重新闻传播规律。马克思主义新闻观的一个重要内容就是承认新闻传播规律，注重新闻价值。胡锦涛在人民日报社考察时的讲话中指出，"要坚持用时代要求审视新闻宣传工作，按照新闻传播规律办事"。2012年12月4日，中央政治局审议通过的"八项规定"，明确提出"新闻价值"这一概念，表明我们党承认新闻价值也是一种新闻传播规律。事实的发生与听众的心理距离越近、利益越关切，越具有心理替代性的故事性事实、越具人情味，越能表现人的情感的事实，越具有新闻价值。春节过后，《黄冈日报》刊载的全市各级领导干部的《民情日记》，我们开辟专栏进行播发，受到广泛的好评。按新闻规律办事，要不断创新观念、创新内容、创新形式、创新方法、创新手段，努力使新闻宣传工作体现时代性、把握规律性、富于创造性。我们要始终保持在路上、在现场的工作状态，深入推进"走转改"，"走"基层贴近实际，"转"作风贴近群众，"改"文风贴近生活，多做接地气、有思想、好听的节目，不断提高广播新闻的权威性、公信力、影响力。

办好黄冈市新闻综合广播，要牢固树立新闻立台的观点。黄冈人民广播电台新闻综合广播贯彻新闻立台的思想，主打四大板块新闻栏目：早间为中国之声、湖北之声、黄冈人民广播电台综合新闻板块；上午为民生新闻、记者连线、全国和全球新闻资讯板块；下午为时政新闻、专题新闻、纪实新闻板块；晚间为央视新闻、文化新闻、经济新闻板块。既打地方牌，做本土化的新闻广播，又打破地域限制，运用现代科技手段，汇天下之精华，做有声的新闻百度。

办好黄冈市新闻综合广播，要创新的节目构建和表达方式。充分发挥广播媒体的自身优势：节目源上，实行转播新闻＋自采新闻＋编播新闻；编排上，实行新闻板块＋观点、重点新闻＋滚动新闻、整点新闻＋专题新闻；流程上，实行编播合一、重点新闻碎片化处理和与强势新闻媒体的嫁接；播出上，实行全天候的新闻姿态，保持适时的动态播报，随时待播、插播和现场直播；表达方式上，实行新闻事件和人物的故事化表达，讲述当代人的故事，记录时代声音。同时注重广播节目资源的第二次使用，利用新的传播技术，进行碎片化、标题化的处理，并将音频转化成文字，在纸质媒体和网络媒体上进行二次传播，放大广播新闻的宣传效应。

办好黄冈市新闻综合广播，要打造有思想的新闻媒体。坚持新闻的党性原则和按照新闻规律办事相结合，倡导新闻观点的新颖呈现和个性化表达，避免千人一面、异口同声、单调乏味，将广播打造成有思想、有个性、有才情、有魅力的新闻媒体。

（《黄冈日报》2014年3月16日）

文化建设是打造教育品牌的灵魂

　　教育是民族振兴的基石。黄冈市是教育大市，教育是黄冈的名片。在全面建成小康社会的伟大历史进程中，市委、市政府《关于支持和促进教育改革发展的意见》提出，全面落实教育投入政策，健全教师队伍建设机制，深入推进教育综合改革，夯实基础教育发展优势，努力增强教育服务功能，切实优化教育发展环境，加快实现"打造黄冈教育品牌、率先建成教育强市"的战略目标。这是贯彻党的十八届三中全会精神，深化教育领域综合改革，努力办人民满意的教育，推进社会事业改革创新的有力举措。

　　教育改革发展有不同的模式和路径，但优质教育的实现有赖于教育文化自觉、文化自信和文化自强。文化是教育的内在属性，学校的校舍环境、基础设施、办学理念、规章制度、人际关系、办学质量等是其外在文化的体现。因此，文化建设是打造教育品牌的灵魂。

　　着力提高教师的文化内涵。学校管理者和教职工承担着教书育人，培养社会主义建设者和接班人、提高民族素质的使命，教育者对教育本质、教育目标、教育行为等的基本文化理解和文化修养，形成内化于心的教育文化，决定着教师的职业精神和执业水准。打造教育品牌，教师要修炼内功，只有具有深厚的文化内涵和文化自觉，才能提升文化自信，实现文化自强和建成教育强市的目标。

　　着力彰显学校的文化表现。教育理念的阐述、办学思想的表述、发展道路的描述、管理制度的叙述等，是"外显的学校教育文化"。黄冈市基础教育龙头示范学校黄冈中学以改革创新为动力，以文化建设为支撑点，遵循"弘德尚学，笃行致远"的校训，践行"宽以育人，严以养德"的办学思想，坚持走"立德树人，内涵发展"的道路，着力打造高雅、健康的校园文化，提升学校内涵。文化的力量使黄冈中学在创建国际国内有重要影响的示范学校的征途上迈出了坚实的步伐。

着力扩大学校的社会认同。深厚的文化内涵和修养是学校品牌的内在支撑，外在文化表现是学校品牌的标志，而学校文化的社会认同是学校文化建设成效的体现。全国先进民办学校麻城博达学校树立"以人为本、育人第一"的教育思想，坚持"爱是教育的灵魂""学校没有差生""教是为了不教""创新才能发展"的教育理念，用先进的教育文化影响社会和家长，促进了教师关系、师生关系的和谐，形成了符合教育规律的教育文化环境，实现了学校的健康发展。

着力提升学校的办学质量。优秀的学校文化最终体现在教育教学质量上。打造教育品牌，必须遵循教育规律，坚持把道德文化培育放在首位，有教无类，因材施教，注重发挥教师行胜于言的引领作用，发挥学校环境育人的独特作用，通过文化建设塑造学生良好的思想品质，为每个学生营造良好的学习和成长环境。

（《黄冈日报》2013年12月2日）

征求意见要"三不怕"

第二批群众路线教育实践活动进入集中听取意见阶段。学习教育、征求意见是教育实践活动的基础环节。这个环节抓好了，查摆问题、开展批评才能具有针对性，整改落实、建章立制才能有的放矢。

征求意见要听到真心话、找到真问题，需要做到"三不怕"。

不怕意见尖锐。上级向下级征求意见，机关向基层征求意见，干部向群众征求意见，可能听到的大多是"不愉快""问题""牢骚"，甚至是长期积压的"不满"，言辞难免刻薄，意见自然尖锐。其实，公开征求意见，就是为了听到不同的声音，不怕意见多，就怕没意见；不怕意见尖锐，就怕观点温和；不怕针锋相对，就怕无言以对。领导干部要有海纳百川的胸襟，虚怀若谷的气度，闻过则喜，知错必纠，以百姓之心为心，与群众同坐一条板凳，不怕群众情绪激动，不怕翻旧账，不怕曝光，不怕揭短，不怕丢脸，不充好汉，真心诚意对待群众，让群众畅所欲言，一针见血，帮助领导干部找准自身存在的突出问题，切忌戴"有色眼镜"看人，更不能给小鞋穿，搞打击报复、秋后算账。

不怕群众说错话。人的站位、阅历不同，容易造成事物认识上的差异。"人非圣贤，孰能无过"，一个人说话免不了说错。征求意见环节，群众说错话也在所难免。要让群众不说错话，唯一的办法就是不让群众说话，这与群众路线教育实践活动初衷背道而驰。况且，"错"与"对"是相对的，可以互相转化，错话里面常常有合理的成分。言者无罪，闻者足戒；有则改之，无则加勉。领导干部要允许群众说错话，并善于从"错话"中去伪存真、捕捉真知、悟出真谛、汲取营养。

不怕受委屈。少数群众在评价领导班子和领导干部时，容易以偏概全、以局部代替整体，在表达诉求时，往往重眼前利益轻长远利益、重局部利益轻整体利益，明明是利及长远、惠及民生的好政策，有的群众可能就是不买账、不领情，让一些领导干部颇感委屈。做了实事、好事、正确的事，却遭受苛责误解，不少党员干部多少都曾遭遇过。委屈面前见胸怀、见担当、见作风、见党性。心中装得下委屈，才能体现出领导的格局。领导干部要学会从委屈中冷静下来，省察自身不足，反思工作瑕疵，改进工作方法，"不怕群众不听干部的话，就怕干部不听群众的话"，增进与群众的感情，最终赢得群众的信任。

（《黄冈日报》2014年3月28日）

群众也要受教育

党的群众路线教育实践活动，主题是"为民、务实、清廉"，总要求是"照镜子、正衣冠、洗洗澡、治治病"，重点是县处级以上领导机关、领导班子和领导干部，目的是教育引导全体党员干部牢固树立宗旨意识和马克思主义群众观点，保持党的先进性和纯洁性，为推动经济持续健康发展、全面建成小康社会、实现中华民族伟大复兴的中国梦提供坚强的保证。这是新形势下坚持党要管党、从严治党的重大决策，是顺应群众期盼、加强学习型服务型创新型马克思主义执政党建设的重大举措。在这场重大的政治教育实践活动中，领导干部必须率先垂范，群众也要受教育。

首先，"领导"和"群众"是一个相对的概念，领导也是群众，群众也是领导。很多同志，在一个层面是领导，在另一个层面是群众，而一些直接联系服务群众的执法监管部门、窗口单位、服务行业的同志，在单位大都是群众，在社会上则代表领导机关，代表党和政府。因此，广大党员、干部都要积极投身群众路线教育实践活动，坚持立党为公、执政为民，脚踏实地、埋头苦干，严于律己、廉洁奉公，把贯彻落实中央八项规定精神、省委六条意见作为切入点，着力解决形式主义、官僚主义、享乐主义和奢靡之风问题，永远保持共产党人的浩然正气。

其次，群众发表意见的过程，也是一个自我教育的过程。在学习教育、听取意见环节，群众的意见和建议，一定程度上反映出群众的世界观和方法论，这也是对群众认知度的一个检阅。为了使意见具体、中肯，建议有见地、有价值，广大党员、干部必须提高认识、端正态度，通过调查研究、分析判断和归纳整理，形成自己的意见和观点，帮助领导机关、领导班子、领导干部找准"四风"方面的突出问题，找到解决问题的途径。如果认为教育实践活动仅仅是领导的事情，把自己置身于活动之外，肯定提不出有真知灼见的意见建议，也就失去了这次在活动中提升自己的机会。

再次，群众是教育实践活动的参与者和主体，也要把自己摆进去。开展教育实践活动，领导要倾听群众的呼声，着力解决自身问题、群众反映强烈的利益问题、发展问题，也要解决部分群众慵懒散软、工作不主动、个人主义严重等问题，扎扎实实把党和国家的各项决策和工作落到实处。群众不能光给领导提意见，而不去完成领导交办的工作任务。领导和群众分工不同、目标一致，要通过教育实践活动，凝心聚力，共促发展，突出解决好"最后一公里"问题。

最后，群众是历史的推动者，一切美好的愿景最终还要靠群众的伟大实践来实现。群众路线教育实践活动要坚持群众利益无小事，坚持问题导向，坚持教育实践并重，坚持边学边查边改，把整改落实贯穿始终。一个行动胜过一打纲领，干一寸胜过说一尺。广大党员、干部要以主人翁的姿态，知行合一，即知即改，从具体事抓起、从身边事做起、从群众最不满意的事改起，以实际行动体现教育实践活动的成果。

（《黄冈日报》2014年4月9日）

把自己摆进去

一些领导干部在开展群众路线教育实践活动中，习惯于把眼睛盯在下级和下属单位身上，只对别人提要求，自己反倒成了局外人，上面有病，下面吃药；领导有病，群众吃药；自己有病，别人吃药。要警惕这种偷换概念、转移视线和搞形式、走过场的"灯下黑"现象。

这使我想起一幅漫画：一位领导检查视力，大夫指着视力表上的字母"E"，领导指向与字母开口相反的方向，领导旁边站着的随从说："大夫，你指错了！"这幅漫画不仅讽刺了一些人溜须拍马、阿谀奉迎的社会现实，也折射出一些领导干部自以为是、习惯找别人问题的官场生态。

指出别人的问题容易，正视自己的毛病困难。一个领导干部的成长与成熟，固然有很多外在因素，但真正起决定作用的是内生动力，是坚定的理想信念，正确的世界观、人生观、价值观。领导干部是关键的少数，担负着带领群众建设中国特色社会主义的崇高历史使命。打铁必须自身硬，正人先正己。"上为之，下效之""其身正，不令而行；其身不正，虽令不从"。领导机关、领导班子、领导干部是群众路线教育实践活动的重点，要取得群众满意的成效，关键是"把自己摆进去"。

习近平同志指出，党的群众路线教育实践活动，要着眼于自我净化、自我完善、自我革新、自我提高，以"照镜子、正衣冠、洗洗澡、治治病"为总要求。"四个自我"路径明确，就是自己革自己的命，自己教育自己；十二个字的总要求目标具体，就是自己摆问题、正形象、洗灰尘、改不足。把自己摆进去，是教育实践活动的根本着眼点和落脚点，也是教育实践活动的根本方法和要求。

这次教育实践活动的主要任务聚焦在作风建设上，集中解决群众反映强烈的形式主义、官僚主义、享乐主义和奢靡之风"四风"问题。"四风"之所以成为顽疾，根本原因在于一些党员干部和"关键的少数"党性修养放松、宗旨意识淡薄，价值观、权力观和政绩观出现偏差，存在"手电筒只照别人不照自己"的现象。如何根除"四风"这一作风痼疾？最有效的解决方法是把自己摆进去。

向"四风"开刀，首先是领导机关、领导班子和领导干部，尤其是"一把手"要把自己摆进去，发扬"抓铁有痕、踏石留印"的作风和"钉钉子"的精神，拿出"向自我开刀"的勇气，克服怕丢面子、怕有损个人威信、怕影响进步升迁等私心杂念和患得患失心理，正视现实，直面问题，不回避矛盾，不掩饰缺点，客观真实地给自己"画画像"，向群众展示解决问题的决心，彻底有效地检视自己，深刻清醒地认识自己，触动利益，触动灵魂，找准病根，对症下药。只有这样，才能及时为自己治病，真正实现干部的自我净化、自我完善、自我革新、自我提高。其次是广大干部群众也要把自己摆进去，深入调查研究，积极建言献策，帮助领导机关、领导班子、领导干部找准存在的突出问题，提出解决问题的意见和建议，不能袖手旁观，置身事外，更不能虚与委蛇，应付了事，这样才能够在这次教育实践活动中学受到教育、增长本领，扩大群众路线教育活动的实际效果。

（《黄冈日报》2014年8月10日）

也说《铁血红安》

如何在荧屏上再现从黄麻起义到抗日战争、解放战争和抗美援朝时期，湖北黄冈红安籍将军的故事？央视热播的三十八集电视连续剧《铁血红安》，进行了成功的实践探索。

《铁血红安》是一部革命英雄主义的壮丽传奇史诗，一部历史题材和时代精神完美结合的优秀影视作品。无论是创作质量还是社会各界的反响，它都可以称得上是一部经典的红色题材、军事战略题材精品力作。

红安因"红"而得名和闻名，是黄麻起义的策源地和鄂豫皖苏区的政治、军事、经济、文化中心，是红军的摇篮，将军的故乡。中国工农红军每三人中就有一人是红安人，每四名英烈中就有一人属红安籍。为新中国的成立，红安牺牲了十四万英雄儿女，可以说是"户户有红军，村村有烈士，山山埋忠骨，岭岭皆丰碑"。

红安并不是因为穷才闹革命。民国排名全国第七的湖北首富程栋臣是红安人，当时华中最大的纺织企业武昌第一纱厂就是他和兄弟程沸澜创办的。红安人也并非天生好斗才闹革命。早在400多年前，随着大文学家、思想家李贽来红安讲学，红安文风鼎盛、书院遍布。就是在革命队伍中，也不乏毕业于黄埔军校的红安籍高才生。红安那么多人参加革命，有着深刻的社会根源和文化背景。旧中国的黄安、麻城，是半封建半殖民地社会的缩影，广大劳动群众饥寒交迫，挣扎在死亡线上，到处都布满了"干柴"。1920年前后，党之元老、国之元勋、人之楷模董必武在黄安、麻城传播马列主义，点燃了大别山的革命火种。

一部作品有一个好的标题，它就成功了一半。据说这部传承红安精神的电视"神剧"剧名，是红安县委宣传部常务副部长张治传在接待深圳盛世时代文化传媒有限公司文学顾问夏启发时，用八杯烧酒"烧"出来的，当他俩趁着浓浓的酒兴，不约而同地说出《铁血红安》这四个字的时候，无不心潮澎湃、热血沸腾。难怪有人说，八杯红安烧酒，"烧"出了红安人期盼已久的梦想。

《铁血红安》编剧朱苏进是全国著名军旅作家，为写好剧本，他先后八次踏进红安这块红色的土地采风、座谈、访问，从众多红安籍开国将军身上，提炼出最能表现"铁血红安"这一文化符号精神特质的主人公——刘铜锣，让沉淀在过往的历史浮出时代的水面。剧中的许多故事都来源于红安将军的原型，如刘铜锣在飞机上扔炸弹，源自红四方面军总政委陈昌浩；刘铜锣率部袭击日军飞机场，源自陈锡联夜袭阳明堡机场；方杠子击毙日寇指挥官，则源自电视剧《亮剑》主人公李云龙的原型、我军赫赫有名的"疯子战将"王近山。

当然，历史题材的艺术作品并不是对历史事件的复盘和还原。历史永远是当代人心中的历史。《铁血红安》的艺术吸引力和感染力在于，历史事件化，事件人物化，人物个性化，个性戏剧化。刘铜锣的成长，翟副政委的变化，安娃子的结局，以及方杠子身上流进日本女人宽子的血，都是用时代精神对历史的观照，融入了时代的审美需求，增强了这部电视剧打动人心的艺术力量。

总之，《铁血红安》讲的是红安将军的故事，凝成的是红安铁血精神，传播的是红安红色文化，并融入当今时代的价值取向和审美需求，将历史题材和时代精神有机地结合在一起，源于历史、高于历史，源于生活、高于生活，呈现出不同凡响的艺术魅力，给人们带来了不同凡响的艺术享受。

选择历史题材来反映黄冈厚重的历史文化和革命文化，是黄冈扩大地域影响，促进"双强双兴"，推动文化旅游事业和产业科学发展、跨越发展的一个重要突破口，也是一个新的引爆点。《铁血红安》的热播、热议，无疑证明了这一点。

（《黄冈日报》2014年12月2日）

掌握意识形态工作主导权

党的十八大以来，习近平总书记围绕巩固马克思主义在意识形态领域的指导地位，巩固全党团结奋斗的共同思想基础，坚持社会主义先进文化前进方向，坚持中国特色社会主义文化发展道路，发表了一系列重要讲话。在8·19事件二十四周年之际，深入学习习近平同志系列重要讲话精神，牢牢掌握意识形态工作的主导权，对于培育和践行社会主义核心价值观，建设社会主义文化强国，实现中华民族伟大复兴的中国梦，具有十分重要的现实意义和深远的历史意义。

意识形态是一个十分复杂和敏感的领域，历代统治阶级都十分重视它的作用。马克思主义哲学告诉我们，意识由社会存在决定，又反作用于社会存在，具有促进或延缓社会发展的作用。

重视意识形态工作是我们党的优良传统。毛泽东同志在革命战争年代，把"笔杆子"提到和"枪杆子"同等重要的地位。邓小平同志在改革开放初期，提出物质文明和精神文明"两手抓，两手都要硬"。江泽民同志、胡锦涛同志都对意识形态工作做过许多重要论述。2013年8月19日，习近平总书记在全国宣传思想工作会议上强调，"经济建设是党的中心工作，意识形态工作是党的一项极端重要的工作"。这一精辟论断，指出了意识形态工作对党和国家的全局性意义。

党的十一届三中全会以来，我们党始终坚持以经济建设为中心，集中精力把经济建设搞上去，我国成为世界第二大经济体，人民生活正朝着全面小康社会迈进。由于发展主题与现代化目标淡化了意识形态之间的对立，多元价值取向对我国主流意识形态形成冲击，信息网络化对我国意识形态的控制力形成挑战，加上西方敌对势力的文化渗透威胁我国意识形态安全，东欧剧变削弱了我国主流意识形态的信仰，各种社会思潮影响我国主流意识形态的权威认同，我国意识形态工作面临着许多挑战。新形势下，我们要深入学习贯彻习近平总书记系列重要讲话精神，坚持发展是第一要务，特别是像黄冈这样经济欠发达地区，既要切实做好中心工作，为意识形态工作提供坚实物质基础，又要切实做好意识形态工作，为中心工作提供坚强有力保障。要坚持"两手抓，两手都要硬"，不能因为中心工作而忽视意识形态工作，也不能使意识形态工作游离于中心工作。要坚持中国特色社会主义道路自信、理论自信、制度自信，既不走封闭僵化的老路，也不走改旗易帜的邪路，奋力朝着"两个一百年"的既定目标阔步前进。

意识形态的特殊性决定了掌握意识形态主导权的重要性。意识形态的主导权包括主动权、领导权、管理权、话语权。在当代中国，坚持中国特色社会主义理论体系在意识形态领域的指导地位，是牢牢掌握意识形态工作主导权的基本要求。必须坚守主流思想舆论阵地，严格落实党管媒体原则，坚持对党负责和对人民负责的一致性，守宣传纪律，讲政治规矩，增强政治敏锐性和政治判断力，自觉在思想上和行动上同党中央保持高度一致。从事意识形态工作的同志要始终保持头脑清醒，切实提高对各种错误思潮的政治辨别力和抵制力，在大是大非面前敢于举旗、敢于交锋、敢于亮剑，旗帜鲜明地同各种反马克思主义的思潮作斗争，揭穿西方敌对势力文化渗透的阴谋和所谓"宪政民主""普世价值""公民社会"等"美丽谎言"，加强社会主义核心价值体系建设，建设社会主义文化强国，增强国家文化软实力。传统媒体和新媒体要主动发声，加强理论武装，有针对性地开展舆论引导，做强正面舆论，创新宣传方式，讲好中国故事，传递中国声音。广大文艺工作者要深入学习习近平总书记在文艺工作座谈会上的重要讲话，正确处理文艺与政治、社会效益与经济效益的关系，在市场经济大潮中，不迷失方向，不当市场的奴隶，始终把社会效益放在首位。要推进综合执法，依法加强网络社会管理，巩固红色地带，转化灰色地带，打击黑色地带，净化网络空间，优化舆论环境。

作为意识形态领域的重要阵地，文化新闻出版广电工作面对新形势、新任务、新要求，要坚持以人民为中心的工作导向，坚持"三贴近"，坚持"走转改"，切实担当起引领社会、凝聚人心的重要职责，精心打造上接"天气"、下接"地气"、中接"人气"的好报道、好节目、好作品。要围绕中心、服务大局，大力宣传中华民族伟大复兴的中国梦，大力宣传"两个一百年"的奋斗目标，大力宣传党的十八大和十八届三中、四中全会重大决策部署和习近平总书记系列重要讲话精神，特别是大力宣传全面建成小康社会、全面深化改革、全面推进依法治国、全面从严治党的战略布局，大力宣传守纪律、讲规矩和"三严三实"新要求，宣传新常态下的新特点、新变化、新作为、新面貌，充分发挥媒体的导向功能和文艺时代号角的重要作用。

文化是民族的血脉，是人民的精神家园，是民族生存和发展的重要力量。回顾中华民族五千年的文明史，虽履险而如夷，经百折而向前，一个重要原因，是世世代代的中华儿女培育和发展了独具特色、博大精深的中华文化，为中华民族生生不息提供了强大的精神支撑。在中国特色社会主义"五位一体"的总体布局中，文化建设居其一。有了文化的繁荣昌盛，才能全面建成小康社会，才有中华民族的伟大复兴。

黄冈是著名的革命老区，也是文化厚重的沃土。悠久的历史文化，浓郁的红色文化，厚重的乡村文化，赋予黄冈深厚的传统文化底蕴。近年来，市委、市政府从黄冈市情实际出发，确立了"强工兴城、强农兴文"的发展重点，"兴文"就是把文化产业作为推动发展的战略制高点，深度挖掘、提炼、开发特色文化资源，将红色文化与时代精神结合起来，产生更大的文化价值和经济效益。

"双强双兴"为黄冈老区振兴发展开辟了新路径。在"双强双兴"战略的引领下，黄冈市已进入城市建设跨越提升、经济发展转型升级、社会事业全面突破的关键时期，文化建设正迎来千载难逢的历史性机遇。我们文化新闻出版广电部门要抢抓机遇，主动作为，加快构建覆盖城乡的现代公共文化服务体系、现代文化市场体系、现代传播体系和优秀传统文化传承体系，活跃群众文化生活，加快文化设施建设，培育特色文化品牌，擦亮东坡文化、禅宗文化、中医药文化、戏曲文化、名人文化、红色文化和生态文化名片，用中国特色社会主义理论体系占领思想文化阵地，用独具地方特色的黄冈文化资源推进文化产业与旅游产业融合发展，将文化旅游产业打造成战略性支柱产业，按照"一线串珠、多点支撑"的布局，建设大别山旅游经济带。

当前，在经济进入新常态、增幅面临下行压力的形势下，发展仍然是第一要务，提高文化工作在全局工作中的贡献度，一个非常重要的方面就是通过增加文化产业产值来体现的。要转换新思想，树立新思维，探索新思路，主动适应和引领文化发展新常态。要实施文化产业示范基地提升工程，积极做好国家级、省级文化产业示范园区和示范基地申报认定工作，以点带面提升全市文化产业发展水平。实施文化产业集聚工程，大力推动中国恒天（黄冈）文化创意城、黄冈名人文化园等大型产业园区基地的建设，推动全市文化产业规模化、品牌化、集约化发展。全力抓好招商引资工作，立足文化资源特色，瞄准重点地区开展文化产业招商，积极为文化企业和文化产品搭建展示交易平台，提高黄冈文化企业和文化产品的知名度和核心竞争力，让黄冈文化释放时代红利。

（《黄冈日报》2015年7月9日）

把握新时代伟大斗争的深刻内涵

党的十九大报告指出："实现伟大梦想，必须进行伟大斗争。"准确把握新时代伟大斗争的深刻内涵，对于充分认识这场伟大斗争的长期性、复杂性、艰巨性，发扬斗争精神，提高斗争本领，不断夺取伟大斗争新胜利，具有十分重要的现实意义和深远的历史意义。

在党的十八大报告中，我们党第一次提出"发展中国特色社会主义是一项长期的艰巨的历史任务，必须准备进行具有许多新的历史特点的伟大斗争"这一重大论断。

从十八大到十九大，习近平总书记就"新的历史特点的伟大斗争"发表了一系列重要论述，十八大因此成为中国特色社会主义进入新时代的历史起点。

2012年11月17日，习近平总书记在主持十八届中共中央政治局第一次集体学习时强调："必须准备进行具有许多新的历史特点的伟大斗争。"2013年1月22日，习近平总书记在第十八届中央纪律检查委员会第二次全体会议上强调："坚定不移把党风廉政建设和反腐败斗争引向深入。"2013年8月19日，习近平总书记在全国宣传思想工作会议上强调："我们正在进行具有许多新的历史特点的伟大斗争。"

2016年1月18日，习近平总书记在省部级主要领导干部学习贯彻党的十八届五中全会精神专题研讨班上强调，"做好经济上、政治上、文化上、社会上、外交上、军事上各种斗争的准备"。2016年6月28日，习近平总书记在主持中共中央政治局第三十三次集体学习时强调，"严肃党内政治生活、净化党内政治生态是伟大斗争、伟大工程的题中应有之义"，"我们加强党的建设，就是要同一切弱化先进性、损害纯洁性的问题作斗争"。2016年12月26日至27日，中共中央政治局召开民主生活会，习近平总书记告诫说："面对新形势新挑战，要发扬斗争精神，既要敢于斗争，又要善于斗争，在事关中国特色社会主义前途命运的大是大非问题上坚定不移，在改革发展稳定工作中敢于碰硬，在全面从严治党上敢于动硬，在维护国家核心利益上敢于针锋相对，不在困难面前低头，不在挑战面前退缩，不拿原则做交易，不在任何压力下吞下损害中华民族根本利益的苦果。"

2017年7月26日，习近平总书记在省部级主要领导干部"学习习近平总书记重要讲话精神，迎接党的十九大"专题研讨班开幕式上强调："在新的时代条件下，我们要进行伟大斗争、建设伟大工程、推进伟大事业、实现伟大梦想，仍然需要保持和发扬马克思主义政党与时俱进的理论品格，勇于推进实践基础上的理论创新。"2017年8月29日，习近平总书记在主持召开中央全面深化改革领导小组第三十八次会议时强调："改革是我们进行具有新的历史特点的伟大斗争的重要方面。"2017年11月3日，习近平总书记在视察军委联合作战指挥中心时强调："我国正处在由大向强发展的关键阶段，前景十分光明，挑战也十分严峻，中华民族伟大复兴绝不是轻轻松松、敲锣打鼓就能实现的。军事斗争是进行伟大斗争的重要方面，打赢能力是维护国家安全的战略能力。"

习近平总书记强调伟大斗争，有着深刻的历史背景。

要经受住"四大考验"，必须进行具有新的历史特点的伟大斗争。党的执政地位不是与生俱来的，也不是一劳永逸的，党要克服自身存在的问题尤其是腐败问题，巩固执政地位，面临执政的考验；改革开放是一场自我革命，是决定当代中国命运的关键一招，对我们党来说是一个具有考验性的课题；市场经济是一把双刃剑，党既要经受住市场经济对党自身负面影响的考验，又要经受住市场经济所引发的意识形态安全和政治安全的考验；党面临的国际环境和周边环境日趋复杂严峻，包围、遏制、打压、分化、分裂、唱衰中国的声音和行径日趋激烈。

要消除"四大危险"，必须进行具有新的历史特点的伟大斗争。有的党员干部理想信念不坚定，精神上缺"钙"，缺乏自信，缺乏共识，缺乏凝聚力，缺乏斗志；有的党员干部履职能力不强，难以胜任所肩负的历史重任和使命，难以应对各种挑战和考验；有的党员干部高高在上，不愿深入基层、深入群众，失去了人民群众的认同、支持和拥护；反腐败斗争形势依然严峻复杂，一些领域腐败现象易发多发，侵蚀我们党的肌体。

要有效应对"四大挑战"，必须进行具有新的历史特点的伟大斗争。一些国家对我国进行打压，挑起国际事端，制造种种麻烦，党面临国家安全的挑战；国内改革发展稳定进程中遇到诸多矛盾、问题，党面临各种体制机制弊端、利益固化藩篱和全面深化改革的执行阻力等诸多难题的挑战；西方某些社会思潮用学术表象为我们设置政治陷阱，在本质上是要消解我国意识形态，进而破坏我国文化安全乃至政治安全；国际国内分裂主义抬头，严重影响民族团结和社会生活秩序。

伟大斗争贯穿"五位一体"总体布局、"四个全面"战略布局和五大发展理念。建设伟大工程、推进伟大事业、实现伟大梦想，都离不开进行具有许多新的历史特点的伟大斗争。伟大斗争不是局限在某一领域，而是贯穿于"五位一体"总体布局、"四个全面"战略布局和五大发展理念，包括净化党内政治生态、全面深化改革、全面从严治党等各个领域、各条战线。作为客观存在的斗争形式，包括空间争夺、资源争夺、市场争夺、货币战争、意识形态斗争、反腐败斗争、网络斗争、反民族分裂主义的斗争等。

伟大斗争是一种不懈奋斗的精神状态和攻坚克难的实践行动。习近平总书记所强调的伟大斗争，作为主观精神状态和实践行动的斗志，绝不是"文化大革命"时期盛行的那种批斗、争斗、打击、打倒的斗争思维，而是指我们党要有效应对"四大挑战"、经受"四大考验"、破解"四大危险"，就决不能放松警惕、无动于衷、精神懈怠和消磨斗志，而必须以壮士断腕的决心、刮骨疗毒的勇气和勇于革新的斗志，来攻坚克难。这既是一种"下定决心、不怕牺牲、排除万难、争取胜利"的精神状态，也是一种努力奋斗、攻坚克难的实践行动。在本质上，与"打铁还需自身硬"是一致的。

新时代伟大斗争的对象和形式全面多样。我们正在进行的伟大斗争，既有国外的，也有国内的；既有党外的，也有党内的；既有经济、政治的，也有文化、社会的；既有与真正的敌对势力作斗争，也有与挑战、考验、危险和困难作斗争。斗争的主要武器是文化征服。敌对势力大多以传播西方社会思潮且以文化渗透和文化征服为方式，妄图动摇我们的理想信念，摧毁我们的自信心，分化共识，削弱凝聚力，消磨斗志。斗争方式隐蔽巧妙。许多斗争是用文明、学术表象设置政治陷阱，以文明、学术思想掩盖政治意图，具有诱惑性和欺骗性，目的是瓦解我们党和全国人民共同奋斗的思想基础。

夺取新时代伟大斗争的新胜利，要增强忧患意识，居安思危。充分认识伟大斗争的长期性、复杂性、艰巨性，认清伟大斗争的新形式、新特点，时刻保持政治上理论上认识上的警觉、清醒和自觉，在注重统一、和平发展、经济建设和正面建设的同时，不能忽视斗争的一面，不能放松警惕和消磨斗志，更加自觉地防范各种风险。要坚定"四个自信"，处变不惊。增强"四个意识"，坚定"四个自信"，提高政治敏锐性和政治判断力，透过所谓先进的文化、文明和学术思想的外表，识别其真正的政治图谋，更加自觉地坚持党的领导，坚定不移高举中国特色社会主义旗帜，在伟大斗争中开拓社会主义道路。要建设文化强国，再铸辉煌。"文化兴国运兴，文化强民族强。"大力推进马克思主义中国化时代化大众化，加快构建中国特色哲学社会科学学术话语体系。高度重视传播手段建设和创新，真正有效传播我们自己的思想。切实加强网络建设和治理，占领意识形态工作的主阵地。繁荣发展社会主义文艺，推动社会主义文化繁荣兴盛，不断铸就中华文化新辉煌。

（《黄冈日报》2017年11月15日）

用红色文化凝聚奋进力量

黄冈是一片红色的土地。

从党的创建到新中国成立，党的组织从未中止；从土地革命到全国解放，武装斗争从未停歇；从第一个农民政权诞生到人民当家做主，革命活动从未间断。遍布全市各地的七百九十二处革命遗址、遗迹、红色名人故居及纪念建筑等革命文物，无不闪耀着黄冈老区精神的光辉。

革命文物是红色文化的物质载体，是凝聚着黄冈老区人民自强不息的精神火炬。从文化价值和社会功能来看，红色文化具有不可替代的教化、激励和凝聚作用。

"不忘本来才能开辟未来，善于继承才能更好创新。"在加快振兴崛起、决胜全面小康的关键阶段，挖掘黄冈红色历史文化资源，传承和弘扬黄冈红色文化，是动员激励全市广大党员干部和人民群众攻坚克难、不懈奋进的强大精神动力。

用红色文化补足精神之"钙"。在二十七年波澜壮阔、艰苦卓绝的革命斗争中，黄冈大地无数英雄儿女前仆后继、英勇奋战，用鲜血和生命催生了"要革命，不要钱，不要家，不要命"的浩然正气和"紧跟党走，不屈不挠，艰苦奋斗，无私奉献"的黄冈老区精神，彰显了老区人民的崇高理想、坚定信念和高尚情怀。理想指引人生方向，信念决定事业成败。革命理想高于天。大力传承和弘扬黄冈红色文化，充分发挥红色文化资政育人的社会功用，坚持不懈用老区光荣传统和优良作风教育党员干部，才能补足党员干部精神上的"钙"，根治党员干部精神上的"软骨病"，使广大党员在任何复杂的情况下不迷航、不变节，始终坚守对马克思主义的信仰，对中国特色社会主义的信念；在任何困难和逆境面前不动摇、不消沉，始终经受住各种风险和困难考验，永葆共产党人政治本色。

用红色文化滋养文化自信。文化是民族的血脉，是人民的精神家园。文化自信闪耀着独特精神标识，"是更基础、更广泛、更深沉的自信"，具有更基本、更深沉、更持久的力量。黄冈红色文化凝聚着丰富的爱国主义、集体主义、革命英雄主义精神和厚重的历史文化内涵，是我们坚定文化自信的深厚基础和重要支撑。必须以高度的文化自觉、文化自信、文化自强来坚守、建设和弘扬红色文化，发挥红色文化凝聚时代人心、激发大众情感、彰显时代精神的价值与功能，用红色文化铸就精神家园，使其成为社会主义核心价值观的丰富滋养。

用红色文化凝聚奋进力量。光耀千秋的黄冈精神，与井冈山精神、长征精神、延安精神、西柏坡精神一样，是彪炳时代的精神丰碑。"日子总会亮堂，麦子终又再黄。"精神总会具有超越时空的力量。黄冈红色文化激荡的凛然正气和昂扬激情，成为黄冈人民宝贵的精神财富。新中国成立以后，特别是改革开放以来，黄冈儿女在党的领导下，继承、发扬革命老区精神，自强不息、奋发有为，用勤劳的双手创造美好生活，把一个贫穷落后的旧黄冈建设成为一个富裕、和谐、文明、幸福的新黄冈。

唤醒历史记忆，为了汲取前行力量。忘记过去就意味着背叛。在实现"两个一百年"奋斗目标新的长征路上，大力传承和弘扬黄冈精神，必将极大地凝聚和提升黄冈广大党员干部和人民群众的精气神，鼓舞和激励全市人民满怀信心、砥砺前行，不断从胜利走向新的胜利。

（《黄冈日报》2017年6月13日）

逆境与胸襟

正在央视热播的电视连续剧《于成龙》，讲述一代廉吏于成龙从中年出仕到成为两江总督，波澜壮阔又"廉""能"并重的一生。

于成龙（1617—1684），字北溟，号于山，清代山西永宁州（今山西省吕梁市方山县）人。这位出身贫寒的前朝贡生，以45岁高龄出任罗城县令，历任四川合州知州，湖广黄州同知和知府、代理武昌知府，福建按察使、布政使、巡抚和总督加兵部尚书、大学士，两江总督等职。

在二十余年的宦海生涯中，于成龙三次被举"卓异"，屡次被破格提拔，以卓著的政绩和廉洁刻苦的一生，深得百姓爱戴和康熙皇帝赞誉，以"天下廉吏第一"声震朝野。

于成龙在黄州任同知四年。清初，"盗"成为当时黄州一大社会问题。于成龙采取"宽严并治"和"以盗治盗"、借力打力的方法，取得地方治理的显著效果。

清代对官员的问责十分严厉。史载，清朝时期有大量官员因失职渎职而受到行政处分。在代理武昌知府任上，于成龙因水毁桥梁，平叛清军过不了河而被追责，湖北巡抚张朝珍认为"此乃天灾，非人祸也"，力保于成龙，但朝廷还是将于成龙削职为民。

于成龙深知延误军机犯了大错，没有推责诿过，默默地承受了处分。

不久，于成龙旧部刘君孚在麻城东山叛乱，官军数次讨伐均告失败。张朝珍认为于成龙在平定匪患、安抚民心方面经验丰富，说服他去带兵平乱。

于成龙接受任务后，以一介布衣身份，只带三五个随从，采取"以抚代伐、惩办首恶"的方针，不到三天时间，便平息了东山之乱。

同年八月，于成龙因撤职后平乱有功、被朝廷任命为黄州知府。

此后，于成龙又临危受命，平息麻城"伪札"事件引发的第二次东山暴乱。

面对麻城官匪激战一触即发、黄州府极其空虚的险恶形势，于成龙以"招抚"为方针，采取惩抚并济的策略，不仅避免了一场血战，而且保卫了黄州的安全。

纵观于成龙的为官之路，虽然一路擢升、大器晚成，但并非顺风顺水、一路坦途，而是跌宕起伏，充满曲折和磨难。

"人生路多坎坷祸福不定，有苦涩有酸楚也有欢欣。"于成龙的可贵之处在于，撤职以后照样干活，显示了他面对逆境时以民为本、勇于担当的宽阔胸襟和刚正不阿、铁骨铮铮的人格魅力，这也为他再次被推举"卓异"赢得了先机。

黄州地处大别山南麓、长江中游北岸，是个有山有水、风景如画的地方。我们所熟知的历史人物，除了于成龙，苏轼的人生和为官经历更是与黄州有缘。

因"乌台诗案"被贬黄州团练副使，不得参与政事的北宋著名文学家苏轼来黄州后，带领家人开垦城东的一块坡地，种田帮补生计，因此别号"东坡居士"。他还走进厨房，发明了色味俱全的东坡肉，味道醇香的东坡豆腐和千丝酥脆东坡饼，成为黄州人的美味佳肴。

人生不如意，但有诗情在。苏轼在亲身农耕、努力创造生活乐趣的同时，又勤奋读书，强健身体，积极探求生命的意义与价值，在人生的低谷中完成了诗意的安居，将人生与文学推到辉煌的极致。

"问汝平生功业，黄州惠州儋州。"苏轼在黄州四年多的谪居生活中，诗、词、赋均达到了他的创作巅峰，其中《赤壁赋》《后赤壁赋》《念奴娇·赤壁怀古》《安国寺记》《遗爱亭记》等众多名篇，生动地描述了黄州赤壁的壮丽景色和鄂东的风情人物。

"何武所至，无赫赫名。去而人思之，此之谓遗爱。"

人生在世，有顺境，也有逆境。顺境、逆境干不干活，可以看出一个人的胸襟。有人顺境干、逆境不干，有人逆境干、顺境不干，有人顺境、逆境都干，也有人顺境、逆境都不干。如何对待人生境遇，"天下廉吏第一"于成龙和"千年英雄苏东坡"给我们做了很好的诠释和回答。

（《鄂东晚报》2017年1月24日）

洗尽征尘再出发

第七届（黄冈）东坡文化节暨第九届湖北省黄梅戏艺术节（以下简称"两节"）2016年9月18日在湖北黄冈市落下帷幕。在黄冈市委、市政府统一领导，筹委会精心组织，各有关部门、地方共同努力和全社会大力支持下，活动安排严谨有序，惠民演出精彩纷呈，新闻宣传有声有势，安全后勤保障有力，"两节"取得圆满成功。

根据黄冈市委市政府、湖北省文化厅确定的节会主题、原则、宗旨和办节模式，承办单位将"两节"合并举办，将东坡文化节举办时间缩短至两天，分别在黄冈市区和相关县市举办惠民展演，经费开支相较以往缩减了三分之二。"两节"简约不简单，精练更精彩，办成了一次文化交流的盛会、艺术鉴赏的盛会、亲民惠民的盛会、旅游推介的盛会和经贸合作的盛会。

"两节"的成功举办，除了"真金白银"的投资，弘扬、传承了东坡文化和黄梅戏文化，展示了黄冈的文化魅力，激发了黄冈人民的文化自觉、文化自立，增强了黄冈人民的文化自信、文化自强，扩大了黄冈的对外影响，还深刻地启示我们，领导重视是成功的前提，精心组织是成功的关键，主动担当是成功的基础，团结协作是成功的保证，新闻宣传是成功的法宝。

2016年是"十三五"规划开局之年和换届之年，也是中央"八项规定"出台之后"两节"首次在黄冈合办。从6月开始，"两节"筹备进入紧张的"百日会战"阶段，黄冈进入主汛期，具体承办单位为筹备好"两节"，发扬抗洪精神、奥运精神和工匠精神，主动担当，积极作为，抽调精兵强将组成工作专班集中办公，每个周末都集体加班，精心制定活动方案，明确责任分工，细化工作措施，加强统筹协调和检查督办，不叫苦、不叫累、不叫难，高标准、高质量完成了各项筹备工作。市直各部门和各县市区统一思想，顾全大局，团结协作，密切配合，打赢了防汛救灾和筹备"两节"两个战役。

　　风雨无阻前行路，洗尽征程再出发。当前，黄冈正处在由文化大市向文化强市迈进的关键时期。第七届（黄冈）东坡文化节暨第九届湖北省黄梅戏艺术节虽然圆满落幕，但黄冈春色满园的文化舞台将永不谢幕，老区迈向文化强市的步伐会更加稳健。

　　　　　　　　　　　　　　　　　　　（新华网，2016年9月23日）

推动实现历史性跨越

　　文化沃土黄梅炫彩讴歌新时代，旅游胜地赤壁流韵启航新征程。

　　第十一届（黄冈）东坡文化节暨第十届湖北省黄梅戏艺术节（简称"两节"）、"东坡遗韵"书法展和文化惠民展演正在湖北黄冈火爆进行中。这次"两节"，充分展示了黄冈、眉山、惠州、儋州、诸城等东坡联盟城市深厚的历史文化底蕴、丰富的特色文旅产品、浓郁的地方民俗风情和湖北黄梅戏艺术发展成就，为黄冈推进文化和旅游强市建设写下浓墨重彩的一笔。

　　黄冈文化底蕴深厚，旅游资源丰富，人文生态交相融合，具有建设文化和旅游强市的良好基础。在全面开启建设社会主义现代化国家新征程中，增强城市综合实力，保障和改善民生，提升人民群众幸福指数，都迫切需要坚定文化自信，加快推进文化和旅游强市建设。

　　黄冈是东坡文化的发祥地，是苏东坡浴火重生、华丽转身的地方。在他六十五年的生命历程中，虽经无数狂风骤雨，仍然婉转放歌。当年"文以城兴"，黄州成就了苏东坡，他最好的文、最好的诗、最好的词、最好的赋、最好的字、最好的美食，都诞生于黄州，为黄冈留下了宝贵的精神财富。如今"城以文兴"，苏东坡成就了黄冈，黄冈处处洋溢着浓浓的东坡文化气息，特别是他爱国爱民、奋厉当世的崇高理想，信道直前、独立不惧的处事原则，坚守节操、潇洒自适的生活态度，对于广大干部群众面对生活、开创未来，具有多方面的滋养、借鉴和启迪作用。这正是当代视域下弘扬传承东坡文化、推进东坡文化与旅游融合发展的时代价值和社会意义。

　　黄冈是中国戏曲的重要发源地，黄梅戏、楚剧、汉剧、京剧诞生、成长于黄冈，形成"四戏同源"的独特文化景观。作为表现和传承中华优秀传统文化的重要载体，黄冈市委、市政府高度重视戏曲事业，着力营造有利于戏曲活起来、传下去、出精品、出名家的良好环境，极大地促进了黄冈地方戏曲繁荣发展。"两节"期间，包括黄梅戏、东路花鼓戏、文曲戏、楚剧四大剧种在内的十六台地方大戏轮番上演，集中展示黄冈作为戏曲大市实施地方戏曲振兴工程取得的重要成果。

"十三五"以来，黄冈充分挖掘特色历史文化和生态资源优势，以创建国家公共文化服务体系示范区、国家全域旅游示范区、国家中医药健康旅游示范区和国家 AAAAA 级景区为抓手，深入推进公共文化服务设施网络建设，着力增加公共文化服务产品供给，大力推动公共文化与科技融合发展，切实加强公共文化服务体制机制建设，深入实施文艺精品创作生产工程，着力振兴以黄梅戏为代表的地方戏曲，不断加快旅游资源开发和产品打造，奋力推进文旅融合和文旅产业发展，当年成就苏轼"平生功业"、爆发"黄麻惊雷"的老区黄冈，正在由文旅大市向文旅强市迈进。

当前，黄冈上下正在深入学习党的十九届六中全会精神，深入贯彻习近平总书记视察湖北、参加湖北代表团审议时的重要讲话精神，抢抓新时代中部地区崛起、革命老区振兴发展、武汉城市圈同城化发展等重大战略机遇，全面实施"主城崛起、两带协同、多点支撑"市域发展布局，以"干在实处、加快振兴、谱写新篇"的昂扬姿态，奋力开创黄冈各项事业高质量发展新局面。在这个重要时刻举办"两节"，必将进一步打响东坡文化品牌，擦亮黄梅戏文化名片，赋能黄冈经济社会高质量发展，努力推动黄冈实现由文旅大市向文旅强市的历史性跨越。

（《人民日报》2021 年 12 月 5 日）

开拓黄梅戏艺术新境界

　　历时二十五天的第十一届（黄冈）东坡文化节暨第十届湖北省黄梅戏艺术节（简称"两节"）2021年12月22日晚在湖北黄冈黄梅戏大剧院圆满落幕。

　　11月28日晚开幕的"两节"，先是密集推出文旅资源推介、东坡文化研讨、"东坡遗韵"书法联展、黄州古城东坡遗址遗迹考察、"东坡足迹黄冈行"等东坡文化主题活动，充分展示黄冈、眉山、惠州、儋州、诸城等东坡联盟城市深厚的历史文化底蕴、丰富的特色文旅产品和浓郁的地方民俗风情。而包括黄梅戏、东路花鼓戏、文曲戏、楚剧在内的十六台大戏组成的艺术展演于22日方告结束，其展演时间之长、参演剧目之多、艺术手法之新，堪称本次"两节"的突出特点。

　　文化是民族的精神命脉，文艺是时代前进的号角。黄冈作为中国戏曲的重要发源地和黄梅戏的故乡，党的十八大以来，市委、市政府高度重视黄梅戏事业，坚持与湖北省文化和旅游厅联合主办湖北省黄梅戏艺术节，着力营造"把黄梅戏请回娘家"的良好环境。这次参演的十六部作品，多数是向建党一百周年献礼的原创剧目，全市各戏剧院团怀着满腔热情，充分挖掘本地特色资源，做大做强以黄梅戏为主的地方戏曲，出色地完成了重大主题性创作演出任务。首次将中共一大代表、中国共产党的创始人之一陈潭秋，中国共产党早期领导人、著名工人运动领袖林育英（曾用名张浩）搬上戏曲舞台的《铸魂天山》《八斗湾》，取材于罗田县胜利镇红色革命故事的《清清的义水河》，以大别山革命老区精准扶贫和乡村振兴为题材的《情系红莲村》等，都采用了黄梅戏艺术表现形式，展现了湖北黄梅戏艺术发展最新成就。

　　创新是文艺的生命。黄梅戏擅长于小生、小旦、民俗风情的表现，表现宏大的主题，对主创人员是全新的挑战。《铸魂天山》《八斗湾》成功地处理了细小与宏大、民俗与史诗、剧种特色与重大历史题材的碰撞与对接，并融合新疆少数民族、陕北地区音乐、舞蹈、器乐等元素，把陈潭秋、林育英等英雄人物完美地呈现在戏曲舞台上。《清清的义水河》采用西洋管弦乐队与传统民族乐队相混合的乐队编制，融入罗田民歌采莲船、罗田畈腔、东腔、十把扇子等曲调，使全剧具有浓郁的大别山风情。《情系红莲村》将黄梅戏优美动听的声腔特点与接近现实生活的表演特征相结合，以悲壮感人的戏曲化手法，反映脱贫攻坚、乡村振兴这一重大的现实主题。

习近平总书记《在中国文联十一大、中国作协十大开幕式上的讲话》中指出："衡量一个时代的文艺成就最终要看作品，衡量文学家、艺术家的人生价值也要看作品。"这次"两节"的成功举办，必将鼓舞和激励湖北广大戏曲工作者增强文化自觉、坚定文化自信、坚持守正创新，用跟上时代的精品力作不断开拓湖北黄梅戏艺术的新境界。

（《文旅中国》2021年12月23日）

此心安处

春天的序曲

教育是一项面对未来的事业，谁掌握了二十一世纪的教育，谁就拥有了二十一世纪的主动权。

——作者题记

一

1991年10月19日，黄州市第一中学的历史将永远记住这个日子。

云淡秋高，艳阳普照。坐落在大别山南麓、扬子江北岸的湖北省黄州市第一中学，彩旗飘扬，锣鼓喧天；雄伟壮阔的校门外，普济路上车水马龙，人流如织。古镇团风——黄州市第一中学所在地的这座滨江小镇，呈现出往日少有的热闹与繁华的景象。

上午八时许，胸佩"校友证"的人们开始陆续步入校门，欢迎的乐曲声响彻校园。一百多名少男少女手持鲜花，列队向校友们致意，欢迎的口号声此起彼伏。报社、电视台记者和各地来宾的"长枪短炮"，纷纷摄下这激动人心的镜头。

校友当中，有的双鬓雪染，但步履矫健；有的青丝黑发，精神更见风姿。他们当中，有军政要员，有科技精英，有体坛名将，有文艺新星，有劳动模范，有勤劳致富的带头人……从20世纪50年代开始，一批接一批的学生，从这里走向全国各地的大中专院校，走向社会的广阔的舞台，屈指算来，迄今整整四十载！四十年来，这里为共和国培养了两万多名初、高中毕业生，输送了近六千名大学新生。今天，为了参加母校四十周年校庆，许多校友从南疆，从北国，从西部边陲，从东海之滨，风尘仆仆地赶来了！

漫步在欢腾的校园里，校友们为母校的巨大变化而欣喜和自豪。现代风格的教学大楼、宿舍大楼、办公大楼和实验大楼，取代了低矮潮湿的平房教室、寝室、办公室和实验室；金碧辉煌的餐厅大楼，在阳光的照射下流光溢彩；灯光球场、足球场、标准四百米跑道田径场上，跃动着一个个生龙活虎的身影。校内花团锦簇，绿树成荫，碧波荡漾，人工景点与自然风光相映成趣。四十年如梭的岁月，把昔日荒凉的河西湖畔，编织成一座花园式的学校。

在每一个接待室里，新老校友欢聚一堂，几多离情，几多别绪，悠悠激荡赤子心。但是，他们谈的最多的还是老师的谆谆教诲，谈者言辞恳切，听者为之动容。

下午三时，校庆大典在团风电影院隆重举行。电影院内张灯结彩，座无虚席。主席台两侧悬挂着一副巨幅对联："故友亲朋欢歌笑语谈巨变庆母校四秩华诞；显客嘉宾寄意抒怀话沧桑祝一中万里鹏程。"主席台上就座的有黄州市委、市政府、市人大、市政协的主要领导和黄石市副市长施中传、著名诗人谢克强、赴美博士后留学生肖庆发、华中师范大学教授周光庆等校友代表。

在雄壮的国歌声中，黄州市第一中学校长曾祥民以饱满的激情宣布："庆祝黄州市第一中学建校四十周年大会开始！"年近花甲的黄州市第一中学副校长王仕娟向校友、领导和来宾致欢迎词；黄州市第一中学党总支书记何国华做长篇讲话。《讲话》回顾了黄州市第一中学四十年的光辉历程，总结了四十年的办学经验，指出了当代黄州市第一中学的神圣使命，汇报了校园建设的宏伟蓝图，字句铿锵，动人心扉。

洪荒之初，人类钻石取火，结绳记事，那是古文化之文明；从甲骨文到金文，从篆文到现代文字，人类在自身的发展中走着一条艰难的探险之路。文明一脉相承，文化源远流长。人类毕竟进步了，在矛盾和运动的交替中不断前行。

开辟基业的是人，继承基业的是人，拓展基业的还是人。人，是创造伟业，推动社会进步的伟大动力！让我们展开一轴长卷，追溯随共和国壮大起来的黄州市第一中学的成长史，你会看到，有多少含辛茹苦的往事，又有多少灿烂辉煌的壮举！

二

黄州市第一中学创办于1951年秋季，始名黄冈县初级中学；1958年开设高中部，易名为黄冈县第二中学；1960年更名为黄冈县团风中学；1991年10月19日起改为现名。"文化大革命"以前，学校在黄冈地区和湖北省已小有名气，尽管叫"黄冈县第二中学"的历史仅有两年，但时至今日，许多人仍亲切地称学校为"团风二中"。1977年，黄冈县团风中学被湖北省确定为首批办好的重点中学，此后学校名气一路攀升，闻名遐迩。

我虽然有幸工作、生活在这所学校，但是对学校的过往却知之不多。当我和青年作家、著名诗人耕夫怀着崇敬的心情，在筹备黄州市第一中学四十周年校庆采访历任校长时，我不断被一些平凡而可歌可泣的事迹深深地感动着……

四十不惑自风流，一路沧桑一路歌。

白云华，这位黄冈县初级中学的创始人，他的飘逸的名字和他的传奇故事，永远载入了黄州市教育的史册。

白云华是张学良部下的一位东北军营长，他反对蒋介石、张学良的不抵抗政策，没有随东北军内撤，带着部队投入共产党领导的抗日联军，坚持了东北十四年的抗日战争，后来成为第四野战军的一位连长，历经三下江南、四保临江战斗和辽沈、平津战役，并随"四野"一路南下解放黄冈、武汉，任武汉革命政治大学教官。

1951年9月，白云华被任命为黄冈县初级中学第一任校长。学校成立之初，没有教室，招收的第一批两个初中班的九十八名学生，借用团风镇一座破旧的祠堂上课；没有宿舍和办公室，他和柯玉恒、倪砚田、王亚等六位老师，蜗居在一间不到二十平方米的黑屋子里；没有厨房，他带领老师在河西岸搭棚垒灶、打井取水；人手不足，他既当校长，又当炊事员，还要带一个班的语文课……往日炊烟不起的河西湖畔，分娩出一片生机和希望。

1952年冬天，黄冈县政府拨款修建校舍，校址定在河西岸。这里原是一片杂草丛生、荒冢累累的地方，白云华与师生、民工一道挖坟堆、填水坑、搬砖瓦、运沙石，晚上就睡在工地。经过一年多的苦战，第一批校舍——两排平房教室竣工了。从此，黄冈县初级中学便有了一块属于自己的热土。

创业艰难百战多，一蓑烟雨任平生。

在黄州市第一中学的创业史上，大写着一串串功臣的名字，童士甲就是其中的一位。

当我们走进黄冈师范专科学校离休校长童士甲老人的家里时，这位1949年新中国成立前参加革命工作的老党员，满面春风地接待了我们。我们向童老道明了来意，他侃侃而谈，如数家珍。

1954年2月，童士甲接任黄冈县初级中学校长。这年夏天，一场特大洪水洗劫了团风，江堤溃口，学校面临灭顶之灾。童士甲顾不上家人，摇一叶木舟把学生和财产转移到安全地带，学校被迫迁到远离团风五十里、地势较高的李四光家乡——回龙山。等他安顿好学校的事情再去寻找自己的亲人时，妻子儿女下落不明，五天后一家人才得以团聚。

在共和国怀抱里诞生的黄冈县初级中学，就这样被一场暴虐的洪水吞没了。水退之后，学校又回师团风，童士甲带领师生们在河西岸挥汗如雨，重建家园。

由于工作业绩突出，1956年，童士甲被选派到北京教育行政学院学习，受到毛泽东、刘少奇、周恩来、朱德、邓小平等党和国家领导人的亲切接见。

说到这里，童老起身走进书房，拿出一个镜框，一张保存完好的黑白照片展现在我们面前。照片上，年轻时代的童士甲英姿勃发，神采奕奕，与共和国第一代领导人站在一起。这时，我分明看见，童士甲的眼里有点点晶莹的泪花在闪动。

三

人是有精神的——敬业精神、奉献精神，漆永炎集这两种精神于一身。

漆永炎是黄冈贾庙杜皮人，是革命功臣漆先庭家族的后代，土改时参加工作，1960年来到黄冈县团风中学，担任学校党支部书记，1982年任校长，1985年调任黄冈县政协常委，他把一生中最宝贵的年华无私地献给了这块使他魂牵梦绕的土地。

三年困难时期，学校每人每天只有半斤粮食，由于吃不饱肚子，不少学生病倒了。漆永炎挤出自己的半斤粮，亲手给学生做病餐；为了照顾好生病的学生，身为一校之"长"的他，带头把铺盖卷到学生宿舍；为了改善生活，他身先士卒，在学校周围的田边地角种瓜种菜。那几年，别的学校因饥饿和疾病死了学生，团风中学无一人遭此厄运。1961年，团风中学首批招收的两个高中毕业班，高考升学率达百分之八十，学校在鄂东教育界声名鹊起。

漆永炎关怀学生有口皆碑，他爱护教职工、珍惜人才亦堪为典范。下雨天，他要到每一个教职工家中走一走，看看屋里是否漏雨；无论谁生病住院，他都要到医院探望；有的老师病情严重，他亲自将其送到外地治疗；1977年和1978年两次参加大中专考试，因政审不合格而未被录取，后连续四次参加研究生考试历史专业成绩突出，因英语不过关而落榜的黄冈路口青年农民詹维东，在他的关心和支持下，被"请"到团风中学担任高三年级一百五十多人的文科班历史老师，多少年后仍被传为美谈。

楷模就是号令，关怀就是力量。在漆永炎担任书记、校长的二十多年里，全校教职工同心同德、携手共进，胜利闯过了一道又一道难关。

苍苔履痕，铁鞋难觅古道；苦乐年华，斗志能换新天。

坐在我们面前的是黄州市政协主席杨传庆，我们从他眉宇间透露的那股英武之气，断定他是一位有胆有识的领导者。

1970年，杨传庆调入团风中学，1981年担任校长，1982年担任学校党总支书记，直到1984年出任黄冈县纪委书记时，他才带着依依不舍的深情离开他生活了十五年的校园。

黄州市第一中学至今还传诵着杨传庆让房的故事。

1983年，团风中学盖起了一栋教工宿舍楼。分房方案公布的那一天，教工们怀着或忐忑或兴奋的心情，到校办打听消息。住户的名单出来了，却没有杨传庆的名字。是将杨书记的名字漏掉了吗？人们猜度着、询问着，他理当是这栋新房的第一位住户啊！后来人们才知道，在分房会议上，杨书记把分给他的那一套三居室的房子让给了一位普通老师。那位老师不忍心入住，杨传庆说："这是大家集体决定的，不是我个人的意见。"于是那位老师住上了宽敞明亮的新房，而杨传庆一家三代六口人依然住着一个二十几平方米的套间。

黄州市第一中学的历代领导人，从白云华到童士甲，从漆永炎到杨传庆，筚路蓝缕、励精图治、肝胆相照、垂范在先，正是这种荣辱与共、功成不居的"一中"精神，学校才能一步步走向今天，希望才一天天壮大起来。

十年动乱期间，黄冈县团风中学无可避免地受到冲击和影响。粉碎"四人帮"以后，劫后余生的团风中学，经过一场血与火的洗礼，舔干身上的血迹，以更加豪迈的步伐迈向未来。

1977年5月18日，新华社记者带着极大的兴趣来到黄冈县团风中学采访。5月31日，《人民日报》头版显要位置就团风中学贯彻中央拨乱反正的指示精神，整顿校园秩序，各项工作快速走上正轨的典型事迹做了长篇报道。

沧桑漫道，雄关新曲，一石激起千层浪；壮志待酬，扬帆远航，无限情怀化春泥。这所在全国有一定知名度和影响力的重点中学，在改革开放的新形势下，认真贯彻党的教育方针，牢牢把握社会主义的办学方向，全面提升教育教学质量，奏响了高亢激越的奋进之歌。

四

当我们穿过一片阳光的丛林，我们始终看见，有一带茂盛的树木，站在我们眼前，站在我们年轻的生命里。

从树木的家族里我们得到如下启示：果实奉献的是成熟的喜悦，花朵奉献的是甜蜜的微笑。但是，让我们永远记住卑微而厚实的泥土吧，当你需要的时候，她可以铺成道路，把你送到成功的那一头；她还可以化作养料，毫不悭吝地变成万物的温床。

1985年6月30日晚，在高三年级蹲点的团风中学党总支书记黎泽英，例行主持召开高三年级全体老师会议。肝部的剧痛使她实在难以忍受，豆大的汗珠不时从她消瘦的脸颊上滚落下来。她将肝部顶在沙发的扶手上，继续讲话，只是声音越来越小，最后实在讲不下去了。

老师们当即把她送往医院，医院连夜把她送往武汉。救护车在飞速行驶，黎泽英从昏迷中苏醒过来，对医护人员说："不要紧，这是老毛病发作了。"经同济医院医生诊断，黎泽英患的是肝硬化病变。她的丈夫蒋本泰第二天赶来，看到医生的诊断书，如五雷轰顶。黎泽英躺在病床上，安慰他说："老蒋啊，我的病过两天就会好，你是高三班主任，学生离不开你，你先回去吧！"7月3日，蒋本泰无可奈何地离开了病中的妻子。两天后，黎泽英独自踏上返回团风的归程。医护人员到处找不到病人，却找到了她留下的一张纸条。

回校后，黎泽英坚持上班，回到家里浑身无力，只想躺下。可刚一躺下，外面就有人敲门，她又让丈夫扶她起来接待客人。丈夫抱怨她说："你呀，在外面是英雄，在家里是狗熊。"小女儿偷偷地写了一张字条贴在门上："有事请到办公室里谈。"黎泽英知道此事，狠狠地训了女儿一通。

山一程，水一程；风一更，雪一更。引万道清泉浇祖国花朵，倾一腔热血铸民族栋梁。《奋进曲》在团风中学的校园里嘹亮地奏响，豪迈雄壮的音阶正昂然上升。

1991年6月18日，天刚蒙蒙亮，一辆货车载着几样简陋的家具，缓缓地开出团风中学，全校两千多名师生，潮水一般地涌来，为赴任黄州市教委主任的舒玉林送行。这是一个难舍难分的场面，许多老师握着舒玉林的手说："舒校长，我们舍不得你走啊！"

隆隆的爆竹声淹没了汽车的引擎声。汽车停停走走，走走停停，从舒玉林家门口到学校大门，不足五百米的距离，足足走了半个小时。

为官有为，众人称道；为官无为，众人唾弃。舒玉林在团风中学担任五年校长，成绩有目共睹。

他在学校发起教育模式大讨论，全方位、多层次地推进教育教学改革，让老师的观念由单一的升学教育模式转换到全面提高劳动者素质的素质教育模式上来，使学校建立起一个德育、智育、体育相互渗透，学风、教风、校风相互协调，学校、家庭、社会相互配合的新型育人体系。

他要求老师既要牢固树立全面贯彻方针、面向全体学生、对学生全面负责的"三全"思想，又要因材施教，注重学生个性和特长的培养，办特色学校，育特长学生。在这种办学思想的引导下，团风中学走上了适合自己的发展道路，大量尖子生和特长生脱颖而出，一座卓有成效的省级示范高中在鄂东大地巍然崛起。

团风中学真正的春天到来了！

（《崛起之歌》，长江文艺出版社1992年版，与耕夫合作）

春天的乐章

历史永远垂青于创造业绩的人们，同时也记住那些在贫贱之中矢志不移的人们。

黄州市第一中学的业绩证明了一个朴素而伟大的真理：只要你无怨无悔地付出过，你的生命在你付出的同时得到了增值，你的人生就是壮丽的。

当我们将目光投向黄州市第一中学最平凡、最丰富的心灵世界，我们发现，这所示范高中的事业大厦，之所以坚如磐石、风雨不摧，是因为有无数的肩膀凝成合力，铸成她坚固的根基。

一

1984年10月16日，黄冈县团风中学（黄州市第一中学前称）收到青海矿区核工业总公司国营二一一厂寄来的一封"喜报"："你校校友殷小成为我国第一颗原子弹爆炸成功做出了贡献，特此报喜！"

时隔二十载，人生记忆的长河奔涌不息……

1964年，是共和国长志气、抖威风的一年。10月16日，我国第一颗原子弹爆炸成功，新华社发布新闻公告，全文如下：

1964年10月16日15时（北京时间），中国在本国的西部地区爆炸了一颗原子弹，成功地进行了第一次核试验。

中国核试验成功，是中国人民加强国防、保卫祖国的重大成就，也是中国人民对保卫世界和平事业的重大贡献。

中国工人、科技人员、科学工作者和从事国防建设的一切工作人员，以及全国各地区和各部门，在党的领导下，发扬自力更生、奋发图强的精神，辛勤劳动，大力协同，使这次试验获得了成功。

中共中央和国务院向他们致以热烈的祝贺。

当校长李天相将喜报送到殷小成中学时代的班主任邓治鄂手里时，邓治鄂激动得老泪纵横。

父母总希望子女成为人中之龙、人中之凤，作为一名辛勤的园丁，邓治鄂何尝不渴望学生成为国家的栋梁之材呢？

人，只有两种生活方式：腐烂或燃烧。教师的事业是燃烧的事业，燃烧自己，照亮别人。

"那……套……试卷……发给……学生……了吗？"

这是他躺在医院的急救室里，从混沌中苏醒过来时说的第一句话，也是他在生命的弥留之际留给人间的最后遗言。

他叫周剑民，在团风中学耕耘了二十多个春秋，因劳累倒在他毕生热爱的岗位上，倒在他不断求索、不断冲刺的事业跑道上。

师生们记得，他的课讲得呱呱叫，他的钟敲得当当响，他的试卷刻得棒棒哒，而他的肺气肿病却一天天恶化，最终夺去了他钟情的一切。

根据他生前的遗愿，他的一部分骨灰运回麻城老家，另一部分骨灰撒在他热恋的河西湖畔。

劳累的生命虽不长久，但勤劳的人生却永远闪烁着光辉。

1989年9月10日，中共黄冈地委书记杨祖炎在一个教师代表座谈会上，高度评价团风中学的周孟超老师。此时，这位受到地委书记称赞的教育工作者，已经在一个月之前不幸离开了人世。

周孟超从学校创办的那一天起，一步也没有离开过这里。他是学校少有的全才、奇才、通才，琴棋书画，吹拉弹唱，以及中学的所有课程他都精通。

他担任班主任期间，经常利用休息时间为学生"开小灶"，学生缺什么，他就补什么。有一段时间，学校老师紧缺，他总是"填缺口""补空档"，经常同时带几门课程。他无论带什么课，生动形象的讲述，总能把学生的心抓得紧紧的。

周孟超老师逝世的消息传开，几百名学生从各地赶来参加他的追悼会，沉痛悼念这位令人敬仰的一代师表。

死亡不是生命的终结，遗忘才是。周孟超老师永远活在他的学生心中。

二

成功者左右环境，失败者被环境左右；世界很小很小，而心灵很大很大。仅凭我们的笔触，是断然不能描绘尽他们心灵世界的沧桑的波澜的。个人的力量很渺小，即使只有小小的光亮，他们也用来照亮别人，不断地将昨天的自己变成今天的自己，又将今天的自己变成明天的自己。成功或失败，对于他们并不重要，重要的是，他们自始至终满怀春蚕的抱负，自始至终圆着人梯和红烛之梦。

腊月无闲人，乞丐三天年。已是农历腊月二十八了，天空中灰蒙蒙的，大地寒气逼人。操志丹骑上自行车，开始了寒假家访。

操志丹老师是黄冈地区优秀班主任，"待之以诚，动之以情，晓之以理，持之以恒"，是他当班主任的十六字经验，曾在全地区交流、推广。

高三年级昨天还在上课，正月初六就要开学，一个寒假只有短短八天时间。他要在八天内跑完整个黄冈县，走访四十七位学生家长，这实在有些紧张。

王华，学习成绩不理想，家里施加的压力太大，一定要让他放下思想包袱；孙华兵，花钱大手大脚，还发现他抽烟喝酒，要同家长配合做他的工作；刘伟霞，地委机关一位领导干部的女儿，学习不够专心，跟她谈过多次，收效不大，不知症结在哪里……

　　第一天，操志丹行程八十多里，走访了六位家长。奔波了一天，腰酸腿痛，操志丹自己掏钱住旅馆，第二天一大早又上路了。学生何小华的父亲遭遇车祸，母亲长年生病，家里经济拮据，曾几次想退学，操志丹登门看望，一家人都感动得热泪盈眶。

　　腊月二十九的下午，正当操志丹准备赶回团风中学的时候，天空中纷纷扬扬地下起了大雪，路上积了厚厚的一层。操志丹索性把自行车丢在学生家里，顶着风雪，一步一滑地继续走访。在一个人烟稀少的小山村里，操志丹度过了这年的除夕之夜。

　　"在我最艰难的岁月里，是您给了我关怀、温暖和鼓励，感谢您——妈妈！"
　　"热爱事业的人是世界上最幸福的人，妈妈，那就是您！"
　　"长大后，我就成了您！"
　　……

　　每年教师节、元旦和春节，童毅都要收到一大堆这样的明信片和信件。

　　童毅是团风中学出名的"妈妈"老师，她倾注在学生身上的母爱，如山间的清泉，涓涓流淌。

　　深冬的一天，高三（6）班的邵福海一打起床钟就哭着来找童毅，原来他的衣服、餐票头天晚上被人盗走了。邵福海家庭困难，离学校又远，只能找班主任童毅想办法。童毅问明情况后，初步判断可能是校外人员作案，二话没说，当即把儿子健健的衣服都拿出来，让他试着穿上，并给他一些粮票和生活费。像这样资助有特殊困难的学生，童毅不知做了多少。

　　张丽是武汉一家工厂厂长的千金，慕名来到团风中学读书，被安排在童毅班上。初来的时候，张丽吃不惯学生食堂的伙食，学习成绩也跟不上，经常一个人躲在角落里哭鼻子，童毅了解到这些情况后，把张丽叫到自己家里，和她同吃同睡，并鼓励她要经受磨炼，尽快适应学校的环境。

　　记不清哪位哲人说过，思想是自己的才成其为思想，感情却要给予别人才成其为感情。童毅，这位团风中学倍受学生尊敬的"妈妈"老师，把满腔的慈爱播进学生心田，她得到的是桃李满天下的回报。

校园之夜，宁静而安详。林少书坐在灯下，拆阅一封学生来信。

尊敬的林老师：

您好！

我这是在遥远的南国给您写信。

您还记得我这个学生吗？我就是当年那个最让团风中学老师头痛，又最让您牵肠挂肚的调皮鬼啊。

林老师，想起您对我的关怀和培养，我的心头就涌起一股暖流。高一、高二时，我是班上的双差生，高三您任我的班主任，我的情况才有了好转。总记得我那次住院，您动员全班同学轮流照顾我，使我感到集体的温暖。您是班主任，班上事情多，可您每天都要到医院看我。那天中午，我在病床上睡着了，您悄悄推门进来，我竟没有发现。您把一些营养品放在我的床头，直到我妈妈来了以后您才离开。

感谢您，林老师！您不仅在课堂上教我们知识，在生活中也教给我们做人的道理。我认为，后者比前者更重要。我将永远记住您留在我毕业纪念册上的赠言："好好生活，好好做人，未来会拥抱你！"

遥寄尊师一纸平安。

您的学生陈刚

1992年9月7日于厦门

林少书读完这封信，透过字里行间，仿佛看见一位倔强而调皮的学生向他走来。

三

走进一片森林，我们总会产生成材的欲望；看见江上的灯塔，我们总会向往光明的人生。

当你伫立长江岸边，凝目远眺那一排排自上而下的浪峰，你的心中，是否有一川激流在轰鸣、在回应？

曾祥民前脚踏进校长办公室，我们后脚就跟了上去。几个小时前，他还在武汉参加全省教育工作会议，接受我们的采访时，他的精神很好，全然扫尽了长途跋涉的风尘。

不当家不知柴米贵，不办事不知求人难。有一个"劳苦不改公仆心"的故事，说的就是这位新任校长。

1991年6月，教育部门第二次评定专业技术职称，团风中学分来三个中学高级和八个中学一级教师指标。曾祥民知道，根据这次职评政策，全校符合"一晋高"条件的有七人，符合"二晋一"条件的有三十多人，这些人大都是学校的教学骨干，如果按上面分配的名额进行推荐，势必挫伤一些老师的积极性，而眼下正是中考、高考在即的火候时期啊！

团风中学是一个人才济济的地方，全校一百三十四名任课教师，大学学历的有一百二十一人，省、地各学会会员有四十五人，近几年有数十名教师在中央和省级报刊上发表文章三百多篇，出版学术专著二十多部。

职称评定正在当口上，名额又那么紧缺，曾祥民心急如焚。他马上找学校党总支记何国华商量，即使热脸撞冷屁股，也要再为学校争几个指标。

6月12日，骄阳似火，热气蒸腾，一辆银灰色的面包车向黄州进发，曾祥民坐在车上凝神沉思，他的脑海里迅速掠过一个个老师的名字：

王克东，"文化大革命"前考入北京外国语学院，在学校工作了二十多年，第一次评职称就符合高级教师申报条件；徐超，全国优秀教师，自1987年以来一直主持高三年级工作，每一年都奏响胜利的凯歌；易淑泉，高三语文备课组长，湖北省教育系统劳动模范，连续四年带毕业班，高考成绩一直位居黄冈地区前茅……

面包车停在黄州市教委门口，曾祥民一头钻进教委主任舒玉林家里，得知舒玉林已向黄州市委、市政府反映了团风中学的情况。

从舒玉林家中出来，曾祥民想尽千方百计，说尽千言万语，上上下下"求爷爷"，里里外外"告奶奶"，他的一片苦心终于感动了黄州市有关部门的领导。6月14日，上级主管部门考虑到团风中学的特殊贡献和实际情况，决定再拨给学校一个中学高级和八个中学一级教师指标。

当曾祥民打通所有关节，星夜驱车赶回学校的时候，面包车在路上出了故障，他和司机小冯不得不在车上度过了一个不眠的夜晚。

何国华实在是个大忙人，我们几次想采访他都扑了空，这一次好不容易在学校小会议室里"捉"到他。这位1987年9月以来担任团风中学党总支书记的学校最高决策者，正在接待来自陕西省的一个教育考察团。

我们谈起此行的目的，何国华笑了笑，说："我没有什么好写的，要写就写我们的老师吧！"随着采访的深入，何国华的话匣子打开了。

"黄州市第一中学是全省唯一不在市区的市一中，这里市不是市，县不是县，白天停水，晚上停电，我们的老师非常辛苦。"他望着挂满锦旗、奖状的墙壁，好一会儿，才动情地说，"我们有一支很好的教师队伍，他们在这片土地上默默耕耘，无私奉献，应该让社会了解和理解他们。"

说到这里，何国华又停了下来，想了想，接着说，"我们重点中学应该为培养21世纪的建设者和接班人打下坚实基础。教育要为经济建设服务，经济建设必须依靠教育。根据当今世界经济、科技、教育一体化的大趋势，教师不应该只是政治上的红人，工作上的忙人，经济上的穷人。要让教师成为全社会受人尊敬、受人羡慕的职业。"

时间在不知不觉中流走，一侃就是两三个小时。采访结束，已是夜色如泼，星汉灿烂，好一个美丽的校园之夜。我不禁想到，这里不正是托起群星的地方吗？

四

雏燕不忘乳母恩，赤子岂却故园情。

黄州市第一中学四十周年校庆期间，几代校友度若春风常生物，心如清水不沾尘。他们对母校的感激，有如根对泥土的感激；母校对他们的祝愿，又如雨露对禾苗的祝愿，江河对大海的祝愿。短短几天，他们互相交流思想，传递信息，切磋技艺，在母校架起的感情桥梁上信步徜徉，流连忘返。

黄州市第一中学本身就是一座桥，一座高大坚固的桥，一头连接着过去，一头连接着未来。

相聚有期，离别无情。校友们就要辞别母校，奔赴各自的岗位。过去与未来碰杯，豪气尽在杯中；日月与星辰共饮，深情斟满心间！

教育的目的是缔造社会。落后就要挨打，这是历史的教训。只有振兴教育，科技和经济才能挺起坚实的脊梁。

黄州市第一中学走过了四十年艰难而光辉的里程，一代一代人栉风沐雨，烛泪蚕丝，耿耿丹心，青史可鉴。事业的丰碑，大写的人生，塑成黄州市第一中学云聚霄汉的群体雕像！

（《崛起之歌》，长江文艺出版社1992年版，与耕夫合作）

春天的交响

人都渴望成为英雄，成为云中的霞光。

有人恨自己生不逢时，殊不知，惊天地、泣鬼神的壮举固然回肠荡气，但是，平凡人、普通事，小芝麻、大精神，同样动人心魄。

一

王仕娟既是一位学校管理的行家，又是一位语文教学的里手。这位1961年中国人民大学新闻系的毕业生，竟和团风中学（黄州市第一中学前称）的三尺讲台结下了不解之缘。

"我喜欢教书，对当初的选择无怨无悔。尽管教书很苦很累，但我以苦为乐，乐在其中。我已到了退休年龄，当看到我的学生有出息，有志气，我感到我的青春在延续，不为逝去的年华而感伤。"

作为黄州市第一中学主管教学的副校长，王仕娟对党的教育事业一往情深。在这块圣洁的园地里，她深深扎根，勃勃长叶，灿灿开花，累累结果。近年来，她虽然年事已高，却依然在管理、教学、科研前沿发挥着领军作用。

认识胡金州容易，因为他是黄州市第一中学大红大紫的人物——年轻的校党总支副书记；认识胡金州又不容易，因为他为人低调、谦逊，并不显山露水。

我们去采访他，他没有透露自己的显赫业绩，只给我们讲了下面一个故事：

　　还是在我担任高一年级班主任的时候，班上有个叫王卫国的学生，下晚自习的时候爱在教学楼周围逗留，我心里不得不警觉起来。

　　我当面锣对面鼓地问他，他就是不吭声。一天晚上，别的同学都就寝了，他又在教学楼前面走来走去。为了摸清他的动向，我一声不响地跟在他的身后。只见他来到教学楼东头的垃圾堆旁，把一张张废纸装进一个蛇皮袋子里。

　　直觉告诉我，他在拾荒！

　　第二天，我找到王卫国，他见再也瞒不住了，就将真实情况告诉了我。这个成绩突出、表现又好的学生，因为父母离异，生活来源几乎断绝了！为了坚持学习，他白天上课，晚上捡废纸，藏到一个工友家，星期天再送到街上去卖。

　　我心里一阵绞痛，为自己的粗心而脸红。我虽然是省级优秀班主任，但心里还少一根弦啊！我掏出十元钱给他，他不要。我说："我是你的老师，你有困难我应该帮助你，这是我的职责。以后我每月给你十块钱，如果你愿意，等你以后参加工作再还我。"

　　为了培养学生艰苦朴素的作风，净化校园环境，同时也为了帮助王卫国同学，我在班上成立了一个收废纸小组，这一坚持就是三年……

　　种子的力量是伟大的，因为它扎根泥土，根向地下延伸一寸，它的力量就增强一分，一旦破土，生命就在挤压中不屈地诞生。

　　刘从越的履历表上写着：男，52岁，1962年参加工作，教龄三十年，1978年调入团风中学，十四年中当了八年班主任，1986年担任学校教导主任至今。

　　有的人说了不做，有的人做了不说，刘从越属于又"做"又"说"的人。作为一名教师，带一个班的数学课，已经是满负荷工作量；身为校长的参谋和助手，他还要负责制订全校的教学工作计划，并代表校长督促执行，维护正常的教学秩序，全校三十个班的办学规模，纵跨六个年级，横系十二大学科，一百三十多名教学人员，每天日常的教学事务可以想见。

"像黄州市第一中学这样的大型学校，教导主任仍带主课的怕不多吧？"我们问。

"我当教导主任的时候，学校并没有安排让我带课。可是我舍不得丢专业，丢了专业就没有发言权，不熟悉教学，不了解情况，就会瞎指挥、瞎折腾，给学校带来损失。带课还是我的主业，教导主任是我的兼职。"

这就是刘从越的内心世界！三尺讲台延伸他的足迹，粉笔人生书写他的青春。他是绿叶，依托着昨夜的露珠，映衬着今晨鲜亮的太阳，且用丝丝叶脉吸收阳光和雨露，花朵的事业才蓬勃艳丽。

二

在重点中学招收"线外生"，这是改革时期出现的新鲜事。1988年秋季，经黄冈地区教委批准，团风中学高一年级首次招收了五十名"线外生"。

学生来自四面八方，学习基础参差不齐，家庭背景千差万别。要带好这样的一个班，没有三头六臂，不让你栽跟头才怪呢。谁来当这个"线外生"班的班主任？

傅国庆勇敢地挑起了这副重担。

开学头几周，班上风平浪尽。过了一段时间，那些"深水鱼儿"就冒出水面来了。

一个周末，熄灯钟响过，傅国庆到学生寝室查铺，发现两个学生不知去向。一问，刚骑车出去了。傅国庆放心不下，当即决定去找回他们。

根据门卫提供的线索，傅国庆弄清了他们的行动方向。一个疑团跳入他的脑海：他们是不是去干什么坏事？傅国庆感到问题的严重性。

月亮躲在云层里不肯出来，四周黑洞洞的，傅国庆和保卫科王炎明骑着自行车在黑暗中穿行。路上碰到行人，他们就急忙向人打听，七询八问，他们硬是问清了两个学生的踪迹，原来他俩合伙到一个离学校五公里远的村子里准备偷鱼，幸亏傅国庆、王炎明及时赶到，那两名学生才主动束手。当傅国庆、王炎明带着两名学生回到学校时，黎明在雄鸡的报晓声中来临了。

由于寒夜受凉，加之咽喉炎顽症，傅国庆不久后便病倒了。他躺在床上，几乎成了一个"哑人"。他被送到黄冈地区人民医院。医生诊断，上呼吸道严重感染使声带受阻，必须尽快手术。他人在医院，心却在班上，不等他连夜找回的那两名学生的家长到医院来看望他，他就赶回了学校。

精诚所至，金石可镂；驰而不息，金石为开。傅国庆带的"线外生"班，经过他的苦心经营，班风正了，秩序好了，三年后考走了二十多名大学生。

张学义得知舒连杰手被折断的消息是在回家的路上，几分钟前还活蹦乱跳的，没想到体育课上，就那么一个鱼跃前滚翻，把舒连杰的右膝关节也挫伤了。

张学义折身打转，急忙跑到体育训练场地，体育老师正在为舒连杰做推拉，学生们叽叽喳喳，像一窝初出窠的麻雀。张学义让体育老师继续上课，他背起舒连杰直奔团风医院。右手骨折，右膝关节严重错位！张学义守在医院，一夜未眠。

第二天，张学义打电话与舒连杰家里联系，家长把舒连杰送到地区医院治疗。几天之后，舒连杰出院，医生嘱咐他好好调养一个月。当时，农村正在忙秋收，舒连杰回家就无人料理，张学义担心舒连杰的功课落下，主动把他接到家中，像对待自己的孩子一样对待他，替他洗衣服、洗澡，还按时把他背到医院换药。张学义和班上的老师一有空就来为舒连杰补课，虽然舒连杰一个多月没到教室上课，但他的学习成绩没有掉下来，期末考试仍然挤进了班上的前十名。第二年中考，舒连杰以优异的成绩考取了本校高中。

1991年6月25日，黄州市教育委员会会议室，来自全市的六名全国优秀教师正在开展一场激烈的角逐。业绩和成果是明摆着的，其中只有一位能破格晋升中学高级教师职称，谁将蟾宫折桂，大家拭目以待。

当团风中学的徐炎清走下讲台的时候，鹿死谁手，已见端倪。

徐炎清系湖北省暨黄冈地区中学语文教学研究会理事，他的教学论文多次在全省交流并获奖，湖北教育出版社出版了他编著的《初中语文阅读指导》

《高中语文备课手册》，中央教育电视台录制并播出了他主讲的高中语文《论积贮疏》一课，这一成果还获得了黄冈地区及黄州市教改成果特等奖。1989年，国家教委、人事部、全国教育工会授予他"全国优秀教师"荣誉称号。

然而，徐炎清真正战胜对手、征服评委的，是他在教书育人方面所做的突出贡献。他接连五届任高三文科班班主任、语文老师，他对学生既严格要求，又热情关怀；既管教，又管导。他既善于培养优生，又善于转化差生；既善于开展班级集体活动，又善于做学生的个别思想工作。他带的文科班，每年高考升学率和语文人平分均列全地区第一。这些"第一"，从零开始，又超越零，浸透了徐炎清多少心血和汗水！

三

"无边落木萧萧下，不尽长江滚滚来。"

长江后浪推前浪，一代更比一代强！

黄州市第一中学不仅是一个培养学生的摇篮，也是一个锻造教师的熔炉。

1992年新年前夕，海口市琼苑宾馆名家荟萃，星光闪耀。全国中学语文教学研究会中南地区语文教学研讨会在这里召开，为椰城教育界带来一场饕餮盛宴。

会议的主题是关于中学语文教学中的德育渗透与定量分析。与会代表有河南、湖北、湖南、广东、广西、海南中南六省的教研室教研员，以及部分高等院校、科研机构的专家、学者、教授。

会议的头两天，各省代表在大会上宣读论文，交流经验，高潮迭起，精彩纷呈。会议的第三天，安排教学观摩课，再掀高潮。海口市工人俱乐部门口打出一幅巨型海报，字大如斗：

中南地区语文教学观摩课

时间：1991年12月22日

地点：工人俱乐部三楼会议大厅

课题：《蜘蛛》

教者：胡幼威〔湖北〕

欢迎光临！

　　这位在海口独领风骚的青年才俊，是湖北省出席这次会议的唯一特邀代表，来自黄冈地区黄州市第一中学的语文教师。

　　自信是成功的基石，自强是人生的阶梯。只有那些不畏艰险，激流勇进，骑风驭浪的人，方是最终抵达彼岸的人。

　　偶尔读过一篇介绍王后雄的文章，对这位相识已久、天天谋面的教书先生，我的心里很是推崇。

　　他才29岁，与我们是同龄人，面对同龄人中的佼佼者，我们总不免产生一些亲近的感觉。

　　走进王后雄的家，一股温馨的墨香扑面而来。房子虽小，但室内摆设得干净、利索，客厅墙壁上挂着一副对联：

　　"读书众壑归沧海；下笔微云起泰山。"

　　嗬！词意联境，书生意气，反复吟诵，顿觉余香满口。

　　王后雄在讲台上是活跃分子，他带的高三化学，高考成绩在黄冈地区不是夺一就是抢二。在家里，王后雄又是一位"地下攻关者"，他深钻化学教材，并结合自己的教学实践，编写出版了《中学化学系统分析》《高中化学竞赛辅导教程》《高中化学黄冈秘卷》等五部专著。

　　有人说，人一旦有了名气，好运和财源就会接踵而来。王后雄先后接到四五封高薪聘请书，武汉工业大学还答应解决他家属及子女的户口，他都没有答应。

　　自己的人生，赖以自信的脊梁。王后雄，我们想对你说，你正年轻，路延伸得正辉煌，你要好好地走啊！

　　他只读过四年书，却苦苦奋斗了十八年。

从田野走向团风中学的讲台，现任黄州市第一中学历史教研组组长，意味着他的奋斗得到了报偿。

命运的天平常不平，人生的酒杯斟满苦辣酸甜。

他是八口之家的唯一劳动力，他用一副肩膀扛起这个家。他不肯向命运低头，他有自己的追求和理想。少年失学，他边劳动边学习。家里太穷，压根儿买不起纸和笔，更买不起书，但贫穷折不弯他，他借书读，找笔写。他常跑到供销社义务打工，为的是向营业员"讨"一些包装纸，然后将包装纸装订成册，在这样的"笔记本"上，他做了几万字的学习笔记。

他一手拿锄，一手握笔，寒来暑往，春秋代序。他如饥似渴地咀嚼着他所能得到的每一本书。一部《二十四史》，让他忘乎自我。在十几年时间里，他自学完了中学文科和大学本科历史专业课程。

他是谁？细心的读者一定会发现，他就是我们在《春天的序曲》里写到的，1977年和1978年两次参加大中专考试，因政审不合格而未被录取，后连续四次参加研究生考试，历史专业成绩突出，因英语不过关而落榜的黄冈路口青年农民詹维东。

四

教育的目的是改造社会，教育的力量在于点亮人生。

如果说，德育是灵魂的塑造，美育是心灵的体操，智育是大脑的雕刻，那么，体育则是生命的舞蹈。

黄州市第一中学健步走在全面育人的道路上。

开弓没有回头箭，脚尖的方向就是目标。

报载：

　　某地高考，A考点B教室，天气酷热，考生们汗流浃背，由于考生过分紧张，有五名考生昏倒，被紧急送往医院。报界呼吁：救救孩子！

"在光荣与至善的希望中，我是无畏地向前远眺的。"用俄国诗人莱蒙托夫笔下的这句名言来概括徐世优的品格，是再恰当不过的了。

体育教师徐世优被公认为团风中学第一个迎接黎明的人，无论是数九寒冬还是盛夏酷暑，他都像一座准确无误的生物钟。他用心血铺成一条荣誉与成功之路，先后被评为黄冈地区教育战线先进工作者，湖北省优秀体育教师，国家田径一级裁判员。他的学生王忠明，在国内外重大比赛中夺得六个冠军，在1990年北京亚运会上与队友合作摘取两枚金牌。

时光回溯到1978年5月的最后一天。徐世优被抽调到黄冈地区中学生田径队担任教练，他狠心地将因公负伤的妻子丢在家里，带领队员投入紧张的训练。突然，团风中学打来电话，说他九岁的孩子不幸落水丧生。距离全区田径运动会开幕只有几天了，他丢不下训练的队员，坚持把白天的训练工作搞完，才搭晚班船回团风。他一踏进家门，倒在床上的妻子哭得死去活来。他把巨大的悲痛压在心底，料理完儿子的丧事，就一头扎入训练中去了。黄冈地区体委的领导劝他休息，他强忍着泪说："孩子死了不能复生，让我跟学生滚在一起，心里好受一些。"

俗话说，三百六十行，行行出状元。

詹碧怀干的这一行，三百六十行中有，七十二行中未必有。他是黄州市第一中学的水电工，平凡得不能再平凡。一把铁锤，一副扳手，一柄起子，叮叮当当，奏出他和谐的人生乐曲。那支试电笔在他手中，他就是学校光明的使者。学校有人不认识你和我，可是没有人不认识他詹碧怀的。谁家没有个断水断电的，只要一喊詹师傅，他就会与希望和光明一道现身。

他是学校的水电总调度，全校两千五百多号人，生活起居他包揽了一半。学校家庭，老师学生，食堂厕所，分内分外，事无巨细，只要他拿得下来的，他都有求必应。改水道，查电线，搞维修，他样样精通；停电发电，来电停机，一日三番五次，他不厌其烦。他就像一枚铆钉，忠实地铆在他的岗位上。

工作着是美丽的，忘我的工作，会使人生充满诗情和画意。

奚伯芳，这位从1982年起就担任团风中学后勤管家的勤杂工，以他吃苦耐劳的精神和公而忘私的品格，赢得了全校教职员工的尊敬。

他的岗位是清闲的，但他的工作却是忙碌的，修桌凳，安玻璃，搞采购，上班人找他，下班他找人，几乎没有节假日，有时刚扒下两口饭，丢下碗筷就跟人走。1983年，学校修建教学楼，尽管是包工包料，为了建筑材料的安全，他还是睡在材料仓库，一睡就是一年多。工程大上马的那一阵子，他半夜巡哨，夜里很少睡一个囫囵觉，一把三节手电筒，陪伴他熬过了多少个夜晚，又迎来了多少个黎明。

教育是一项面对未来的事业，谁掌握了21世纪的教育，谁就拥有了21世纪的主动权。抓住机遇，以精良的人才装备迎接挑战，是21世纪对当今教育的要求。

风雨兼程四十载，衣带渐宽终不悔。熬过漫漫长夜，残雪片片消融，黄州市第一中学正走在"春风里"，奏响"春之声"，续写着传奇般的"春天交响曲"……

（《崛起之歌》，长江文艺出版社1992年版，与耕夫合作）

春天的故事

"好雨知时节，当春乃发生。"
"最是一年春好处"，河西岸边春潮涌。

———— 一 ————

1991年3月25日，黄州市团风中学（黄州市第一中学前称）向近两万多名校友发出一封《致校友的信》。

信中这样写道：

> 不论你在何时何地，当你幸福地回忆往事的时候，你一定会想起青春流彩、岁月如歌的中学时代，一定会想起大别山南麓、扬子江北岸那一块曾经属于你的沃土，一定会想起那片绿草地上你写下的灿烂诗行……时光的流水洗不褪你对母校的眷恋，就像母校永远也不会忘记你——我们亲爱的校友！
>
> 四十不惑自风流，一路沧桑一路歌。母校欣慰地告诉你，就在共和国成立四十二周年的大喜日子里，我们黄州市团风中学光荣地迎来了她的四十诞辰。
>
> 几多风雨，几多春秋。母校从建校时两个班的初级中学，发展成为今天三十个班的完全中学，并且跨入了湖北省著名重点中学的行列，走过了一段苦难而又辉煌的历程。

四十年来，在党的路线、方针、政策指引下，母校英才辈出，桃李芬芳，你的成就就是一个例证。为了展示母校的办学成绩，加强与校友之间的联系，激励在校学生积极进取，共商建设和发展母校大计，我们决定，在举国欢庆的金秋十月，隆重举行团风中学建校四十周年庆祝活动，诚邀新老校友欢聚一堂，共叙情意。

经过半年多的精心筹备，1991年10月19日下午三时，庆祝团风中学建校四十周年大会在团风电影院隆重举行，团风中学党总支书记何国华汇报了学校的办学业绩：

"学校在以德育为首的前提下，紧紧把握教学工作这个中心，教育教学质量稳步上升。恢复高考制度以来，团风中学的升学率一直位居黄冈地区重点中学前列。1991年六个高三毕业班，高考上线二百八十九人，创历史最高水平，一名学生以六百二十七分的总成绩，夺得黄冈地区高考理科状元，为团风中学四十周年诞辰献上了一份厚礼。学校广泛开展第二课堂活动，各学科的竞赛成绩也在不断提高。"

何国华同时强调，"团风中学每年为高等院校输送了两百多名新生，这绝不是片面追求升学率的结果，恰恰是挣脱了片面追求升学率的束缚，尊重教育规律，全面贯彻方针取得的必然胜利。作为重点中学，保持较高的升学率，这是责无旁贷的。我们还要继续讲升学率，但决不能单纯追求升学率。我们必须全面贯彻党的教育方针，研究中学基础教育的规律，进一步探索提高教育教学质量的新途径，为祖国培养更多的优秀人才。"

"师者，所以传道、授业、解惑也。"这每一个文字的背后，浸透了多少老师的心血和汗水。"春蚕到死丝方尽，蜡炬成灰泪始干"，也许不能道出为人师者的全部内涵，但它足可以概括一个教师的圣洁与伟岸。

经黄州市人民政府批准，团风中学从四十周年校庆之日起，更名为黄州市第一中学，这既是对学校既往的肯定，更是对学校未来的期许。

二

1991年金秋十月，秋韵依依，阳光可人。

在灯光球场上，我们找到了黄州市第一中学体育教研组长、篮球教练龙国元。这位身强力壮、膀大腰圆的体育老师，正在带领学校篮球队加紧训练，准备迎战11月中旬的全区中学生运动会。

龙国元执哨的学生篮球队，近几年战绩不错，先后有二十二人获得省二级篮球运动员称号，有六十八人获得全国、省级中学生篮球运动健将殊荣。

学生董建中家境贫寒，学习刻苦，训练也很投入，球技不错，龙国元从生活和学习上关怀他，他终于以优异的成绩考入武汉体育学院。

队员王志勇身体素质好，但是信心不足，龙国元启发他，人生能有几回搏，不抓住当下，往后后悔就迟了。他给王志勇制订切实可行的训练计划，经过一段时间的勤学苦练，王志勇进步很快，高考中被中国人民警官大学录取。

多年来，龙国元一直带高三体育课，除按《大纲》上好每一节体育课外，还与另一位田径教练吴润堂协作，主抓学校业余体训队。从1981年至1991年，团风中学共为高等院校输送了一百三十多名体育专业人才。

风雨练就一身胆，深情换来艳阳天。

从徐世优献身团风中学体育事业开始，先后有龙国元、吴润堂、蔡菊香、詹克章、杨宏金、余国元步上黄州市第一中学体育教坛。正是他们，追星逐月、无悔人生每步棋，傲霜斗雪、不改少年英雄志，才使黄州市第一中学的体育事业欣欣向荣，蒸蒸日上。1985年，学校被黄冈地区确定为田径传统项目学校；1986年，在黄冈地区重点中学和中等师范田径运动会上，学校获得团体总分第一名。此后，在黄冈地区中学生运动会上，都获得了较好的名次。

三

如果说体育反映的是学校的精神风貌，那么共青团工作催开的则是学校精神文明的花朵。黄州市第一中学的共青团工作绚丽多彩。

我们不着墨描绘"五四"青年艺术节的盛况，也不说广播站小记者团的活跃，单说"一中"的共青团奖学金制度，你就可以略见一斑。

1988年秋季，学校试行共青团奖学金制度，设立共青团四有新人奖、正气奖、发明创新奖、文学创作奖等十个单项奖，每学年评选一次，1989年2月，《中国青年报》在《共青团支部》专栏予以报道。自这项制度推行以来，已有二十八名团员获此殊荣：

1989年4月，舍己救人的童国森同学获"共青团正气奖"，5月，他又获得黄冈县委、县人民政府授予的"青年精英"荣誉称号；

1990年6月，学生赵爱军获"共青团四有新人奖"，被保送到华中农业大学深造；

1991年11月，何骁同学在"五小"创新活动中成绩突出，荣获"共青团发明创新奖"，并出席湖北省学生联合会年会，受到省委书记关广富、省长郭树言的亲切接见……

共青团的工作妙在寻找契机。团委书记余启利、副书记丰小兰巧借东风，开拓新路，使共青团工作有效配合了学校的工作，得到了学校领导的大力支持。1991年，学校党总支书记何国华荣获团地委"重视共青团工作领导奖"。

……

"风雨送春归，飞雪迎春到。已是悬崖百丈冰，犹有花枝俏。"

历经甘与苦，天涯共芳草。"待到山花烂漫时，她在丛中笑。"

我们的采访就要结束了，而当代"黄州一中人"新一轮远征已经开始。

东方风来满眼春。他们正向着更为远大的理想奔跑。

八千里路云和月，九万里风鹏正举！

（《崛起之歌》，长江文艺出版社1992年版，与耕夫合作）

竞演之路

2017年9月8日，将是一个令无数黄冈人激动、振奋和自豪的日子。

夜幕降临，鄂东大地，从市区到县（市），从城镇到农村，人们会早早守候在电视机前。

"一次城市品牌的巅峰对决，一场旅游产业的顶级盛会。市长代言登台对决，三十二城强强比拼。三亿核心受众，打造中国旅游发展强势平台……"

在观众期待的目光中，大型城市文化品牌竞演节目《魅力中国城》黄冈VS（对）鹰潭将如约而至，央视二套进入黄冈时间。

—

《魅力中国城》由中央电视台主办、财经频道承办，盈科旅游独家冠名，分初赛、复赛、半决赛和总决赛，是中国城市的跨屏融媒体创新互动。

2017年7月25日，湖北黄冈与江西鹰潭在河北大厂影视小镇相遇。经过激烈角逐，黄冈战胜实力强劲的对手，拿下初赛竞演的胜利。

电视上我们将看到，"城市初见"环节，刘美频市长通过演讲结合宣传片、表演等多种创意方式介绍黄冈城市特点与文旅资源，东坡遗爱、名人高地、红色圣土、教育之乡和大别山水先声夺人，震撼全场。

"城市味道"环节，黄冈展示的是大别山吊锅、东坡肉、板栗烧鸡、雪花糕、鱼面等最具特色的城市美食。著名相声表演艺术家陆鸣，黄梅戏表演艺术家谢思琴、王刚，美食节目主持人赵怡敏等表演的情景剧《大别美食传美名》，将大别山精美绝伦的美食文化演绎得生动传神、淋漓尽致。当一首荡气回肠的《妈妈的味道》在舞台上响起时，许多观众已是泪流满面。

八月桂花遍地开，铜锣一响《黄安谣》！"城市名片"环节，黄冈用"秀"展现红色文化和戏曲文化等核心文化旅游资源。

"小小黄安，人人好汉，铜锣一响，四十八万。"红安县实验小学"小小铜锣艺术团"的歌舞《黄安谣》最先亮相。"我们都是红安人，两百个将军同一个故乡，我们都是将军的后代！"现场掌声雷动，一片沸腾。

湖北省歌剧舞剧院表演的情景片段《铁血红安》，再现黄麻惊雷和鄂豫皖苏区血与火的光辉岁月，不断将气氛推向高潮。

"烈士的鲜血没有白流！看，我们今天的生活多么幸福，多么美好，多么快乐！"在清脆的童声和欢快的乐曲声中，麻城东路花鼓戏剧院表演的《花挑迎亲》，黄冈市玲玲艺术培训学校、市老干部艺术团表演的黄梅戏歌舞《天上人间黄梅腔》，黄梅戏经典唱段和黄梅戏说唱惊艳全场。中国黄梅戏第一小生张辉一曲黄梅戏选段《黄州境内美山川》，将气氛推向顶点。

"城市名片"从战争到和平，从苦难到辉煌，大气磅礴，穿越时空，生动地再现了黄冈的历史记忆和现实生活，展现了黄冈深沉厚重的文化名片。

二

《魅力中国城》是央视2017年推出的重点栏目，旨在通过具有国际影响力的现象级节目，推动中国旅游产业的发展，助推中国经济升级转型，其入选城市是亟待被全球深度认识的中国城市代表——黄冈正是这样一座城市。

在回答黄冈为什么要参加这次竞演活动时，黄冈市委常委、宣传部部长陈继平说，经常听到外地人把"黄冈"说成"黄岗"，这说明黄冈在全国还是一个小众城市，知名度不高。

2017年6月9日，黄冈市委、市政府决定报名参演《魅力中国城》，利用国家平台展示和宣传黄冈，扩大黄冈影响。

6月12日，副市长陈家伟到北京参加竞演分组抽签，黄冈市与江西省鹰潭市相约同台比拼。

6月15日，黄冈市政府下发竞演工作方案，"城市名片"环节十分钟文艺表演由市文广局承担。

6月21日，黄冈市政府召开动员大会，市委副书记、市长刘美频对竞演进行全面部署，文艺表演创排工作迅速展开。

……

文化是城市的灵魂。黄冈文化博大精深，红色文化、名人文化、东坡文化、禅宗文化、戏曲文化、中医药文化、生态文化交相辉映。

如何在短短的十分钟内，把黄冈的文化魅力呈现给全国亿万电视观众？

黄冈市文化新闻出版广电局从黄梅县请来了从艺四十八载，执导过上百部大戏、数十台晚会的著名导演张文桥担任"城市名片"总导演，组建了由导演、编剧、作词、作曲、音乐制作、服装、道具、化妆等组成的专家团队和工作专班，在湖北广播电视台首席导演、《魅力中国城》黄冈竞演总导演郭光俊指导下，一个以黄梅戏音乐为主元素，融合红安民歌、麻城东路花鼓戏、中国传统戏曲打击乐和交响乐，集歌舞、说唱、黄梅戏表演于一体的节目方案很快出炉。

东路花鼓戏是国家级非物质文化遗产代表性项目，唱腔丰富，旋律优美。麻城花挑是省级非物质文化遗产代表性项目，舞蹈轻快、活泼，富有深厚的生活情趣和气息。麻城东路花鼓戏剧院则是全国知名的"扁担剧团"，每年送戏下乡一百五十场次以上，曾为毛主席汇报演出，2015年被中宣部、文化部等十二部委授予全国文化科技"三下乡"先进集体。

接受《花挑迎亲》创排任务后，剧院派出三十五人的强大阵容，不分昼夜，连续作战，在艺术表现上精益求精，力求尽善尽美，终于以东路花鼓戏音乐的独特魅力和麻城花挑的炫丽舞姿，完美呈现了麻城的人文历史和大别山民俗风情。

黄梅戏歌舞《天上人间黄梅腔》演员阵容也颇为强大，共有四十八人参演。他们当中，有黄冈市玲玲艺术培训学校的十二名青年教师和二十四名六、七岁从未离开过父母的孩子，也有市老干部艺术团十二名曾舞动第十一届中国艺术节和央视《舞蹈世界》的"黄州俏大妈"。黄冈市舞蹈家协会副主席、节目导演易玲说，这个节目要表达的是，传统文化黄梅戏在社会的普及和传承。

红安县实验小学小小铜锣艺术团是最后一个接到竞演任务的演出单位。7月16日晚，陈家伟副市长拍板，紧急调《黄安谣》来黄州排练。此时，各路演出团队已经在黄州封闭排练了五天，进京前集中排练时间只剩最后一天。

《黄安谣》是红安县实验小学小小铜锣艺术团经典保留节目，由著名作曲家王原平谱曲、国家一级编导唐静平编舞，音乐气势恢宏，编导别具一格，服装、道具设计精美绝伦。

2017年7月17日一大早，三十二名五、六年级《黄安谣》小演员在艺术总监黄永红的带领下，风尘仆仆地赶到黄州排练场地。

竞演结束后，黄永红第一时间向李先念之女、中国人民对外友好协会会长李小林汇报红安孩子们的出色表现，李小林高兴地说："我也万分骄傲，我是红安人！"

三

2017年7月19日，《魅力中国城》黄冈战队首战出征。

清晨五时十五分，晨曦中的遗爱湖畔彩旗飘舞，鼓乐齐鸣。

黄冈市政府副市长、黄冈战队竞演现场总指挥陈家伟和二百六十名战队队员从各地会集到黄梅戏大剧院广场，黄冈市委书记、市人大常委会主任刘雪荣率市四大家领导为战队壮行。

"我们不胜，谁胜！"刘雪荣寄语战队"将士"，"拿出舍我其谁的英雄气概，树立必胜的信念和勇气，朴诚勇毅，不胜不休，黄冈必胜！"

"人文黄冈，红色圣土；朴诚勇毅，不胜不休"。黄冈市委副书记、市长、黄冈战队队长刘美频发出"出发"指令。

催征锣鼓抖精神，朝霞铺路向北京。

队员们在陈家伟副市长带领下，分乘五辆大巴车，一路北进。

乘坐大巴进京，既节约竞演成本，也便于抵京后从驻地到演播厅之间的往返，是许多竞演城市的首选，得到了大家的理解和支持。

从副市长陈家伟到市旅游委、市商务局、市文广局领导，从不满6岁的小演员到年过六旬的老大妈，历经十九小时车程，大家一路上欢歌笑语，既充满豪情壮志，又饱含砥砺与艰辛。

玲玲艺术培训学校的周明老师，是一个晕车到连药都能吐出来的人，上车前吃了随行队医的晕车药，肚脐上贴上生姜，除了中途吃饭被人叫醒，几乎是一路昏睡着挺到驻地通州。

七岁的小欣颜在车上突发高烧，体温升到三十九摄氏度多，队医和生活老师及时给她喂药喂水，每隔半小时量一次体温。孩子到达北京后，三天才退烧，依然坚持排练，表现得格外坚强、勇敢。

2017年7月20日清晨五时，队员们早早起来，赶往离通州三十公里外的河北大厂影视小镇，参加首次实地彩排。

7月21日，省黄梅戏剧院院长、著名黄梅戏表演艺术家张辉在结束黄冈创建大别山世界地质公园演出任务后，率领演员和乐队，火速赶往现场。

7月22日，市长刘美频和市委常委、常务副市长张社教来到现场，看望慰问参演队员，参加节目彩排，并就节目录制和演出细节，与央视导演组进行沟通和交流。

7月23日，黄冈艺术学校四十二名助演队员抵达北京。

7月24日，市委常委、宣传部部长陈继平，市人大常委会副主任何东英，市政协副主席吴佑元到现场助阵。

一连几天，队员们每天训练十多个小时。渴了，连喝水都顾不上，实在困了，就躺在地上打个盹儿。

高强度的训练，央视、省、市导演团队精心打磨，"城市名片"精彩纷呈，为全国观众奉献了一台视觉盛宴。

特别值得一提的是，黄冈赢得《魅力中国城》首场竞演，还有两人立了大功：一人是黄冈本土作家何存中，根据他的小说《门前一棵槐》改编的三十八集电视连续剧《红槐花》由当红影视明星宁静主演，宁静是现场专家评委之一，她理所当然地投了黄冈一票；另一人是市旅游委副主任程建华，在竞演头天晚上讨论介绍黄冈饮食文化的新创说唱节目时，原有一句唱词"吃了东坡肉能减肥"，明显有些夸张，违背常理，程建华鼓励我提出修改意见，改为"吃了东坡肉不增肥"，市领导和导演组当即拍板予以采纳，并连夜修改录制。

四

2017年7月26日，黄冈战队胜利班师。

在通州驻地，刘美频市长挥手为大家送行。

一样的大巴，一样的行程，队员们感到分外轻松。

深夜二十三时许，车队顺利抵达出发地。

黄梅戏大剧院广场上，灯火辉煌，人山人海。刘美频市长率市四大家领导、市直单位主要负责人以及各界群众，列队欢迎战队凯旋。

黄冈，一夜无眠！

（《黄冈日报》2017年9月1日）

一座剧院与一座城市的"互粉之路"

2019年12月14日晚，华灯初上，中国黄梅戏的故乡——湖北黄冈，一场以"梨园芳华·薪火相传"为主题的黄梅戏迎新晚会，在黄梅戏大剧院浓情上演。

中国戏剧梅花奖得主、全国人大代表、湖北省黄梅戏剧院院长张辉率众多实力派演员和黄冈市艺术学校的师生们，联袂演唱《天仙配》《女驸马》《梁祝》《春江月》《罗帕记》《未了情》等经典黄梅戏选段，让戏迷们如痴如醉，流连忘返。

时值隆冬，美丽的遗爱湖畔暖意融融。

这是黄梅戏大剧院今年第三个市民开放日，也是黄冈保利大剧院管理有限公司成立五周年、黄梅戏大剧院开业运营四周年之际，公司举办的"年度庆"系列演出黄梅戏专场。

一

黄冈是中国文化高地，历史文化、名人文化、东坡文化、戏曲文化、红色文化、生态文化等文化名片光耀华夏，熠熠生辉。

然而，长期以来，受经济发展制约，黄冈文化事业欠账颇多，公共文化设施落后，不能满足人民群众日益增长的精神文化需求。拥有一座高标准的现代化剧院，是张辉和戏迷们曾经的梦想。

党的十八大以后，黄冈市委提出"强工兴城、强农兴文"的发展重点，将文化融入发展战略，依托资源、发挥优势，形成特色、差异竞争，以文化助推黄冈发展升级，推动黄冈由文化大市迈向文化强市。

五年前，黄冈市区重大社会发展项目——一座别致新颖的大剧院——黄梅戏大剧院破茧而出，惊艳耀世。

这座占地一百二十亩、建筑面积两万八千平方米、总投资三亿多元的大剧院，分大剧场、小剧场、图书城、湖北省黄梅戏剧院办公区、排练区和商务区，可容纳一千余名观众，是国内最为先进的大剧院之一，也是鄂东体量最大的现代文化艺术综合体。

大剧院设计独具匠心。从空中俯瞰，她既似五片硕大的梅花花瓣，盛开在遗爱湖畔，凸显黄冈作为黄梅戏发源地的历史地位，又似五个跳动的音符，为这座城市平添浓郁的文化艺术氛围。

建筑是凝固的音乐，音乐是流动的建筑。黄梅戏大剧院将二者完美结合，显示出独特的象征意义和精神气质，是老区黄冈高昂市区龙头的标志性工程和文化地标。

黄梅戏大剧院委托国内剧院经营管理行业标杆、全国乃至世界领先的直营剧院院线——北京保利剧院管理有限公司管理运营，开业运营即融入国际朋友圈，成为黄冈文化惠民的龙头阵地和高雅艺术的殿堂。

2015年12月25日，黄梅戏大剧院举行首场惠民演出。迄今为止，黄冈保利大剧院管理有限公司共组织各类演出四百二十场，引进国内外表演院团两百余家，接待观众近三十万人次。

"文化艺术是一座城市的灵魂，有了殿堂，灵魂就不必到处流浪。"黄冈市艺术研究所所长夏建国说，"黄梅戏大剧院好戏连台，为黄冈城市夜空增添了一道最美的风景。"

二

北京保利剧院管理有限公司是国内知名的剧院管理和演出运营企业，是全国精品演出运营平台、国际文化交流平台、剧院票务营销平台和剧院艺术教育平台。

从2015年12月28日，莫斯科国立音乐厅交响乐团艺术家携柴可夫斯基《天鹅湖》组曲等二十余首中外经典名曲空降黄冈，到2020年1月1日，即将迎来的"巴纳特蒂米什瓦拉爱乐乐团音乐会"，黄冈保利大剧院管理有限公司先后引进上海影乐乐团"邓丽君经典演唱会"、意大利经典歌剧《茶花女》、俄罗斯唯美芭蕾《天鹅湖》、英国动漫舞台剧《小羊肖恩》、"德国汉堡节日交响乐团音乐会"、"中国国家交响乐团城堡室内乐团音乐会"、"著名二胡演奏家宋飞音乐会"、"齐·宝力高野马马头琴乐团音乐会"、"布加勒斯特国家歌剧院合唱团音乐会"、中国话剧百年第一戏——天津人民艺术剧院《雷雨》、俄罗斯圣彼得堡国家冰上芭蕾舞剧《睡美人》、"德国海顿交响乐团新年音乐会"、"中央歌剧院合唱音乐会"、"维也纳莫扎特男童合唱团音乐会"、爱尔兰国宝级舞剧《大河之舞》、"意大利圣雷莫交响乐团音乐会"等120余场国际国内高端演出，市民一次次走进剧院，与高雅艺术温暖邂逅。

2019年，面对演出经营市场新常态，黄冈保利大剧院管理有限公司秉承"高贵不贵、文化亲民"的惠民宗旨，坚持"内容为王"原则，创新经营理念，植根公益性、着眼艺术性、注重参与性，优化演出剧目，落实惠民票价，完善营销手段，挖掘市场潜力，扩大消费群体，规范内部管理，提升服务质量，培育重点演出季，黄梅戏大剧院亮点频现，重磅连连。

3月5日，根据莎士比亚原著改编、由著名话剧导演林兆华执导的民俗喜剧《仲夏夜之梦》在大剧院精彩上演，为黄冈市民带来一场欢乐的盛宴。以前很少接触话剧的黄冈师范学院学生王小洁说："在原著荒诞、无厘头剧情的浪漫主义基础上，融入东方戏剧情节，喜上加喜，笑料倍增，让人耳目一新。"

6月1日，黄州区汉川门社区、大地社区等六个社区六十名留守、困难儿童走进黄梅戏大剧院，免费观看根据世界经典格林童话故事改编的舞台偶型剧《小红帽》，用现代化的方式还原美丽的童话，现场感受梦幻迷离的舞台儿童剧。精美的道具、美妙的音乐、充满童趣童真的互动环节，把小朋友们带进无忧无虑的欢乐时光。

"希望通过走进剧院的方式传播艺术、温暖心灵，让留守、困难儿童感受到关怀、欢乐和童年的美好。"黄冈保利大剧院管理有限公司总经理王志方表示。

6月21日，"筝情真意——丁雪儿古筝独奏音乐会"在黄梅戏大剧院奏响，纯净的音色，极富乐感和张力的演奏技巧，为黄冈乐迷们带来一场盛大的古典音乐之旅。

黄冈保利大剧院管理有限公司每年策划公益演出品牌，推出三十、五十元惠民票价的高雅"市民音乐会"，观众只需花很少的钱，就能得到美好的艺术享受。

7月19日，"纪念肖邦逝世一百七十周年——华沙国立肖邦音乐学院交响音乐会"登陆黄梅戏大剧院，精心挑选的音乐家们，为黄冈观众带来国际顶级管弦乐演奏……

"城市因剧院而灵动，剧院因城市而精彩。"黄冈市委宣传部副部长、市新闻出版局局长柳长青说，"一场场文化盛宴，提升黄冈城市文化气息，也使黄梅戏大剧院成为黄冈城市的文化符号和市民的精神家园。"

三

开业迎宾四载，黄梅戏大剧院异彩纷呈。

繁荣本土艺术，黄冈保利大剧院管理有限公司砥砺前行。

四年间，湖北省黄梅戏剧院、湖北省地方戏曲艺术剧院黄梅戏剧团、黄梅县黄梅戏剧院、麻城东路花鼓戏剧院、武穴市文曲戏研究院、英山县黄梅戏剧团、罗田县黄梅戏剧团、蕲春县黄梅戏剧团、黄州区青年黄梅戏剧团、团风县青年黄梅戏剧团、红安县楚剧团、浠水县楚剧团等本地专业戏曲院团，先后走进大剧院，举办惠民演出三十多场，让广大市民时时过足戏瘾。

与此同时，黄冈保利大剧院管理有限公司力推黄冈原创精品黄梅戏《东坡》入选2018、2019年"国之瑰宝"系列，在长沙、株洲、宜春、吉安等地保利院线巡演，扩大"鄂派黄梅戏"的影响力。

以社会效益为主，兼顾经济效益，是北京保利剧院管理有限公司的发展路线。在服务社会的各类文化公益活动中，黄冈保利大剧院管理有限公司也从未缺席。

为提高黄冈观众的艺术修养和文明素质，公司举办艺术大讲堂，开办大师班，组织京剧夏令营，举行演员见面会，开展声乐、戏曲、器乐、舞蹈、绘画和文明观演礼仪培训，招募文明观演小小志愿者，既使观众有机会零距离接触艺术家们，拉近观众与艺术的距离，也使黄梅戏大剧院成为培养观众的欣赏习惯和文化修养的社会课堂。

一座伟大的建筑可以改变一座城市。黄梅戏大剧院的运营，不仅让黄冈地方特色文化展示和多元文化艺术精品引进有了更好的平台，也为黄冈城市发展带来新的动能，从而不断提升黄冈的城市品位。

四年来，黄冈整合黄梅戏大剧院周边的市图书馆、遗爱湖书城、黄州书院、市艺术学校、市文联、市诗词协会、市书法家协会、纽宾凯小镇、东坡外滩等文化单元，将其着力打造成整体展现黄冈优秀传统文化的聚集区、综合性都市文化休闲示范区，通过定期举办系列文化活动，使各个文化单元之间相互促进、相互补充、相得益彰，实现传统文化的创造性转化和创新性发展。

仅2019年，黄冈国际半程马拉松、大别山（黄冈）世界旅游博览会、央视财经频道《魅力中国城》访谈、大别山（黄冈）文化旅游推介、大别山（黄冈）地标优品博览会暨第二届文化美食节等大型赛事和重要活动相继在这里举办，最大限度地释放文化聚集区的引领带动效应。

爱上一座城，或许因为这座城市有一座剧院。如今，黄冈市民把黄梅戏大剧院及周边文化街区作为工作生活之余观赏演出、阅读学习、品尝美食的首选场所，在欣赏优秀文化的审美过程中享受生活乐趣，感受黄冈魅力。

黄冈市文化和旅游局党组书记、局长王建学说："要想知道一座城市的文明程度，看看它的剧院就可以了。黄梅戏大剧院的兴建，实现剧院与城市'互粉'，不单纯是文化概念，也投射出更多的经济与社会意义。"

黄梅戏大剧院，一座城市的心灵归宿！

（《文旅中国》2019年12月17日）

黄梅戏大剧院畅想曲

多年以后，你如何回忆2015年12月28日？

夜色来临，华灯初上，遗爱湖畔流光溢彩，灿若星河。

俄罗斯莫斯科国立音乐厅交响乐团的艺术家们，携二十多首世界经典名曲，在唯美浪漫的湖北黄冈黄梅戏大剧院，为市民献上顶级的"2016新年音乐会"，点亮黄冈文化天际线。

一

黄梅戏大剧院于2009年立项建设，历时五年建成，总投资三亿多元，委托黄冈保利大剧院管理有限公司管理运营。2015年12月28日，黄梅戏大剧院以一场盛大的新年交响音乐会完成开业首秀，带领老区拥抱世界。

转眼八年过去，黄梅戏大剧院依然光芒四射，熠熠生辉，照亮黄冈市民的精神生活。

2023年5月14日晚，黄梅戏大剧院华灯璀璨，星光闪耀，中国话剧百年第一戏——天津人艺版曹禺剧作《雷雨》在这里浓情上演。两个家庭、八个人物、三十年的恩怨，不论是家庭秘密还是身世秘密，所有的矛盾都在雷雨之夜爆发。

一部《雷雨》，六十春秋，传世经典，历久弥新，令现场观众激情难抑，如痴如醉。

就像这部以悲悯的情怀来俯视这片土地上的人们，以一声声惊雷发出对人性的拷问的经典之作一样，开业以来，黄梅戏大剧院共完成各类精彩演出六百八十多场，来自世界各地三十多个国家和地区的万余名艺术家，为六十多万名现场观众带来艺术享受。

黄梅戏大剧院是专门用来表演音乐会、演唱会、戏剧、话剧、歌剧、舞剧、音乐剧、歌舞、曲艺、杂技的场所，不仅体量庞大，而且功能强大，是黄冈最重要的地标之一，堪称黄冈的文化客厅和市民的精神家园。

黄冈为什么需要大剧院？

剧院伴城市而生。从西汉长安上林苑的平乐观到宋元汴京的勾栏瓦肆，从清代开埠后上海最早的欧式剧场，到新北京十六景之一的地标建筑国家大剧院，一个时代有一个时代的剧院，而剧院也正是城市文化的灵魂所在。

城市因剧院而变。剧院是高雅艺术聚集的场所，能够拉动城市生长，改变城市形象。一座城市要立得住、站得稳、行得远，必须提升城市文化品位，剧院的意义不言而喻。

2008年，作为国家表演艺术中心的国家大剧院建成，让大剧院更多了一种彰显一个国家或一座城市文化地位的意味，剧院对城市的意义愈加显现。

随着人民日益增长的美好生活需要，正如图书馆、博物馆一样，对于一些文化底蕴深厚和雄心勃勃的城市，大剧院成为一种标配，不可或缺。

与主题乐园、摩天轮等游乐设施和大型文旅综合体不同，大剧院倾向于对艺术有一定鉴赏能力和更有消费能力的人群。黄冈虽是有七百五十万人口的大市，但市区人口规模不大，经济实力也并非雄厚，赶上兴建大剧院的时代浪潮，是否有些超前？

有研究表明，大剧院的建设与城市人口数量并没有直接关系，很多城市兴建大剧院之初，同样没有足够大的消费市场支撑其运营，但大剧院却让更多对生活环境有要求的人，找到符合其预期的心安之地，从而吸引更多就业者，剧院和城市走上一条"互粉之路"，这就是所谓"大剧院效应"。维也纳国家歌剧院每年接待数以万计的歌剧爱好者朝圣，悉尼歌剧院则更是城市的金字招牌。

黄冈大剧院的命名也颇有深意。武汉大剧院因位于"天下知音第一台"——古琴台而命名为"琴台大剧院"，湖北潜江大剧院因中国现代最为著名的戏剧大师曹禺祖籍潜江而命名为"曹禺大剧院"，浙江诸暨大剧院则因是中国四大美女之首西施的出生地而命名为"西施大剧院"。黄冈大剧院被命名为"黄梅戏大剧院",是因其外形设计为梅花状,与中国戏剧表演艺术最高奖"梅花奖"之"梅"、黄梅戏之"梅"和黄冈市花——梅花之"梅"字遥相呼应,凸显黄冈作为黄梅戏发源地和京剧鼻祖余三胜故里的戏曲大市的历史地位,展现黄冈革命老区梅花般傲然屹立的独特风骨和神韵。

进入新时代,随着文化强国建设步伐加快,各地兴建和改建的大剧院也越来越多。数据显示,投资达数亿元的大剧院已达八十多家。

二

业内人士深知,建一座大剧院并非易事,但比建设更难的是管理和运营——观众会为歌剧、话剧、舞剧、交响乐这些高端演出买单吗?

没有一个交响乐团来大剧院演出是能让剧院赚钱的,几乎都是往里贴钱,少则一二十万,多则上百万,就连纽约大都会歌剧院也不例外。这家具有领导地位的世界级的大剧院每年开销多达三亿美元,演出收入尚不到一半。

大剧院终归是服务城市居民的文化场所,高雅艺术不是高价艺术,而是百姓家中的艺术厅堂,让其符合当地文化消费需求,必须坚持"高贵不贵、文化惠民"的理念。

文化需要公益,也需要经营,需要脚踏实地,也需要仰望星空。经过实践探索,加入专业的全国连锁机构,地方政府给予大力支持,让艺术回归人民、回归大众,把高雅艺术变成亲民艺术,才能实现大剧院良性运行和可持续发展。

黄梅戏大剧院走的正是这样一条发展路径。

在黄冈,黄梅戏大剧院是一个独特的存在。它既是经营文化单位,又是公益文化单位;既是鄂东最大的现代化剧院,又是武鄂黄黄都市圈最大的文化惠民工程。走进这座大剧院,我们所看见的恰恰是这样一个美好现实和愿景。

作为国内最为先进、最为现代的剧场之一，为让更多市民有机会欣赏到全国乃至世界顶级艺术精品，黄梅戏大剧院利用保利院线的节目资源降低经营成本，利用政府补贴落实惠民票价，致力引进高端剧目，推出观众喜闻乐见的地方剧目，坚持打造"新春惠民演出季""湖北传统文化艺术展演""打开艺术之门系列暨少儿文化旅游节"和"黄冈保利艺术节"四大特色演出季，在剧目选择上最大限度地体现艺术性和接地气的统一。

"蒹葭苍苍，白露为霜，所谓伊人，在水一方。"2022年3月9日晚，话剧《武则天》在黄梅戏大剧院上演，刘晓庆饰演"一代女皇"武则天。

刘晓庆与一千三百多年前这个传奇的女人有解不开的一生之缘，四度出演武则天，饰演传奇、缔造传奇，而舞台角色与电视角色是完全不同的表演方式，刘晓庆精湛的演技，惊艳黄冈观众。

2022年3月23日至25日，爆款舞蹈诗剧《只此青绿》——舞绘《千里江山图》登陆黄梅戏大剧院，开票即引发抢购潮，购票客户群体有省内荆州、潜江、孝感、武汉、黄石、鄂州等兄弟城市和省外九江、南昌、合肥、六安、安庆等周边城市，黄梅戏大剧院"遭遇"一票难求的甜蜜烦恼。

《只此青绿》由中国东方演艺集团青年编导、舞坛"双子星"周莉亚、韩真共同执导，张翰主演，对话北宋天才画家王希孟，"美到窒息、美到落泪"。作为中国十大传世名画之一，《千里江山图》与《清明上河图》并称"北宋旷世名作"。《只此青绿》以舞入画，用舞蹈为观众开启一次沉浸式的"赏画"之旅。

一年之后的2023年3月22日至23日，又一场执着的跋涉，越过千万年时光，来到遗爱湖畔徐徐展卷，光束投射出的唯美画面与水雾边曼妙、优雅的舞姿相映生辉。一部经得起时间和市场考验的大型绝美舞剧，郑州歌舞剧院倾心打造的巅峰之作《水月洛神》，在黄梅戏大剧院引领观众穿越千年时空，见证洛神在水月相接的时空中遨游。

2022年6月25日至26日，"国之瑰宝·保利情——2022中华优秀地方剧目展演"来黄冈巡演，"五朵金花"之一、著名黄梅戏表演艺术家吴琼带来她主演的黄梅戏《姑溪谣》《罗帕记》，在黄梅戏大剧院唱响天籁之音。

在黄梅戏的故乡，吴琼在黄梅戏音乐特色的范围内，根据人物的性格特性，在唱腔上做了大胆的创新处理，几个核心唱段都做了修改，使不同的唱段拥有不同的艺术特色，既别具一格，又相得益彰，展示了黄梅戏的巨大艺术魅力，受到戏迷们的热烈追捧。

记得一位哲人说过，音乐是比一切智慧、一切哲学更高的启示，没有音乐，生命将失去光彩。2022年9月27日晚，由上海音乐学院音乐学系教授刘红担任导赏主持，女高音歌唱家李秀英携手她的金牌搭档钢琴演奏家冯佳音和三位上海音乐学院声乐歌剧系的学生，在黄梅戏大剧院上演了一台精彩绝伦、充满朝气的中外声乐盛宴"李秀英独唱音乐会"，让观众度过了一个美妙的音乐之夜。

2023年4月16日，"一支国家级的艺术家群体队伍，代表亚洲乃至世界高水准的演唱"，由著名歌唱家戴玉强任团长的爱乐男声合唱团，在黄梅戏大剧院上演了东西方艺术文化碰撞的结晶——"从茉莉花到图兰朵——中外经典合唱作品音乐会"，观众热情高涨，黄梅戏大剧院成为一片欢乐的海洋……

艺术的目的，是与观众达成情感共鸣，观众满意是对黄梅戏大剧院的最大褒奖。

三

黄梅戏大剧院，开场即是风靡。它不仅是黄冈市民欣赏高雅艺术的最高殿堂，也是黄冈市开展文化交流的最大平台。

作为黄冈最重要的城市标签，黄梅戏大剧院像一朵盛开的梅花，成为黄冈颜值新担当，在提升黄冈的知名度、美誉度和文化辨识度上芬芳四溢，一路领跑。

从黄冈楚商大会到黄冈市招商推介地方特色文艺节目展演，从黄冈地标优品暨文化美食招商推介活动文艺演出到"人间有大爱·鲁鄂一家亲"劳务协作赴鲁务工人员迎送仪式，从（黄冈）东坡文化节到湖北省黄梅戏艺术节，从黄冈国际半程马拉松赛迎宾文艺晚会到大别山（黄冈）世界旅游博览会，从黄冈大型原创黄梅戏的合成排练到申报中国戏剧奖·梅花表演奖作品的反复打磨，从创建国家公共文化服务体系示范区到创建全国文明城市，从东坡庙会到打造文旅名城，黄梅戏大剧院都是当仁不让的主场，为擦亮黄冈文化名片，提升黄冈文化软实力，促进黄冈经济社会高质量发展，贡献了"剧院力量"。

艺术与教育相伴相生。剧院不只是文化场域，更是课堂、是教室，这是艺术家们的思考，也是黄梅戏大剧院的追求。

为架起黄冈普通市民和艺术爱好者通往艺术的桥梁，让更多的人走近艺术、热爱艺术，把潜在观众变成实际观众，把实际观众变成铁杆"粉丝"，黄梅戏大剧院充分发挥保利院线的资源优势，邀请国内外文化艺术名家，送艺术讲座进社区、进学校，传播高雅艺术审美，推广艺术普及。

2021年1月20日，中国杂技团杂技剧《青春 ing》剧组利用来黄冈巡演的机会，走进黄冈艺术学校开设大师课，一群身怀绝技、荣誉等身的顶尖杂技人，与黄冈市杂技团委培班的师生进行面对面交流，并就孩子们顶碗、转碟、高拐、球技等训练项目进行一对一的悉心指导和表演示范，令孩子们倍受鼓舞。

编钟是中国古代的艺术瑰宝，它奏出的音乐《东方红》，曾于1970年4月24日随中国第一颗人造卫星"东方红一号"带入太空，成为太空中的最美乐音。

2023年1月15日，湖北编钟国乐团在黄梅戏大剧院浓情上演"大型编钟与民族管弦乐新春音乐会"。当天下午，一群孩子在家长的陪同下，兴高采烈地走进剧院，对期待已久的编钟一探究竟，亲身体验到传统音乐带来的乐趣。像这种后台探班，很容易引发孩子们从小热爱音乐、热爱艺术的浓厚兴趣。

话剧是发源于古希腊的高雅艺术形式，它虽然是大众艺术，却蕴藏着巨大的教育价值。

2023年5月13日，天津人艺话剧《雷雨》主创人员走进黄冈中学，参观黄冈中学的校史馆，领略"百年黄高"的校园文化，并以见面会的形式开展高雅艺术普及活动，分享话剧知识，诠释经典话剧作品，为黄冈中学的学生们提供了一个"聆听大师、感受经典、陶冶情操、提高修养"的机会，让他们近距离体会到话剧艺术的独特魅力。

　　黄梅戏大剧院为热爱艺术、学习艺术的孩子们打开了一扇艺术之门，让更多的孩子们能登上自己心目中的舞台，助力孩子们插上一双腾飞的翅膀。

　　艺术温润生活，剧院幸福城市。黄梅戏大剧院坚持请特殊市民进剧院看演出，经常将整场演出送进社区、医院，持续向学校提供公益票推进戏曲进校园。黄冈城市虽然不大，但因为有了黄梅戏大剧院，而成为一座让人心安的城市。

　　"大美黄冈、此心安处"，黄梅戏大剧院用艺术之光擦亮黄冈文旅品牌。

　　五月的黄冈，繁花似锦；城市的夜空，星光璀璨。

　　写到这里，我抬头眺望窗外，初夏的黄昏，霓虹灯在夜色里闪烁着耀眼的光芒。

　　今晚的黄梅戏大剧院，又一场好剧就要上演，即将点亮黄冈的璀璨星空。

（新华网，2023年5月16日）

青山深处白莲开

白莲河国家级水利风景区位于大别山南麓、长江中游北岸，地处浠水、罗田、英山三县交界处。2018年11月，黄冈市文联携手湖北星马文化传媒有限公司，组织二十多位文艺家，以"保护湿地·珍爱家园——走进白莲河"为主题，开展实地采风，笔者有幸忝列同行，度过一段难忘的旅程。

一

正值初冬，天气却温暖如春，与文艺界前辈、老师迎着暖阳出发，一路心驰神往。

白莲河，只知道在浠水县，顾名思义，河水澄清如白莲，有圣洁高雅之意，而"白莲"的来历，也许还有一些传说和故事呢。

浠水境内多河流，自古便是水乡泽国。稍加考证，"浠水"不仅是县名，也是一条河流名称。"浠水"古称"希水"，南北朝时始改"希水"为"浠水"，是境内注入长江三大水系中最长的河流。

白莲河位于浠水河的上游，源头为安徽岳西黄梅尖和湖北英山的云峰，包括浠水白莲镇、罗田白莲乡所属的广大区域，河流中段建有白莲河水库，总面积6653.75公顷，其中湿地面积达4585.32公顷，是山水交融的国家湿地公园。

正午时分，我们乘坐的大巴车进入白莲河库区，阵阵清风吹散了车内的燥热。穿过小镇街巷，车头转向，眼前豁然开朗，宽阔的水面，蓝莹莹的湖水，曲折的岸线，山水环抱的独特景观，映入我们的眼帘。大家欢呼雀跃地下了车，纷纷举起了手中的手机、相机拍个不停。

在黄冈市白莲河工程管理局，局党委书记罗玉春、副局长潘金雄热情地接待了我们。

"白莲河水库是黄冈市第一、湖北省第三大水库，是一座大（一）型水利枢纽工程，不仅能防洪、浇灌，还兼有发电、供水、养殖、航运、旅游、生态维护等综合功能。"罗书记介绍说，"库区建有白莲河国家湿地公园和白莲河国家级水利风景区，经过六年生态治理、修复和保护，形成了大水库、大湿地、大电站、大供水、大灌区的水利水电建设综合体，集水文景观、工程景观、文化景观和自然景观于一体，是旅游休闲胜地。"

听了领导热情洋溢的介绍，展读手中的资料简介，饱览景区秀色之情变得愈益强烈起来。

二

午饭后，采风团一行兴致勃勃地乘车去码头。

车行至电站隧道口，百余米高的水库大坝巍然屹立。坡堤上，"白莲河水库"几个大字浸透风雨沧桑，却依然清晰俊逸。山坡上，电站红色的楼顶连成一片，在青山碧水间格外醒目，仿佛在告诉人们，人与自然从抗争到和谐共处的历史变迁。

白莲河水利枢纽工程于1958年8月动工兴建，1960年10月主坝拦洪蓄水。水库的建成，改变了浠水"水来成灾，水去就旱"水旱灾害频繁的局面，"洪水横溢，民多溺毙""赤地如焚，饿殍载道"的惨状，也永远成为历史。

"上善若水，水善利万物而不争，此乃谦下之德也。"白莲河水库承雨面积及库容大，调节性能好，保护着下游五十万亩农田、京九铁路、大广高速等交通大动脉和五十万人民生命财产安全，为浠水县八十万人供水，年平均发电七千多万度，2017年综合产值近十亿元，税利近三亿元。

船行白莲河上，凉风习习，神清气爽，"飘飘乎如遗世独立，羽化而登仙"。北魏《水经注》有载:"湍道异常,浪涌之形'莲花状',亦名'白莲河'之由来。"小艇轻快如飞,犁起雪白的浪花,晶莹剔透,果真如白莲绽放。两岸青山倒退,浪花一路追随,放眼望去,湛蓝的河水恍若海水,水天相接,又仿佛泛舟天边。

道无所不在,水无所不利。白莲河之水养育万千生灵,造福百万人民。她之所以能使绿色生态与经济发展并行,得益于健全严格的科学管理。

"白莲河湿地公园有保育区、恢复重建区、宣教展示区、合理利用区、管理服务区五个功能区,其中保育区占总面积的百分之六十之多,两岸滩涂林地是珍禽异兽的觅食栖息繁衍之地,严格控制不进行任何与管理无关的活动。"潘局长告诉我们,"这里是植物王国、动物乐园和鸟的天堂,维管束植物达四百多种,陆生脊椎动物近一百五十种,鸟类上百种,而鱼类更是主产,达三十多种。"

说话间,在河面上遇见一条条捕鱼船,作业工人收起渔网,水欢鱼跃,好一派丰收景象。山头斜阳把河面渲染得波光粼粼,渔船在斜阳笼罩下,颇有"渔舟唱晚"之意境。

我们在大岭沟茶园处舍船登鄂东名山斗方山。斗方山是湿地公园和水利风景区的重要景点,以山形斗方而得名。

山上有古寨遗址,系蕲黄"四十八寨"之一,怪石嵯峨,洞穴遍布。山寨内的斗方禅林,建有斗方寺及大佛像,自唐以来,历代高僧云集。北宋文学家苏东坡、清朝状元陈沆、刘子壮等文人墨客曾登山游览,留下珍贵墨宝,使此山更是名声大噪。

初冬的斗方山依然林木葱茏,花草斗艳,路旁野果遍地,林间百鸟和鸣,满目秀丽,令人流连忘返。

天色渐晚,我们未能游览更多古迹名胜,似乎有些遗憾。归途中,有幸一睹立于绝壁之上、建于北宋时期的舍利塔,小巧如笋却保存完好,大家的游兴顿时又高涨起来。

三

乘船返回，"景翳翳以将人"。

大家不知是累了还是不忍惊扰浪花欢唱，很快都安静了下来，任斜阳将每个人的脸庞染上金色轮廓。

车返大坝，一轮硕大的夕阳正面相迎，倒映在河港中，恰如"长河落日圆"般壮观，又似给这天的行程画上一个完美的句号。

景区归来，夜宿小镇，内心深处难抑兴奋。翻开泛黄的《白莲河水库志》，那些令人震撼的文字，再次拨动心弦。

正如我所料，白莲河果有传说，而且有三个版本。

其一，观音菩萨教化九土匪，身化白莲飘走；

其二，纯情女子为爱殉情，人们以纯洁白莲誉之；

其三，八仙在白莲河斗法，受观音菩萨点化，蓝采和拾得一粒莲花宝座莲米，不慎落入河中，引得白莲争艳，故称。

昔日的神话，永远地留在文字和人们的记忆里。而今天，白莲河正演绎着一个看得见、摸得着的新传奇！

新中国成立初期，白莲河河水泛滥成灾，而鄂东钢铁冶炼及地方工业发展迫切需要电力。专家勘察，白莲河有优良的发电、灌溉、防洪开发条件。1958年4月，国家计划委员会将白莲河水利枢纽工程列入国家第二个五年计划。经过六年建设，1964年7月，白莲河水电站第一台机组正式发电。

白莲河水利枢纽工程开始发电、灌溉，缓解了鄂东工业发展的用电荒，振兴了地方经济，改善了生态环境，经济和社会效益逐年显现。

历史不会忘记白莲河水利枢纽工程的建设者，不会忘记那段战天斗地、气壮山河的建设史！

1959年12月，白莲河上下游围堰合龙，主坝清基抽槽。指挥民工参加上游围堰施工的罗田县匡河公社党委副书记王伯恩，四天四夜未上床睡觉。副指挥长蔡光耀、干鹄、李友元，工程师毛维超破冰跳进刺骨的河水，和民工一起打桩、砌堰脚、掏沙。总工程师胡慎思按湖北省省长张体学指示，亲自戴着白手套在岩基上擦拭，不见泥沙才准予回填筑坝。浇铸发电隧道时，民工们在洞里不能伸腰，只有趴着施工，许多人的膝盖都磨破了……

然而，进入20世纪80年代以后，污水入库，水质恶化，十万亩水域长满野生水葫芦，湖面竟撑不开一条船，库区人民望水兴叹。党的十八大以来，经过全方位系统治理，白莲河水库水质由四类提高到二类，库区重现"一库绿水、两岸青山"的原始风貌。

白莲河注定是一条水利的河，河水流淌着水利人的心血和汗水。一代又一代白莲河水利人，让白莲河水流进千家万户，也把艰苦奋斗、不怕牺牲的创业精神和追求卓越、精益求精的职业精神送进了人们的心田。

今天的白莲河碧波万顷，澄澈如蓝宝石。不仅如此，这里美誉不绝：既是"中原植物基因库"，还是"板栗之乡""兰花之乡""甜柿之乡""茯苓之乡""茶叶之乡"，这不正是新时代的"白莲传奇"吗？

四

捧着手中这本厚厚的《白莲河水库志》，掩卷之际，早已泪湿双眸。

一遍遍读着九十九名工地因公牺牲民工名录，一个个鲜活的生命，化作一尊尊巨大的雕像，高高耸立在我的眼前。

他们有的是父亲，有的是儿子，有的是母亲，有的是女儿——为了新中国的建设事业，他们将自己永远地融入了白莲河。那大坝，那铁塔，那青山，那绿水，是他们无字的丰碑！

青山深处白莲开，白莲为爱吐芳来。

真的该和白莲河道别了，我仿佛听到世上这首最动人的歌："泥巴裹满裤腿，汗水湿透衣背。我不知道你是谁，我却知道你为了谁。为了谁，为了秋的收获，为了春回大雁归……"

（《黄冈日报》2019年1月19日）

在千年黄州仰望东坡

"大江东去，浪淘尽、千古风流人物……"

九百三十八年前的一天，因"乌台诗案"谪居黄州两年多的北宋大文豪苏轼，来到黄州城外文人游赏之地，伫立在长江岸边的赤壁矶头，眼前的美景和赤壁大战的古战场，勾起诗人无限感慨，一曲《念奴娇·赤壁怀古》横空出世，震古烁今。

"江带峨眉雪，川横三峡流。"这位从四川眉山走出的大文豪，将浩荡江流与千古人物并收笔下，把人们带入江山如画、奇伟雄壮的景色和深邃无比的历史沉思之中，也把词的范围从狭小的儿女天地扩大到广袤的大千世界，为后世留下千古绝唱。

"滚滚长江东逝水，浪花淘尽英雄。"这条与峨眉有着渊源的大江，注定与苏轼结缘。长江边上的齐安古郡黄州，成为苏轼人生重要的驿站，成为他释放满腔豪气与才情的浴火重生之地。

一

宋元丰三年（1080）正月初一，苏轼由御史台差人押解，离开繁华的汴京都城，一路跋山涉水历尽艰辛，来到黄州地界麻城青风岭时，岭上红梅凌寒绽放，苏轼感到一丝欣慰与希望，便作诗感叹："幸有清溪三百曲，不辞相送到黄州。"从此，民风淳朴的黄州，接纳了苏轼。

元丰三年二月初一，大雪纷飞，寒意逼人。苏轼在长子苏迈的陪同下到黄州府衙报到。黄州太守陈君式不避嫌疑，安排苏轼父子住城南定惠院，苏轼与友书云："寓一僧舍，随僧蔬食，甚自幸。"

苏轼抵黄州，给皇上写《到黄州谢表》，谢"仁圣矜怜，特从轻典"之恩，"杜门思愆，深悟积年之非"，并写下到黄州的第一首诗作《初到黄州》自嘲自慰："自笑平生为口忙，老来事业转荒唐。长江绕郭知鱼美，好竹连山觉笋香……"

宋代黄州除了定惠院，另有几座寺庙，其中安国寺为江淮最著名的宝刹。他第一次游览安国寺，就与长老继连结下不解之缘，继连的言行举止，以及深厚的佛学道行，深深地感染了他。从安国寺回来，他抑制不住内心的激情，作《安国寺寻春》："卧闻百舌呼春风，起寻花柳村村同。城南古寺修竹合，小房曲槛欹深红……"

自从与继连幸会之后，苏轼受佛家思想的影响，心情发生巨大改变。他在《黄州安国寺记》中反观自己过去言行皆不合中道，于是喟然长叹："道不足以御气，性不足以胜习。不锄其本，而耘其末，今虽改之，后必复作，盍归诚佛僧，求一洗之？"苏轼很快成为安国寺的常客，每隔一二日就前往安国寺焚香默坐，深有省察，物我两忘，身心皆空。此后，苏轼靠"悟"安心，靠"悟"安神，靠"悟"建树，建立"平生功业"。

苏轼到黄州不久，听说鄂州、黄州两地有溺婴的陋俗，寝食难安。鉴于自己戴罪之身，不得签书公事，于是写信向一江之隔的鄂州太守朱寿昌求助，请求遏制这种野蛮行径，并组建民间救助会，推举继连掌管善款账目。苏轼自己薪俸已绝，穷困至极，仍拿出十千钱来认捐，一年能救活上百个婴儿。

二

苏轼来黄州两个月，友人纷沓而至，饮酒品茶吟诗，纵情山水，心境渐渐明朗。苏辙送兄长家眷来黄州。一家老小人口众多，不宜再住定惠院。在太守陈君式的关照下，苏轼一家迁居临皋亭。

临皋亭南临长江，属水军驿站。陈君式出面以公款修缮，苏轼一家得以安顿。苏轼因薪俸断绝，全家生计日益艰辛。黄州城东有几十亩坡地，乃营房废址，杂草丛生。黄州知州徐君猷将这片荒地拨给苏轼，帮助他解决生计问题。

元丰四年（1081），苏轼一家在东坡垦荒，除众友人外，周围的老百姓皆前来支援。这一年雨水充沛，农作物收成很好，苏家的生活问题得到缓解。苏轼喜不自胜，自号东坡居士，作《东坡八首》和《东坡》诗："雨洗东坡月色清，市人行尽野人行。莫嫌荦确坡头路，自爱铿然曳杖声。"因此得"苏东坡"之名。

躬耕东坡，使得苏轼本人发生了从官僚阶级到黎庶的转变。苏东坡在黄州调整心态，自适自安，除释道思想的冲洗，更与老百姓交知心朋友，熟悉民众生活及习俗。他常同樵夫上山，同渔夫捕鱼，同牧童放牛，把别人的苟且活得潇洒。他在黄州自创了一系列东坡美食，其中"东坡肉""东坡饼"最具特色，名气最大，传承至今。

苏东坡居临皋亭，惯看江上秋月春风。放眼神游，想到长江上所上演的历史活剧、历史人物的结局，以及自己的境遇，写作灵感被激发，《念奴娇·赤壁怀古》《赤壁赋》《后赤壁赋》等千古名篇便喷薄而出。

苏轼的思想比较复杂，儒家思想和佛老思想在他的世界观的各个方面既矛盾又统一。他终身从政，多次遭贬，历任地方官吏，对人民生计颇为关怀，著有政绩，但对为官清静、无为而治的黄老思想又心向往之。他重视文学的社会功用，但作品往往流露达观放任、忘情得失的消极思想。他在政治上虽屡屡受挫，但在文艺创作上始终孜孜不倦，因而走上艺术巅峰。

三

苏东坡在黄州期间，四川的亲友纷纷前来看望他。其中有一位同乡好友叫巢元修，他来黄州看望苏东坡那年，黄州正流行一种传染病，老百姓四处寻医求药不见疗效。有个金判官趁火打劫，开药铺高息赊药盘剥百姓。苏东坡得知巢元修手里有秘方，竭力说服好友献出来，自己筹措到一些钱买中药，熬药汤免费发放给患者，救百姓于水深火热之中。

苏东坡在黄州生活了四年又四个月（宋神宗元丰三年至元丰七年，含两个闰月，公元1080年正月至1084年三月），黄州为苏东坡找到了心灵之家，以及激发他创作灵感的文学元素，奠定了他一举登顶的思想基础。

苏轼一生著有《东坡全集》一百多卷，遗留两千七百多首诗，三百多首词和许多优美的散文，仅在黄州生活的四年多时间，共作诗二百二十首，词六十六首，赋三篇，文一百六十九篇，书信二百八十八封，共计七百四十六篇。

元丰七年（1084），苏东坡将去黄移汝，恋恋难舍而作《满庭芳·归去来兮》："归去来兮，吾归何处？万里家在岷峨……"这首词是苏东坡在酒席间有感而发一挥而就，他与黄州百姓的浓浓情谊、依依情怀跃然纸上：楚语吴歌铿然在耳，鸡豚社酒宛然在目，嘱咐邻里莫折堂前细柳，恳请父老时时晾晒渔蓑，那声声叮咛仿佛他只是出一趟远门还会回来的，足以说明他早已把黄州当作第二故乡。

苏东坡到黄州，原是戴罪之身，但颇得长官的眷顾，居民的亲近，加之他性情达观，思想通脱，寒食开海棠之宴，秋江泛赤壁之舟，风流高雅地徜徉山水之间，在流放之地寻到了无穷的乐趣。一旦言别，几多感慨，几多难舍！

四

往事越千年。苏东坡惜别黄州的情景依然历历在目，苏东坡在黄州写下的"一词二赋"和"天下第三行书"《黄州寒食诗帖》被传诵了千年，他在黄州的逸闻故事也口耳相传了千年。

当年，黄州成全了苏东坡，苏东坡最好的文、最好的诗、最好的词、最好的赋、最好的字、最好的美食，都诞生于黄州，黄州是苏东坡人生最华丽的转折点。

如今，苏东坡更成全了黄州。苏东坡在黄州曾送别两任太守，并为徐太守写下《遗爱亭记》："何武所至，无赫赫名，去而人思之，此之谓'遗爱'。"苏东坡被贬黄州，革除鄂黄溺婴陋习，救助弃婴，为黄州百姓驱瘟疫、减赋税。黄州为了纪念苏东坡，将黄州赤壁更名为"东坡赤壁"，并将城内湖泊命名为遗爱湖，并采遗爱湖形、景、物之灵气，撷苏东坡诗、词、赋之佳句，建成集生态、休闲、文化于一体的全国最大的东坡文化主题公园——遗爱湖公园。园中"清风广场"耸立着苏东坡的雕像，"临皋春晓""遗爱清风"等十二个景点都与苏东坡的诗词有着渊源，大大小小的石碑上都雕刻着苏东坡的佳作名句，有着浓浓的东坡文化气息。

今天，黄州实现从"文以城兴"到"城以文兴"的历史性嬗变，市民闹市之中乐自然。无论是驻足在东坡赤壁的赤壁矶下，还是安国禅寺的茂林修竹间，或遗爱湖公园的各个景点，我们都能寻见苏东坡的身影。沿着苏东坡的足迹，吟诵苏东坡"竹杖芒鞋轻胜马，谁怕？一蓑烟雨任平生"的超然旷达，感受大洲竹影的清幽静雅，就如同徜徉在如诗如画的世外桃源。生活在黄州，我们其实一直是生活在东坡文化的给养里，生活在对苏东坡无限的怀念、仰望之中。

（《文旅中国》2020年11月17日）

大别之美

一千二百多年前，诗仙李白游历四方，登上一座横亘中原、绵延千里的西北东南走向的山脉后油然感叹："山之南山花烂漫，山之北白雪皑皑，此山大别于他山也！"这座山由此得名"大别山"。

大别山是大自然馈赠给湖北黄冈的宝贵遗产，是黄冈文化旅游的主坐标。

一

造化钟神秀，"大别"举世奇。这种"大别"，不仅体现在黄冈四季各异、美不胜收的风景上，更体现在其独特的地质、气候、物产、人文奇观上。

这里是华北板块与扬子板块的接合带，是著名的大陆造山带之一，有四个世界级、五个国家级、二十一个省级地质遗迹景观，记录了大别山二十八亿年的地老天荒，具有极高的文化旅游和科普科研价值。

这里是长江和黄河、淮河的分水岭，是中国的脊梁和南北分界线，有两千多个物种，森林覆盖率高达百分之九十，被誉为"中部生态之肺"，国家地理标志保护产品多达八十三个，总数居全国地市州之首。

这里文脉传承，历史文化、红色文化、名人文化、中医药文化、禅宗文化、戏曲文化资源富集，成为中国千年文化高地。

黄冈大别山丰富的自然人文资源，外界曾一度知之不多。为破解困局，2006年9月，时任黄冈市市长刘雪荣提出，按照"省级、国家级、世界级""三步走"战略，申报黄冈大别山地质公园。

十二年磨一剑。2018年4月17日，联合国教科文组织执行局第204次会议通过决议，批准面积为2625.54平方千米，涵盖罗田、英山、麻城三个县市的黄冈大别山地质公园为教科文组织世界地质公园。这是湖北继神农架之后第二个、我国第三十七个世界地质公园，也是鄂东第一张世界级名片，为黄冈发展文化旅游拿到一张"金名片"。

2019年5月9日至11日，黄冈隆重举行首届中国大别山（黄冈）世界旅游博览会，联合国教科文组织、亚太地质公园网络联盟、世界地质公园网络办公室等国际组织，国内外部分世界地质公园及所在地城市的代表，应邀参加地质公园与区域旅游发展国际座谈会，出席黄冈大别山世界地质公园揭碑开园仪式，实地考察英山龙潭河谷、罗田天堂寨、麻城杜鹃花海等地质公园核心景区，黄冈大别山世界地质公园加入国际朋友圈，引领黄冈迈向世界大舞台。

二

遗爱湖，位于黄冈市黄州区，占地面积5.03平方千米，其中水面2.94平方千米，环湖岸线29千米，湖面纵深开阔、波光粼粼，湖岸蜿蜒曲折、浑然天成。

九百四十年前，一代文豪苏轼谪居黄州，实现由苏轼到苏东坡的华丽转身。在四年多时间里，这位"千年英雄"写下七百多篇诗词文赋和大量书法作品，为纪念离任太守徐君猷在黄州留下仁爱的《遗爱亭记》是其中不朽的名篇。

20世纪90年代，黄冈地区在黄州城东设立经济开发区，将城中污水横流、垃圾遍地、杂草丛生的东湖、西湖和菱角湖纳入保护治理范围，并采纳苏学专家建议，将三个湖泊合称为"遗爱湖"，始有遗爱湖之名。

从2006年6月成立遗爱湖保护治理工程建设指挥部，到同年11月决定将遗爱湖保护治理工程项目扩展为集生态保护、文化传承、休闲娱乐于一体的市民生态文化主题公园，并命名为"遗爱湖公园"，从2008年1月开篇之作"遗爱清风"景区动工兴建，到2018年12月收官之作"霜叶松风"景区建成对外开放，在长达十二年的建设周期里，黄冈本着"建成一处，开放一处"的原则，寒来暑往、久久为功，累计投资二十五亿元，昔日的"墨水湖"嬗变为国家AAAA级旅游景区，遗爱胜景犹如仙女散花般惊艳呈现在世人面前。

整个公园以半岛、孤岛、自然地貌为单元，分为遗爱清风、临皋春晓、东坡问稼、一蓑烟雨、琴岛望月、红梅傲雪、幽兰芳径、江柳摇村、水韵荷香、大洲竹影、霜叶松风、平湖归雁十二个景区，不仅包含了中国传统文化中春夏秋冬、松竹梅兰、风花雪月等元素，而且在景观建设上，将东坡文化有机融合到景点，彰显文化底蕴和自然魅力。

在这里，既可感受"清风徐来，水波不兴"的自然风光，又可体味"唯江上之清风，与山间之明月，耳得之而为声，目遇之而成色"的人生雅趣；既可领略"解鞍欹枕绿杨桥，杜宇一声春晓"的清新意境，又可品读"雨洗东坡月色清""一蓑烟雨任平生"的人文品格；既可找寻承天寺的婆娑竹影，又可品味出"故作小红桃杏色，尚余孤瘦雪霜姿"的红梅神韵。

遗爱湖向世人展示着黄冈丰厚的文化底蕴和独特的城市魅力，成为黄冈市民的"城市客厅"和游客的高频"打卡地"。

三

黄冈丰富的文化旅游资源，也曾长期被落后的交通条件尘封。

2008年3月，参加十一届全国人大二次会议的人大代表、时任黄冈市市长刘雪荣发出呼声：受制于交通，秀丽的黄冈山水如同一颗颗散落的珍珠，正在失去光华。

2009年6月，湖北省政府在黄冈召开大别山旅游开发现场办公会，将黄冈大别山旅游开发摆在了与长江三峡、武当山、神农架同等重要的位置，全力支持黄冈修通大别山旅游公路，并以红色旅游示范区的概念，勾画了黄冈文化旅游大发展的宏伟蓝图。

2009年8月，黄冈谋划几十年、山区人民盼望已久的大别山红色旅游公路正式启动，项目总投资13.89亿元，全长458.6千米，是继鄂黄长江大桥、江北一级公路后，黄冈交通建设史上又一丰碑式项目。

大别山红色旅游公路被誉为"天路"，工期短、任务重，施工条件恶劣，建设者们用精神的海拔与物理的海拔进行着特殊较量，生动诠释了"坚守信念、胸怀全局、团结一心、勇当前锋"的大别山精神。

大别山"红旅路"贯穿大别山核心生态区，逢河架桥，有景绕道，顺应自然，淡化人工痕迹，营造出"路随景出、景由路生、景路相依、生态环保"的和谐景致。

2011年12月19日，从红安土库出发，经麻城、罗田、英山、浠水、蕲春，抵鄂东门户黄梅，一路穿溪越涧、飞渡关山的大别山红色旅游公路建成通车，横贯黄冈红色遗迹、绿色生态、禅宗文化三大旅游片区，把沿途七个县市、二十三个乡镇，包括天台山、七里坪长胜街、乘马会馆、薄刀峰、天堂寨、吴家山、三角山、刘邓大军高山铺战斗指挥部、四祖寺、五祖寺在内的三十八个主要景区串珠成链，大别山文化旅游资源从分散走向整体。

大别山"红旅路"的建成通车，不仅激活了鄂东文旅市场一池春水，更对优化鄂东路网布局、促进大别山革命老区振兴发展，具有极其重要的意义。

"红旅路"打通了黄冈文化旅游的"肠梗阻"，黄冈老区走进经济社会跨越发展新时代。湖北省人大常委会副主任、黄冈市委书记刘雪荣介绍，对比十三年前，黄冈年接待旅游人次从五百万增加到四千三百万，旅游综合收入从二十二亿元增加到三百一十亿元，黄冈正以一个全域旅游示范区、四家湖北旅游强县、六十八家A级旅游景区的崭新姿态从旅游大市迈向旅游强市。

2020年年初，一场突如其来的新冠肺炎疫情，使全国文旅行业受到严重冲击。湖北省委、省政府出台非常之举，采取全省景区门票免费的措施，推动全省旅游业恢复振兴。

活动开展以来，黄冈文化旅游市场不断升温，东坡赤壁、遗爱湖公园和大别山"红旅路"沿途各个景区游人如织，重现往日生机。截至2020年12月

31日，黄冈A级景区接待游客1218.3万人次，实现景区收入11.69亿元，与上年同期相比，恢复百分之八十七。

　　文化点亮城市，旅游重启未来。

　　灵秀黄冈，因"旅"更精彩！

（《香港商报》2020年11月30日）

大别山畅想

火红的五月，最能感受生命的脉动。

行走在湖北大别山腹地——记录了大别山二十八亿年地老天荒的黄冈大别山世界地质公园，犹如穿行在一幅幅生机勃勃、意蕴飞扬的水墨画中。

访英山四季花海，登罗田天堂寨、薄刀峰，赏麻城龟峰山红杜鹃，体验吴楚东南第一关的雄奇瑰丽，见证刀削斧劈的地质奇景，感受童话般的"花花世界"，山环水抱、灵动秀美的黄冈大别山世界地质公园暖风惊起，鲜花摇曳，吹散一身疲惫，吹落岁月的风霜，也把我的思绪带进往昔时光。

造化钟神秀，大别举世奇。"山之南山花烂漫，山之北白雪皑皑"，黄冈大别山丰富的自然人文资源，曾一度不为外界所知，也曾因长期落后的交通条件被尘封于世。

绿水青山就是金山银山。十多年来，为破解发展困局，按照"省级、国家级、世界级""三步走"战略，黄冈申报创建大别山世界地质公园，谋划修通大别山旅游公路，终于打破制约瓶颈，撬动大别山旅游多板块。

世界地质公园是与世界遗产有着同等地位的世界级文化旅游品牌。2018年4月17日，联合国教科文组织执行局通过决议，批准黄冈大别山地质公园为世界地质公园，为黄冈文化旅游发展拿到一张世界级"金名片"。

一年后的5月11日，在联合国教科文组织、亚太地区世界地质公园联盟官员，以及国家、省有关领导和专家的见证下，黄冈大别山世界地质公园揭碑开园，揭开黄冈大别山地质资源保护与旅游发展新篇章。

联合国教科文组织建立世界地质公园的目的，是保护好珍贵的地质遗迹，向公众普及地球历史知识和环境知识。与此同时，特别强调要利用世界地质公园开展地质旅游活动，促进地方经济发展，这和联合国其他保护项目只强调单纯保护功能截然不同。

　　黄冈大别山世界地质公园集环境保护、科学研究、旅游观光、休闲度假、猎奇探险于一体，这笔由诗仙李白代言的宝贵遗产，终归成为黄冈文化旅游的主坐标。

　　根据世界地质公园的创建标准，只要有一处世界级地质遗迹即可申报。黄冈大别山世界地质公园有四处世界级地质遗迹，还有五处国家级、二十一处省级、二十三处地方级地质遗迹，无疑是世界地质公园中的优等生。

　　非但如此，无论是地质遗迹，还是生物多样性，无论是自然景观，还是人文历史，黄冈大别山世界地质公园也堪称世界地质公园百花园中的奇葩。

　　黄冈大别山世界地质公园总面积2625.54平方公里，海拔高度314米至1729.13米，分为红安天台山园区、麻城龟峰山园区、罗田、英山大别山主峰园区，主区域跨麻城市、罗田县和英山县二县一市，森林覆盖率百分之九十以上，植物一千六百四十一种，其中国家重点保护野生植物十八种；动物二百零八种，其中国家重点保护野生动物二十七种，被誉为华中地区的生物基因库和"中部生态之肺"。公园主要分布的三个县（市），各有特色。"天下大别山、美景在罗田""人间四月天、麻城看杜鹃""中国好空气、英山森呼吸"，这些得天独厚的生态优势，与浠水三角山、武穴横岗山、黄梅挪步园、团风大崎山等风景区，构成自然风光旖旎、生态环境优美的黄冈大别山生态旅游区。

　　近几年，黄冈以保护生物多样性和景观多样性为出发点，充分发挥自然景观和人文景观的独特优势，把大别山世界地质公园建设成为享誉全国的地质科普基地，世界著名的大陆造山带、地质旅游胜地，在国际上具有较高知名度。

　　理直气壮地举办大别山（黄冈）世界旅游博览会，邀请世界地质公园城市、国际友好城市踊跃参加，黄冈大别山世界地质公园加入国际朋友圈，展现出十足的"国际范儿"，引领黄冈迈向世界大舞台，促进了对外交往；

　　不断加大保护力度，在公园内立碑、立界、立规矩，连续开展石材开采专项整治，划定禁采区、限采区、开采区，推动了生态文明建设；

　　大力加强地质公园品牌运营及相关产品开发，相继推出地质小道、地质小屋、地质美食、地质礼品、地质科普、科学研究等活动，使公众增强了对地质遗迹价值的认识，增强了环境保护的意识；

不断加快基础设施建设，大力发展乡村旅游，创造了更多的就业机会，直接带动十万贫困人口脱贫，促进了乡村振兴……

旅游铺设致富路，一山一水总关情。

今年"五一"假期，大别山世界地质公园各景区共接待游客近两百万人次，实现旅游总收入十亿多元。被外界誉为"中国红叶第一村"的罗田县九资河镇圣人堂村，村民"种庄稼"即"种风景"，全村都吃上了旅游饭，收入高的一年有几百万元，少的也有几十万元。就连20世纪70年代中后期，我们中学时代在山上盖茅屋当宿舍，住在山上开荒种杂交高粱、油茶的麻城市木子店镇长岭关村，也成了网红打卡地，"五一"当天游客人数突破一万人。

黄冈大别山世界地质公园是全球花岗岩地质的集中呈现，一不小心，我踏在了距今亿万斯年的花岗岩石上。

脚踏坚实的大地，对黄冈文化旅游未来发展愈加充满信心。

大别山世界地质公园让黄冈名满天下、享誉全球，也一定会让黄冈新的旅游宣传语——"大美黄冈，此心安处"唱响中国、走向世界。

不是吗？

巍巍大别山，英雄万万千。

黄冈是黄麻起义的策源地，诞生了中国共产党第一个农村基层党组织，走出了两位国家主席、三名中共一大代表，诞生了红四方面军等四支红军主力，先后有四十四万黄冈儿女为缔造共和国英勇捐躯，其中五万三千人被追认为革命烈士。"大美黄冈，此心安处"，是安一颗紧跟党走的红心。

黄冈是长江中游重要生态功能地，坐拥一个世界地质公园和五个国家森林公园、二十一家 AAAA 级景区和十家全国红色经典旅游景区，春来山花烂漫，夏日飞瀑流云，秋天层林尽染，冬至温泉暖心。"大美黄冈，此心安处"，是安一颗乐山乐水的舒心。

黄冈是东坡文化的发源地，大文豪苏东坡在这里从人生低谷实现触底反弹，登上文学巅峰，写下"一词二赋"千古绝唱。在千年黄州仰望东坡，追寻苏东坡的足迹，不单是文化朝圣，更是在人生失意时低配自己的生活，"与豁达开朗的健康人格狭路相逢"。"大美黄冈，此心安处"，是安一颗淡泊名利的清心。

　　黄冈是中医药文化的发祥地，庞安时、万密斋、李时珍、杨际泰等鄂东四大名医悬壶济世、造福苍生，李时珍的《本草纲目》入选世界记忆名录，被誉为人类的"绿色圣经"。"大美黄冈，此心安处"，是安一颗大医仁德的爱心。

　　……

　　"此心安处是吾乡"，黄冈一见如故乡。"大美黄冈，此心安处"跨越时空、穿越古今，已经写在了黄冈的山脉、水脉、路脉、城脉里，必将写进黄冈的人脉、文脉和血脉中。

（光明网，2023年5月11日）

节日的盛会

2021年11月28日至12月22日，第十届湖北省黄梅戏艺术节在黄冈举办。

遗爱湖畔、赤壁矶头、青云塔下，高朋云集；黄梅戏大剧院、湖北省黄梅戏剧院小剧场、各县（市）剧场，好戏连台。

这是一场文化交流、艺术鉴赏的盛会，是广大市民共享文化大餐的节日，为湖北省建设戏曲强省写下了浓墨重彩的篇章。

一

黄梅戏发源于湖北黄冈，是我国五大戏曲剧种之一，声腔丰富优美、委婉动听，具有深厚的人文底蕴和广泛的群众基础。

湖北省黄梅戏艺术节是我省重要戏曲活动之一，由湖北省文化和旅游厅、黄冈市人民政府共同主办，每三年举办一届，对黄梅戏传承发展起到重大的推动作用。

第十届湖北省黄梅戏艺术节遵循"简约、实用、安全、周到"的原则，以"黄梅唱天下"为主题，分开幕式、基层惠民演出和黄梅戏大剧院、省黄梅戏剧院小剧场集中展演三个阶段。

11月28日晚，开幕式在黄冈文化地标——黄梅戏大剧院举行，湖北省委宣传部副部长胡勇政，省文化和旅游厅党组成员、副厅长陶宏家，黄冈市委书记张家胜，市委副书记、市长李军杰，市委常委、宣传部部长李初敏等，四川眉山、广东惠州、海南儋州、山东诸城市政府及相关部门负责人以及专家、学者三百余人出席。

　　开幕式上，湖北省黄梅戏剧院演出由国家一级演员、中国戏剧梅花奖得主张辉主演的大型原创黄梅戏《东坡》，赢得观众的阵阵掌声。该剧集中表现苏东坡因"乌台诗案"被贬黄州身处逆境时坚韧达观的品格及与黄州的血肉联系，曾在中央党校、国家大剧院大放异彩。

　　黄冈市政府副市长陈少敏认为，在疫情防控常态化形势下举办黄梅戏艺术节，对于擦亮黄冈文化名片，提升城市文化软实力，促进经济社会高质量发展，意义重大、影响深远。

　　湖北省文化和旅游厅党组成员、副厅长陶宏家表示，第十届湖北省黄梅戏艺术节，是深入贯彻习近平总书记关于文艺工作系列重要讲话和党中央国务院、省委省政府文件精神，推动湖北黄梅戏传承发展的生动实践，也是满足人民群众精神文化需求，提升文化获得感、幸福感的有力举措。

二

　　黄冈是中国戏曲的重要发源地。在湖北三十二个地方剧种中，黄冈占有六席：列入国家级非物质文化遗产的湖北黄梅戏、麻城东路花鼓戏，列入湖北省非物质文化遗产的鄂东楚剧、武穴文曲戏、罗田东腔戏、英山采茶戏。

　　本届黄梅戏艺术节参演作品共十六部。湖北省黄梅戏剧院继《东坡》之后，在小剧场上演了极富传奇色彩的大型传统古装黄梅戏《女驸马》和根据传统折子戏创作改编的大型黄梅戏轻喜剧《思凡》，让戏迷们直呼过瘾。

　　11月30日，麻城东路花鼓戏剧院精心打造的大型红色题材东路花鼓戏《江姐》在该市会展中心上演，再现以江姐为代表的满怀英雄气概与爱国精神的共产党人群体形象。12月2日，武穴市献礼建党一百周年的重点剧目文曲戏《江水谣》在武穴大剧院上演，展现从辛亥革命前夜到土地革命时期的历史风云，揭示人民只有跟着共产党才能走向光明的真理。12月3日，红安县楚剧团倾力打造的大型原创红色革命历史题材楚剧《天明天亮》在红安影剧院上演，通过天明、天亮等重要人物塑造，诠释"万众一心、紧跟党走、朴诚勇毅、不胜不休"的红安精神的深刻内涵。

在当地参加基层惠民演出的还有黄梅县黄梅戏剧院《珍珠塔》、英山县黄梅戏剧团《秦香莲》、蕲春县黄梅戏剧团《荞麦记》等传统戏。

简约不简单，精练更精彩。一场场基层惠民演出，让观众切实感受到地方戏曲的独特魅力。

三

12月12日，原创红色题材大型现代黄梅戏《铸魂天山》在黄梅戏大剧院首次上演，第十届湖北省黄梅戏艺术节进入新戏上演高潮。

《铸魂天山》由黄冈艺术学校、黄州区人民政府联合出品，中国共产党的创始人之一陈潭秋首次在戏剧中亮相，主演由省黄梅戏剧院著名演员王刚、谢思琴、张辉担纲，配角和群演则由黄冈艺术学校师生承担。

12月14日，黄梅戏大剧院上演革命题材新编黄梅戏《八斗湾》。该剧由团风县青年黄梅戏发展有限公司倾情打造，将共产党早期领导人、著名工人运动领袖林育英的形象首次搬上戏曲舞台。

12月15日，湖北省黄梅戏剧院在小剧场演出由张辉和谢思琴主演的原创黄梅戏《美人》，讲述貂蝉与王允、吕布、董卓之间的爱恨情仇，表演唱腔精美绝伦，令现场观众如痴如醉。

12月16日，黄梅县黄梅戏剧院为黄梅戏大剧院带来大型古装黄梅戏《青铜恋歌》，以家国情怀、纯真爱情、铸剑精神为线索，刻画楚地民风民俗，展现悠久灿烂的楚文化。

由湖北省黄梅戏剧院出品，聚焦脱贫攻坚的大型原创现实题材黄梅戏《情系红莲村》，在首次公演后，于12月18日激情亮相黄梅戏大剧院。而由黄冈师范学院主创的大型原创校园黄梅戏音乐剧《霜天红烛》，满载第九届中国（安庆）黄梅戏艺术节和北京民族文化宫大剧院演出的荣誉，于12月20日在黄冈黄梅戏大剧院再度上演。

12月22日，黄梅戏大剧院上演本届艺术节的终场戏，由罗田县黄梅戏剧团创作演出的大型革命题材黄梅戏《清清的义水河》。该剧取材于罗田县胜利镇的红色革命故事，描写一位普通家庭妇女方玉恒在眼看农民运动即将暴露之际，毅然决定冒险为农协会送信解围，为革命献出年轻生命的感人故事。

四

作为黄梅戏的故乡，黄冈市委、市政府高度重视黄梅戏事业，坚持与湖北省文化和旅游厅联合主办湖北省黄梅戏艺术节，着力营造"把黄梅戏请回娘家"的良好环境。

这次参演的十六部作品，多数是向建党一百周年献礼的红色题材原创剧目，全市各戏剧院团怀着满腔热情，充分挖掘本地特色资源，做大做强以黄梅戏为主的地方戏曲，展现了湖北黄梅戏艺术发展最新成果。

黄梅戏擅长小生、小旦、民俗风情的表现，对于宏大的主题则是一种挑战。《铸魂天山》《八斗湾》成功地处理了细小与宏大、民俗与史诗、剧种特色与重大历史题材的碰撞，通过融合新疆少数民族、陕北地区音乐、舞蹈、器乐等元素，将剧情的地域特征、年代感与人物命运完美地呈现在舞台上。《清清的义水河》采用西洋管弦乐队混合传统民族乐队，融入罗田民歌采莲船、罗田畈腔、东腔、十把扇子等曲调，使全剧具有浓郁的大别山风情。《情系红莲村》则将黄梅戏优美动听的声腔特点与接近现实生活的表演特征相结合，以戏曲化手法反映乡村振兴这一重大的现实主题。

第十届湖北省黄梅戏艺术节圆满落幕，参演剧目多、展演时间长、表现手法新、观众反响热烈，是本届黄梅戏艺术节的突出特点。

（《文旅中国》2021年12月31日）

戏曲之美

2023年7月16日晚，由湖北省文化和旅游厅、黄冈市人民政府主办，中共黄冈市委宣传部、黄冈市文化和旅游局承办，以"黄冈有戏、大美心安"为主题的第十一届湖北省黄梅戏艺术节，在湖北黄冈黄梅戏大剧院圆满落幕。

中国剧协副主席柳萍，中国文联戏剧艺术中心副主任王之茵，国家大剧院党组成员、副院长张尧，湖北省文联副主席、湖北省剧协主席杨俊，黄冈市委副书记、市长刘洁，市政协党组书记、主席洪再林，市委常委、宣传部部长李初敏，市人大常委会副主任陈少敏，市政协副主席、黄州区委书记夏志东等领导出席闭幕式并观看黄冈艺术学校上演的闭幕演出《铸魂天山》。

本届节会，黄冈各大剧场好戏连台，线上展播精彩不断，不仅仅有黄梅戏、麻城东路花鼓戏、武穴文曲戏、鄂东楚剧等多剧种优秀剧目集中登场，构成溢彩流光的艺术"剧阵"。

黄冈市委书记李军杰，湖北省文化和旅游厅党组书记、厅长李述永，出席了本届黄梅戏艺术节黄梅县分会场"唱响大黄梅"相关活动。

一

湖北省黄梅戏艺术节是湖北省重要戏曲品牌活动之一，每三年举办一届，对湖北黄梅戏传承发展起到重大推动作用。

湖北黄冈是黄梅戏的发源地和著名的戏曲之乡。在湖北三十二个地方剧种中，黄冈有列入国家级非物质文化遗产的湖北黄梅戏、麻城东路花鼓戏和列入湖北省非物质文化遗产的鄂东楚剧、武穴文曲戏、罗田东腔戏、英山采茶戏六种。1989年8月，根据湖北省委做出的"把黄梅戏请回娘家"的决定，湖北省黄梅戏剧院在黄冈挂牌成立。同年12月，首届湖北省黄梅戏艺术节在武穴市举行，成为湖北省最早设立的地方戏曲艺术节。

由于疫情等原因，第十届湖北省黄梅戏艺术节延期三年多举办。而本届艺术节与上一届艺术节仅相距一年半时间，活动持续近一个月，既在黄冈市区集中展演，又在各县（市）本地展演，还在线上进行展播，为省内外戏迷带来超过四十场精彩演出。时间紧、任务重、要求高，是本届湖北省黄梅戏艺术节的突出特点。

6月20日晚，第十一届湖北省黄梅戏艺术节开幕式在黄梅戏大剧院隆重举行，黄冈市委常委、宣传部部长李初敏主持并宣布第十一届湖北省黄梅戏艺术节开幕，湖北省文化和旅游厅副厅长唐昌华、黄冈市副市长潘国林致辞，中国剧协副秘书长王春梅，湖北省文联副主席马尚云，黄冈市领导张社教、洪再林、余友斌、陈少敏、屈凯军、夏志东、蔡艮生和黄梅戏艺术名家代表等出席。

唐昌华认为，湖北省文化和旅游厅、黄冈市委市政府不断加大对黄梅戏传承发展的支持力度，加强剧目生产、人才培养和院团建设，推出了一批优秀戏曲剧目和人才，在省内外产生热烈反响。湖北省黄梅戏艺术节，已成为湖北推动文旅融合、实现文化惠民，促进经济社会高质量发展的重要平台和载体。

潘国林表示，黄冈市将以此次黄梅戏艺术节为契机，自觉承担举旗帜、聚民心、育新人、兴文化、展形象的使命任务，大力推动黄冈优秀传统文化在保护中发展、在发展中传承，加快建设文旅名城，为建设武汉都市圈协同发展重要功能区和全国革命老区绿色发展示范区做出新的贡献。

"树上的鸟儿成双对，绿水青山带笑颜……"开幕式上，由湖北省黄梅戏剧院入选国家"像音像"工程的黄梅戏传统经典之作《天仙配》鸣锣开唱，熟悉的唱腔，优美的曲调，脍炙人口的动人故事，令戏迷们直呼过瘾。

二

第十一届湖北省黄梅戏艺术节历时二十七天，升腾起黄冈的"戏曲之梦"，一场戏迷们的逐梦之旅就此展开。

在黄梅戏大剧院集中展演的大戏，除湖北省黄梅戏剧院的揭幕戏《天仙配》外，安徽省潜山市黄梅戏剧团的《春江月》、湖北麻城东路花鼓戏传承保护中心的《五女拜寿》、武穴市文曲戏研究院的《广济往事》、湖北省黄梅戏剧院的《美人》、英山县黄梅戏剧团的《活字毕昇》、黄梅县黄梅戏剧院的《一代义伶邢绣娘》、湖北省戏曲艺术剧院黄梅戏剧团的《舞衣裳》和黄冈艺术学校的《铸魂天山》轮番上演，涵盖多个剧种、多地院团，场场爆满，一票难求。

黄梅戏《春江月》讲述一位待嫁的姑娘柳明月为救忠良刘知章之子柳宝，认其为自己的私生子，含垢忍辱、含辛茹苦将其养大的故事，悲戚的献唱、情真意切的表演惊艳全场。《美人》以"美"为线索，演绎"倾月貌、孝子心、忠义肠、爱无敌"的貂蝉与吕布、董卓以及其义父王允之间的爱恨情仇，给观众带来唯美的艺术享受。《活字毕昇》艺术地再现中国古代四大发明之一、活字印刷术发明人毕昇艰难坎坷的人生历程，黄冈名人为世界文明做出的巨大贡献，引起观众的强烈共鸣。《一代义伶邢绣娘》将黄梅戏、黄梅挑花等国家级非物质文化遗产融为一体，生动地刻画了黄梅戏鼻祖"一介乡伶、舍家纾难"的邢绣娘的大爱形象，传播中华优秀传统文化，推介地方文旅资源，受到观众的热烈追捧。国家艺术基金2023年度大型舞台剧和作品创作资助项目——大型新编黄梅戏《舞衣裳》，在清新雅致的舞台上，以一袭舞衣展开唐朝传奇女子、宰相元载之妻王韫秀的跌宕人生，优美动人的唱段，满院绫罗的场景，震撼人心的警世故事，耐人寻味的人生哲思，令观众为之惊叹。曾在第十届湖北省黄梅戏艺术节上举行首场公演，集中展现伟大的无产阶级革命家、中共一大代表陈潭秋忠贞不渝、血洒天山的革命气节的大型现代黄梅戏《铸魂天山》，经过精心打磨，作为第十一届黄梅戏艺术节的"压台戏"亮相闭幕式，把现场观众的情绪推向了顶点。

武穴文曲戏《广济往事》则以抗战时期武汉会战的最后一战田家镇保卫战为背景，讲述广济县城梅川镇百年老字号店铺"大布周"女掌柜林冬梅在外敌入侵、国破家亡、民族危难的关键时刻，舍小家为国家、舍家族亲情为民族大义的故事，大气轻盈、流畅舒展的曲调，惟妙惟肖的表演，让观众领略到文曲戏的独特艺术魅力。

而根据经典越剧改编的麻城东路花鼓戏——青春版《五女拜寿》，也因契合了当下倡导健康风尚、弘扬传统美德的时代要求，获得了广大戏迷的一致认可和倾情支持。戏迷们纷纷表示，湖北省黄梅戏艺术节虽然是省级节会，但体现了国家级水平，集中展示了湖北省近年来"鄂派"黄梅戏和鄂东其他地方剧种传承发展的最新成果。

三

与黄梅戏大剧院集中展演的新创、改编和传统经典大戏相比，黄梅戏大剧院和湖北省黄梅戏剧院小剧场上演的折子戏专场，各县（市）本地展演的大戏和折子戏，以及线上展播的大戏，同样受到广大戏迷的普遍欢迎和广泛关注。

湖北省鄂州市文惠文艺演出剧团和浠水县楚剧团在黄梅戏大剧院分别上演黄梅戏《女驸马·洞房》、楚剧折子戏《赶会》《别窑》《三岔口》，不同剧种的艺术享受引发观众热议。黄冈艺术学校在黄梅戏大剧院上演《梁祝·梦蝶》《天女散花》《游园惊梦》《珍珠塔·踏雪》《春香传·爱歌》专场折子戏，一个个精美绝伦的黄梅戏节目完美呈现，充分展示了传统文化的艺术魅力和黄冈艺术学校近年来的办学成果，令观众如痴如醉。团风县青年黄梅戏艺术团携《割肉还母》《喜荣归》《徐九经买酒》《门》四部黄梅戏小戏，在湖北省黄梅戏剧院小剧场浓情献演，作品中既有对不孝之子的无情鞭挞，也有对年轻干部扣好廉洁从政"第一粒扣子"的深刻警醒与启迪，强烈的现实针对性和时代感，深深地感染着观众……

各县（市）在本地参演的大戏和折子戏有武穴市文曲戏研究院的《广济往事》，团风县青年黄梅戏艺术团的《八斗湾》，浠水县楚剧团的《挡马》《赶会》《别窑》《三岔口》，蕲春县黄梅戏剧团的《秦香莲》，湖北麻城东路花鼓戏传承保护中心的《五女拜寿》，红安县楚剧团的《寻儿记》，英山县黄梅戏剧团的《汉宫怨》，同样火爆，座无虚席。市区集中展演和各县（市）本地展演十九场线下演出，直接观众达两万多人次。

为努力满足广大戏迷的要求，第十一届湖北省黄梅戏艺术节按照线上线下相结合的原则，聚力开展优秀剧目线上展播，成为本届艺术节的一大创新和特色。

湖北省黄梅戏剧院的《大别山母亲》《李时珍》《李四光》《天仙配》，黄冈艺术学校的《槐花谣》《疫·春》《铸魂天山》，黄梅县黄梅戏剧院的《我的乡村我的亲》《传灯》《青铜恋歌》《天上掉下爹》《慈母泪》《程婴救孤》《梁山伯与祝英台》，罗田县黄梅戏剧团的《余三胜轶事》《清清义水河》，团风县青年黄梅戏艺术团的《八斗湾》，英山县黄梅戏剧团的《梁祝》，蕲春县黄梅戏剧团的《荞麦记》，红安县楚剧团的《天明天亮》《风雨情缘》，湖北麻城东路花鼓戏传承保护中心的《麻乡约》《拜月记》，武穴市文曲戏研究院的《嬉蛙》等二十五部大戏，通过湖北文旅之声、黄冈文旅云、黄冈市文化和旅游局微信公众号、黄冈市云上黄冈融媒体中心等网络平台进行全天候展播，广大黄梅戏爱好者共聚云端品鉴戏曲艺术，观众点击总量超亿人次。

四

戏曲之美流动在城市，线上线下皆是舞台。

第十一届湖北省黄梅戏艺术节精品荟萃，高潮迭起，展现了黄冈作为戏曲大市的独有地位和独特魅力。

　　本届黄梅戏艺术节的另一大特色是设立分会场。黄梅县是千年古县，更是黄梅戏艺术的发源地，本届黄梅戏艺术节特别设置了黄梅县分会场"唱响大黄梅"。一曲原创黄梅歌《灵润黄梅》奏响演出序章，党群口、宣传口、教育口、政府口、政法口、小池镇、孔垄镇、黄梅镇和全国戏迷等十一个黄梅戏演唱方阵身着彩装竞唱黄梅戏经典唱段，千余人齐唱《家在黄梅》，宏大的舞台，震撼的现场，让戏迷们着实过足了戏瘾。活动期间，黄梅县"四大家"领导、各乡镇、县直单位干部职工还开展了为期一个月的全民学唱黄梅戏活动，提高全县干部职工黄梅戏演唱水平。

　　黄冈市文化和旅游局党组书记、局长涂宝峰介绍，"唱响大黄梅"分会场活动，不仅是黄梅县的盛事，也是省级戏曲艺术节向基层延展辐射的一次有益尝试，更是落实以人民为中心理念的创新之举，对不断丰富黄梅戏艺术节举办形式，扩充黄梅戏艺术节内涵，展示黄梅戏艺术节发展成果，擦亮黄梅戏艺术节品牌，促进全省乃至全国黄梅戏传承发展具有重要意义。

　　大美心安，黄冈有戏。本届黄梅戏艺术节还举办了全国黄梅戏戏迷联谊会、彩车巡游、黄梅戏爱好者展演、"大美黄冈、此心安处"文化旅游宣传语矩阵发布会、畅游黄冈、文旅项目签约、第二十七届"中国（黄冈）少儿戏曲小梅花荟萃"等活动，打造了一场文化交流的盛会、艺术鉴赏的盛会、旅游推介的盛会、经贸合作的盛会、亲民惠民的盛会。

（《黄冈日报》2023年8月8日）

逐梦花开

2021年12月8日至16日，由"上海小剧场戏曲节"升级为"国字号"的"2021年中国小剧场戏曲展演"在上海举行，九个剧种、十一部小剧场戏曲作品集中亮相上海"演艺大世界"长江剧场和宛平剧院，助力上海成为好戏源头和戏曲传播码头。

12月9日晚，从全国二十多个省市、四十多个剧种、九十六部作品中脱颖而出的黄梅戏《美人》，作为这次展演的重头戏，在宛平剧院上演，以当代人的视觉重新讲述貂蝉与吕布的故事，其鲜明的创新性与先锋性，带给观众强烈震撼。

中国小剧场戏曲展演是我国唯一一个戏曲小剧场的国家平台。中国戏剧家协会秘书长崔伟表示："展演在见证青年戏曲人的创造性转化、创新性发展历程的同时，也满足了青年观众的审美需求，展现出演员积蓄力量、观众赓续新人的喜人景象。"

黄梅戏《美人》由湖北省黄梅戏剧院、浙江允中也文化传媒有限公司出品，湖北省黄梅戏剧院四位优秀的黄梅戏演员出演，担任"貂蝉"这一女主角的是中国戏剧家协会会员、中央电视台"盛世黄梅"金奖获得者、多次参加央视《元宵戏曲晚会》的国家一级演员、青年黄梅戏表演艺术家谢思琴。

一

1981年7月24日，生性聪明、嗓音甜美、极具模仿天赋的谢思琴出生在民风淳朴、盛行黄梅戏的安徽省枞阳县一个家境贫寒的农村家庭。枞阳古属桐城县，原属"文化之邦""戏剧之乡"安庆市，2016年划归铜陵市管辖。由于从小耳濡目染，谢思琴对黄梅戏这种氤氲着鄂东和皖西南浓郁风土人情的戏曲小调表现出浓厚的兴趣。从上一年级时起，她因经常在舞台上演唱黄梅戏经典唱段，成为学校的文艺"小红人"。

1994年，谢思琴报考安徽黄梅戏学校，经过层层选拔，顺利成为枞阳县黄梅戏剧团与该校戏曲表演专业的签约学生，开启了梨园逐梦的艺术征程。

"艺术来源于生活，来源于实践。"对于当年那场把热爱升腾为梦想的重要考试，谢思琴至今难忘："考试时抽签做即兴表演，我抽到的题目是'刷牙'，可能有的考生只做刷牙、倒水两个步骤就完事了，而我加上了伸懒腰、拧牙膏盖这些动作，使得层次感更丰富一些。这得益于我爸的指导。考前他曾带着我模拟表演做卫生，我弯腰假装拿着扫把扫地，我爸告诉我，应该边扫边搬起地上的凳子，捡起地上的鞋子……我爸虽然是农民，他却用劳动实践启蒙、提点了我。"

1998年6月，谢思琴以优异的成绩从安徽黄梅戏学校毕业，分配到枞阳县黄梅戏剧团工作。为了尽快"出道"挑大梁，她省吃俭用，把微薄的工资收入大都用在外出学习和参加各类比赛活动上。

1998年9月，安徽省举办首届黄梅戏严凤英奖大赛，谢思琴夺得新苗"十佳"演出奖。"这是对我舞台起步的肯定。作为一名基层专业剧团的小演员，我在圈子里没有熟人，所以抓住一些比赛的机会，认识更多的老师，指导、提升自己。"谢思琴介绍，1998年10月，她拿到安庆市黄梅戏"全力杯"大赛少年组一等奖；2001年1月，又拿到安徽省文化厅、安徽电视台《相约花戏楼》栏目黄梅星星榜"十佳"，被安徽电视台聘为《相约花戏楼》栏目特邀演员；2003年10月，参加第二届黄梅戏严凤英奖大赛，夺得严凤英奖表演奖。

这期间，谢思琴面向基层、面向群众，主演了黄梅戏"三十六大本、七十二小出"中的许多传统剧目，如《天仙配》中的七仙女，《女驸马》中的公主，《五女拜寿》中的杨三春，《红丝错》中的章榴月，《打豆腐》中的小六妻，《打猪草》中的陶金花，《哭战袍》中的大乔，《戏牡丹》中的白牡丹等，受到广大观众的喜爱和著名黄梅戏表演艺术家韩再芬的赏识。2006年5月，谢思琴受聘于安徽省安庆市再芬黄梅艺术剧院，走向更加广阔的艺术舞台。

2007年11月，谢思琴携《大乔与小乔·哭战袍》和《血冤》选段，参加中国首届黄梅戏青年演员大奖赛。台上一分钟，台下十年功。为找到参赛作品声线、技巧、表达各方面最合适的位置，谢思琴默默苦练了十年。在这场比赛中，她高挑的身材，俊俏的扮相，圆润、清亮的嗓音，脱俗、大气的表演，不仅征服了评委，获得全国"黄梅之星"称号，还给中国黄梅戏王子、湖北省黄梅戏剧院院长、评委之一的张辉留下了深刻印象。2008年4月，湖北黄冈把谢思琴作为优秀人才"挖"到湖北省黄梅戏剧院，成为张辉的黄金搭档。

二

黄梅戏清新、秀美、自然、芬芳、温婉、灵动，有"中国的乡村音乐"之称，源于湖北省黄冈市黄梅县的采茶歌。黄梅戏开山鼻祖、一代宗师邢绣娘，就出生在黄梅县孔垄镇邢大墩村。

黄梅戏的根在黄冈，"娘家"在湖北，但很长一段时间发展繁荣于安徽。1983年，时任湖北省委书记关广富说："湖北是黄梅戏的'娘家'，一定要把黄梅戏请回来！"这一意见后来写入《省委常委会会议纪要》，成为湖北省"把黄梅戏请回娘家"的标志。

湖北黄梅戏与安徽黄梅戏同根同源，两省的黄梅戏艺术工作者心系一处，共同发力，薪火相传，使湖北黄梅戏与安徽黄梅戏形成并蒂双莲。

1989年，湖北省黄梅戏剧院在黄冈成立，杨俊、张辉从安徽调来黄冈，创作排演了《未了情》《双下山》《和氏璧》等一批经典黄梅戏剧目和优秀黄梅戏影视剧，均荣获中国戏剧奖·梅花表演奖。

为了湖北黄梅戏艺术的不断发展，2008年12月，杨俊调往位于武汉的湖北省地方戏曲艺术剧院黄梅戏剧团，2011年2月出品了湖北黄梅戏的里程碑作品《妹娃要过河》。

谢思琴调入湖北省黄梅戏剧院，接过杨俊的"接力棒"，以她甜美的音色、黄梅戏韵味浓郁的声腔、细腻传神的人物刻画、充满激情的表演，很快成为业务骨干，先后主演了黄梅戏《李四光》《东坡》《李时珍》《活字毕昇》《天仙配》《双下山》《大别山母亲》《槐花谣》《美人》《铸魂天山》等十多部原创和改编大戏，并和这些代表湖北的文化符号及艺术精髓的黄梅戏，多次走进人民大会堂、中共中央党校、国家大剧院、保利剧院院线，亮相中国艺术节、祖国宝岛台湾及美国、波兰等地。

黄冈人杰地灵，名人辈出。黄梅戏《李四光》《东坡》《李时珍》《活字毕昇》《铸魂天山》是黄冈市精心打造的黄冈文化名人系列大型原创舞台剧，也是湖北省黄梅戏剧院的镇院之作。在这五部戏中，谢思琴分别扮演李四光的妻子许淑彬、苏轼的妻子王朝云、李时珍的妻子吴氏、毕昇的妻子李妙音、陈潭秋的妻子王韵雪。五个不同的人物，同一个身份。在塑造五个"妻子"的形象时，谢思琴依据不同背景和典型环境定位人物性格，深入人物内心把握表达情感，从形体动作细节、情感的细微变化和嗓音与声腔的控制中刻画人物个性，最终将深情率性的许淑彬、温柔贤惠的王朝云、坚韧大义的吴氏、心灵手巧的李妙音、坚强不屈的王韵雪五个不同个性特征的妻子成功展现在观众面前。

从县级剧团到市级、省级剧院，谢思琴的黄梅戏艺术逐梦之路，可以说是"赛"出来的，一份份奖证记录了她洒下的汗水和成功的喜悦：2008年10月，湖北省首届地方戏曲节表演奖一等奖；2009年9月，湖北省第七届黄梅戏艺术节暨黄冈戏曲新作展演表演一等奖；2012年9月，第三届"黄梅之星"全国黄梅戏青年演员电视大奖赛"黄梅之星"奖；2012年10月，第一届湖北艺术节暨第十届楚天文华奖表演奖；2012年12月，第六届中国（安庆）黄梅戏艺术节优秀剧目展演表演奖；2013年9月，第八届湖北省黄梅戏艺术节优秀剧目奖和表演奖；2015年10月，第十一届湖北戏剧牡丹花大奖；2017年5月，中央电视台戏曲和音乐频道2017黄梅戏优秀青年演员选拔活动《盛世黄梅》金奖；2020年11月，第三十三届中国电影金鸡奖最佳戏曲片提名（黄梅戏电影《东坡》）……

"不经一番寒彻骨，怎得梅花扑鼻香。"经过二十多年的踔厉笃行，谢思琴成为继杨俊之后湖北省黄梅戏剧院的当家花旦，同时晋升为国家一级演员，入选湖北省文联中青年优秀文艺人才库、国家级非物质文化遗产黄梅戏项目湖北省代表性传承人，并当选为湖北省政协委员、湖北省现代服务业领军人才、黄冈市劳动模范，成为中国黄梅戏的"第四代金花"。

三

在黄冈文化名人系列的原创黄梅戏中，谢思琴是一号女主角，在《双下山》《槐花谣》《美人》这三部不同风格的黄梅戏中，谢思琴则是全剧主角。

《双下山》是湖北省黄梅戏剧院根据传统折子戏《思凡》《下山》改编创作的大型古装黄梅戏轻喜剧，讲述一对"出家的"小和尚和小尼姑从邂逅、相识、相慕，直到双双冲破樊笼，下山还俗追求平凡美好生活的故事。谢思琴在新版《双下山》中饰演小尼姑，细致入微地刻画了剧中这一主要人物艰难曲折的人生经历和勇敢走向人性解放的心路历程，展现了青年女性大胆追求爱情、奔向美好生活的勇敢精神。

"姐儿门前一棵槐，手攀槐树望郎来。娘问女儿望什么？我望槐花几时开。娘耶，不好说得望郎来。"这首千回百转的《槐花谣》，唱出了一部戏的主人公对爱情的坚贞和信仰的求索。这部戏就是2017年度国家艺术基金资助项目、谢思琴主演的大型现代红色黄梅戏《槐花谣》。

《槐花谣》是一部地域特色浓郁，人物性格鲜明，矛盾冲突尖锐，情感张力十足的现代戏。质朴的民谣，火红的兜肚，奔放的情感，纯洁的心灵，宽厚的胸怀，笃实的大爱，构成了这部戏诗情画意的整体风格。全剧通过主人公槐花酸甜苦辣的命运纠葛，展现了一个女人在战争期间所承受的深重苦难和革命胜利后的情感折磨。谢思琴用她精湛的演技和炉火纯青的唱功，生动地诠释了槐花这位麻城的女儿，大别山的母亲，中华民族女性的代表，在那个时代所应有的全部优秀品质。

这部戏于2017年8月首演，先后参加了中国戏曲教育联盟第三届理事大会暨全国戏曲院校教学成果展演，2017年狮城国际戏曲学术研讨会暨狮城戏曲荟萃，第三届湖北地方戏曲艺术节展演，首届荆楚文化旅游节展演，黄冈文化惠民演出周等重大演出活动。2018年9月6日至8日，在北京梅兰芳大剧院连续上演三天，给首都观众献上精美的艺术盛宴。

谢思琴形象清丽，声音明亮，戏路宽广，可塑性强，这在2021年中国小剧场戏曲展演剧目、极具挑战性的黄梅戏《美人》中发挥得淋漓尽致。

《美人》以"美"为线索，演绎"倾月貌、孝子心、忠义肠、爱无敌"的貂蝉与吕布、董卓以及其义父王允之间的爱恨情仇，表达"唯有爱和美，才能治愈一切"的观念。这个剧目以小剧场戏剧样式呈现，阵容虽小，可演员的戏份一点都不少，剧中谢思琴扮演的貂蝉几乎没有幕间喘息的时间，近两个小时的演出一气呵成，再加上一人两面的切换，要求在跌宕起伏的剧情中审视演员的艺术修为，在爱恨交织的情绪中拷打演员的角色把控，表演难度极高。谢思琴坦言："对我来说是一次前所未有的挑战。"

这部剧结合了流行音乐以及声乐唱法。主人公在演绎情节、推动剧情发展时采用的是传统黄梅戏唱腔，而在个人的内心表达上则是偏向于西方音乐与现代流行音乐。貂蝉在每幕结束时有一段内心的挣扎，心中"巫"的一面出现，演员的演唱与身体舞蹈表现与之前截然不同，无论是声音造型，还是形体的夸张，以及神神叨叨的状态，瞬间要求和貂蝉本身拉得越开越好。为此谢思琴多次赴上海昆剧院向老师请教，长时间请导演抠戏，才有了舞台上的精彩呈现。

谢思琴在总结饰演"貂蝉"的艺术心得中这样写道："通过主演《美人》，我觉得我的戏曲精修更进一层，我的戏曲生涯也因不断地创新与挑战而充满活力，我也为能给观众带来全新的戏曲感受而感到自豪，所有的这些，进一步坚定了我在戏曲之路上不断前行的决心和勇气。"

（《中国文化报》2022年5月30日）

大别山水好风光

"山之南山花烂漫，山之北白雪皑皑，此山大别于他山也！"这是一千二百多年前，诗仙李白游历四方，登上大别山这座横亘中原、绵延千里的山脉后发出的由衷感叹。

"大江东去，浪淘尽、千古风流人物……"这是九百四十年前，大文豪苏东坡伫立在黄州赤壁古战场深情吟诵的千古绝唱。

"璀璨文化夺目，名士将相辈出，活字、本草，成就历史坐标，赤壁、黄梅，咏叹江山如画，数风流人物，还看黄冈！"这是进入新时代，央视授予黄冈"十佳中国魅力城市"的颁奖词。

多情大别山，风流看黄冈。黄冈这座英雄的城市，正朝着打造全国具有重要影响力的区域文化旅游中心的目标迈进。

一

黄冈是一块人文荟萃、山川秀丽的文化沃土。在漫长的历史发展进程中，地处吴头楚尾的黄冈，海洋文化与内陆文化相互交融，中原文化和南方文化深度融合，形成亮丽多姿的地方文化。

红色文化是黄冈的灵魂。黄冈诞生了中国共产党第一个农村早期组织"共存社"，走出了两位国家主席、三名中共一大代表，"两百个将军，同一个故乡"。

名人文化是黄冈的精髓。黄冈孕育了宋代活字印刷术发明人毕昇、明代医圣李时珍、现代地质科学巨人李四光、爱国诗人学者闻一多等一千六百多位古今才俊。

中医药文化是黄冈的硬核。黄冈是人类中医药宝库，李时珍药物学巨著《本草纲目》入选世界记忆名录，庞安时、万密斋、李时珍、杨际泰等鄂东"四大名医"闻名遐迩。

戏曲文化是黄冈的名片。黄冈是中国戏曲的重要发源地，诞生了黄梅戏创始人邢绣娘、京剧鼻祖余三胜等梨园宗师，形成楚剧、汉剧、京剧、黄梅戏"四戏同源"的独特文化景观。

生态文化是黄冈的颜值。黄冈红绿相间、文武兼备，人文与生态相融，文化旅游资源十分丰富。七十二家 A 级景区，二十家 AAAA 级景区，十家全国红色旅游经典景区，四家湖北旅游强县，一家国家全域旅游示范区，构成黄冈文化旅游的满天繁星。

二

文化高地，以文塑旅显担当。

"大别山水好风光，二十四分钟到黄冈。"随着武冈城际铁路的开通，黄冈与武汉进入同城化时代。

因苏东坡在黄州写下《遗爱亭记》而得名的遗爱湖，凭借一湖春水、十里风光，成为黄冈市民的"城市客厅"和旅客的高频"打卡地"。

沿着苏东坡的足迹，聆听着苏东坡的诗词歌赋，感受遗爱湖的湖光水色和大洲竹影的清幽静雅，如同徜徉在如诗如画的世外桃源。

历史人文赋予黄冈诗情画意，大别山水造就老区秀丽风光。

集旅游观光、休闲度假、猎奇探险、科学研究、环境保护为一体的黄冈大别山世界地质公园，扮靓黄冈文化旅游"金名片"。

这里有四处世界级、五处国家级、二十一处省级地质遗迹景观，具有极高的文化旅游和科研科普价值。

这里还是长江、淮河的分水岭，有两千多个物种生命，森林覆盖率高达百分之九十，被誉为华中"绿色明珠"。

黄冈四季色彩缤纷，美不胜收。

春天，麻城龟峰山景区分布着北纬三十度最激荡人心的红色花海——世界上最大、最集中的古杜鹃群落，"人间四月天，麻城看杜鹃"成为独步全球的旅游品牌。

夏日，大别山第一主峰——天堂寨怪石嶙峋、蛟龙盘卧，瀑布飞溅、溪流潺潺，玩激情漂流，足可乐爽一夏；曲径通幽、古木参天的龙潭河谷，带给游客的不仅是美景，更有"中国好空气，英山森呼吸"。

秋来，大别山漫山红叶、层林尽染，罗田九资河、英山桃花冲当是赏红叶的最佳去处，人间仙境白莲河、浮桥河也是不错的选择。

冬至，高山滑雪场给游客带来冰雪运动的乐趣，丰富的地热资源让游客尽享浪漫和温馨之旅。

横贯黄冈红色遗迹、绿色生态、禅宗文化三大旅游区的大别山红色旅游公路，把沿途七个县市、二十三个乡镇，三十八个主要景区串珠成链，是黄冈文化旅游的主轴线和主坐标。

三

挺进大别山，奋进新时代。红色圣地，"诗与远方"再出发。

"十三五"期间，黄冈旅游接待人次和旅游总收入连续保持百分二十以上"双增长"，年接待游客超四千万人次，实现旅游综合收入超三百亿元，进入全省第一方阵。

"十四五"时期，黄冈锚定2035年基本实现社会主义现代化、建成文化和旅游强市目标，着力打造红色、乡村、康养、研学文旅产品，整合区域、产业、行业资源，大力培育支柱行业，做大做强产业规模，加快文化旅游高质量发展。

黄冈市文化和旅游局党组书记、局长王建学表示，力争到2025年，成功创建一家 AAAAA 级景区，全域旅游、中医药健康旅游、文化产业园区（基地）、旅游度假区等国家级、省级文旅产业示范创建位居全省前列，努力把黄冈建成在全国具有重要影响力的区域文化旅游中心，让文化旅游业成为黄冈重要战略性支柱产业。

"大别山是我的脊背，黄梅戏是我的情怀。遗爱湖是我的底蕴，名扬古今中外……"这是歌手万莉《我在黄冈等你来》歌词里的黄冈。

大美黄冈，别样山水。

黄冈等您来！

（《湖北日报》2021 年 11 月 26 日）

从 "播火摇篮" 到旅游名村

陈策楼村位于鄂东大别山余脉烽火山下，距黄冈市区黄州约二十五千米，是共产党创始人之一、党的一大代表、伟大的无产阶级革命家陈潭秋烈士的故乡。

当年，陈潭秋、董必武等人在这里秘密从事革命活动，传播革命火种。这里还诞生了中国农村地区第一个党小组、黄冈临时县委和第一个农民协会，是鄂东革命的重要策源地。

2021年深冬时节，走进村容整洁、白墙黛瓦的陈策楼村，茂林修竹，绿树掩映，一树树红梅在严寒中傲然开放，陈潭秋故居景区依然热度不减，游人络绎不绝，一派欢乐祥和的景象。

然而，在十年前，陈策楼村因人多地少，经济底子薄，群众收入增长缓慢，全村有上百户、近三百名贫困人口。近十年来，陈策楼村到底经历了怎样的蜕变？

一

这座掩映于苍松翠柏间，一进两重、面阔五间、青砖灰瓦的陈潭秋故居纪念馆，向我们诉说着一段波澜壮阔的红色历史。

1896年1月4日，陈潭秋就诞生在这里。1912年，16岁的陈潭秋离开家乡，踏上求学、革命之路。1921年7月，陈潭秋参加中共一大，创建中国共产党。1943年9月27日，陈潭秋被新疆军阀盛世才秘密杀害，长眠于天山脚下，时年47岁。

穿过南湖红船的烟雨，翻过悲壮沧桑的史页，革命先辈的光辉事迹依然铭刻在这个小山村，红色精神影响着一代又一代人。

革命战争年代陈策楼村共有二十名烈士。这处命名为"星火园"的景点四个花坛里面的四盏明灯代表着陈潭秋四兄弟，十六根立柱代表在陈潭秋四兄弟带领下一起参加革命的陈策楼村其他十六名英烈，每根柱子上都镶嵌着五角星，整体采用鄂东明清风格的青砖砌体，与故居整体风格和当地民国风情民居格调一致，成为陈策楼村的精神家园。

党的十八大以来，陈策楼村以弘扬"追求真理、敢为人先，忠于理想、百折不挠，勇于担当、敢于牺牲"的"潭秋精神"为主题，将红色文化融入绿色生态，用绿色生态承载红色文化，不断拓宽"红色引领、绿色发展"之路，昔日的小村湾变身远近闻名的红色旅游高频"打卡地"，曾经穷苦的村民过上了幸福的生活。

陪同采访的陈策楼村党支部书记陈文胜告诉我们，根据全村的旅游资源、居民点、农田和道路交通的现状，陈策楼村空间发展布局为"一轴三区"："一轴"就是潭秋大道，"三区"就是红色文化区、生态农业区和民俗文化区。

潭秋大道是陈策楼东南西北方向主干道，以这里为核心区辐射，就是红色文化区，修建了环形公路、百姓舞台、体育健身广场、陈潭秋故居景区接待中心等文化旅游基础设施，建成澄潭公园、铜像广场、宣誓广场、独尊亭、玉兰园、红色银杏园等旅游景点。

岁月流转，风霜经年。陈潭秋这个名字，写在中国革命的征途中，写在中国共产党的党史里，更写在故乡人的心坎上。这条总长一千五百多米宽敞的大道，寄托着乡亲们深切的怀念。

陈潭秋故居景区是陈策楼村红色旅游的核心吸引区，也是湖北十佳红色旅游经典景区和大别山红色旅游目的地的重要支撑景区，每年吸引二十多万人次前来瞻仰祭奠，接受红色教育。2021年7月，景区顺利通过申报创建国家AAAA级旅游景区景观质量评价，正在申报全国重点文物保护单位。

二

"聚是一团火,散是满天星。"

"聚星之家"是陈策楼村湾组党小组活动阵地的名称,取自一百年前陈潭秋创办"聚星学校"中的"聚星"二字。陈策楼村充分发挥新时代党的建设的引领作用,围绕"党旗红"建强基层组织,围绕"精神扬"传承红色基因,围绕"产业兴"促进融合发展,围绕"治理善"加强基层自治,围绕"村庄美"建设美丽乡村,将"聚星之家"打造成凝聚基层"满天星"的红色高地。

"过去老一辈革命家从这里走出去前仆后继闹革命,就是为了子孙后代过上幸福美好的生活。"陈文胜说,在这片经历了枪林弹雨洗礼的红色热土上,陈策楼人大力发展红色旅游、绿色水果、白色棉纺、紫色葡萄、蓝色水产等"五色产业",乡村面貌发生了翻天覆地的变化,经济收入持续增长。"2020年,农民人均纯收入一万六千八百三十元,村集体经济收入五十万元,全村七十五户贫困户、二百七十五人实现整体脱贫。"

在调整农业产业结构的基础上,陈策楼大力整理和改造土地,引进名特优质品种,开发建设八十亩葡萄园,八十亩黄桃园,九十亩奈李园,六十亩柑橘园,六百亩精养鱼池,六百六十亩优质水稻基地,推进红色旅游、观光农业旅游、水面休闲渔业旅游相融互促。

一条由红色水泥、灰色步道砖、鹅卵石和青石板拼接而成的三千米长的红色飘带路,把我们带到了葡萄园、桃园、柑橘园等特色水果采摘体验区。陈策楼村四季生态采摘农业初具规模。

陈策楼村属于丘陵地带,非常适合葡萄等特色农作物种植。2016年,经过充分的市场调研,打造了这个集葡萄种植、观赏、采摘体验和销售于一体的"圣火紫晶"葡萄采摘园,小小的葡萄成为带动经济发展的大产业。

陈策楼村有着发展纺织业的传统。21世纪头十年,受市场经济大潮冲击,纺织业一度滑到谷底。进入新时代，村"两委"改制改造原有村办企业，盘活集体资产，鼓励支持能人创业，创办雅比毛巾织造车间、虹鑫毛巾厂、浩宇棉纺厂三个规模以上工业企业，总产值过亿元。

三

　　红色文化与绿色生态深度融合，让村民的腰包鼓起来，集体经济强起来。

　　村集体有钱了，陈策楼村不断改善人居环境，建设宜居宜游的美丽乡村。沿村庄、道路栽植各类景观林木，铺设绿化草坪，安装太阳能路灯，硬化通村通组道路，优化党群服务中心，建起服务大厅、文化大院、图书馆、卫生室、电商平台、百姓舞台，修建全民健身广场、文化广场、各湾组休闲小广场……陈策楼村先后荣获"黄冈市美丽乡村建设示范村""湖北省绿色乡村示范村""湖北省旅游名村"，入选"建设全国红色美丽示范村庄试点村"。

　　沿着陈策楼村一条村级公路走下去，眼前是五个村民小组的秀美湾景。这条宽阔的柏油路，将陈策楼村五个红色湾组紧紧相连，直通村民家门口。

　　在美丽乡村建设中，陈策楼村结合村庄布局和自然资源，以陈潭秋故居纪念馆为中心，将红色文化融入绿色村庄建设，先后建设了"紫气东来""山丹丹红""金秀大地""绿竹坚强""八月桂花"五个"五彩村落"，扮靓五个自然湾。

　　出生在书香世家的陈潭秋名澄，为了弘扬廉政文化和革命传统文化，让广大村民铭记陈潭秋等革命先烈"澄清浊世"的革命传统和奋斗精神，陈策楼村用心打造了一座"澄心园"，精心设置了廉政文化长廊和影视剪辑宣传栏，引导人们澄清私心，关心集体。在陈潭秋等先烈和身边典型的感召下，陈策楼人爱村庄、护村庄、建村庄、美村庄，在建设自己小家的同时更好地建设红色美丽村庄这个大家庭。

　　沿红色旅游公路、故居二路、红梅大道，陈策楼村正在打造绿色观光带，建设水上亲子乐园和垂钓休闲基地，全村形成亲水近绿、红色文化与休闲农业为一体的田园综合体。

"当年您夙夜期盼的国富民强,如今山河犹在,国泰民安,人民安居乐业,一片欣欣向荣。这盛世繁华,正如你所愿。山河不会忘记你,大地不会忘记你,因为你曾在这里洒下一片深情。"这是中共一大代表陈潭秋和烈士徐全直之子陈鹄,在建党一百周年的特殊时刻,给父亲写下的一封跨越时空的回信,向他报告当年未竟的事业、今日的伟大祖国。

前行不忘来时路,初心不改梦归处。七十多年前,为了家乡人民过上幸福生活,陈潭秋烈士献出了自己的生命。七十多年后,潭秋精神激励着后人接续奋斗在乡村振兴之路上。陈策楼村正迎着朝阳出发,在加快产业兴旺、生态宜居、乡风文明、治理有效、生活富裕的愿景上阔步前行。

（荆楚网，2022年1月24日）

雄视千年的人生表达

宋神宗元丰三年（1080）正月至元丰七年（1084）四月，苏东坡在黄州生活了四年又四个月，共作诗二百二十首，词六十六首，赋三篇，文一百六十九篇，书信二百八十八封，计七百四十六篇。

2023年1月8日，是北宋文学家苏东坡986岁生日。本文试图通过重温苏东坡在黄州时期的十篇作品，解读这位宝藏文学家建立"平生功业"、雄视千年的人生表达，以飨读者。

《初到黄州》：鱼美笋香中的随缘自适

1080年二月初一，苏轼到达黄州的第一天，写下这首《初到黄州》："自笑平生为口忙，老来事业转荒唐。长江绕郭知鱼美，好竹连山觉笋香。逐客不妨员外置，诗人例作水曹郎。只惭无补丝毫事，尚费官家压酒囊。"开始了一个高级吃货的快乐人生。

"为口忙"语意双关，指因言获罪和为生计而奔忙。这一年苏轼43岁，已在宦海沉浮二十余载，说"老来"也不为过，他38岁时曾在《江城子·密州出猎》中自称"老夫聊发少年狂"。

"一入江城不觉苦，鱼美笋香好时光。"苏轼在黄州时，安排了一个编外的闲职——水部员外郎，并没有被一棍子打死。而且自古以来，有点名气的诗人，像南朝梁代的何逊、唐代的张籍，都有担任水部郎官的传统。惭愧的是，"我"对政事毫无补益，还要耗费官府的俸禄，领取"压酒囊"——一种官府酿酒时压酒滤糟的布袋冲抵俸禄。苏轼初到黄州，既有自嘲和自叹，更有以超然旷达的胸襟对待自身遭遇的自慰和自省，体现了随缘自适的乐观主义态度。

《东坡》：躬耕劳作中的怡然自得

"乌台诗案"里死里逃生的苏轼，被贬到黄州做无职无权的团练副使，生活陷入食不果腹的困境。好友马正卿为他在黄州城东的坡地上找到一块五十亩荒地，从此他也自称东坡，在这块坡地上拓荒耕种，还建起了"东坡雪堂"，并自号东坡居士。在这里，他写下大量的诗文，其中就有这首写于1083年九月的《东坡》："雨洗东坡月色清，市人行尽野人行。莫嫌荦确坡头路，自爱铿然曳杖声。"

雨后月下的东坡，碧空明净，皓月高悬，为生计仕途忙碌的市人都已走尽，唯有"我"这样不为名利所累、无官一身轻的乡野之人，夜深之时仍在外行走。莫要嫌弃这坎坷的道路，尽管荆棘丛生、高低不平、布满嶙峋的怪石，但"我"还是喜欢在这崎岖的山路上行走，喜欢拐杖拄地传出来的铿然响亮的足音。

劳动是医治百病的良药。让东坡从寸草不生的荒坡，变为生机盎然的田园，苏东坡从躬耕劳作中走出心灵的重创，直面坎坷而怡然自得。这首诗与其说写荒凉东坡的变化，不如说是苏东坡心态的巨大转变。

《莫听穿林打叶声》：风吹雨打中的从容淡定

1082年三月初七，苏东坡醉归遇雨，拿着雨具的仆人先前离开了，同行的人都觉得很狼狈，只有"我"不这么觉得。过了一会儿天晴了，就作了这首《定风波》："莫听穿林打叶声，何妨吟啸且徐行。竹杖芒鞋轻胜马，谁怕？一蓑烟雨任平生。料峭春风吹酒醒，微冷，山头斜照却相迎。回首向来萧瑟处，归去，也无风雨也无晴。"

虽然沙湖道上雨骤风狂，但外物不足萦怀，在雨中照常舒徐行步。只要拥有平静悠闲的心态，即使是竹杖芒鞋行走在泥泞之中，也胜过骑马扬鞭疾驰。在历经了政治上的风风雨雨之后，在肥马轻裘的贵族生活和竹杖芒鞋的平民生活的比照中，苏东坡越来越认同这种真真切切、平平淡淡的平民生活。而酒醒后，一边是料峭春风，一边是山头斜照，虽然身在大自然的风吹雨打之中，而心不都始终这样的从容、达观、镇定吗？人生就是这样，在寒风中有温暖，在困境中有希望，只要懂得了这种辩证法，积极观照现实，就不会永远沉浸在悲苦和挫折之中。

这首词即景生情，借雨中潇洒徐行之举动，表现了虽处逆境、屡遭挫折而不畏惧、不颓丧的坚强性格和旷达胸怀，寄寓着作者超凡脱俗的人生理想，诠释着作者的人生信念，是苏东坡经历磨难和打击之后灵魂上的升华。

《游蕲水清泉寺》：身处困境中的奋厉自强

1082年三月，苏东坡雨中游蕲水（今浠水）兰溪旁边的清泉寺，溪水向西流淌，即景抒情，写下一首《浣溪沙》："山下兰芽短浸溪。松间沙路净无泥。萧萧暮雨子规啼。谁道人生无再少？门前流水尚能西！休将白发唱黄鸡。"表达作者虽处困境而老当益壮、自强不息的精神，洋溢着一种向上的人生力量。

山下溪水潺潺，岸边的兰草刚刚萌生娇嫩的幼芽。松林间的沙路，洁净无泥。傍晚细雨潇潇，寺外传来了布谷的叫声。作者漫步溪边，浑然忘却尘世的喧嚣和官场的污秽。光阴如流水，匆匆向东奔去，一去不可复返，这是不可抗拒的自然规律。词人却发出了令人振聋发聩的感叹：谁说人生就不能再回到少年时期？门前的溪水都还能向西边流淌，不要在老年感叹时光的飞逝啊！

这首词如同一首意气风发的青春如梦令，一篇老骥伏枥、志在千里的人生宣言书，读来令人倍受鼓舞。

《寒食雨》：苦雨摧折中的沉着诙谐

苏东坡"黄州诗尤多不羁"，但写于1082年三月寒食节的这两首五言诗"最为沉痛"，写出了他最为真实的内心世界。

第一首借寒食前后阴雨连绵、萧瑟如秋的景象，书写他悼惜芳春、悼惜年华似水的心情。独卧在床听得雨打海棠，胭脂样花瓣像雪片般凋落污泥。

雨中海棠仿佛一位患病的少年，病愈时双鬓斑白已然老去。诗人借海棠花谢，比喻自己横遭政治迫害，与海棠花一样天涯流落的共同命运。

如果说第一首《寒食雨》表现贬谪之痛还比较含蓄，第二首则紧扣寒食节的主题，以"空庖""寒菜""破灶""湿苇"等物象，凸显窘迫的物质生活，以"纸""坟墓""死灰"等意象，渲染凄怆悲凉的基调，宣泄诗人心头无限的郁闷。

然而，正像林语堂给苏东坡的一个头衔——"一个无可救药的乐天派"，作者即使在"春江欲入户"的艰苦环境中，仍不失天真的童心，不做愁苦的呻吟，还时不时展现几分幽默感，大水都快淹进门了，他还在"空庖煮寒菜，破灶烧湿苇"，想象"小屋如渔舟，蒙蒙水云里"的种种雅趣，这正是苏东坡独特、可爱的地方。

《赤壁怀古》：吊古伤今中的豪迈旷达

1082年七月，谪居黄州两年半，时年45岁的苏东坡，伫立黄州城西赤壁之战古战场赏景沉思，借古抒怀，写下这首开一代词风的千古名篇《念奴娇·赤壁怀古》。

大江浩浩荡荡向东流去，冲刷不掉千古英雄人物。旧营垒的西边，人们都说是三国周郎赤壁。黄州赤壁是不是三国赤壁？答案是肯定的。晚唐朝诗人杜牧任黄州刺史期间，在黄州江边发现了一种在长柄的一端装有青铜制成的枪尖、旁边附有月牙形锋刃的古代兵器——戟，写下一首代表晚唐咏史诗最高成就的七绝《赤壁》："折戟沉沙铁未销，自将磨洗认前朝。东风不与周郎便，铜雀春深锁二乔。"从此，赤壁与黄州密不可分，成为黄州的文化符号。

赤壁矶头，岸边乱石林立，像要刺破天空，惊人的巨浪拍击着江岸，激起的浪花好似千万堆白雪，古战场的险要形势和雄奇壮丽景象犹如一幅壮美的图画，无数英雄豪杰在这里上演了一幕幕历史活剧。"江山如画"大气磅礴，穿越千年时空，传遍九州寰宇，成为千年黄州最好的旅游宣传语。

遥想当年，周瑜春风得意，设计火攻，诸葛亮借来东风，谈笑之间，把强敌的战船烧得灰飞烟灭。很多人都认为这首词结尾有消极意义，"人生如梦"

就一定是消极的吗？关键是对"梦"作何理解。"梦"比喻梦幻的事，不可捉摸，难以预料，也很短促，属于中性，虽表达了伤感之情，但这种感情正是词人不甘沉沦，积极进取，奋发向上的表现，仍不失英雄豪迈本色。词人是个旷达之人，尽管政治上失意，却从未对生活失去信心。词中虽然书写失意，然而主旋律感情激荡，气势雄壮，跟失意文人的同主题作品迥然不同。

《赤壁赋》：人生无常中的超脱潇洒

1082年注定是中国文化史上极不平凡的一年，彪炳史册的"一词二赋"都在这一年横空出世，宣告黄州进入了一个新的美学等级，也宣告苏东坡进入了一个新的人生阶段。

"赋"是中国文学史上的一种独特的文体。这是一篇文赋，记叙了作者与朋友月夜泛舟游赤壁的所见所感，通过主客问答的形式，反映了作者由月夜泛舟的舒畅，到怀古伤今的悲愁，再到精神解脱的达观。

壬戌年七月十六日，作者"与客泛舟游于赤壁之下"，在"水波不兴"、浩瀚无涯的江面上随波漂荡，饮酒作乐，扣舷而歌，尽情领略其间的清风、白露、高山、流水、月色和天光之美。在酒酣耳热之际，却不时传来客人悲凉的箫声，既如哀怨又如思慕，既像啜泣也像倾诉，引发其思"美人"而不得见的怅惘和失意。作者所说的"美人"，是他的理想和一切美好事物的化身。由于想望美人而不得见，加之客吹洞箫，凄切婉转，悲咽低回，致使作者的感情骤然变化，由欢乐转入悲凉。

世事本无常，人生实短促。作者由赋赤壁的自然景物，转而赋赤壁的历史古迹，追述曹操破荆州、迫使刘琮投降的过往，因而羡慕江水明月，希望与神仙相处，与明月同在，所以才把悲伤愁苦"托遗响于悲风"。苏轼借客人之口流露出自己的思想，并针对客之人生无常的感慨，以江水、明月为喻，表达自己"逝者如斯，而未尝往也；盈虚者如彼，而卒莫消长也"的见解。客听了作者的一番谈话后，转悲为喜，开怀畅饮，忘怀得失，超然物外，"相与枕藉乎舟中，不知东方之既白"。

这篇赋最大的思想价值是用文学的手法表现了苏轼超脱的宇宙观和人生

观。如果从事物变化的角度看，天地的存在不过是转瞬之间；如果从不变的角度看，则事物和人类都是无穷尽的，不必羡慕江水、明月和天地，自然也就不必"哀吾生之须臾"。因此，他在身处逆境中才能保持豁达、超脱、乐观的精神状态，并能从人生无常的怅惘中解脱出来，理性地对待生活。江上的清风有声，山间的明月有色，江山无穷，风月长存，天地无私，声色娱人，人人可以徘徊其间而自得其乐。这也正是旅游的功能。纵情山水间，可以忘却人世间的烦恼。

《后赤壁赋》：入世出世中的旷然豁达

《后赤壁赋》是《赤壁赋》的姊妹篇，沿用赋体主客问答、抑客伸主的传统格局，描写长江月夜的优美景色，抒发作者的人生哲学。"二赋"字字如画，句句似诗，珠联璧合，浑然一体。

作者在月明风清之夜，与客行歌相答，先是"有客无酒""有酒无肴"之憾，后是"携酒与鱼"而游之乐。接着从"江流有声，断岸千尺"的江岸夜景，写到"俯冯夷之幽宫"的山崖险情；从"曾日月之几何，而江山不可复识"的感叹，写到"悄然而悲，肃然而恐"的心情变化，最后借孤鹤道士的梦幻之境，表现旷然豁达的胸怀和慕仙出世的思想。

与《赤壁赋》主要是谈玄说理不同的是，《后赤壁赋》主要是以叙事写景为主。前者描写的是初秋的江上夜景，后者则主要写孟冬江岸上的活动。作者不吝笔墨地写出了赤壁夜游的意境，安谧清幽、山川寒寂，"履巉岩，披蒙茸，踞虎豹，登虬龙；攀栖鹘之危巢，俯冯夷之幽宫"，奇异惊险的景物令人心胸开阔、境界高远，不同季节的山水特征，在苏轼笔下都得到了生动、逼真的反映，呈现出壮阔而自然的美。当苏东坡独自一人临绝顶时，那"划然长啸，草木震动，山鸣谷应，风起水涌"的场景又不能不使他产生凄清之情、忧惧之心。一只孤鹤"横江东来""戛然长鸣"后擦舟西去，已然孤寂的作者更添悲悯。在梦乡中见到曾经化作孤鹤的道士，"开户视之，不见其处"，表明作者在政治迷茫中仍保持着对前途、理想、抱负的求索。

《洗儿诗》：骂遍权贵中的愤世嫉俗

苏东坡在黄州的生活，最得意的是与侍妾王朝云的相处。1083年九月二十七日，在被贬到黄州的第三年，王朝云为苏东坡生下一子，在孩子满月举行"洗儿礼"的时候，写下了这首《洗儿诗》："人皆养子望聪明，我被聪明误一生。惟愿孩儿愚且鲁，无灾无难到公卿。"

望子成龙，望女成凤，是所有为人父母的夙愿。可苏轼却说，"我只愿自己的儿子将来愚笨鲁钝"，让所有人惊讶不已。这首《洗儿诗》可谓是对此前所有"洗儿诗"的颠覆，骂遍满朝权贵，表现了作者愤世嫉俗的政治立场和人生态度。

《夜归临皋》：开怀畅饮中的遗世独立

1082年九月深秋之夜，作者在东坡雪堂开怀畅饮，醉后返归临皋亭住所，写下这首即事抒情之作《临江仙》："夜饮东坡醒复醉，归来仿佛三更。家童鼻息已雷鸣。敲门都不应，倚杖听江声。长恨此身非我有，何时忘却营营。夜阑风静縠纹平。小舟从此逝，江海寄余生。"

夜醉回到居所，家童已睡熟，无人开门。夜阑更深，万籁俱寂，伫立门外，只得"倚杖听江声"。在江风的吹拂下，酒也醒了几分。想到自己满腹才华，却落得获罪流放的下场，不如躲开名利场，乘坐扁舟归隐江湖。一位襟怀旷达、遗世独立的文人形象跃然纸上。

这首词曾在黄州闹出了一则笑话。第二天街上"喧传子瞻作此词，挂冠服江边，挐舟长啸去矣。郡守徐君猷闻之，惊且惧，以为州失罪人，急命驾往谒，则子瞻鼻鼾如雷，犹未兴也"。

以上这些作品，表现了苏东坡在黄州时期奋厉当世的崇高理想，豪迈旷达的宽阔胸襟，潇洒自适的生活态度，信道直前的处事原则，也体现了苏东坡在有宋一代文学艺术上的最高成就。

（《黄州文艺》2023年第1期）

最是书香能致远

公元1062年，以京官身份出任地方长官秘书的凤翔府（今陕西宝鸡）签书判官苏轼，奉旨回京城述职，路过长安，看到好友董传穷困潦倒，满身补丁，万千感慨涌上心头，写下一首"半句名满天下"的七律《和董传留别》："粗缯大布裹生涯，腹有诗书气自华。厌伴老儒烹瓠叶，强随举子踏槐花……"

是啊，"腹有诗书气自华"。在生命的旅途中，有些东西与生俱来，如出身、颜值，人们无法改变，但只要胸中有学问，即使外表寒碜，身上的气质自然散发出与众不同的芳华。

"囊空不办寻春马，眼乱行看择婿车，得意犹堪夸世俗，诏黄新湿字如鸦。"在苏轼的资助和鼓励下，董传哪怕饿着肚子，仍然发奋读书，后来一举考中进士，没有辜负苏轼的期许。

苏轼父子本身都是读书的楷模。"苏老泉，二十七；始发愤，读书籍"，后来成了大学问家，学识和文章受到大文学家欧阳修的肯定和赏识。苏轼少年时就才华出众，在父亲苏洵和业师的教导之下，"发奋识遍天下字，立志读尽人间书"，终成人间绝版、一代文宗。苏辙生平学问深受其父兄影响，"读破文章随意得，学成富贵逼身来"，不仅文章"汪洋泊澹，有一唱三叹之声，而其秀杰之气终不可没，"且拜相参政，效力社稷。

人生是一场风雨盛宴，优雅从容地做自己的贵人，读书是最好的选择。

"书中自有千钟粟""书中自有黄金屋""书中自有颜如玉""书中车马多如簇"。北宋第三位皇帝宋真宗赵恒这首劝人潜心向学的《劝学诗》，虽然在价值取向上有追求荣华富贵、出人头地的功利之嫌，但因其生动形象的比喻，千百年来流传甚广，经久不衰。

用现代的理念来看，读书当然不排斥功利性，但只有当动机高尚的时候，读书才能实现更大的人生价值。

毛泽东17岁离开闭塞的韶山冲到长沙求学，写下一首《七绝·改西乡隆盛诗赠父亲》："孩儿立志出乡关，学不成名誓不还。埋骨何须桑梓地，人生无处不青山。"表明他胸怀天下、志在四方的远大抱负，并成为他走出乡关、奔向外面世界的宣言书。

毛泽东是终生酷爱读书的典范，一生读书无数，其中对我国四大名著之一的《三国演义》更是爱不释手。无论是在井冈山时期，还是在长征途中，从少年时代到人生结束，他至少读了70年。而一部卷帙浩繁的《资治通鉴》，毛泽东读了17遍，线装本《资治通鉴》至今仍静静地放在中南海毛泽东故居里。

周恩来在少年时代就立下宏伟志向，面对校长"为什么而读书"的提问，一句"为中华之崛起而读书"的响亮回答，铿锵有力。1917年，年仅19岁的周恩来负笈东渡，写下一首七言绝句："大江歌罢掉头东，邃密群科济世穷。面壁十年图破壁，难酬蹈海亦英雄。"表现出不同凡响的人生追求和伟人的巨大气魄。

优秀的书籍是人类智慧的结晶，是文化传承的载体，是文明进步的阶梯。"读史使人明智，读诗使人聪慧，演算使人精密，哲理使人深刻，伦理学使人有修养，逻辑修辞使人善辩。"读书像是照镜子，可以从别人的故事里反观自己，让人保持思想活力，得到智慧启迪，滋养浩然之气。

阅读是心灵的呼吸，是精神的按摩，是一种乐趣，而不是负担。著名作家王蒙说"学习最明朗，学习最坦然，学习最快乐，学习最健康，学习最清爽，学习最充实"，说的正是这个道理。

当代教育家、哲学家冯友兰7岁开始读书，八十年从未间断，活了95岁，其健康长寿的秘诀就是读书。今年101岁的杨振宁透露长寿的秘诀是看书。他说："一个喜欢看书的人，不容易老。多看书，可以跟上时代的发展，与时俱进，人就显得年轻。"表示自己正信心十足地向"茶寿"（108岁）进发。

"人生天地之间，若白驹过隙，忽然而已。""吾生也有涯，而知也无涯。"如何在有生之年多读书、读好书，有人总结出了这样的读书经验：精其选，解其言，知其意，明其理。就是精选那些能够给人以感染和力量的书，让人了解大学问家的思想和风范的书，特别是那些震撼人的灵魂的书，激发人的斗志的书，在书中吸收精神营养，把它变成自己的财富，这样就从作者身上赚到了，谁也拿不走。

读书对于每个人，既是私事，也是公事。于私，可提升个人修养；于公，有助于更新知识、提能善政，从而使决策更科学、执行力更强。所以一个人必须树立终身学习的理念，养成终身学习的品质。

许多现代都市人正过着物质越丰富、精神越贫乏的生活，只有让热爱读书的习惯蔚然成风，人们的内心才能丰盈、饱满和强大。

读书什么时候都不晚。从现在开始，选一本好书读下去吧，读一本，赚一本，每天阅读一小时，每月读完一本书，每一个家庭都营造浓郁的读书氛围，让美丽中国更添氤氲书香！

人生是一场孤独的修行，读书也要耐得住寂寞。铅华洗尽，从无画色可长新；云烟褪去，唯有书香能致远。

（《中国组织人事报》2023年4月26日）

此心安处是黄冈

公元1085年十二月的一天，苏东坡从登州太守任上还朝任礼部侍郎，与"乌台诗案"中被贬宾州（今广西宾阳）的好友王巩久别重逢。

王巩，字定国，出身显赫，从苏轼学文，因收受苏轼诗而遭牵连。王巩赴岭南时，歌女寓娘柔奴同行。五年后，王巩北归。在京城酒席间，苏东坡与柔奴一番不经意的对答，让坡公泪光点点，万千感慨化为一首脍炙人口的《定风波·南海归赠王定国侍人寓娘》："常羡人间琢玉郎，天教乞与点酥娘。自作清歌传皓齿，风起，雪飞炎海变清凉。万里归来年愈少，微笑，笑时犹带岭梅香。试问岭南应不好，却道，此心安处是吾乡。"

当时岭南是大宋僻远荒凉之地，生活异常艰苦，苏东坡作此词，赞颂柔奴身处穷境而安之若素。而苏东坡的仕途生涯，不是被贬，就是在被贬的路上。他在一路流离迁徙的生命苦旅中，不仅乐观地活了下去，还活出了人生的精彩。所以，"试问岭南应不好，却道，此心安处是吾乡"，也寄寓了苏东坡随缘自适、无往不快的旷达情怀。

在生命的黄金时段，苏轼责授黄州团练副使，不得签书公事。人生不如意，但有诗情在。他一生在政治上虽屡屡受挫，在文艺创作上却始终孜孜不倦，尤其是他在黄州期间以"一词二赋一帖"为代表的诗、词、文、赋和书法作品，代表了北宋文学艺术的最高成就。

纵观苏东坡的一生，他的故乡在哪里？在眉州，在杭州，在黄州，在惠州，在儋州，在常州……除了生他养他的眉州和最终栖息地常州，最重要的一个故乡是他由人生谷底登顶文艺巅峰的黄州，即我们今天的黄冈市。

"便为齐安（黄州）民，何必归故丘。"苏东坡受命离开黄州时，道出了失去故乡、不知家在何方的慨叹："归去来兮，吾归何处，万里家在岷峨。"在苏东坡看来，他除眉州之外真正的故乡在黄州，在黄州的东坡雪堂。苏东坡心安黄冈，实现了人生的华丽转身，完成了一次永载史册的文化突围。

"此心安处是吾乡。"黄冈历来是一个让人心安的地方。

南朝鲍照心安黄冈，成为有明确记载的最早在鄂东地域进行文学创作的著名文学家，成就其"俊逸鲍参军"的美名。唐代道信、弘忍、慧能心安黄冈，完成了佛教从天竺印度禅学到中国禅宗创立的过程，实现了佛教中国化。晚唐杜牧心安黄冈，成为黄冈历史上第一个著名诗人官员，对黄冈文化发展产生巨大影响，一首《赤壁》，不仅彰显了黄冈英雄主义的文化内涵，也使赤壁开始成为黄冈的文化符号，并使英雄文化成为历代文人释放幽愤、抒发豪情的思想和情感的源泉。

北宋第一位贬知黄冈的士大夫王禹偁心安黄冈，其流传甚广的代表作《黄州新建小竹楼记》，使其成为宋初诗文革新运动的先驱，故世称王黄州。北宋布衣毕昇心安黄冈，作为一名普通的刻字工人，对长久以来一直采用的雕版印刷技术进行重大改进，开创了印刷业的新时代。北宋程颢、程颐心安黄冈，共同创立以"天理"为核心的"二程"之学，最终成为中国封建社会意识形态领域的主流思想。

明代李时珍心安黄冈，穷尽毕生心血修成《本草纲目》，被誉为"东方医药巨典""中国古代百科全书"和"人类绿色圣经"。明代吴承恩心安黄冈，完成《西游记》后十三回创作，使蕲春、武穴成为《西游记》成书地和背景地。晚明精神领袖李贽心安黄冈，定居黄冈近二十年，在红安、麻城著书讲学，使麻城和红安成为中国学术中心。清代于公成龙心安黄冈，治盗、剿匪、平乱，屡建奇功，被举"卓异"，终成"天下廉吏第一"……

众多先贤在黄冈大地留下了无数胜迹。作为一名游客，如果不能亲历这些人文魅力与自然之美，就不算到过黄冈。作为一名黄冈人，如果不熟悉黄冈的这些家珍，也算不上一个地道的黄冈人。

黄冈这座千年古城，历史文化脉络清晰、奇峰并峙。近现代以来，红色文化和名人文化是黄冈最具特色、最有竞争力的地域文化符号。黄冈是以大别山为中心的鄂豫皖革命根据地核心区，是中国共产党的重要建党基地，人民军队的重要发源地，中国革命走向胜利的重要转折地，治党治国治军人才的重要培养地，以红色之城、名人之都、教育之乡享誉海内外。

　　"赏不够黄州美景花烂漫，听不够赤壁江水拨琴弦；我找你茫茫人海人海茫茫不辞天涯远，我等你花开花落花落花开好似几千年……"黄梅戏用它那清新、秀美、自然、芬芳的声音唱出黄冈淳朴、浓酽、温婉、灵动的民风。汉川门、古城墙、文峰塔、安国寺、定慧院、东坡雪堂用它那厚重的历史质感装点着黄冈的古韵风采。古城黄冈正在被重新激活，唤醒，融入武鄂黄黄都市圈，建设科技新城，商贸强城，文旅名城，书写诗与远方，奔向星辰大海。

　　如今的黄冈，是一个宜居、宜业、宜游、宜教、宜养且让人心安的城市。发现黄冈的美，把黄冈的历史世世代代传扬下去，直到永远，是我们作为一个黄冈人的责任和义务。

　　此心安处，即是黄冈。黄冈正在提炼新的旅游宣传语，我想，正像"人文陕西""好客山东""老家河南""钟情湖北"这些响亮的口号一样，"心安黄冈"必将成为文旅中国又一张亮丽的名片。

（《黄冈日报》2023年3月11日）

心安黄冈即远方

常言道，熟悉的地方没有风景，有趣的生活在远方。

久居黄冈，虽说距离产生美感，我却越来越觉得黄冈风景这边独好。

我是土生土长的黄冈人，也曾有机会到外地公干，终因故土难离而一一婉拒。在人生这场远行中，即将年届六旬、解甲归田，从草根起点又回到草根原点，但我心依然，无怨无悔。

黄冈是一座文化底蕴极其深厚的城市，是一个有星辰大海和诗与远方的地方。前不久，我出版了一部宣传黄冈文化旅游的散文集《一座城市的星辰大海》，献给我生活的土地和城市。而黄冈本身是一部读不完的书，我努力阅读，反而越来越发现自己的无知。

多少年来，我曾不止一次地问自己：黄冈在哪里？黄冈是什么？黄冈怎么样？最近，我终于在本土学者、作家、退休老领导王楚平先生的著作《寻梦黄冈》中找到了这样一个答案：黄冈在名邦黄州，在先驱团风，在丰碑红安，在胜地麻城，在大别罗田，在幽美英山，在义都浠水，在名胜蕲春，在开放武穴，在天下黄梅……楚平先生在历史的大背景中找到了黄冈的定位、县市区的定位，精辟地概括出黄冈各县市区的特点，让人眼前一亮，茅塞顿开。

是的，翘首回望，黄冈十多个县市区，像一块块璀璨夺目的宝石，镶嵌在吴头楚尾这块近两万平方公里的神奇的扇形土地上。从行政地理学上讲，一个地方的首府，最好处在行政地域中心，这样才有利于资源聚集。而黄冈不是这样。黄冈主城黄州处在扇柄的位置，其他县市分布在扇面上。虽然有些"去中心化"，但也避免了中心城市的虹吸现象，形成县域经济千帆竞发、百舸争流的生动局面。从这个意义上讲，黄冈与其说是一座城市，不如说是一个"区块链"，这也许是黄冈的独特之美。来黄冈的游客，除了在千年黄州仰望东坡，一定要沿横贯黄冈红色遗迹、绿色生态、古色非遗三大旅游区，把沿途七个县市、二十三个乡镇、三十八个主要景区串珠成链的大别山红色旅游公路，尽情地走一走、看一看，这才是黄冈文化旅游的主轴线和主坐标。

黄冈的美是一种大美，背靠大别山，面向大长江，毗邻大武汉，承东启西，纵贯南北，通江达海，得天独厚，物华天宝，人杰地灵，文昌武盛，博大精深……黄冈是中国文化高地，生态和人文双峰并峙，地质奇观和四季花海双峰并峙，本地名人和客籍名人双峰并峙，现代名人和历史名人双峰并峙，科技巨匠和哲学大家双峰并峙，建党元勋和军事将领双峰并峙……这些都是黄冈发展全域大文旅的宝贵资源禀赋。也正因为如此，黄冈的优势反而变成了劣势，令人眼花缭乱，导致特色不鲜明、重点不突出。黄冈如何破解这种资源富集的困局？

前些时，黄冈提炼出新的旅游宣传语"大美黄冈，此心安处"，一经推出，迅速传遍天南海北，家喻户晓，引起广泛的关注和热议。

是的，"此心安处是吾乡"，黄冈一见如故乡。正如王楚平先生分别用"名邦""先驱""丰碑"等字眼来概括黄冈各县市区的特点一样，用"心安"二字定位黄冈文化旅游，也许是再恰当不过的了。

黄冈是天下形胜之地，文明起源之地，兵家必争之地，演绎了许多中国军事史上的传奇。春秋末期的吴楚柏举之战，发生在麻城阎田河一带，吴国以三万兵力战胜楚国二十万大军，创造了中国古代战争史上以少胜多的经典战例，为吴国争霸中原奠定了基础。公元208年，曹操、孙权、刘备在黄州赤壁发生一场遭遇战，孙、刘不足五万联军打败了曹操二十多万大军，形成了中国历史的转折点——魏、蜀、吴三国鼎立的局面，战争亲历者、随曹操参加过赤壁大战的建安七子之一的王粲、东吴大将陆逊之孙陆机、西晋史学家陈寿分别将赤壁之战写入《英雄记》《辩亡论》《三国志》中，黄州赤壁声名渐起。唐宋时期，黄州赤壁的知名度强势"出圈"，慕名而来凭吊三国古战场的朝廷官员和文人墨客络绎不绝。从此，黄州赤壁的"英雄文化"注入了黄冈的文化基因，即便处于弱势也可以触底反弹、反败为胜，"心安黄冈"成为黄冈一个不朽的符号，也成为黄冈人共同的精神标识。

黄冈人随缘，但不随波逐流；随意，但不随遇而安；随心，但不随心所欲。黄冈有着朴诚勇毅的文化因子，很容易活出人的精气神。在这块红色的土地上，百年华章恢宏壮阔，荡气回肠，一切苦难的岁月，都化作辉煌的荣光。如今，黄冈河清海晏，岁月安好，万民欢颜，城市乡村呈现出一派生机勃勃、欣欣向荣的景象。虽比不上大城市的繁华，但充实、忙碌的快节奏生活张扬着每一个奋斗者的生命活力。而在一些历史文化街区、历史文化名镇、名村、中国传统村落和不起眼的城中村，你也能看到一些黄冈人古朴、简约、快乐、心安的生活，这才是黄冈人原有的生活面貌。

黄冈算得上是美食的天堂，拥有全国最多的中国地理标志产品，琳琅满目的美食让你目不暇接。来一趟沉浸式黄冈游，不怕肚量大，就怕胃口小，一定要吃一回最正宗的东坡肉，饮一回最地道的木子店老米酒，喝一回最原生态的巴河九孔藕汤，这样才能真正让你口福心安。

几天前，我曾在《此心安处是黄冈》一文中这样写道："黄冈历来是一个让人心安的地方。"

是的，心安黄冈，即是远方。黄冈当之无愧！

（《黄冈日报》2023年3月25日）

黄冈一见如故乡

文章是案头之山水，山水是地上之文章，说的是读万卷书，还需行万里路，游历山水也是在阅读文章。

旅游是从自己待腻的地方跑到别人待腻的地方，说的是到远方才能放飞心情，亲近自然，拥抱星辰大海。

有没有地方让你既有走向诗与远方，拥抱星辰大海的兴奋和冲动，又有看得见山，望得见水，记得住乡愁的亲切和温馨？

黄冈兴许就是这样一个地方。

"一见如故乡"，是罗田县近年来推出的一个主打旅游宣传口号，在黄冈市具有示范性和代表性。

黄冈处在奇特而又充满魅力的北纬三十度线上，历史文化源远流长，海洋文明与内陆文明、中原文明与南方文明深度融合，高山大川广布，物产丰饶，人文荟萃。

南北交汇的地理位置，四季分明的气候特征，通江达海的交通优势，让天南海北的游客都能在黄冈找到故乡的感觉，闻到故乡那熟悉的味道。

一千二百多年前，诗人李白游历黄冈，站在大别山峰顶上，俯瞰山之南山花烂漫，回望山之北白雪皑皑，禁不住感叹：此山大别于他山！

大别山是长江、淮河的分水岭，山顶的雨水，不是朝南，就是往北，最终流向辽阔的大海，成为永恒。

大别山也是黄冈文化旅游的主坐标，是这座英雄城市的诗与远方和星辰大海。

如果说，李白是诗意大别山的发现者，苏轼则是黄冈自然美与人文美的双重构建者。

苏轼在来黄冈的路上，路过麻城春风岭时，因见遍野的梅花开得正盛，半数飘落山溪中，触景生情，有感而发，油然吟出"幸有清溪三百曲，不辞相送到黄州"的名篇佳句。到达黄冈的第一天，他便用一首《初到黄州》，记录自己对黄冈的美好印象："长江绕郭知鱼美，好竹连山觉笋香。"出于生计，"乌台诗案"里死里逃生的苏轼，在黄州城东找到一块坡地躬耕自补，从此他自号东坡居士，写出"莫嫌荦确坡头路，自爱铿然曳杖声"等大量诗文。

谪居黄冈，苏东坡浴火重生，才情喷薄而出，留下"大江东去，浪淘尽、千古风流人物"等千古绝唱。"江山如画，一时多少豪杰"，兼具自然和人文双重之美的黄冈，因此名扬天下，成为东坡文化的原乡和苏轼的第二故乡。

苏东坡和李白都有一双发现美的眼睛。眼前的"鸡豚社酒""楚语吴歌"和"堂前细柳"，让苏东坡心安黄冈，实现了从一个以儒家为底色的封建士大夫蜕变为一个世界级东方文化巨人的内在的质变。

"归去来兮，君归何处，万里家在岷峨。"苏东坡把黄冈当作故乡，故乡却已成他乡。难怪他受命离开黄冈时，发出了无限的惆怅与感慨。

旅游是不同地区、不同文化的交流互鉴，集物质消费与精神享受于一体。旅游离不开文化。黄冈是苏东坡最重要的人生驿站，是东坡文化的发祥地，天然具有打造东坡文化第一高地的独特条件。丰富多彩的地方历史文化，同样是黄冈发展全域大文旅，建设文旅大名城的独特资源禀赋。当年，黄冈激活苏东坡，苏东坡从人生低谷触底反弹，一举登上宋代文学艺术的巅峰；如今，苏东坡唤醒黄冈，黄冈实现"文以城兴"到"城以文兴"的历史性嬗变。

黄冈素以中国名人之乡著称于世。不仅本籍名人和客籍名人灿若繁星，而且众多中国著名历史人物在这块土地上留下无数胜迹。孔子周游列国，到过麻城夫子河、团风淋山河，并使子路问津于此；孙武、伍子胥指挥吴军，在麻城柏子山与举水河之间，以少胜多，打赢柏举之战；秦始皇东巡、汉武帝南巡均到达黄冈地域；唐太宗登临麻城龟峰山，并作诗《题龟峰山》；杜甫则在蕲春写下《江南逢李龟年》……外地游客来黄冈，不难找到故乡名人留下的足迹。

在许多人的印象中，黄冈是一个有着光辉灿烂的革命传统和交相辉映的自然人文的地方。在黄冈大别山世界地质公园，可见证薄刀峰突兀高耸、刀一样薄、峭立云天外的鬼斧神工；在京剧创始人余三胜故里罗田九资河镇，行浸式夜游光影演绎和沉浸式音乐剧，让人在山水之间、古镇深处感受黄冈历史文化的美轮美奂；在红安七里坪镇花岗石条铺成的长胜街，当脚步与石条对话，耳畔会回响起黄麻起义的铜锣声；漫步在市区的东坡外滩，明月幸福广场，天上宫阙钟楼，黄州大戏台，快哉亭等文化地标，记录城市意象，再现东坡文化精髓，让人穿越千年，梦回大宋……

非但如此，黄冈还有它看得见炊烟，留得住乡愁的另一面，外地游客在黄冈也不难找到故乡的风物。

黄冈之地多竹，像江西井冈翠竹；多松，像安徽黄山松；多杜鹃，像湖南韶山的红杜鹃；多桑树和乌桕树，像游客家乡的桑梓；多白杨，像西北黄土高原上"参天耸立，不折不挠，对抗着西北风"的白杨树；多水系，像江南的梦里水乡；多雪天，像东北的林海雪原；多美食，像妈妈的味道……到了黄冈，就像回到了故乡！

作为一座由"区块链"组成的城市，黄冈既有都市的霓虹闪烁、车水马龙，又有乡下被萤火虫点亮的恬静的夜空；既有工厂车间的机器轰鸣、大街小巷的人来人往，又有清晨山野里的雾霭、乡村初醒的清新；既有东坡肉、烧梅、肉糕、鱼面这些远近闻名的特色美食，又有散发着沁人心脾香味的农家乐饭菜……黄冈忙碌中不乏悠闲，时尚中带着几分古朴，充满乡愁和儿时的记忆。

美不美，家乡水。亲不亲，故乡人。来吧，到黄冈观大别之奇秀，走红色之旅路，吊三国之遗址，寻东坡之足迹，听故乡之黄梅，品地道之山肴，沐文明之春风，发思古之幽情，抚思乡之慰藉……

黄冈，一个回得去的老家，养眼，悦耳，开胃，暖心！

（新华网，2023年3月21日）

赤壁矶头的沉思

"客到黄州，或从夏口西来武昌东去；天生赤壁，不过周郎一炬苏子两游。"

此时此刻，我又站在建安十三年（208）孙刘联军以不足五万兵力击破曹操号称八十三万之众，元丰五年（1082）苏东坡面对江山如画的美景和赤壁大战故地吟诵千古绝唱《念奴娇·赤壁怀古》的黄州赤壁矶头。

黄州赤壁是全国重点文保单位，是集文物保护、山水观光、人文体验、休闲娱乐等功能于一体的国家 AAAA 级旅游风景区。黄州赤壁的一文一武，成就了名邦黄州的文化概念。作为一个地道的黄冈人，暇时，逛赤壁，谒苏公，观碑阁，览二赋，"履巉岩"，"踞虎豹"，"登虬龙"，感受"赤壁之游乐"，实在"不足为外人道也"。然而，每次走进东坡赤壁，既能保持怦然心动，又屡有新的体验和思绪，就连我自己也不得不惊叹了！

黄州赤壁的魅力，不但在于它既是武功圣地和文学殿堂，还在于它有一个"疑云"。

黄州赤壁最早记载于西汉著名辞赋家枚乘的《七发》，原名赤岸、赤壁，俗名赤鼻山，因其山色赭赤，屹立如壁，矶头断岸临江、状若悬鼻得名。后因气势恢宏的三国鏖兵，苏轼谪居黄州创作"一词二赋"和"天下第三行书"造就中国古代文学艺术又一座高峰，使其声名远播，无数文人用诗、词、文、赋、书、画讴歌、赞美文武合璧的黄州赤壁。

晋代以前，黄州赤壁是妥妥的三国周郎赤壁。赤壁之战亲历者、随曹操参加过赤壁大战的建安七子之一的王粲，东吴大将陆逊之孙陆机，西晋史学家陈寿，东晋文学家、史学家干宝，南北朝文学家庾信等人，在《英雄记》《辩亡论》《三国志》《搜神记》《哀江南赋》等著述中都有黄州赤壁为周瑜破曹处的记载，且从战役冠名，三军驻地，行军路线，败走路线，战地条件看，也与黄州一带的地名、地形、地貌高度吻合。东晋末年，龙骧将军蒯恩在赤壁山南面建了一座纪念三国赤壁之战的横江馆，成为黄州赤壁第一个有记载的建筑物。

古人开始都认为黄州赤壁即是三国赤壁，这是不争的事实。然而自南北朝以后却众说纷纭，莫衷一是，黄州赤壁笼上一层"疑云"，成了一个"是非之地"。

赤壁"疑云"的缘由是湖北有汉川、汉阳、武昌、蒲圻和黄州五个赤壁，当年的大战到底发生在哪里，史书语焉不详。经过历代史学家的考证，首先排除了远离长江的汉川和汉阳两个赤壁，而剩下的三个赤壁中，尤以黄州、蒲圻二说为甚。后来，许多学者认定蒲圻赤壁是当年赤壁大战的发生地，黄州赤壁则是苏东坡借景抒怀、凭吊三国古战场的地方，1998年蒲圻市遂更名为赤壁市。

三国赤壁之战真的发生在蒲圻吗？支持此说的依据主要有北魏郦道元的《水经注》，唐政治家、史学家杜佑的《通典》和近几十年在蒲圻赤壁附近出土的大量历史文物。杜佑是杜牧祖父，这位传奇的六朝元老、三朝宰相，用了三十六年写下一部《通典》，关于赤壁大战的发生地的观点却不被孙辈杜牧接受。杜牧在任黄州刺史期间写下《赤壁》等四首优美的诗篇，都指定黄州赤壁为孙刘战地，与他爷爷大唱"反调"，这是一个有趣的现象。

在唐代，支持黄州赤壁是三国赤壁的，在杜牧之前还有大诗人李白，他在《赤壁歌送别》中写道："二龙争战决雌雄，赤壁楼船扫地空。烈火张天照云海，周瑜于此破曹公……"宋代以后，苏东坡"二赋一词"的影响盖过周郎，元代文学家陆文圭在黄州写有一首《赤壁图》："公瑾子瞻二龙，文辞可敌武功。欲怪紫烟烈焰，不如白月清风。"称赞黄州赤壁文辞武功交相辉映。

苦难与辉煌的黄州赤壁，不仅有"疑云"，还是一个多灾多难之地。

为纪念"公瑾子瞻二龙"，唐宋时期，黄州赤壁修建了月波楼、竹楼、涵晖楼、栖霞楼四大名楼，被南宋战火化为灰烬。元代，黄州赤壁重修竹楼等建筑，又毁于元末兵火。明代，黄州赤壁重修四大名楼，并新建了十多座楼台亭阁，然而好景不长，明末再次被毁。清康熙初年，有"天下廉吏第一"之称的黄州知府于成龙重修黄州赤壁，三十年后，黄州知府郭朝祚扩建黄州赤壁，由于他景仰苏东坡，始将"东坡"二字冠于"赤壁"之上，并撰书了本文开篇的那副门联。从此，黄州赤壁也就有了一个除本名之外、人见人爱的衍生名——东坡赤壁。

清咸丰年间，清军与太平军在黄州发生五次大战，黄州赤壁之上的建筑群第四次全部被毁。战火停息后，同治七年（1868），黄冈巨富刘维桢捐巨资重修黄州赤壁，依郭朝祚旧例，增其旧制，这才有我们今天看到的"东坡赤壁"。

黄州赤壁是不是三国赤壁，历史上不乏此类的千年悬案。平心而论，认定赤壁大战发生在黄州，以史书和文学作品记载居多，尤其是元末明初小说家罗贯中的《三国演义》，影响巨大，家喻户晓。而蒲圻出土的文物更多，似乎也很有说服力。1982年，中央电视台播出大型电视纪录片《话说长江》，有一集叫《从武赤壁到文赤壁》，解说词这样写道："蒲圻赤壁因为赤壁之战而闻名，叫作武赤壁。黄州赤壁出名却是因为苏东坡的《赤壁赋》，或者叫作东坡赤壁"，两个赤壁才有"文""武"之分。《话说长江》虽然否定了黄州赤壁为赤壁之战的古战场，但因苏东坡的缘故，"文赤壁"的名声反倒超过了"武赤壁"。

赤壁之战战地之争，也许在学术界不会消停，还会长期争论下去。这些年来，就蒲圻更名赤壁，不少人扼腕叹息，甚至怒目以对，愤愤不平。其实，争论下去与蒲圻更名没有关系，更名不等于不争论，争论不等于要复名，这纯粹是学术问题。从文化旅游的角度看，争论只有赢家，没有输家，既可以还历史的本来面目，找到历史的真相，也可以吸引更多人的关注，引发更多人的探究兴趣，还可以相互借鉴，做好各自的工作，共同叫响"赤壁"文化品牌，对发展文化旅游或许还是一件好事。

一阵清风把我从遥远的赤壁"疑云"中拉了回来。"依然赤壁在黄州，古有人游，今有人游。茫然万顷放扁舟，人在中流，月在中流。髯苏二赋自千秋，佳境长留，佳句长留。何须箫管听啁啾，诗可相酬，酒可相酬。"游人如织的东坡赤壁，不正如清末诗人、黄梅县令张维屏笔下的这首《一剪梅》词所言吗？

"赤壁之游乐乎？"

（光明网，2023年10月20日）

二赋堂前的遐思

我曾多次游览东坡赤壁，伫立在二赋堂前。

"才子重文章，凭他二赋八诗，都争传苏东坡两游赤壁；英雄造时势，待我三年五载，必艳说湖南客小住黄州。"

面对中国近代民主革命家黄兴撰写的这副楹联，晚清重臣李鸿章题写的"二赋堂"匾额，吟诵堂内正中巨幅木刻上由黄冈教谕程之桢、民国书法家李开侁书写的《赤壁赋》和《后赤壁赋》，凝视堂内两侧民国临时总统徐世昌以及清末民初杨守敬、程明超等学者名士书写的"二赋"石刻，我的心中总会涌起无尽的遐思。

黄冈天生是一座文化旅游城市，因赤壁之战故地和苏东坡的"二赋一词"而闻名于世，历代文人的笔墨流韵给了这座千年古城丰厚的滋养。

一个诗意的春日，再次走进东坡赤壁，古色古香的楼台亭阁巧妙地镶嵌在峭壁之上，掩映在绿色丛中，琳琅满目、流芳千古的诗词歌赋，仿佛在诉说着这座城市的荣耀和神韵。

这个"文""武"合璧的硬核"赤壁"，虽历经朝代更迭、战火洗礼，但其精神文化特质，在中华文明史上独树一帜，成为黄冈历史文化的基石和主坐标。

二赋堂位于东坡赤壁古建筑群的中心，因纪念苏东坡赤壁"二赋"而得名，始建于康熙十二年（1673），咸丰三年至咸丰十一年（1853—1861）被毁，同治七年（1868）重建。东坡赤壁的二十多座楼台亭阁，以二赋堂为中心，疏密有致地分布在赤壁矶上，二赋堂因之成为东坡赤壁最具人气的网红打卡地。

时光回溯到九百四十多年前。元丰五年（1082）七月十六日晚，夜空朗朗，月华如泻，因"乌台诗案"谪居黄州两年多，贫困潦倒的苏东坡约云游庐山转道来看望他的好友——著名道学家、画家、鼓琴家四川绵竹武都山道士杨世昌泛舟赤壁。在清风徐来、水波不兴的江面上，杨世昌吹起悲凉的箫声，感伤曹操、周瑜这些历史上的英雄人物，继而哀叹人生之短暂，羡慕长江之无穷。

杨世昌的感叹，让处在人生最低谷的苏东坡思绪万千，他以戴罪之身，顿时悟出了惊世骇俗的人生哲理。

在世界观、人生观、价值观上，如果从事物变化的角度看，天地的存在不过是转瞬之间，如果从不变的角度看，则事物和人类都是无穷无尽的，不必羡慕江水和明月，也不必"哀吾生之须臾"。江上的清风，山间的明月，人人可以徜徉其间而自得其乐，而忘却人世间的烦恼……苏东坡文思泉涌，回来之后写下千古名赋《赤壁赋》，并于数日后写下开一代豪放词风的千古绝唱《念奴娇·赤壁怀古》。

时隔三个月，在杨世昌和"得一残句（满城风雨近重阳）留千古"的黄州平民诗人潘大临陪同下，苏东坡再次夜游赤壁，奇异惊险的景物令人心胸开阔、境界高远，不同季节的山水呈现出壮阔而自然的美。苏东坡的灵感又一次迸发，第二天健笔挥毫，写下另一篇千古佳赋《后赤壁赋》。

黄州时期，苏东坡以"二赋一词"和"天下第三行书"《黄州寒食诗帖》，登上宋代文学艺术的巅峰，成为用温润、梦幻、遒健、豪放的文字，照亮华夏文化精神世界的千年英雄。

宋代常被视为"积贫积弱"的时代，其实这是一种误解。北宋不仅是社会生产力迅猛发展的时期，更是古代中国思想文化的巅峰阶段，是"东方的文艺复兴"，在经济、思想、科学、文学艺术方面均展示出典雅精致、潇洒风流的宋韵气象。

"华夏民族之文化，历数千载之演进，造极于赵宋之世。"而这种"造极"，主要体现在苏东坡身上。

苏东坡是一个以儒家思想为底色的封建士大夫，他前期的诗文更多地表达积极入世的态度和仁政安民的思想。后来出现儒、释、道"三教合一"的思潮，为他的世界观、人生观、价值观的形成，提供了独特的思想文化环境。

儒家治世，佛家治心，道家治身。苏东坡初来黄州，无处落脚，暂住于定慧院，便从关注社会转向自我探求，试图通过修佛追求自我解脱。

　　两次夜游赤壁，苏东坡受到著名道士杨世昌的点化，碰撞出顺应自然、超然物外、无拘无束、天人合一的思想火花。

　　在苏东坡看来，天地万物，各有其主，自己一分一毫也无法获取，只有把身心交给自然，尽情地去享受自然，才是真正地拥有。

　　即便如此，苏东坡仍不失儒家本色，《后赤壁赋》中写到在梦中见到曾经化作孤鹤的道士，表明他在迷茫中仍保持着对前途、理想、抱负的执着求索。

　　赤壁"二赋"，也许是苏东坡生命中的意外绽放，但他看山心静，看水心宽，奋厉当世，信道直前的独特文化性格，使他在黄州完成这次永载史册的文化突围成为必然。

　　旅游是人生的第二课堂，在不同文化的交融撞击中，可以激起智慧的浪花，积聚前行的动力，为人生赋能。

　　辛亥革命前夕，孙中山的第一知交、"中华民国"的创建者之一黄兴在游览东坡赤壁时撰联励志，不久辛亥革命在武昌爆发，黄兴被推为"中华民国"军政府战时总司令，指挥军队与清军作战，推翻了统治中国几千年的君主专制制度，践诺了二赋堂前的这副楹联。

　　此刻，我正驻足在二赋堂前。

　　身边一波波游客乘兴而来，兴尽而去，大都忙于拍照打卡，合影留念，鲜有人停下来，慢下来，静下来，细心观赏二赋堂前的楹联、匾额和堂内的木刻、石刻。我虽知游客时间宝贵，但总觉得这种"上车睡觉，下车拍照"的旅行于苏公多少有些大不敬。

　　不是吗？时间对于每一个人而言，都是转瞬即逝。疫情散尽，大地回春，既然拥有如此静好岁月，就不要轻易浪费，将时间花在有价值的地方，才能看见生活中别样的风景，活出气象万千的人生。

　　"两篇妙赋，大都兴到疾书，读文章岂如见此地；一斗浊酒，不是狂歌痛饮，游山水更须学其人。"

　　想到这里，我的眼前不禁浮现出当年黄兴游览东坡赤壁时的情景。

（《文旅中国》，2023年4月13日）

月波楼断想

"五一"假期，黄冈东坡庙会再度燃爆，吸引众多游客前来打卡，市内各大景区人潮涌动，几近人满为患。

午睡初起，约一同城老友，从住地出发，顺着沿江大道一路西行，穿过栖霞路，进入一座古典式门楼，走过仿古石拱桥，我满怀兴致地来到人流如织的赤壁广场。

赤壁广场北端，仿古建筑的东坡赤壁南大门装饰一新，入内即是东坡赤壁核心区。时间虽是下午，等待入园的游客，仍然排着长龙似的队伍。

环顾四周，赤壁广场人山人海，而广场东端的古城黄州最后一座城门——古朴深邃的汉川门城墙一带，却鲜见游客的身影，颇让我感到意外。

于是，我将目光转向这段曾多次穿越而过却很少在意的古城墙。

得工作之便，在赤壁管理处工作人员的带领下，我们沿古城墙根"脚踏实地"地走了个来回，仿佛穿行在历史的长河中。然后折身来到城墙入口处，拾级而上，走在长城般雄伟的古城墙上，又仿佛听到了千年黄州的铿锵足音。

我们顺利来到汉川门上，并有幸登上了月波楼。

汉川门由下部的城门和上部的月波楼组成，城门为拱形门洞，高五米多，宽三米，南侧的古城墙长三百二十多米，为明代洪武元年（1368）修筑。

黄州城始建于唐文宗李昂太和末年（835），既是黄州州治，又是黄冈县治。如今，"黄州"和"黄冈"刚好"翻了个个儿"，黄州是黄冈的市辖区。

黄州古城历来为军事要冲，烽火连连，戈矛不断。洪武元年，黄州知府李仁奉朝廷"高筑墙"旨令，开始兴建黄州府城，修筑城墙，并围绕护城河修建了四座城门："东曰清淮，南曰一字，西曰清源，北曰汉川。"汉川门及古城墙是黄州城区仅存的明代不可移动实物，具有极高的文物价值。

月波楼是黄州城第一名楼，始建于晚唐，屡遭毁损。北宋咸平元年

303

（998），著名文学家王禹偁出任黄州知州，作一百三十六行、六百八十字五言长诗《月波楼咏怀并序》，记述黄州"筑城随山势，屈曲复环周""斯楼备矢石，此地控咽喉"，赞美"兹楼最轩豁，旷望西北陬。武昌地如掌，天末入双眸"，感叹"日日江楼上，风物得冥搜。何人名月波，此义颇为优"，并对月波楼进行了大规模的维修。

苏东坡谪居黄州的时候，住在离月波楼不远的临皋亭，他很喜欢"月波楼"这个楼名，常常登楼远眺，赏景抒怀，生活中的乐趣让他找到了在困顿中建立"平生功业"的新方向。因感怀王禹偁重修月波楼和作《月波楼咏怀》诗，他挥毫题下"月波楼"匾额，至今还挂在月波楼上。看到远处江水滔滔、奔流不息，脚下乱石穿空、惊涛拍岸，想到自己坎坷跌宕的人生际遇，难遂平生之志的感慨喷薄而发，他豪迈地吟出"安慰自己也安慰天下有真学而不被重用之人"的千古绝唱《念奴娇·赤壁怀古》。

同黄州府城垣一样，月波楼也因战火屡毁屡建。清同治初年，黄州古城修复竣工，月波楼重新耸立于汉川门上，历经百余年风雨沧桑。20世纪90年代末，东坡赤壁扩建，月波楼得以重新修葺，在明清楼高一层基础之上，增至两层。重新修建的月波楼，雕梁画栋，飞檐翘角，大气磅礴，与东坡赤壁核心区古建筑群相映生辉。

月波楼里现藏有不少民间收集来的古石和古玩，堪称中国古石艺术馆，只是我们很少看出门道来。而月波楼最有价值的地方，还是人们总览赤壁风景的最佳观景台。

登上月波楼顶层，正面开阔的广场和仿古建筑群映入眼帘，北侧的赤壁矶尽收眼底，赤壁矶后的龙王山森林公园近在咫尺。由于长江改道，当年江水"卷起千堆雪"的壮观情景虽已不复存在，但正前方的远江近树仍清晰可见。

与东坡赤壁核心区内摩肩接踵的人流相比，月波楼上显得有些冷清。顿时，我别有一番滋味在心头。

东坡赤壁是我国十大名胜古迹之一，是集文物保护、山水观光、人文体验于一体的全国重点文物保护单位和国家4A级旅游景区。对于这样一颗镶嵌在鄂东大地上的璀璨明珠，不光是慕名而来的外地游客，即便是生活在本地

的黄冈居民，也许也是既熟悉而又陌生的，常常有遗珠之憾——不是与龙形
环绕、树木苍翠的龙王山森林公园和黄州绝胜、气势宏阔的千年名楼月波楼
失之交臂、擦肩而过，就是不知道东坡赤壁还是三国赤壁之战的古战场。

"战血至今高壁色，词源终古大江声。"

东坡赤壁本名黄州赤壁，因地名和地貌特征而得名，因周瑜与曹操的巅
峰对决和苏东坡在这里写下"一词二赋""天下第三行书"等巅峰之作而闻名。
清康熙年间，黄州知府郭朝祚扩建赤壁，出于对前贤苏东坡的景仰，"擅自"
将黄州赤壁改为"东坡赤壁"，并题书于赤壁大门之上。黄州赤壁虽然有了一
个除本名之外，人见人爱的衍生名，却容易被人误认为黄州赤壁仅仅是"文"
赤壁，而不是"武"赤壁。

"客到黄州，或从夏口西来武昌东去；
天生赤壁，不过周郎一炬苏子两游。"

历史从来都是公正的。郭朝祚当年书于赤壁大门的楹联，不是毫不含糊
地肯定了黄州赤壁是三国赤壁大战的故地吗？

唐宋时期，黄州有四大名楼：月波楼、竹楼、涵晖楼和栖霞楼。因月波
楼始建年代最早，楼名传承久远，且与赤壁息息相通，登楼可观赤壁全景，
赤壁的楼台亭阁也与月波楼相辅相成、相互映衬，故位居四大名楼之首。由
于历史遗留原因，月波楼尚没有开发好、利用好、宣传好，显得有几分无助。
而龙王山森林公园，山如盘龙，浓荫匝地，曲径通幽，快哉亭、览胜亭、望
江亭、羽化亭、东坡雪堂等东坡名胜巧妙地分布在绿树丛中，犹如藏在深巷
的美酒，尚不为广大市民和游客所熟知。难怪经常有人问道：东坡雪堂在
哪里？

萦绕城郭的长江已经西移，离开长江的赤壁依然熠熠生辉。黄冈东坡庙
会火爆出圈，让东坡从大宋走进现代，从一个具体人物变成黄冈这座英雄城
市千载流芳的文化符号和文化 IP，闪耀着文化的光芒。

我想，随着东坡文化的发扬光大和走向世界，外地游客和黄冈市民游览
东坡赤壁的遗珠之憾，也许将不复存在了吧！

（《文旅中国》，2023 年 5 月 6 日）

英雄文化的黄冈表达

唐会昌二年（842）四月，时年40岁，出身于宰相世家，自幼坐拥书城，熟读兵法与典籍，还为《孙子兵法》做过注释，喜欢三国时期的曹操，颇有些李白式狂傲的中晚唐著名大才子——杜牧（字牧之），由比部员外郎升任黄州刺史，成为黄冈历史上第一个著名诗人官员。

一天，杜牧在长江边捡到一支折断了的沉没在水底沙中、尚未被时光锈蚀掉的铁戟，经过一番磨洗，认出它是六百多年前赤壁之战的遗物，于是借题发挥，写下一首英气逼人、千古传诵的怀古咏史之作《赤壁》：

折戟沉沙铁未销，自将磨洗认前朝。东风不与周郎便，铜雀春深锁二乔。

发生在公元208年的那场赤壁之战，奠定了三国分立的政治格局，延缓了中国的统一进程。杜牧向来欣赏曹操的雄才大略，他研究三国历史之后认为，周瑜的成功带有偶然性，如果不是东风给予周瑜的方便，只怕江东二乔会被曹操锁进铜雀台里了，哪里来的天下三分？

在杜牧看来，赤壁之战中的头号风云人物，孙刘联军统帅，时年34岁的年轻将领周瑜，虽然战胜了大政治家、大军事家曹操，但他主要靠的是偶然的东风这个"天时"——也就是"运气"。杜牧知兵，用近似于调侃的口吻，对曹操表示惋惜和肯定，对周瑜进行揶揄和反讽，透射出一个朝廷的清闲官员连越几级，跃升地方大员的英武之气。

曹操一代枭雄，周瑜一代儒将。调侃归调侃，但周瑜终归是大赢家，他身上体现的敢于抓住机遇，敢于挑战权威，敢于斗争，敢于胜利的英雄主义精神，依然倾注在杜牧的笔端，也自然令诗人产生经过郡县的历练，回到朝廷济世安邦，像周瑜一样建功立业，万事俱备、只欠东风的联想。

"二龙争战决雌雄，赤壁楼船扫地空。烈火张天照云海，周瑜于此破曹公。"如果说诗仙李白为黄州赤壁平添了一抹绚丽的人文色彩，那么杜牧则点亮了黄冈以黄州赤壁为代表的英雄文化底色。

黄冈历来是兵家必争之地，早在春秋时期就发生过中国古代战争史上以少胜多、以弱胜强的经典战例柏举之战，因此地方官员多由武官充任。这些武官出身的地方官，虽然强化了黄冈的军事色彩，但少有文化建树，因而外界对黄冈的山川风物和人文历史知之不多。

随着杜牧第一次主政地方即出任黄州刺史，这种局面终于被打破。

杜牧有着深厚的家学渊源和史学功底，且精于兵法，通过实地考察，他对黄州江边发现的断戟，从史学和军事学的角度进行综合分析，得出黄州赤壁即是三国赤壁的结论，颠覆其祖父三朝宰相杜佑在《通典》中关于赤壁之战故地的认知，大有一股"吾爱吾师、吾更爱真理"的英雄豪气。

杜牧是大唐时代黄州刺史的最佳人选，他歌咏黄州赤壁为孙、曹大战故地的诗作，除了这首《赤壁》，还有《题横江馆》《齐安郡晚秋》和《早春寄岳州李使君》等。这些名篇佳作，不但让他成为晚唐七绝圣手，而且成为中国古代咏史诗人中最耀眼的明星。

横江馆是公元400年左右，东晋末年龙骧将军蒯恩，在黄州赤壁山南、汉川门外左险崖间，为纪念三国赤壁之战而修建的渡江纪念馆，是黄州赤壁第一个有明确记载的纪念建筑物。杜牧作《题横江馆》诗云："孙家兄弟晋龙骧，驰骋功名业帝王。至竟江山谁是主，苔矶空属钓鱼郎。"记录了先人们的拼搏与奋斗，抒发了对历史的感悟，揭示了一个深刻的历史自然规律：谁才是江山的真正主人？不是那些帝王将相，不是孙家兄弟，也不是西晋的龙骧将军，而是像钓鱼郎一样的普通人。

人民是江山的主人。这种警拔的议论和高绝的史识，在杜牧的《齐安郡晚秋》中得到进一步的印证："柳岸风来影渐疏，使君家似野人居。云容水态还堪赏，啸志歌怀亦自如。雨暗残灯棋散后，酒醒孤枕雁来初。可怜赤壁争雄渡，唯有蓑翁坐钓鱼。"所不同的是，这首诗在幽美的意境，隽永的韵味和出奇的立意中，也反映了他在黄州的一些生活际遇，暗含对"理想很丰满、现实很骨感"的感悟，而这恰恰是黄州赤壁英雄文化成为历代文人释放幽愤，抒发豪情，创作文学名篇的思想和情感的源头。

《早春寄岳州李使君》是一首五言古风，全诗共二十句，其中有四句咏怀赤壁大战："乌林芳草远，赤壁健帆开。往事空遗恨，东流岂不回。"这也是杜牧作为一个顶流诗人、学者和一方要员指认黄州赤壁为三国赤壁的又一例证。

杜牧为什么能在黄州找到理想上的榜样和情感上的知音？因为周瑜、诸葛亮、曹操既是文人，又是英雄，追求治国平天下的英雄使命，而杜牧既是文人，又是官员，胸怀大志，很容易引起情感上的共鸣。

人生有"三不朽"，立德、立功、立言。在任黄州刺史两年半的时间里，履职之余，杜牧几乎游遍黄冈的山山水水，每处都有诗作，而且出手皆为名篇，使"孤城大泽畔，人疏烟火微"的黄冈，变成钟灵毓秀的大美之地——

游齐安郡，留下繁华异彩的《齐安郡中偶题二首》《题齐安城楼》《齐安郡后池绝句》《江上偶见绝句》《黄州竹径》；游麻城，留下脍炙人口的《清明》；游浠水，留下美不胜收的《兰溪》；游木兰山，留下回肠荡气的《题木兰庙》……

杜牧在黄州的这些作品，虽然字里行间也流露出一些渴望建功立业的惆怅与哀怨，但更多的是对黄冈的山水、自然、人文、风情的写意与寄托，深挖、张扬了黄冈英雄主义的文化内涵，将"英雄文化"标定为黄冈的文化特质，打造了以英雄文化为风骨的独特文学景观，从此英雄文化成为黄冈的文化底色，历久弥新，影响深远。

公元998年，北宋著名文学家王禹偁（字元之）出守黄州，写下流传千古的《黄州新建小竹楼记》，将英雄文化发展到一个新的高度。

公元1079年，千年英雄、旷世奇才苏轼因"乌台诗案"被贬黄州，写下"一词二赋""天下第三行书"等千古绝唱，将英雄文化推向巅峰。

素以鸿雁自比，"苏门四学士"之一的张耒（字文潜）三迁黄州，建"鸿轩"书舍招揽学士，黄州读书人从学者众，不断将英雄文化在本土文人中发扬光大。

南宋爱国诗人陆游在《入蜀记》中高度评价黄州："然自牧之、王元之出守，又东坡先生、张文潜谪居，遂为名邦。"

　　苏东坡比杜牧晚二百三十八年被贬谪到黄州，二人都在黄州成就了自己文学的巅峰，如同黄冈文化天幕上的一对双子星。如今，苏东坡在黄州已是光彩夺目，家喻户晓，而杜牧则显得有些黯然失色，仿佛被淹没在历史的长河中。

　　黄冈是文化大市，英雄文化是黄冈的文化底色。唐以后的名人文化、禅宗文化，宋以后的中医药文化、科技文化、东坡文化，明以后的教育文化、戏曲文化，近代以来的红色文化，都可以找到英雄文化的胎记和影响。

　　让我们记住杜牧，记住这个黄冈文化底色——英雄文化的发现者和播火者。

（国是传媒智库，2023 年 6 月 2 日）

情志高远的"黄州"故事

历史往往有许多惊人的巧合。

宋神宗熙宁七年（1074），苏轼自杭州调往密州（今山东诸城）任知州，在苏州虎丘寺看到宋太宗、真宗年间著名直臣、诗人、散文家王禹偁的画像，有感于他不畏权势，敢于直谏，三黜而死的气节，作《王元之画像赞并序》，称其"以雄文直道，独立当世""耿然如秋霜夏日，不可狎玩"，并用"见公之画像，想其遗风余烈，愿为执鞭而不可得"等极尽谦卑仰慕之词，表达对他高洁情志和高远风范的敬仰。

王禹偁（954—1001），字元之，济州巨野（今山东巨野县）人，因直言讽谏，正色立朝，一贬商州（今陕西商洛），再贬滁州，三贬黄州（今湖北黄冈），故世称王黄州。

"结束即是开始。"五年之后，苏轼因"乌台诗案"被贬黄州团练副使，开始他跌宕起伏的"东坡"人生，而黄州正是宋朝被贬出名的第一人——王禹偁当年贬谪之地的最后一站。

"天以百凶成就一词人"，诗人不幸黄冈幸。

隋唐以前，荆楚文化的重心在荆州、襄阳等地，地处吴头楚尾的鄂东黄冈人口稀少，经济文化相对落后，在外界的知名度也较小。自晚唐杜牧出任黄州刺史，宋初王禹偁贬知黄州，至后来苏东坡谪居黄州，中国历史上三位顶级文人，将黄冈推上了文化高峰。

杜牧出身于宰相世家，25岁考中进士，40岁任黄州刺史，两年半后离任，是黄冈历史上第一个著名诗人官员。

杜牧出任黄州刺史，很多人认为是受宰相李德裕的排挤，算是被贬，其实不然。

唐代重视京官，但也重视地方官。杜牧在朝中级别不高，到黄州连升三级，后来转任池州和睦州（今浙江建德）刺史，未能得到进一步的升迁和重用，才被人贴上"贬官"的标签。

王禹偁则不同。

王禹偁是一个地地道道的寒门子弟，其家以磨面为生，自幼擅长诗文，七岁时即以《磨面》为题口占一绝——"但存心里正，无愁眼下迟。若人轻著力，便是转身时"，成为远近闻名的神童诗人。

太平兴国八年（983），时年29岁的王禹偁以省试（礼部试）第一名的成绩考取进士，选任成武县（今山东菏泽）主簿，一年后迁大理评事，任长洲知县（今江苏苏州），期间写下他现仅存的一首词《点绛唇·感兴》：

> 雨恨云愁，江南依旧称佳丽。水村渔市，一缕孤烟细。天际征鸿，遥认行如缀。平生事，此时凝睇，谁会凭栏意。

这首别开生面的小令，氛围清丽，语境开阔，格调深沉，雄浑有力，一改宋初小令雍容典雅、柔软无力的风格，被视为掀开两宋词坛帷幕的重要词篇，王禹偁也因此成为开北宋一代词风的重要作家。

端拱元年（988），北宋第二位皇帝宋太宗赵光义听闻王禹偁诗名，亲自召试，王禹偁"赋诗立就"，很快擢升为右拾遗、左司谏、大理事。

进入朝中的王禹偁为官清廉，关心民间疾苦，但他秉性刚直，遇事直言敢谏，与官场格格不入，尝够了宦海中的升降浮沉。

淳化二年（991），庐州尼姑道安诬告著名文学家徐铉，宋太宗下诏不予处罚，时任大理评事的王禹偁坚决要求给道安治罪，宋太宗大为光火，将他贬为一个没有实权、没有俸禄的商州团练副使。

谪居商州的王禹偁，穷得只能靠自己开荒种地才勉强活下去，文风也发生了由曲风高扬到秋风现实、再到昂扬振作的转变，这段时光与后来苏轼在黄州的岁月极其相似。

杜牧任黄州刺史期间，游览麻城杏花村时写的一首《清明》，成为唐诗里的千古绝唱。王禹偁在商州，也写了一首和杜牧的《清明》一样凄美、并被收入《全宋诗》的《清明》："无花无酒过清明，兴味萧然似野僧，昨日邻家乞新火，晓窗分与读书灯。"虽不及杜牧的《清明》广为人知，但同样是难得的佳作，成为宋诗里描写清明的经典之作。

至道元年（995），已故宋太祖赵匡胤的皇后去世，宋太宗不按当时的礼制治丧，已从商州贬所召还为皇帝心腹的翰林学士王禹偁本性不改，上书批评，致使宋太宗雷霆震怒，以诽谤罪把他贬到滁州任知州。

咸平元年（998），宋真宗赵恒继位，为显示新朝气象，赵恒把两次被贬的王禹偁调回朝廷任知制诰，编撰《太祖实录》。王禹偁秉笔直书，不但暴露了宋太祖的"隐私"，还得罪了当时的宰相张齐贤，于是又被贬为黄州知州，咸平二年（999）闰三月到任。从此，王禹偁的名字融进了黄州这座城市的山脉、水脉、城脉、文脉和血脉里。

北宋时全国州县分为望、紧、上、中、下五等，"户不满一万"为下州。作为江淮间最为穷僻的下州，黄州辖黄冈、麻城、黄陂三县（含今黄冈市黄州区、团风县、麻城市、红安县和武汉市新洲区、黄陂区），城池很小，几乎没有城墙，事实上成了贬官的安置之地，因此士人多视为畏途。

黄州城依山滨江，既是"山城"，又是"江城"。王禹偁任知州，组织修缮城垣，重修文宣王庙和月波楼，建造无愠斋、睡足庵等建筑，并用楠竹在已毁的城墙西北角——赤壁山上建起两间小竹楼，写下名垂千古的《黄州新建小竹楼记》。

那时黄州城中民居多用竹茅盖屋顶，用陶瓦者较少。《黄州新建小竹楼记》记叙黄冈之地多竹，可以用来代替陶瓦，在竹楼上可观山水、听急雨、赏密雪，可鼓琴、咏诗、下棋、投壶，可手执书卷、焚香默坐、饮酒、品茶、送夕阳、迎素月……王禹偁把黄州竹楼写得意趣盎然、爽心悦目，完全可以与欧阳修的《醉翁亭记》相媲美。

竹子坚韧挺拔，宁折不弯，象征高风亮节。楼上视野开阔，目之所及，皆是好山好水，令人陶醉。王禹偁屡遭宦海沉浮，不但没有消磨他积极入世的斗志，反而使他有竹楼"听雨如瀑""闻雪若玉"的从容和"岂惧竹楼之易朽乎”的自信。

谪居有胜景，竹楼寄情志。

黄州新建小竹楼，既是王禹偁苦闷心灵聊以栖居的寓所，更是他高洁人格和高远情志的寄托，是他人格力量、美好理想的化身，表现了他心安黄冈、贬谪不惧的人生姿态。这两间小竹楼，后来成为宋代黄州四大名楼之一和黄州赤壁极负盛名的景点。

楼以文传，人以城传。黄州城虽始建于唐文宗太和末年，从某种意义上说，公元999年才是黄冈这座城市的生年，创建这座城市的人就是黄州宋城之父王禹偁，当时人们送给他这样一个尊称——王黄州。

北宋时期，从“滕子京谪守巴陵郡”，到范仲淹、司马光、欧阳修、苏东坡、王安石等人多次被贬，人生逆境，在官场上随处可见。

北宋为什么多贬官？

了解宋史的人知道，北宋实施重文轻武的政策，宋太祖赵匡胤定下不杀文臣的祖规，皇帝在盛怒之下拿下官员的乌纱帽，也不会一棍子打死，通过他人劝谏或自我反省，被贬职的官员被重新起用的也不在少数。

而王禹偁自贬黄州后不久，至咸平四年（1001）冬改知蕲州（今湖北蕲春县），即病染沉疴，不到一个月便溘然长逝，年仅48岁，终生再也没有还朝的机会。

“诗情不负齐安郡，杜牧当年与我齐。”

王禹偁年轻时的人生目标是宰执天下，虽壮志未酬，但他将人生的遗恨化作诗词与文章，最终名垂不朽。而且，他的率真、刚直、乐观、豁达，也深深地影响了一代文豪苏东坡。

王禹偁、苏东坡都是20多岁中进士，且都是头名状元，都贬过三州，都是40多岁贬黄州，二人相隔八十年后，在同样的地方，以同样的方式遭受着各自人生的重大挫折，而且苏东坡是在王禹偁辞世整整一百年之后谢世，这也不能不说是某种巧合。

当年，杜牧、王禹偁、苏东坡都在黄州成就了文学巅峰，也成就了黄州这座千年古城。今天，以杜牧的赤壁英雄文化和王禹偁的黄州竹楼文化为源头的东坡文化，仍是黄冈最厚重的底蕴和最响亮的名片。

　　一直以来，黄冈人用心用情守护关于苏东坡的遗址遗迹遗存，充分挖掘东坡文化时代价值，推动东坡文化活起来、热起来、旺起来。但是，不该遗忘黄冈这座城市的创建者——黄州宋城之父王禹偁——王黄州，不能只记得他是个直臣，忘记了他的文学成就，也不能只记得他是北宋诗文革新运动的先驱和一代文坛领袖，而忘记了他是一个"屈于身兮不屈于道，任百谪而何亏"的赋性刚直的铮铮硬汉。

（光明网，2023年6月6日）

成就东坡的千年遗爱

宋神宗元丰四年（1081）五月，太守徐大受治下的黄州（今湖北黄冈），百姓安居，政治清明，监狱里没有了犯人，都长满了草，公堂上也少有诉讼，静悄悄的，而澄亮的池塘里，红色的栏杆倒映在水面上，团团的绿叶托起新开的荷花，在风中曼妙摇曳。

又是一年端午季，天清气和，人们用兰叶浸水沐浴，用菖花酿酒宴饮，还要以歌舞相伴，一派清新升平气象。

这是苏东坡谪居黄州后的第二个端午节，徐大受与苏东坡一起开怀畅饮，苏东坡写下这首《少年游·端午赠黄守徐君猷》，答谢徐大受，称赞他治州有方的清平政绩：

> 银塘朱槛麹尘波。圆绿卷新荷。兰条荐浴，菖花酿酒，天气尚清和。
> 好将沉醉酬佳节，十分酒、一分歌。狱草烟深，讼庭人悄，无吝宴游过。

徐大受（？—1083），字君猷，东海建安（今福建南平建瓯）人，宋神宗熙宁进士、翰林学士，出身官宦世家，祖上皆为奉公守法的"循吏"。

元丰二年（1079）十二月，乌台御史以诗定罪苏轼，神宗赵顼"弗忍终弃"，贬为黄州团练副使，使苏轼逃过死劫。

苏东坡在黄州生活的四年多时间里，结识了许多朋友，其中就有三位"君太守"——陈君式、徐君猷、杨君素。这三位"君太守"，慰藉、温暖了苏东坡的黄州岁月，使他由最初的惶恐纠结，逐渐变得豁达快乐，由意气风发的苏轼转变成达观自适的苏东坡。

1080年正月初一，苏轼由差人押解，在长子苏迈陪同下，离开繁华的都城汴京（今河南开封），经过一个月的长途跋涉，二月初一，到达江淮间最为穷僻的下等州黄州府衙，向时任太守陈轼报到，成为一名受当地官员监管的"新市民"。

陈轼（？—1084），字君式，江西抚州临川人，出身仕宦世家，祖父为朝奉大夫，元丰元年（1078）知黄州，"驭吏急而治民宽，郡境称治"。

苏轼以有罪之身谪居黄州，"人皆畏避，惧其累己""不与相见"，陈君式"独与之交"，成为苏轼在人生底谷时的第一道避风港湾。

他先是将苏家父子安置到城东南环境清幽的定慧院中暂住，随后将城南的官驿临皋亭修葺一新，安置苏家二十余口，"日造苏门""倾盖如故"。苏轼也极力协助陈君式发展农桑，抗旱减租，解决民生衣食之虞。

一个陈轼，一个苏轼，就像车子的"轼"和"辙"，不计名分，不计荣辱，奋厉当世，信道直前，这也许是历史的某种机缘。

被贬黄州是苏轼人生和文学创作的分水岭，他的思想和诗风、书风、画风，都在黄州发生了重大转变。

1080年七月，陈君式退休，徐君猷接任黄州知州。

徐君猷主政黄州期间，尽管苏东坡身为犯官，但他不仅没有对苏东坡另眼相看，反而因仰慕苏东坡的才华，"相待如骨肉"，与苏东坡亲密无间，感情至深。

1081年二月，苏轼因俸薪断绝，"问人乞米"，徐君猷批准在城东的荒坡上拨给他五十亩旧营地，苏轼开始躬耕东坡，一家老小二十余口才得以吃饱饭。苏轼作《东坡八首》和《东坡》，还建起了"东坡雪堂"，并自号"东坡居士"，从此，世上有了"人间绝版苏东坡"。

在与苏东坡相处的三年当中，徐君猷不像一位对苏轼负有监管责任的上司，倒像是一位热情待客的主人，每到节日的时候，他都要拎上酒陪苏东坡一起过节。

1081年重阳节，徐君猷又拉上苏东坡一起登高，畅游涵晖楼（应为栖霞楼之误），几杯酒下肚，苏东坡心底生出无限感慨，作《南乡子·重九涵晖楼呈徐君猷》：

霜降水痕收。浅碧鳞鳞露远洲。酒力渐消风力软，飕飕。破帽多情却恋头。佳节若为酬。但把清尊断送秋。万事到头都是梦，休休。明日黄花蝶也愁。

如果说《少年游·端午赠黄守徐君猷》主要是称赞徐君猷的政绩，寄托苏东坡"厚风俗"以治国的清平政治理想，那么这首《南乡子·重九涵晖楼呈徐君猷》则是咏叹世事无常、人生如梦，表达他对朋友徐君猷的感念。

1082年九月初九，徐君猷知黄州任期将满，"乞郡湖南"，例行邀苏东坡会饮栖霞楼，苏东坡"念此悯然"，作《醉蓬莱·重九上君猷》：

笑劳生一梦，羁旅三年，又还重九。华发萧萧，对荒园搔首。赖有多情，好饮无事，似古人贤守。岁岁登高，年年落帽，物华依旧。此会应须烂醉，仍把紫菊茱萸，细看重嗅。摇落霜风，有手栽双柳。来岁今朝，为我西顾，酹羽觞江口。会与州人，饮公遗爱，一江醇酎。

这首词表面上是重九登高宴饮之作，实际上是以酒寄情，表达苏东坡和黄州人将永远忘不了享受徐君猷留下的"遗爱"，如同痛饮"一江醇酎"的醇厚老酒。

这次集会后不久，徐君猷将离开黄州赴湖南上任。苏东坡和徐君猷的好友、黄州安国寺僧首继连和尚怀念徐君猷，特地请苏东坡为他们经常聚会的安国寺竹林间的小亭子取个名字，并题名留念。苏东坡觉得自来黄州后，时时得到徐君猷的关照，而且徐君猷奉行顺应自然、清静无为的执政理念，从不迁怒百姓，百姓也不会违背他，从不苛责官员，官员也没有欺瞒他，虽然没有显赫的名声，但他离去之后老百姓都会十分怀念他，于是将竹间亭取名为"遗爱亭"。当时苏东坡的同乡好友巢谷来黄州探望苏东坡，苏东坡把巢谷介绍给徐君猷，徐君猷让巢谷为遗爱亭写一篇"记"。苏东坡认为巢谷文采不够，又是个漂泊在外的人，对徐君猷不很了解，于是代巢谷写了一篇《遗爱亭记》，追忆与徐君猷频频交游安国寺竹间亭的点点滴滴。

何武所至，无赫赫名，去而人思之，此之谓"遗爱"。

夫君子循理而动，理穷而止，应物而作，物去而复，夫何赫赫名之有哉！

东海徐公君猷，以朝散郎为黄州。未尝怒也，而民不犯；未尝察也，而吏不欺；终日无事，啸咏而已。

每岁之春，与眉阳子瞻游于安国寺，饮酒于竹间亭，撷亭下之茶，烹而饮之。

公既去郡，寺僧继连请名，子瞻名之曰"遗爱"。

时谷自蜀来，客于子瞻，因子瞻以见公。公命谷记之。谷愚朴，羁旅人也，何足以知公。采道路之言，质之于子瞻，以为之记。

1083年五月，徐君猷赴湖南上任，杨寀（字君素，生卒年月及籍贯不详）接替黄州太守之职。像前两任"君太守"一样，杨君素对苏东坡关怀有加，在临皋亭南面为苏东坡建了三间大瓦房，苏东坡将其取名为"南堂"，这便是苏东坡在黄州除定慧院、临皋亭、东坡雪堂外的第四处住所。

1083十一月，徐君猷卒于湖南任上，苏东坡悼念亡友，作《祭徐君猷文》和《徐君猷挽词》，表达对徐君猷的无尽哀思。

1084年三月，苏轼离开黄州，奉诏赴汝州就任。1087年十二月，身为翰林学士知制诰的苏东坡无比思念杨君素和黄州父老，在京师作《如梦令·寄黄州杨使君》二首：

为向东坡传语，人在画堂深处。别后有谁来？雪压小桥无路。归去，归去。江上一犁春雨。

手种堂前桃李，无限绿阴青子。帘外百舌儿，惊起五更春睡。居士，居士，莫忘小桥流水。

为什么黄州能成全苏东坡？

纵观北宋官场的政治生态，宫廷里斗争激烈、尔虞我诈，地方上则山高皇帝远，相对心安、与世无争；神宗宽释苏轼，陈君式、徐君猷、杨君素自然心领神会；苏轼写《到黄州谢表》，一再表示谢罪效忠，改过自新，再回朝廷，认罪态度好；三位"君太守"敬佩苏东坡的人品，爱惜苏东坡的才华，对苏东坡格外善待与厚爱，特别是徐君猷，从物质和精神上给了苏东坡更多的关照，使苏东坡产生了浴火重生的勇气和力量；黄州的好山好水、好人好物和躬耕劳作的生活，也医治了苏东坡心灵的创伤……正因为如此，苏东坡的谪居生活苦中有乐，黄州岁月变得色彩斑斓，体现在诗词当中，则是一种"光辉温暖、亲切宽厚的诙谐，醇甜而成熟，透彻而深入"，代表了北宋文学艺术的最高成就。

学识渊博、德才兼备，不折腾、不扰民、不迁怒，留下千年遗爱、政声人去后的黄州太守徐君猷，是成就苏东坡的身后英雄。

没有共产党，就没有新中国。没有徐君猷，就没有苏东坡。历史是一面镜子。但愿更多的黄冈官员为后世留下"遗爱"，成为新时代的英雄！

（《黄冈日报》2023年8月31日）

第一廉吏的"清端"人生

清顺治十八年（1661），一个时年44岁，瘦削坚毅、高大挺拔的汉子，怀着"此行绝不以温饱为志，誓勿昧天理良心"的抱负，从家乡山西永宁（今山西吕梁方山县）出发，一路风尘仆仆地南下，历经三个多月的长途跋涉，终于踏上广西柳州罗城县（今广西河池罗城仫佬族自治县）的官方古道，开启他二十三年仕宦生涯的第一站。

他，就是从中年出任罗城县令到晚年成为两江总督，为官二十三年连升十一级，三次被举"卓异"，深得康熙皇帝信任和百姓爱戴的"天下廉吏第一"于成龙。

岁月无声，风雨涤荡。三百六十多年后，于成龙留在九万山中那条古道上的铿锵足音，依然在历史的天空回响。

2023年4月8日，新时代舞台艺术的高原之作，由山西省话剧院倾情创作演出的原创话剧《于成龙》，在北京二七剧场隆重上演，一代廉吏于成龙的"清端"人生，穿越历史时空，焕发出青春力量。

中国自古不乏清官。从《史记·循吏列传》中记载的我国古代第一个清官楚国名相孙叔敖，到两袖清风、美名传千古的"百世一人"明代英雄于谦；从"公烛之下，不展家书"的南宋博州（今山东聊城）李姓太守，到写下"一丝一粒，我之名节；一厘一毫，民之脂膏；宽一分，民受赐不止一分；取一文，我为人不值一文""一字诗"的清代江苏巡抚张伯行，为何独于成龙被称为"天下廉吏第一"？

一个春天的周末，我从湖北英山南武当旅游区赶往山西方山北武当镇于成龙廉政文化园寻找答案，走进五千年传统村落来堡村，访问于成龙故居，参观中华廉政文化展览馆，考察北滨书院，拜谒于公墓，沉浸式体验养育于公的高天厚土，感受于成龙的人格魅力和历史深处的浩然正气……当我站在于成龙廉政文化广场,回望黄土高原上那名门望族的那一刻,我终于明白,滋养于公的不仅是吕梁那一方厚重的水土,更有于氏家族耕读传家、清廉为官的浩荡家风。

在中国数千年的历史长河中,封建王朝廉则兴、贪则衰,如同一幕缺乏新意的戏剧,在古老的神州大地上反复上演,而家风是中国古代清官们修身齐家治国平天下的原始起点。

于成龙,字北溟,号于山,明万历四十五年(1617)出生在方山县来堡村一个乐善好施、热心公益,且世代读书、立志功名的"积善之家",自幼喜欢读书,曾在当地安国寺度过6年暮鼓晨钟的读书生涯。明崇祯十二年(1639),于成龙参加乡试考中副榜贡生,清顺治八年(1651),再次参加乡试落榜,直到十年后清廷致力于治理边远地区,才把年纪不小、看似没有前途的于成龙派往广西罗城——而他从第一次参加科举考试到首次出仕,也同样跨越了二十三年时间。

宦海二十余年,于成龙只身天涯,与唯一的结发妻子阔别二十年后才得一见;儿子从故乡跋山涉水来探望,给孩子带回的礼物仅是"半只鸭子";虽然集军政大权于一身,却毫无积蓄,连给母亲下葬的钱都没有;在两江总督任上去世,留下的遗物仅有一套官服……

政声人去后,清名在人间。三百多年来,于成龙的故事不断以小说、戏剧和广播影视等传播手段及表现形式被人们广为传颂,经久不衰,历久弥新。

话剧《于成龙》中有这样一个细节:用七个装满泥土的瓦罐分别代表于成龙曾经在七个地方为官——罗城知县、合州(今重庆合川)知州、黄州(今湖北黄冈)府同知与知府、武昌(今湖北武汉)知府、福建按察使与布政使、直隶巡抚和兵部尚书与大学士、两江总督。泥土质朴无言,但盛满了民情民意,引起观众的情感共鸣。

在罗城,于成龙把一个久经战乱,城内只有六户人家,之前的两任知县一个死于任上、一个弃印而逃,县衙只有三间破旧茅房,"三餐食野菜,四壁透冷风",晚上睡觉还得枕着刀防身的蛮荒之地,变成了一个民风淳朴,人丁兴旺,"种穗被野、牛羊满山"的富饶之地。1667年,于成龙因治理罗城有功,被举荐为广西省唯一的"卓异",升任四川合州知府。然而离开罗城时,他却连路费都凑不齐，当地百姓"遮道呼号，追送数十里"。

在合州，生活和工作条件甚至比罗城还要艰苦，于成龙通过招徕移民，奖励垦荒，减轻税负，不到两年，合州人口骤增，开田辟地，经济得到恢复。1669年，于成龙因政绩卓著升任黄州府同知。

在黄州，于成龙以郡丞身份坐镇麻城岐亭治盗，宽严并济、以盗治盗，不仅平定了盗匪，而且解决了许多地方上的积案、冤案。清代文学家蒲松龄在《聊斋志异·于中丞》中，专门记述了他机智破解两个偷盗案件的故事，虽然事发地不在麻城，但从中可以看出他高超的社会治理能力和破案本领。

1673年春，于成龙主持重修黄州赤壁，题书"二赋堂"匾额，撰写《重修赤壁记》，并作《赤壁怀古》诗："赤壁临江渚，黄泥锁暮云。至今传二赋，不复说三分。名士惟诸葛，英雄独使君。今朝怀古地，把酒对斜曛。"这也是黄州赤壁为三国赤壁之战古战场的又一例证。

由于在黄州府同知任上政绩突出，1673年，于成龙再次被举"卓异"，第二年被调往武昌府主持政务，不久因水毁桥梁、蒲圻（今湖北咸宁赤壁）浮桥垮塌事件被朝廷削职为民。

1674年五月，于成龙旧部在麻城东山叛乱，官军多次讨伐告败。于成龙以一介布衣身份，只带几名随从，以抚代伐、惩办首恶，仅用不到十天时间便平息了东山之乱。同年七月，于成龙因平乱有功，被朝廷擢升为黄州知府。

纵观于成龙的一生，其宦海生涯的黄金岁月是在黄冈度过的。他在黄州担任4年同知、4年知府，黄冈是他除故乡外生活时间最长的地方，也是他第二次被举"卓异"的地方。在黄州知府任上，他以剿灭蕲黄四十八寨抗清势力和息盗济民为己任，惟勤惟实，惟俭惟廉，赢得了"于青天""于糠菜""于半鸭"的称号。1677年，于成龙调任江防道道台，仍驻黄州城。

1678年十月，于成龙升任福建按察使，离开生活了十年的黄州，黄州百姓在赤壁最高处修建一座生祠——"于公祠"纪念他，虽遭战火，屡毁屡建，但最终没能逃过"文化大革命"十年浩劫。在福建按察使任上，于成龙重审"通海"案，先后使一千多名百姓免遭杀戮和关押，第三次被举"卓异"，并升任布政使。

历史上，大凡在黄冈留下过突出政绩和声望的人，多少与苏东坡有着某种关联，这是一个耐人寻味的现象。比如于成龙，他重修东坡赤壁，也像苏东坡一样遭受过革职处分，并像苏东坡一样豁达乐观。特别是苏东坡在《赤壁赋》中所表达的"且夫天地之间，物各有主，苟非吾之所有，虽一毫而莫取"的世界观、人生观和价值观，无疑影响了于成龙。所不同的是，黄州的官员大都是进士出身，至少也有举人头衔，于成龙则不然，他最终成为封疆大吏，不能不说有"卓异"之处。

1680年春天，于成龙出任京畿直隶巡抚，把"为民上者，务须躬行俭朴""众人皆以奢靡为荣，吾心独以俭素为美"视为人生信条，"屑糠杂米为粥，与同仆共吃"，并在赈灾反腐上颇有建树。第二年，康熙帝召见于成龙，当面褒赞他为"天下廉吏第一"，清正廉洁的于成龙一时名满天下。

两年后，以生活简朴、整肃吏治而出名的于成龙升任两江总督，江宁府（今江苏南京）市面上的布价骤然上涨，全城的官宦人家都将绫罗绸缎换成布衣，社会风气为之一新。在这个历来被视为肥差的两江总督任上，于成龙依然"日食粗粝一盂，粥糜一匙，侑以青菜，终年不知肉味"。

话剧《于成龙》晋京展演，文化和旅游部在京举办剧目研讨会，专家们一致认为，于成龙清廉俭朴的品行，既非刻意清高，也非愤世嫉俗，更非邀功求名，而皆出于其家风家教厚植的至诚本性。

1684年，于成龙在两江总督任上病逝，江宁城中百姓纷纷歇业祭奠哭拜，数万人徒步二十余里为他的灵柩送上最后一程。康熙帝亲自为其撰写碑文，追封他为太子太保，赐谥号"清端"。

历史是天下苍生书写的。

在于成龙廉政文化园北溟书院，我看到一层大厅东西两壁装饰着巨幅莲花，花之君子"出淤泥而不染，濯清涟而不妖"的品格，不正是于成龙一生的真实写照吗？

莲花是一种文化符号，这种文化符号的背后，是对现实的警示与忠告。

我们今天重温第一廉吏于成龙的"清端"人生，就是从历史的兴衰之道中探寻廉政文化的力量，为盛世鸣警钟，为时代举镜鉴。

（中华文化旅游网，2023年6月8日）

红安大布织出的幸福生活

红安大布是湖北省红安县一种利用民间传统手工方式制作的纯棉纺织品，又称红安老布、红安粗布、红安土布，具有质地柔软、亲和肌肤、爽身舒适、透气爽汗、不起球、不卷边、抗静电、改善睡眠、绿色环保等品质特征，又因各种各样的几何图形能形象地展示其丰富的内涵和深远的意境，曲折、间接地反映社会生活，具有很强的艺术魅力和文化价值。

在武汉都市圈，因为热爱红安大布，一个90后的大学生，辞掉机械设计师的工作，成为一名纺织男。从开办纺织技艺传习所，到创办织绣文化传播公司；从纺织小白，到纺织非遗传承人；从帮助留守妇女创业就业，到网络红人……小小织布机经纬交织，织出了他的幸福生活。他，就是红安大布黄冈市级代表性传承人——陶文成。

一

红安大布手工技艺已有上千年的历史，长期以来，红安县当地农民都有纺纱织布的风俗。明代理学家李贽曾穿着红安大布制作的衣服讲学。清末日本人水野幸吉所著《汉口》一书中记载："黄安（今红安）的景庄布（大布）细密、光洁、温暖，亦复耐久，故无论男女，均用以制衣裳。"即使在战争年代，红军将士也喜欢用本地的大布制作军服、被单，许多从红安县走出去的开国元勋和将领，一直喜欢使用家乡大布制作床单、被套和衣服等生活用品。

"唧唧复唧唧，织男当户织，不闻织女声，唯闻男织音。"陶文成20世纪90年代出生在大别山南麓湖北红安县的一个纺织世家，不仅他母亲的手工纺织技艺在当地小有名气，他奶奶、外婆，甚至大他两岁的姐姐都会织布。虽然从小就对传统纺织非常亲切和熟悉，但他从来没想过自己也会走上纺织路。

红安大布共有大小72道生产工序，技艺含量高，具有丰富的文化内涵。其中纺纱是纯手工纺织，纱线断头少，纱条匀，纱线细度、硬度适中。织布则主要包括挽纱、染纱、浆纱、倒筒、牵经、穿棕、穿扣、上机、制梭心、织造等。

2008年，陶文成考入武汉纺织大学，选择了当时比较热门的机械专业。时隔多年，他依然后悔不已，选对了学校却没有选对专业，让他走了很多弯路。

以前家里条件不好，他和姐姐的学费、生活费全靠母亲织布换些钱来维持。因为传承和坚守，2009年，红安大布入选湖北省非物质文化遗产保护名录，他母亲入选湖北省级代表性传承人。2010年，作为红安大布传统纺织技艺里面的佼佼者，他母亲代表湖北仅有的几家非遗项目参加上海世博会，把红安大布推到世界窗口，他们一家的生活轨迹完全转向纺织行业。母亲让他换到纺织专业，将来可以继承红安大布，但那时候离毕业只剩下半年，他也根本看不上红安大布，一心想着毕业后靠着机械设计拿到一份高薪。

大学毕业后，陶文成在武汉一家机械公司上班，三年后结了婚，帮母亲找到了接班人。他跟母亲说："以后就让你儿媳在家里帮忙织布传承你的手艺，再别说让我回来学织布了，你看有哪个大男人织布的呀？"他妻子也是非常不情愿地留在了家乡。

2015年3月，母亲跟陶文成打电话："你还是回来吧，现在红安大布到了发展和传承的关键时期，我年纪大了身体不好，你老婆又怀有身孕，以后还要带小孩，你要回来担负起责任。现在没有年轻人愿意学，你们夫妻俩就要做好'带头兵'，不能让这门手艺失传了。虽然你月工资有一万多，但你也不要小看红安大布，它是我们红安县最主要的特产之一，是国家地理标志保护产品，发展前景也是非常地好，传承红安大布才是你应该走的路。"经过再三思量，2015年8月，陶文成辞掉液压设计师的工作回到红安，踏上了纺织之路。家里人非常高兴，他老婆说："我们一家人总算可以一起生活，一起并肩作战了。"

二

回家后，陶文成发现创业并不是想象的那么容易。他们家是地地道道的农民，没有社会关系，没有经济能力，没有创业经验，仅有一门手艺，靠着乡下的一个小门店，想把技艺传承下来都够呛，更别说把门店做大。

当全家的经济来源就靠红安大布时，前所未有的压力向他扑来。但是他不想当逃兵，既然选择了，就要坚持走下去。他说服母亲，要想传承，靠我们一家人是做不到的；要想创业，靠传统经营模式也不行。2015年9月，他们家在红安七里坪的长胜街租了一间60平方米的房子，在红安县文化馆的帮助下，挂了一块"红安大布传统纺织技艺传习所"招牌，有了这块招牌和他母亲非遗传承人的称号，加上长胜街浓厚的红色旅游文化氛围，陶文成开始了不一样的创业。

虽然陶文成从小对织布机非常熟悉，但是真正坐到织布机上去学习、操作、创新，还是他回到家乡以后才开始的。从纺织小白到纺织非遗传承人，他经历了各种心酸。从第一天坐到织布机前，就有参观的游客嘲讽说："你个大小伙子怎么干姑娘伢的活儿呀？""男做女工，再好也不中。"……各种难听的话都有，枯燥的工作、外人的嘲讽，让大学毕业的陶文成陷入了自我否定。但是每当他看到母亲拖着生病的身体坚持坐在织布机前，看到怀孕数月的老婆还在加班加点地赶货期，他觉得他那点小小的委屈和大男子主义心理其实不算什么。

没有社会关系，努力提升自己；没有经济能力，自己一分一分地挣；没有传承队伍，自己亲力亲为。非遗传承不是一句口号，而是坚守。传统手工总是枯燥无味的，但是为了担起传承责任，他全身心地投入织布机上，不分昼夜地钻研纺织技术。

2017年和2022年，陶文成先后回到母校武汉纺织大学参加培训学习，并获得了优秀学员称号。经过七八年的努力，陶文成以传习所为基点，多次登上中央电视台、湖北电视台、《湖北日报》等多家媒体平台，同时以传习所为中心点，辐射整个长胜街，造就了现在的"大布一条街"，游客们的嘲讽渐渐变为夸赞和表扬。2022年，陶文成荣获"黄冈市级代表性传承人"称号，他们家也连续获得"黄冈最美家庭""湖北省荆楚脱贫攻坚最美家庭"和"全国最美家庭"等荣誉称号。

三

为了扩大传承队伍，助力乡村振兴，2021年2月，陶文成创办了"红安福锦织绣文化传播有限公司"。公司以非遗为主体，含红安绣活非遗工坊、红安大布非遗工坊、非遗生活馆和非遗培训室四个功能区，开办了多期红安大布传统纺织技艺培训班、红安大布传统纺织技艺就业培训班，培训留守妇女100多人、中小学生和在校大学生2000多人。公司以红安大布为产业，充分利用红安红色旅游资源，积极与武汉纺织大学、湖北美术学院、武汉城市学院、武汉设计工程学院等众多高校合作，结合"基因红"和"生态绿"，擦亮红安"发展金名片"。公司还和本地的红安职教中心联合创办非遗工作室，成立"校企共建实习实训基地"，陶文成和母亲分别受聘为红安职教中心服装专业兼职教师，共同传承红安大布纺织技艺。2021年年底，红安县文旅局授予其公司"红安县非物质文化遗产保护传承基地"称号。2022年4月，黄冈市妇女联合会、黄冈市乡村振兴局授予公司"巾帼创业示范基地"。

近年来，网络短视频风靡全国，让陶文成找到了新的宣传窗口。2022年，他注册了抖音账号，发一些平常织布的短视频到网上，发现浏览量还挺高，说明有很多人在关注非遗和喜欢非遗。2022年11月，陶文成打破出镜就紧张的心理，开了第一场直播，边直播边学习，粉丝一下子涨到了6万之多，一个月的时间即让他成长为一名小网红，吸引了全国各地的粉丝前来拍照购物。这就是非物质文化遗产的力量，是老祖宗留给我们的宝贵财富。

星星之火，可以燎原。经纬交织，也能织出幸福生活！

红安大布现已初步形成产业规模，实行线上线下统一销售，同时利用网络媒体将制作工艺和产品推广到全国各地，产品远销北京、上海、广东、福建等十多个省份，品牌价值进一步增长，经济效益、社会效益进一步彰显。

目前，红安县从事红安大布纺织人员达2000多人，全县均有分布，主要集中在华家河、七里坪两个镇，年产红安大布40万平方米。红安大布专业合作社已经辐射全县86个村，带动农户1700余户，织布妇女和从事红安大布产业的劳务人员逾2万人，年销售额达8000多万元，织布社员人均年纯收入1万多元。预计到2025年，红安大布产业从业人员将达2.5万人，年产量55万平方米，年产值1.2亿元。随着地方政府对当地特色产品保护力度不断加大，有利于产业的规范有序发展，红安大布必将成为当地人民群众脱贫致富、乡村振兴的重要产业。

（光明网，2023年11月18日，与张艾合作）

附录一

文本视域下的文旅宣传新范式

张　璨　王亚飞

　　《一座城市的星辰大海》是湖北黄冈资深新闻人、文旅人李青松新近出版的一部全面展示党的十八大以来黄冈文化旅游发展成就的散文随笔文艺通讯集，收入作者在各级主流媒体公开发表的六十六篇作品，共三十二万字。出版单位中国文联出版社采用著名作家贾平凹先生提出的"真实性、大境界、真正反映时代"的新文体"大散文"概念，将其定位为中国当代散文集。该书出版后，在业界引起广泛关注，先后被国家图书馆、首都图书馆、上海图书馆等三十多家公共图书馆和黄冈师范学院等高校图书馆收藏。

　　《一座城市的星辰大海》共分四个篇章，作者立足本土的文化生态和文化生产进行系统回顾和总结，又对当下及未来的文旅产业发展进行考量和展望，纵横黄冈文旅时空经纬，富有诗意地讲述一座剧院与一座城市的"互粉之路"，努力释放东坡文化时代红利，把黄梅戏请回"娘家"，创建国家公共文化服务体系示范区和"大美黄冈、此心安处"的黄冈故事。

　　黄冈是武鄂黄黄都市圈的重要成员。"剧院和城市"篇章，《遗爱湖畔的文化地标》《让高雅艺术走进黄冈百姓生活》《高贵不贵的黄冈模式》《一座剧院与一座城市的"互粉之路"》《点亮城市　重启未来》等篇目，真实地记录了黄梅戏大剧院从建设、开业到运营管理的全过程，展现了在这个城市的文化场域中剧院与人的特殊联系——从开启文化地标的特殊意义，到让高雅艺术走进百姓生活，再到与满满幸福感挂钩，在时间的更迭里，奠定了"一座剧院，幸福一座城市""一座剧院，改变一座城市"的独特地位，揭示了黄梅戏大剧院的兴建，实现剧院与城市"互粉"，"不单纯是文化概念，也投射出更多的经济与社会意义"。

　　书中不乏对在黄梅戏大剧院上演的精彩剧目进行精辟的点评。在话剧《路遥》《平凡的世界》上演之际，作者坦言两台话剧"用文艺鼓舞人心，用舞台致敬路遥，为平凡而伟大的奋斗者放歌"。在话剧《上甘岭》上演之际，一篇《从黄麻起义走出的上甘岭战役前线总指挥》，将剧目与黄冈紧密联系，从中心人物到时代背景，从叙事手段到舞台呈现，从"现代时空"到"战时场景"，深刻分析作品的艺术特征，探寻蕴含其中的精神共鸣。

　　黄冈是东坡文化的发祥地和中国戏曲文化的重要发源地。"东坡和梨园"篇章，以传承东坡文化和繁荣发展黄梅戏艺术为重点。《牵手东坡节　相约新黄冈》《鄂东溢彩　黄梅飘香》《忆昔往硕果满枝　看今朝风帆正劲》《戏曲大市的砥砺作为》《在千年黄州仰望东坡》《当代视域下的东坡文化》《从八斗湾到桃花岭》《从大别山到天山》等篇目，诠释了苏东坡在黄州期间从困顿中建立"平生功业"的成功范式，解读了苏东坡雄视千年的人生表达，追溯了黄梅戏在黄冈发源、在安徽发展、回湖北"娘家"三十多年来形成鄂派黄梅的历史渊源和辉煌历程，再现了历届东坡文化节和黄梅戏艺术节的盛况，反映了黄冈从"文以城兴"到"城以文兴"的历史性嬗变。作者还深入黄梅戏艺术教学的土壤中，总结黄冈艺术学校在戏曲人才培养、艺术精品创作方面取得的显著成绩，评述黄冈艺术学校原创红色题材黄梅戏《槐花谣》《铸魂天山》，并对主创人员进行专访，探寻"产教结合"传承发展黄梅戏艺术的新方法、新路径。

　　黄冈不仅东坡文化独领风骚，戏曲文化绚丽多彩，而且红色文化光辉璀璨，名人文化耀眼夺目。"光荣和梦想"篇章，作者以饱满的激情、生动的笔触，全景式地记录了黄冈及各县市区以舍我其谁的勇气和不胜不休的豪情，奋力创建第四批国家公共文化服务体系示范区，努力实现由文化大市向文化强市迈进的伟大实践。《中部示范的生动答卷》《示范引领的历史跨越》《国家示范的"中部样本"》《黄梅焕彩花千树》《医圣故里竞风流》《百年港城正扬帆》《秀美罗田满眼春》《手持彩练当空舞》《最是红安诗意浓》《杜鹃花开别样红》《名人之乡谱新篇》《雨后青山分外娇》《勇立潮头歌大江》等篇目，不仅全方位反映了全市各地创建国家公共文化服务体系示范区的做法成效和经验，通过"大散文"体例，展现这座文化底蕴极其深厚的城市所承载的历史使命和光明未来，而且深挖黄冈历史文化富矿，运用黄冈本地历史文化研究成果，总结提炼出黄冈及各县市区特色文化品牌，极大地激发了全市人民的文化自觉、文化自信和文化自强。

黄冈文化底蕴深厚，旅游资源富集，是一个有星辰大海和诗与远方的地方。正如著名作家何存中先生在该书的序言中所言："如果说文化和旅游是黄冈的星辰大海和诗与远方，那么《一座城市的星辰大海》，无疑是青松的星辰大海和诗与远方。"

"诗和远方"篇章，对本地优秀文艺家的专访、优秀文旅资源的推介和重大文旅活动事件的直击，体现了黄冈文化旅游的丰富性和多元性，也体现了作者"谨以此书，献给我生活的土地和城市"的良苦用心。《竞演之路》讲述黄冈竞演央视"一次城市品牌的巅峰对决，一次旅游产业的顶级盛会"——《魅力中国城》幕后的故事；《华家大湾的春天》复盘文化旅游带动乡村振兴的"黄冈样本"；《灵秀黄冈 因"旅"更精彩》解析一座地质公园扮靓黄冈旅游"金名片"，一个城中湖变身高频"打卡地"，"一条旅游公路撬动大别山旅游'多板块'"的"黄冈秘卷"；《从"播火摇篮"到旅游名村》破译陈潭秋故里陈策楼村破茧成蝶的精神密码；《一路逐梦 一路花开》记录青年黄梅戏表演艺术家谢思琴从再芬黄梅艺术剧院的黄梅新星到湖北省黄梅戏艺术剧院的当家花旦和中国黄梅戏舞台上的青年台柱的成长历程……四个篇章涵盖了黄冈文旅的特色和亮点，为读者呈现了一个"此心安处是黄冈""心安黄冈即远方""黄冈一见如故乡"的大美黄冈。作者在该书的《代后记》中说："近几年，我努力讲好四个故事，不断擦亮黄冈名片，为宣传推介黄冈贡献了自己的一份力量。"诚哉斯言！

纵观全书，《一座城市的星辰大海》既不同于一般的文学散文，也不同于一般的新闻纪实作品。作者采用"微花"视角，即以小见大的书写方式，以小开口见大世界，描述表象又不止于表象——与其说作者关心的是单个对象和现象，不如说它的文本是在探寻对象与群体、社会、世界的关系，而作者的这种创作动机和目的都隐喻在文章之中，见微知著，浑然天成。

例如在《从大别山到天山》中，作者这样写道："黄梅戏擅长于小生、小旦、民俗、地域风情的表现，能不能表现宏大的主题？《铸魂天山》导演兼编剧、国家一级导演郭小男坦言，在艺术创作上，成功处理细小与宏大、民俗与史诗、剧种特色与重大历史题材的碰撞与对接，无疑是一次破冰之举。"文章注重历史的真实性和创作的艺术性的统一，既有历史的真实又有艺术的真实，这种对文本结构的把控和文字的运用也是作者的匠心独具之处。

《一座城市的星辰大海》倾注了作者对黄冈文旅的真挚情怀和丰富体验，文章没有过多的渲染，却显得意趣生动，富有诗意，黄冈文旅的"象外之境"在作者笔下自然流露、充分显现，一气呵成、酣畅淋漓，创造了文本视域下的文旅宣传新范式。

黄冈的文化旅游点亮了《一座城市的星辰大海》，《一座城市的星辰大海》也必将点亮黄冈的文化旅游。

（《黄冈日报》2023年4月1日）

附录二

星辰大海中的文化智库

韩进林

文化，是国本根基，民族脊梁。换言之，文化似一座城市的五官面庞，重若泰山的隐形力量。

千年黄州，百年黄冈，山南江北的古邑新都。文化的厚重与深邃，到底有多厚，有多深？你不妨读一读李青松的《一座城市的星辰大海》。这部由中国文联出版社于2022年10月出版发行的文化散文集，是李青松对黄冈文化智于思考、慧于钩沉、臻于创新的心血结晶，亦似"星辰大海"中的文明航标，文化智库。

文明如水，润物无声。文化似山，化人有形。在李青松的笔下，黄冈文化的人文奇葩、生态秘境信手拈来。全书六十六篇文章，将黄冈文化的原色、特色、异域色，活性、灵性、创新性，点染得淋漓尽致，别具一格。就书名而言，"星辰"，喻黄冈文化的繁与广；"大海"，喻黄冈文化的厚与深。一言以蔽之：内涵隽永，外延深远。

光移月影，日积月累。李青松的文化随笔，既有岁月珍藏的另类解读，亦有时代时尚的铿锵张扬。在"讲好黄冈故事，擦亮黄冈名片"的基础上，有三大与众不同的行文思辨，值得品评。

其一，以散文的笔力触新闻的因由。

李青松担任多年的黄冈人民广播电台台长，是典型的媒体记者。写新闻，是记者的拿手好戏。书中的电影《黎明行动》首映，黄梅戏大剧院开业首演、现代黄梅戏《八斗湾》《魂铸天山》公演，历届湖北省黄梅戏艺术节会演，历届东坡文化艺术节的开幕、闭幕式演出，以及黄冈博物馆新馆建成开放十周年、黄冈参加魅力中国城竞演等活动，皆是新闻事件，作新闻予以报道无可厚非、合情合理。而李青松不仅仅是记者、新闻工作者，更是作家、诗人、文化人。在他的笔下，新闻的"何时何地何事何因何果"五大要素，跃然纸上。但词汇文藻的形成，则是文学的张力与魅力。用散文的笔力将新闻的因由，阐述得入木三分，无懈可击。记者眼中的"新闻：新近发生的事实的报道"可圈可点。作家笔下的"因人化境，因物赋形"的艺术渲染，形神具臻。

其二，用戏曲的馨远彰文化的博厚。

黄冈，是中国戏曲起源的沃土。京剧、楚剧、汉剧、黄梅剧四戏同源。李青松将这种特殊的文化现象，分各县市区的人文特异，予以演绎铺陈。每个地方的戏曲文化和用戏曲载体与其他人文资源的传承契合、守正求真，似鱼水交融，相得益彰，行文的题目皆具诗意般的馨香。如:《黄梅焕彩花千树》《医圣故里竞风流》《最是红安诗意浓》《百年港城正扬帆》《手持彩练当空舞》《杜鹃花开别样红》《名人之乡谱新篇》《勇立潮头歌大江》《秀美罗田满眼春》《雨后青山分外娇》《大江歌处是风流》。

值得一提的是，李青松对文化散文抒情的"度"闪耀着乐于思考、勇于挑战的光芒。如每个县（市）创建文化品牌举措的表述皆力求别致。"扎实推进""全力创建""全面推进""着力创造""合力营造""奋力推行"，等等，几乎找不出重复的词汇表述。尽管各地创建文化品牌活动文章的发表，最短的时间当在一个月左右，最长的相距一年上下，李青松"不重复自己"的艺术造诣，值得赞赏，也足以可见作者的文化功底非比寻常。

其三，以人文的深度凝时政的力度。

《一座城市的星辰大海》中，有一部分文章是以政论的体裁呈现的。政论文的创新出彩，很考验作者的思想、思考与思辨能力。

作为黄冈市文化新闻出版广电和旅游局的多年县级干部，传达中央的文化政令，是文化干部义不容辞的职责职能和义务。书中的时政之论，多源自2017年3月1日正式施行的国家《公共文化服务保障法》在黄冈贯彻实施行动的举措展示。以"提高思想站位，落实组织保障；加大财政投入，落实经济保障；强化人才支撑，落实队伍保障；健全工作机制，落实制度保障"的"四大保障"和"突出政府主体责任、突出规划引领、突出过程管理、突出制度设计、突出改革创新"的"五个突出"为基础核心的立论定义旗鲜帜亮。无可置疑，一篇政论文章，只要立论陈词言高旨远，逻辑概念恪章守序，论点论据鞭辟入里，作为文化政论无懈可击。若作为文化散文来读，似乎馨韵不足，说教有余。

李青松无愧于时政评论高手，将人文钩沉得多姿多彩，引申为美轮美奂的论点阐述和精益求精的论据延伸。如《黄冈日报》2018年9月27日发表的关于黄梅县扎实推进国家公共文化服务体系示范区创建的政论文章《黄梅焕彩花千树》中的人文钩沉的叙述形神兼备。

"黄梅县历史悠久，文脉昌盛，素有'四地五乡'的美誉：驰名中外的佛教禅宗发祥地、全国五大剧种之一黄梅戏的发源地、中国工农红军第十五军诞生地、龙感湖自然生态保护区所在地，和全国闻名的民间艺术之乡、挑花之乡、楹联之乡、诗词之乡、武术之乡。"类似这样的政论开篇，在《一座城市的星辰大海》中多不胜举。

"大美蕲春，是全国首批文化先进县，拥有医圣故里、教授名县、王府胜地、养生之都的亮丽名片……境内古遗址星罗棋布。毛家嘴遗址为西周前期重要遗址，罗州城址是荆楚大地仅存的历经两汉、隋唐与宋代五个历史时期的两处古城遗址。馆藏国家一级文物三十九件（套），位居黄冈各县市之首。《本草纲目》入选联合国世界记忆名录，《李时珍传说》入选国家非物质文化遗产名录。"

"千年古县罗田，四项誉称声名远播。全国森林覆盖大县、全国美丽乡村建设示范县、全国平安县、国家园林县城。是名扬天下的板栗之乡、甜柿之乡、茯苓之乡、蚕丝之乡。"

……

博学而不穷，笃行而不倦。

在《一座城市的星辰大海》中，无论是文化新闻、文化随笔、文化散文、文化政论、文化人物、文化故事，皆体现了作者审时度势、灵光缤慎、思如泉涌、笔若龙飞的不易之功。

诗人、作家、记者、文化工作者笔下的故乡文化，永远凝聚心香做伴、大爱为魂的神秘结晶；永远拥有"三春三步锦，一岁一层楼"的神奇创举；永远蕴含达地知根、惟兴惟盛的脱俗神话；永远融汇高山流水、明月清风般的诗化神韵；永远似革命老区、大别山区、传奇黄冈的化雨春风、耀彩晨风、鼓翼雄风！

（中华文化旅游网，2023年6月27日）

后记　为了不能忘却的记忆

2023年9月18日，在送孩子到上海浦东国际机场经菲律宾转机赴美国加州留学返回黄冈的高铁上，手机上收到单位政工科传来的我的退休证照片，不禁心潮起伏，感慨良多。

参加工作时的情景仍历历在目，儿时的记忆也仿佛就在昨天。有很多事情还只是刚刚开头，有的甚至还没有来得及开头，怎么就到退休年龄了呢？在时光面前，真的没有赢家，只有失败者！

退休是自然规律和人生标尺，是人生的重大分水岭。不是过分恋战，也不是留恋薪水，感慨过后，更多的是感谢、感恩和感奋。逝者如斯，不舍昼夜，不用流年，乱了浮生。于是，我拿起手机，配上退休证照片，发了这样一条朋友圈：

"谢幕挣钱吃饭生涯，开启吃饭挣钱时代。人生的上半场以工作为重，没有写下多少文字，虽有遗憾，但并不后悔。下半场要努力写点什么——不为别的，只为那些不能忘却的记忆！"

时间如白驹过隙，人生苦短，一晃就成老人。著名作家余华说："最初我们来到这个世界，是因为不得不来；最终我们离开这个世界，是因为不得不走。"人生的来去是没有选择的，唯一可以选择的是如何证明自己到这个世界上来过，就像大雁飞过天空，是否留下一丝生命的痕迹。

黄冈是一座文化底蕴极其深厚的城市，生活在这座英雄的城市，我的选择是走进散文。多少年来，我的亲人、老师、同事、朋友、学生和身边的一些普通人，以及曾经在这块土地上生活过的叱咤风云的历史人物，不时走到我的笔端，留下我对生活的深情眷恋、深切记忆和生活对我的深刻启迪。退休后的这几个月，我翻出一些旧作，重新敲击键盘录入整理，稍加增删和修改润色，尽量保持了原貌（部分文章改动了标题），大体按时间顺序和生活散文、哲理散文、政论散文、文化散文的体例进行编排，分为"江流有声""沧海一粟""月色东坡""此心安处"四个部分，并将发表于二十多年前的《走进散文》作为自序开篇，终于有了这本30余万字的散文集《在千年黄州仰望东坡》。

《在千年黄州仰望东坡》可以看作是我前年出版的《一座城市的星辰大海》的姊妹篇。《一座城市的星辰大海》，是"献给我生活的土地和城市"，《在千年黄州仰望东坡》，则是"献给我生活过的平凡岁月和平凡世界"，记录我对生活的热爱和感悟，对文化的理解和认知，以及在工作中的实践和思考。

2017年11月在美国上映即风靡全球的电影《寻梦环游记》中有这样一句经典台词："死亡不是生命的终点，遗忘才是，真正的死亡是世界上再没有一个人记得你。"这部影片以"亲情"和"死亡"作为显性和隐性主题，将"感动"与"深度"完美结合，诠释了"对亲人的爱和陪伴一定程度上可以超越死亡"的道理。

是的，记忆是有力量的。打小时候起，我经历过爷爷、奶奶、父亲、母亲、长兄的离世，特别是2020年2月26日，新冠暴发，黄冈封城，长子因心脏骤停抢救不及而离世，带给我巨大的伤痛。我不能沉溺于这些悲痛之中无法自拔，我相信我们终会在某处重逢。相见是思念，思念也是相见。逝去的亲人啊，虽然我看不见你，但是我们之间的爱没有断裂，它跨越时空，融进了我的根脉、血脉、魂脉里。

人总得要面对别离，只是来得早些晚些，也许没什么太难过的。金庸在《射雕英雄传》中曾这样写道：所有的人来到这个世界上，其实就是为了学习和准备做一件事——别离，要和你最亲的人别离，和你的朋友、兄弟别离，和这个七情六欲的大千世界别离。为了证明自己在这个世界上来过，我用文字留下"大雁"在天空飞过的痕迹，把瞬间变成永恒。记忆是生命的延续。穿越时空的亲情、友情和大美黄冈的文化脐带，即便在漫漫的岁月尽头，也是相通的、永恒的，世代相传，生生不息。

本书的顺利出版，得到了许多领导、专家、朋友的支持和帮助，特别是中国书法家协会会员、湖北省书法家协会顾问、黄冈市书法家协会名誉主席、黄冈市政协原党组成员、副主席童德昭亲笔题写书名，中国摄影家协会会员、湖北省旅游摄影协会副会长、黄冈市摄影家协会主席方华国为封面提供摄影作品，黄冈市人民政府原发展研究中心主任张树森对本书的出版提出许多宝贵意见，给予许多鼓励，黄冈资深文化人徐世国为部分文稿编辑质量把关，并编发公众号推文，在此一并致以深深的谢意！

《在千年黄州仰望东坡》，为了那些不能忘却的记忆！

2024年1月于古城黄州